Günther Zäuner

Kokoschanskys Schachzug

... oder Geld spielt keine Rolle

Roman

Schmidt
Freiburg

Bibliografische Information
DER DEUTSCHEN BIBLIOTHEK
Die Deutsche Bibliothek verzeichnet diese Publikation
in der Nationalbibliografie; detaillierte bibliografische Daten sind
im Internet über http://www.dmb.ddb.de abrufbar.
ZÄUNER, GÜNTHER:
Kokoschanskys Schachzug: Roman
ISBN 3-936099-20-0

Printed in Germany
www.schmidtverlag.com
ISBN 3-936099-20-0

Dieser Roman beruht auf tatsächlichen Ereignissen.
Dennoch: Namen und Personen, einige Geschehnisse, Orte und Zeiten wurden wegen rechtlicher Vorschriften oder dramaturgischer Notwendigkeiten verändert oder frei erfunden. Eine Namensgleichheit mit lebenden oder verstorbenen Personen im Zusammenhang mit diesem Roman wäre rein zufällig.

G.Z.

Moral ist jenes Maß von Anständigkeit,
das gerade modern ist.
(Federico Fellini)

PROLOG

Die Bombe ist scharf.

Seit längerer Zeit tickt sie.

Unhörbar.

Der Zünder ist programmiert. Keine Schaltuhr mit schnell ablaufenden, leuchtend roten Digitalziffern, die Zeit in Sekunden rückwärts bis null zählend, wird diese Bombe verraten. Nirgendwo verdächtig herausragende verschiedenfarbige Drähte. Nirgends eine Zündschnur oder eine Zündkapsel. Trotzdem wird die Sprengkraft dieser Bombe von enormer Wirkung sein. Sie ist einsatzbereit und kann jederzeit hochgehen. Doch noch ist die Zeit nicht reif dafür. Allerdings verkürzt sich mit jeder Sekunde der Ablauf der Frist für die Stunde X. Eine absolut unberechenbare Höllenmaschine. Nach menschlichem Ermessen und mit bereits gemachten Erkenntnissen anderer Anschläge nicht einzuschätzen. Weder mit den modernsten Methoden zu orten. Ersonnen von einem Bombenbauergehirn und durchdacht mit genauestem Kalkül.

Kein noch so leises Geräusch verrät diesen explosiven und sensiblen Sprengsatz. Kein Suchgerät, kein Roboter wird sie aufspüren können, jeder hoch qualifizierte Detektor wird kläglich versagen. Die feinen Nasen der besten Sprengstoffhunde würden im Leeren schnüffeln, ihre Ohren vergeblich nach dem geringsten Laut spitzen.

Eines Tages, wenn es längst zu spät ist, wird diese Bombe in die Luft fliegen. Ohne hochwertigen Sprengstoff, ohne komplizierte und ausgeklügelte Technologie neuesten Standards, ohne verdecktes Kommunikationssystem und ohne kostenintensive Logistik. Darum ist diese Bombe nicht zu identifizieren, bleibt anonym und unauffindbar.

Dahinter steckt keine Terrororganisation und kein international verzweigtes Netzwerk. Keine religiösen Wahnideen werden als Motiv vorgeschoben. Diese Bombe wurde weder im Namen Allahs noch für den Christengott, andere Götter oder Religionen entwickelt. Es wird keinen zweiten 11. September geben, denn dieses Mal werden keine Unschuldigen getroffen. Daher werden Medien niemals Kommuniqués, Bekennerbriefe oder Videobotschaften erhalten. Daher verfügt auch kein noch so mächtiger und sich für allwissend haltender Geheimdienst dieses Planeten über den geringsten Hinweis, eine Warnung oder gar einen Beweis für deren Existenz.

Unbändiger Hass steuert den Zünder, blanke Wut ist der Treibsatz und ohnmächtiger Zorn der Sprengstoff. Die Grundlagen und Struktur für jede Bombe entstehen zuerst in einem Gehirn. Später nehmen die zerstörerischen und vernichtenden Gedanken auf dem Reißbrett Gestalt und Form an, um in weiterer Folge Punkt für Punkt realisiert zu werden. Erst dann wird sie an den Tatort geschafft und zur Explosion gebracht. Derzeit existiert diese Bombe nur in der Gedankenwelt eines Mannes, was aber ihre Gefährlichkeit nicht im geringsten mindert.

Wer traut diesem Mann, der dort drüben am Geländer lehnt, eine Tat dieses Ausmaßes wohl zu? Jenem Herrn, der die Frühlingssonnen-strahlen auf der Terrasse der Rehabilitationsklinik genießt, mitten im Herzen Kärntens, in einem der schönsten österreichischen Bundesländer, im Warmbad Villach. Dessen Blick sich gedankenverloren in Richtung Karawanken und der julischen Alpen verliert. Kaum jemand. Niemals sieht so ein Bombenbauer, Bombenleger, Extremist oder Terrorist aus! Doch wer kann schon in das Gehirn eines Menschen blicken und seine finstersten Gedanken erkennen?

Der gepflegte Herr am Geländer, in den Sechzigern, Würde ausstrahlend, drahtig und von mittelgroßer Statur, löst beim Beobachter dennoch einen Zwiespalt aus. Ebenso gut könnte dieser Mann Serienmörder, Betrüger im großen Stil, Pädophiler, Einbrecher, Hehler, Boss eines Drogenkartells oder Mitglied jeder anderen kriminellen Organisation sein. Oder auch nur ein kleiner Ganove, der immer noch vom großen Coup träumt, es aber niemals schaffen wird. Niemand trägt seine Leichen im Keller so offen im Gesicht für jedermann zur Schau. Etwas stimmt mit diesem Mann nicht. Seine Ausstrahlung ist geheimnisvoll und gleichzeitig vertrauenserweckend. Zugänglich und reserviert zugleich.

Sein Gesicht mit den markigen Zügen ist tadellos rasiert. Sein noch immer volles Haar graumeliert und modisch kurz geschnitten. Die Kleidung und die blank polierten Schuhe lassen auf erlesenen Geschmack schließen. Frisch wie aus dem Ei gepellt. Kurzum, eine Erscheinung, die in jeder Castingshow die Juroren restlos überzeugen und andere Mit-bewerber mühelos aus dem Feld schlagen würde. Imponierend und Respekt einflößend vom Scheitel bis zur Sohle. Charisma, Esprit und Verve, verpackt in Eleganz und nonchalanter Lässigkeit.

Genau das macht es für den unbedarften Beobachter so schwierig, diesen Herrn richtig einzuschätzen. Irgendetwas geht von ihm aus, was zu Unsicherheit verleitet und eine Zuordnung erheblich erschwert. Eine unergründliche Aura, neugierig und zugleich vorsichtig machend. Ist es seine Körperhaltung, die die Entschlossenheit vermittelt, den eingeschlagenen Weg mit allen Mitteln und Konsequenzen durchzustehen oder sein bei genauerer Betrachtung doch von einer gewissen Melancholie umflorter Blick? Ebenso gut könnte es sich bei diesem Unbekannten um einen Manager der höheren Ebene handeln. Einem Konzerninhaber oder Vorstandsvorsitzenden. Einer Person des öffentlichen Lebens. Der Mann gibt Rätsel auf. Mit größter Wahrscheinlichkeit ist er betucht, überdurchschnittlich intelligent, eloquent, gebildet, rhetorisch brillant. Das Leben kennend und ebenso genießend. Seine Devise scheint zu sein, sich niemals unterkriegen zu lassen oder klein beizugeben.

Der geborene Rattenfänger, dem man blind wie ein Lemming folgt, sobald man an seinem Haken hängt. Einer, der Befehle gibt und nicht entgegennimmt. Dem man schwer zu widersprechen wagt und der nur in Ausnahmefällen Widerspruch duldet. Ausgestattet mit einem Gedächtnis wie ein Elefant. Der sich selbst noch an Jahre zurückliegende, geringfügigste Querelen, Unstimmigkeiten und Streitereien erinnert. Und diese bei Bedarf wie auf Knopfdruck abrufen kann und daraus die entsprechenden Schlüsse zu ziehen versteht, mit denen seine Gegner niemals mehr gerechnet hätten.

Der Schwarm für jede Frau schlechthin! Ein *Sugardaddy* für das unerfahrene, aber dafür um so raffiniertere *Girlie*, das sich durch sein weltgewandtes Auftreten auf dem gesellschaftlichen Parkett bereitwillig in seinen Bann ziehen lässt und ihn auf diese Weise für den Aufbau einer eigenen Karriere auszunutzen versucht. Sich mithilfe seiner Platincard eine sorgenfreie Zukunft erhofft, für die es sich allemal lohnt, die Beine breitzumachen, wann immer er es wünscht.

Oder für jene vom Leben und den Männern enttäuschten und erniedrigten Frauen, die bereit sind, den Sprung in die allerletzte Beziehungskiste zu wagen, bevor der Zug endgültig abgefahren ist. Der ideale Tröster und Zuhörer für verlassene, abservierte, im Regen stehen gelassene Damen im fortgeschrittenen Alter, die in ihm einen allerletzten Lichtblick für einen allerletzten Neubeginn sehen, bevor das Alter endgültig seinen Tribut fordert.

Vielleicht ist es dieser Blick – diese Mischung aus Abgeklärtheit mit einem gewissen Schuss Traurigkeit – der trotzdem die unbändige Lebenslust und Lebensfreude nicht verhehlt oder gar leugnet. Dazu eine sonore, angenehme und in besonderen Momenten Gänsehaut verursachende Stimme, die ein Morgen vergessen und Frauen in seiner Gegenwart dahinschmelzen lassen.

Niemand käme auch nur im entferntesten auf den Gedanken, dass dieser Mann auch über ein Alter Ego verfügt, das immer mehr von ihm Besitz zu ergreifen droht, wenn er nicht bald seine Bombe zünden kann. Dieses zweite Ich drängt ihn unaufhörlich, endlich Taten folgen zu lassen, nicht nur immer dieses Szenario, das Inferno, das in seinem Kopf herumspukt, zum abertausendsten Mal durchzuspielen. Diese verdammte und zu gleich heiß geliebte Bombe, die derzeit nur in seinem Gehirn existiert, aber längst von seinem gesamten Denken Besitz ergriffen hat und ihn auch nächtens in seinen Träumen verfolgt, die er ständig um weitere Nuancen zu verfeinern trachtet, sie soll endlich detonieren!

Jene sollen in Stücke zerfetzt werden, die er für seinen tiefen Fall verantwortlich macht. Wer würde diesem am Geländer der Sonnen-terrasse lehnenden Unbekannten anmerken, dass er in seinem tiefsten Innern längst gebrochen und ausgebrannt ist. Nur sein unbändiger Wille und das unaufhörliche Bestreben, endlich Tabula rasa zu machen, halten ihn aufrecht und treiben ihn an, lassen ihn nicht zur Ruhe kommen. Das ist alles für ihn, was in diesem Leben noch zählt.

Wer käme auf die Idee, dass diesem Mann nur noch das Existenzminimum geblieben ist? Der weiß, was es heißt aus dem Blechnapf fressen zu müssen, weil sie ihn auf diese fiese Tour kleinzukriegen und zu brechen versuchten. Er wollte alles, und als er es besaß, stellte ihm die Gier ein Bein und der darauf folgende Sturz ließ ihn nie mehr wieder richtig auf die Beine kommen. In seiner Selbstüberschätzung und vermeintlichen Unverwundbarkeit überhörte er gut gemeinte Ratschläge, sonnte sich weiter in einem immer stärker verblassenden Glanz und lieh sein Ohr nur noch jenen, die ihm immer aufs Neue versicherten, nur er wäre der Größte, der Zampano. Die ihm die Füße küssten, seinen Speichel leckten, ihm in den Arsch krochen und versuchten, nicht auf ihren eigenen Schleimspuren auszurutschen. Und als er für sie zu gefährlich wurde, rammten sie ihm lächelnd hinterrücks ihre Dolche in den Rücken und lieferten ihn bedenkenlos einer blinden Justitia aus. Auch Cäsar erkannte Brutus erst, als es längst zu spät war...

Entweder du bist ein Teil des Problems oder
ein Teil der Lösung.
Dazwischen gibt es nichts.
Lieber wütend als traurig.

(Ulrike Meinhof)

Der kleine, unscheinbare Laden geht in dem bunten, geschäftigen Treiben beinahe unter. Einem zufällig vorbeigehenden Passanten würde er gar nicht auffallen. Bei einer späteren Befragung könnte er sich mit ziemlicher Sicherheit gar nicht mehr daran erinnern, diesen Laden jemals dort gesehen zu haben.

Eingezwängt zwischen einer Döner-Bude und einem Geschäft, dessen Inhaber seine Klitsche, die nur etwas größer als der unscheinbare Nachbarladen ist, großspurig „Bazar“ nennt. Die Bezeichnung „Waren aller Art“ wäre für dieses Sammelsurium an Angeboten weitaus treffender. Hinter dem schmierigen Glas der Auslage türmen sich Uhren der Nobelmarken Rolex, Piaget und anderer weltbekannter Chronometer-firmen, die natürlich nichts weiter als Fälschungen sind. Handys, neuwertig und gebraucht, elektronische Geräte vom PC bis zum DVD-Player und Flatscreen-Fernsehapparat. Sportschuhe renommierter Hersteller, Skateboards, Jeans in allen Farben und Größen, T-Shirts, Sweaters, indische und afrikanische Kleidung mit dazu passendem Schmuck für Damen und Herren. Selbst ein paar afghanische Burkas finden sich. Wasserpfeifen, Kupferkessel und Rauchutensilien für den Kiffer. Hier muss der Kunde nur Zeit und Geduld mitbringen, um von dem, was der Orient zu bieten hat, das Passende für sich zu finden.

Niemand weiß, was sich im Hinterzimmer dieses „Bazars“ noch alles erwerben lässt. Wer es ahnt, hält geflissentlich die Schnauze. Was nicht mehr in den Laden passt, wird davor ausgebreitet. Vielleicht dient es der Tarnung, wenn der Inhaber auch Lebensmittel, Obst und Gemüse feilbietet.

Die Häuser in diesem Viertel sind abgewohnt und verkommen. Die Fassaden an allen nur möglichen Stellen mit grellen Graffitis verun-staltet. Niemand nimmt Anstoß daran. Hier ist jeder mit seinen eigenen Problemen beschäftigt. Man lebt notgedrungen zusammen, bekommt vieles mit, behält es aber für sich. Polizei ist hier nicht gerne gesehen. In dieser Gegend treffen die unterschiedlichsten Schicksale und Lebens-geschichten aufeinander. Täglich kommen neue hinzu und Zweckgemeinschaften entstehen, zusammengewürfelt aus aller Herren Länder. Das Straßenbild ist ein buntes Abbild aller menschlichen Rassen. Und alle gehen ihren kleinen und großen Geschäften nach. Legal und illegal. Auf der gegenüberliegenden Straßenseite warten scheinbar gelangweilt ein paar Schwarzafrikaner. Ausgemergelte Gestalten nähern sich mit schleppenden, unsicheren Schritten. Offensichtlich auf *turkey.* Sie wechseln ein paar Worte mit den Schwarzen und dann, für Außenstehende kaum bemerkbar, wechseln ein paar Scheine blitzartig den Besitzer und in den Augen dieser jämmerlichen Kreaturen ist ein kurzes Aufblitzen zu sehen. Soeben haben sie sich ihren nächsten Schuss gesichert. Einige Punks lungern herum und schnorren Passanten an. Ab und zu greift eine mitleidige Seele in die Tasche und drückt ihnen ein paar Münzen in die Hände. Tief verschleierte Frauen in schwarzen Tschadors ziehen vorüber, bepackt mit Plastiktüten, aus denen Fladenbrote und Gemüse herauslugen. Ein Ghettoblaster dröhnt in voller Lautstärke. An einer Ecke produzieren sich ein paar türkische Jugendliche zu Rap-Musik, in Schlabberhosen, übergroßen T-Shirts und mit schweren Goldketten behängt, in den typischen Posen ihrer amerikanischen Rapper-Idole. Verkehrslärm mischt sich mit einem babylonischen Sprachengewirr zu einer ohrenbetäubenden Kakophonie.

Aus der Döner-Bude schallen die neuesten Hits der türkischen Charts, während aus dem „Bazar" ein trauriges, arabisches Liebeslied dröhnt. In der Kneipe gegenüber diskutieren ein paar angetrunkene Typen lautstark die letzten Bundesligaergebnisse. Dagegen kämpft Rio Reiser mit seinem *„Gib mir was ab"* an, das aus dem kleinen Buchladen zwischen Döner-Bude und „Bazar" auf die Straße hinausdringt.

Hier interessiert sich kaum jemand für Bücher, und schon gar nicht für jene Art von Literatur, die auf diesen wenigen Quadratmetern zu finden ist. Es gibt wohl niemanden in diesem Viertel, der mit Bestimmtheit sagen kann, wann hier zuletzt ein Kunde gesichtet wurde, aber es interessiert auch niemanden.

Die Eingangstüre ziert das Anarchiezeichen, mit schwarzer Farbe aufgesprüht. Außerdem ist ein selbst gemaltes Schild angebracht. Die in rot aufgetragenen Großbuchstaben B.R.E.M.M. sind etwas aus dem Mittel. Auch ist die Farbe an einigen Stellen bereits verblasst oder abgeblättert, doch das kümmert weder den Inhaber noch seine sporadischen Kunden. Unter B.R.E.M.M. stehen noch die Worte „Buchladen" und „Antiquariat". Ebenfalls rot und in schöner, geschwungener Lateinschrift, in einem einzigen Pinselstrich durchgeschrieben.

Das Geschäftchen wirkt alles andere als einladend. Vielleicht ist das auch Absicht, um sofort zu signalisieren, hier ist nicht jeder erwünscht. Hier sollen nur Eingeweihte und Gleichgesinnte Zutritt haben. Selbst die Sonnenstrahlen scheinen einen großen Bogen zu machen.

Drinnen ist es düster und unheimlich. Von den Wänden ist kaum ein Zentimeter zu sehen, da die vollgestopften Regale bis unter die Decke reichen. Sie drohen jeden Augenblick unter ihrer Last zusammenzu-brechen. Die unzähligen Bücher, in Stapeln aufeinander, dann wieder in Reih und Glied oder wahllos hineingepfercht, sind von einer dicken Staubschicht bedeckt. Das System hier durchschaut nur der Besitzer. Er hat es im Griff und würde verzweifeln, sollte jemand eines Tages versuchen, Ordnung in dieses heillose Chaos zu bringen.

Hier steht Hölderlin neben den Schriften Mao Tse-tungs, eine Biographie Che Guevaras ist neben Tucholskys Gesamtausgabe platziert. Daneben wieder ein Stoß vergilbter *konkret*-Ausgaben, neben *Pflasterstrand*-Heften. Hier findet sich das *Grüne Buch* von Gaddaffi ebenso wie Handbücher der *Stadtguerilla* oder Schriften der *Tupamaros*. Guzman und sein *Sendero Luminoso*[1] sind ebenfalls vertreten wie Manifeste der kolumbianischen FARC[2], ELN[3] oder CIMI[4] und CIVAJA[5]. Oder Schriften aus der legendären APO-Zeit.

Lenin, Engels, Marx und Trotzki stehen hier noch aufrecht auf einem Regalbrett. Wer nach einschlägigem Material der Roten Brigaden, der Action directe oder der Japanischen Roten Armee sucht, wird es hier finden. Die Korsischen Separatisten, die ETA, die IRA, PKK, die Sandinisten sind mit ihren Ideologien ebenso vertreten wie die PLO, Al Fatah, die Abu-Nidal- und Abu-Sayyaf-Gruppe, Hamas und andere arabische oder palästinensische Gruppierungen.

Afrikaner, Lateinamerikaner, islamische Gruppen, Netzwerke und europäische Zellen warten hier vereint und ohne ideologische Auffassungsunterschiede auf die große Weltrevolution, wenn auch nur in Schriftform. In dem nur für den Ladenbesitzer überschaubaren Durcheinander finden sich Adorno, Marcuse, Horkheimer und Habermas, die Schriften von Rudi Dutschke und David Cohn-Bendit ebenso wie Timothy Leary, Charles Bukowski und Henry Miller.

---

[1] Sendero Luminoso, der „Leuchtende Pfad" von Abimael Guzman; ehemalige peruanische Terrororganisation; unter dem ehemaligen Präsidenten Fujimori zerschlagen und Guzman inhaftiert

[2] FARC: Fuerzas Armadas Revolucianarios de Colombia; kolumbianische Linksguerilla

[3] ELN: Ejército de Liberación Nacional; kolumbianische Linksguerilla

[4] CIMI: Conselho Indigenista Missionario; Indianer-Missionsrat

[5] CIVAJA: Conselho Indigena do Vale do Javariário ; Indianerrat des brasilianischen Javari-Tals

Zwischen den Büchergebirgen Schallplattenstapel. Kaum CDs. Der Inhaber liebt das Kratzen der Nadel auf dem schwarzen Vinyl, hasst die Silberscheiben. Genau wie bei den Büchern auch hier keine Ordnung, alles wahllos zusammengewürfelt. Amon Düül, Janis Joplin, Jimi Hendrix, The Grateful Dead, Emerson, Lake & Palmer, Cream, Einstürzende Neubauten, Ton, Steine, Scherben, The Who, Jethro Tull, Alice Cooper, Rolling Stones, Pink Floyd, Iron Butterfly und wie sie alle heißen. Musikalische Zeitzeugen und vergötterte Idole einer rebellierenden Jugend.

Die wenigen freien Flächen an den Wänden sind bedeckt mit zerfledderten Postern der Flower-Power-Zeit. Woodstock forever. Ein kleine Lenin-Büste, deren Lack längst ab ist, dient als Briefbeschwerer und steht neben einer altmodischen Registrierkasse.

Selbst ein alter Revoluzzer wie Erasmus Vonske, der Besitzer dieses kleinen Reichs, in dem die Zeit stehen geblieben ist, geht mit der Zeit und kommt nicht mehr ohne PC, Mail und Internet aus. Der Bildschirmschoner ist aktiv und, wie könnte es anders sein, Che Guevara blickt wohlwollend auf einen seiner letzten treuen Genossen.

Vonske mit dem eigentümlichen und seltenen Vornamen, mit einem fast bis zur Hüfte reichenden Rossschwanz als letztem Rest seiner einstigen vollen Haarpracht. Ein gehäkeltes Wollkäppi, das er beinahe Tag und Nacht trägt, verhüllt die Glatze. Ein mächtiger Ring baumelt in seinem rechten Ohrläppchen. Selbst gefertigte Silberringe zieren seine Finger. Nur die Daumen sind frei geblieben. Er trägt ein verwaschenes T-Shirt mit einer unmissverständlichen Botschaft auf der Brust: *Legalize it!*

Wer jetzt zufällig hereinschaut, würde Erasmus Vonske in dem Chaos gar nicht entdecken. Er scheint mit seinen Büchern und Schriften, in denen seine Träume von einer friedlichen Welt und einer klassenlosen Gesellschaft festgehalten sind, verschmolzen zu sein, während er vor sich hindöst und die Wirkung des Joints genießt, dessen letzten Zug er vorhin in seinen Hinterzimmerchen getan hat. Was soll's? Wer schert sich drum? Die ganze Woche ist bislang niemand gekommen, um sich für seine Welt zu interessieren. Warum ausgerechnet heute?

Der Letzte, der hier aufkreuzte, war ein Politologiestudent, der mehr über den Imperialismus wissen wollte und mit dem Vonske dann stundenlang diskutierte. Ein junger Schnösel, von Tuten und Blasen keine Ahnung, aber aus reichem Haus. Genau die Klientel, die Vonske besonders mag. Knapp vor Ladenschluss trabte der Bursche dann wie ein begossener Pudel davon, nachdem ihm Vonske ordentlich die Meinung über ihn, sein Denken, sein Verhalten, sein Weltbild und schließlich über die Weltlage im Allgemeinen und die dekadente Gesellschaft im Besonderen gegeigt hatte.

Kleinlaut fragte der Jüngling dann noch, was denn eigentlich B.R.E.M.M. bedeute, und als Vonske ihm erklärte, das stehe für Baader, Raspe, Ensslin, Meinhof und Meins, schaute der den Buchhändler nur unwissend an und verschwand.

Vergib deinen Feinden,
aber vergiss niemals ihre Namen.
(John F. Kennedy)

Achim Lichtenhagen spürt, dass sein Ziel in greifbare Nähe gerückt ist und dass sich das jahrelange Warten gelohnt hat. Bislang fehlte ihm der entscheidende Teil für seine Bombe – der Zünder –nun könnte seine Suche endlich ihr Ende gefunden haben.

Der Mann, der dort drüben auf der Terrasse auf seiner Liege liegt und sich vor den doch noch etwas kühlen Temperaturen mit einer Decke schützt – das ist Lichtenhagens Mann. Ihn will er zu ködern versuchen, ihn zu seinem Werkzeug machen, ihm seine Bombe schmackhaft präsentieren. Seit Tagen beobachtet Lichtenhagen diesen Mann, dem seine Umgebung völlig gleichgültig zu sein scheint. Der seine Zeit meist in Zeitschriften und Büchern lesend oder schreibend mit seinem Laptop verbringt. Auch jetzt ist er wieder in seine Lektüre vertieft. Sein Gesichtsausdruck ist mürrisch, die Lippen zusammengekniffen. Als Warnsignal zu verstehen. Komm mir nicht zu nahe! Lass mir gefälligst meine Ruhe! Doch davon wird sich Lichtenhagen weder abhalten noch abschrecken lassen.

Ein sanfter Windstoß des frischen Frühlingswindes wirbelt einen Papierfetzen hoch und weht ihn genau in Lichtenhagens Richtung. Vor seinen Füßen tänzelt das Papierchen noch ein paar Augenblicke hin und her, bevor es endgültig zu Boden sinkt und liegen bleibt.

Lichtenhagens Blick fällt darauf. Ein Hauch von Bitterkeit umspielt seine Mundwinkel. Der letzte Rest eines Werbeprospekts für Camcorder. Ärgerlich kickt er den bunten Fetzen mit der Fußspitze wie lästiges Ungeziefer von der Terrasse in den Abgrund und lässt den Wind die weitere Arbeit erledigen. Er blickt dem Windspiel nach, das mit zunehmender Entfernung immer winziger wird, schließlich zu einem Pünktchen verkümmert, um sich dann in Nichts aufzulösen.

Nachdenklich blickt Lichtenhagen noch immer in jene Richtung, obwohl es längst nichts mehr zu sehen gibt. Wieder dieser melancholische Blick, diese Traurigkeit, dieser feuchte Schimmer. Lichtenhagen versucht, diese aufwallende Gefühlsregung mit einer raschen Handbewegung über seine Augen zu verscheuchen. Dieser zerknitterte, verschmutzte, zerrissene Rest eines unbekannten Werbeprospekts spült wieder einmal alles hoch. Damit begann alles. Sein kometenhafter Aufstieg und sein besiegelter Untergang. Mit Werbung und Prospekten.

Lichtenhagen geht die paar Schritte zurück zu seinem Liegestuhl, setzt sich, streckt die Beine von sich und schließt die Augen. Sie sind wieder da, die Bilder der Erinnerung, klar und deutlich, als wäre erst gestern alles geschehen. Ein leises Geräusch holt ihn wieder in die Realität zurück. Blinzelnd blickt er in die Richtung, aus der dieser Laut kam, und er entdeckt als Verursacher ein Buch, das dem Mann, den er sich für sein Vorhaben ausgeguckt hat, aus der Hand geglitten ist, nachdem er nun einschlummerte.

Lichtenhagen steht auf, geht oder vielmehr schleicht hinüber zur Sonnenliege, bückt sich, hebt das Buch vorsichtig auf und lächelt. Ein Fingerzeig des Schicksals. Nun hat er endlich einen Grund gefunden, um diesen unnahbaren Menschen anzusprechen, sobald der wieder aufgewacht ist. Lichtenhagen ist keineswegs schüchtern und auch nicht auf den Mund gefallen. Schließlich hat er einmal Kaufmann gelernt. Wer etwas von Kaufen und Verkaufen versteht, braucht ein moderates Mundwerk. Doch das ist in diesem Fall nicht entscheidend. Er weiß, mit wem er es hier zu tun hat. Das falsche Wort zum falschen Zeitpunkt, und Lichtenhagen ist überzeugt, dass damit bei seinem Objekt der Begierde, *seinem* Zünder, sofort der Ofen aus wäre und damit seine jahrelange Suche umsonst.

Er widmet sich dem Buch, das er vorübergehend in Verwahrung genommen hat. Ein Taschenbuch. Deutsche Literatur der gehobenen Klasse – die *Schachnovelle.* Er hält er eines der bedeutendsten Werke Stefan Zweigs in der Hand. Diese Novelle ist für ihn wie eine Metapher. Er kennt diese 1942 erschienene Erzählung. Nachdenklich beginnt Lichtenhagen zu blättern. Hat man ihn nicht zu einer Schachfigur degradiert, wenn er seine eigene Biographie Revue passieren lässt? Ist sein Leben nicht auch mit einer Kreuzfahrt auf einem Luxusliner vergleichbar. Doch das Schiff in der Novelle erreichte das Ziel, während seines unterging und er in den Fluten beinahe ertrunken wäre. Und spielte er nicht auch ständig das königliche Spiel? Gewann eine Partie nach der anderen, bis er an einen Gegner geriet, der über die bessere Taktik, die intelligenteren Züge und vor allem über massenhaft Geld verfügte, was es ihm ermöglichte, ihn – Lichtenhagen – schachmatt zu setzen?

Lichtenhagen diente seinem König, kämpfte simultan gleichzeitig auf mehreren Brettern. Nicht immer aus reiner Loyalität. Ein gehöriges Maß Eigennutz war ebenso im Spiel. Er scheute auch vor undurchsichtigen Zügen nicht zurück, sobald es der König von ihm forderte. Sicherte es ihm doch ein angenehmes, aufregendes und relativ sorgenfreies Leben in Reichtum.

Es heißt, der Krug geht so lange zum Brunnen, bis er bricht. In seinem Fall dauerte es so lange, bis ihn seine Auftraggeber und Gönner auf ihren vierundsechzig Feldern nicht mehr brauchen konnten und ihn wieder in den Bauernstand zurückversetzten. Noch viel schlimmer, sie stigmatisierten ihn und brannten ihm das Zeichen des Kriminellen ein, fegten ihn mit ein paar Winkelzügen vom Brett. Eine Schachpartie lässt sich, außer beim Blitzschach, nicht zeitlich limitieren. Lichtenhagen ist zwar im Moment schachmatt; aber er eröffnet eine neue Partie, und mit diesen seit Jahren geplanten Zügen rechnet sein Gegner nicht. Und die Krönung dieser Partie wird das Zünden seiner Bombe sein. Das wird seinen Widersacher in die Knie zwingen, und der wird Figur für Figur opfern müssen, bis am Ende der große Triumphator und Sieger Lichtenhagen feststeht. Dann erst wird diese Partei endgültig beendet sein.

Lichtenhagen blättert wieder in der *Schachnovelle*. Die Erinnerungen kehren zurück. Doch keine düsteren, sondern sehr süße. Ihm fällt die Verfilmung dieser Geschichte mit Curd Jürgens in der Titelrolle ein. Muss so gegen Ende der Fünfziger gewesen sein. Damals hatte Lichtenhagen mit Literatur überhaupt nichts am Hut. Da zählten andere Dinge wesentlich mehr, übten ungeahnte Faszination und Anziehungskraft aus. Rock'n Roll zum Beispiel und deren Heroen – Bill Haley, Buddy Holly, Elvis, Ritchie Valens und wie sie alle hießen. Rebellion war angesagt und Marlon Brando zeigte es vor. Schwalbenschwanz und Unmengen an Pomade. Petticoats und Ringelsöckchen, einen heißen Ofen unterm Arsch, der wiederum in einer knallengen Nietenhose stecken musste. Und natürlich Mädchen, Mädchen und nochmals Mädchen, mit geilen Körpern wie in den einschlägigen Magazinen. Ein Mädchen im Arm, einen Bazooka-Kaugummi lässig im Mund hin und her geschoben, einen Gang wie John Wayne, Coca-Cola, einen Pott Popcorn, ein schummriges Kino. Mehr war für das kleine Glück nicht nötig.

Jedenfalls besaß Lichtenhagen zu dieser Zeit bereits einen Führerschein und der Lappen machte ihn bei den Mädels zum King. Die halbstarken Kumpels waren ebenso beeindruckt und konnten gleichzeitig ihren Neid kaum verbergen. Immerhin düste er damals bereits mit einem gebrauchten *Opel Rekord Olympia P1* durch die Gegend, sein ganzer Stolz. Die Daten über dieses Auto hat er heute noch alle im Kopf: Baujahr 1958, 1,5l-Otto-Motor, 45 PS und Höchstgeschwindigkeit 125 km/h. Zugegeben, bei seiner Karre nur mit erheblichem Rückenwind möglich, aber dafür verwendeten die Frankfurter und Darmstädter Schupos exakt das gleiche Modell. Seine Freunde knatterten, sehr zum Ärger der Nachbarn in der Umgebung, mit ihren Zündapps und Vespas herum.

Und dann war da noch Marie-Luise, Lichtenhagens große Jugend-liebe, Tochter eines Friseurmeisters mit florierendem Salon in seinem Viertel. Kunststück, einen anderen gab es auch nicht. Nur ein paar Straßenzüge von der Wohnung seiner Eltern entfernt. Ein Bild von einem Mädchen! Lange, blonde Zöpfe, fast bis zur Hüfte reichend. Ein Stupsnäschen, von herzigen Sommersprossen umrahmt. Sämtliche Jungs in der Umgebung waren hinter ihr her, umschwärmten sie wie die Motten das Licht, aber Marie-Luise blieb standhaft und verteilte, verschmitzt lachend, haufenweise Körbe. Sie war überhaupt eine Frohnatur. Zu allen freundlich und nett. Allerdings, wer sich mehr erhoffte, biss bei ihr auf Granit. Auch der junge Lichtenhagen musste sein Lehrgeld bezahlen. Ihr Widerstand spornte seine Hartnäckigkeit jedoch noch mehr an. Was hätte er alles dafür gegeben, einen Kuss von ihr zu bekommen oder ihr in die Bluse oder unter den Pullover langen zu dürfen! An tiefere Zonen wagte er gar nicht zu denken. Ganz zu schweigen von dem, was er sich an Kenntnissen aus einschlägigen Magazinen angeeignet oder von den Prahlereien seiner Kumpels mitbekommen hatte. Mit Marie-Luise in seinem Opel in das nahe gelegene Wäldchen fahren und sich dann mit ihr auf die Rückbank zurückziehen, das war damals sein sehnlichster Wunsch. Als er das ihr gegenüber einmal vage andeutete, erntete er nur ihr schelmisches Lachen mit der Bemerkung, dass sein Auto dann ausgerechnet dort eine Panne haben oder ihm dummerweise der Sprit ausgehen würde. Mann, was für ein kleines, süßes, ausgebufftes Luder! Immer fiel ihr spontan eine Ausrede ein, die sein Vorhaben bereits im Ansatz zunichte machte. Als Trost blieb ihm, dass sie sich gegenüber den anderen Jungs auch nicht anders verhielt. Mehr als Händchen halten war mit ihr nicht drin. Das Höchste der Gefühle war für den einen oder anderen ein flüchtiges Küsschen auf die Wange.

Eines Tages hatte Fortuna dann doch Mitleid mit Lichtenhagen und war ihm hold. Beiläufig erzählte Marie-Luise, nachdem sie ihr Abitur erfolgreich absolviert hatte, dass sie Germanistik studieren wolle. Für ein Mädchen im Nachkriegsdeutschland, auch wenn das Wirtschaftswunder bereits blühte, nicht unbedingt eine Selbstverständlichkeit. Gelesen hatte sie immer schon sehr viel, selten sah man sie ohne ein Buch unterm Arm. Sie las querbeet, was ihr unter die Finger kam.

Irgendwann erzählte sie Lichtenhagen in der kleinen Cafeteria an der Ecke, während die Jukebox plärrte, die Arbeiten Stefan Zweigs und insbesondere seine *Schachnovelle* wären für ihre Entscheidung ausschlaggebend gewesen, hätten ihr letztendlich die Richtung gewiesen. Und sie gestand ihm leise, dass sie sich nichts sehnlicher wünsche, als eines Tages eine berühmte Schriftstellerin zu werden.

Lichtenhagen schaltete blitzschnell und heuchelte totale Begeisterung. Wusste er doch, dass Ende der Woche die Verfilmung dieser *Schachnovelle* im Kino anlaufen würde. Das war seine Chance! Keiner der anderen Jungs würde sich mit ihr diesen Film ansehen wollen. Die standen mehr auf Western und Gangsterfilme. Alles andere war in deren Augen verweichlichter Jungmädchenfirlefanz. Kurzerhand fasste er sich ein Herz und lud Marie-Luise für den folgenden Samstag zu dem Film ein und – oh Wunder! – sie sagte mit strahlenden Augen zu!

Jetzt war strategisches Vorgehen notwendig. In der Leihbibliothek organisierte er alles, was er über Stefan Zweig und sein Werk bekommen konnte, sog in knapp drei Tagen alles wie ein Schwamm in sich auf, nur um am Samstag mit seinem Wissen brillieren zu können und sich keine Blöße geben zu müssen. So gerüstet führte Lichtenhagen seine Angebetete aus. Natürlich mit dem Hintergedanken, bereits im Kino die nötige Vorarbeit zu leisten, damit die anschließende Fahrt in das Wäldchen inklusive weicher Landung auf der Opel-Rückbank nicht zum Flop wurde.

Alles hatte er sich in den schönsten Farben ausgemalt, und dann das! Marie-Luise hatte nur Augen für die Handlung und diesen „normannischen Kleiderschrank", diesen Curd Jürgens! Seine schüchternen Annäherungsversuche kamen über das Versuchsstadium nicht hinaus. Gleich nach Filmende wollte sie nach Hause gebracht werden! Sie wäre zu aufgewühlt, müsse auf der Stelle in der *Schachnovelle* nachlesen! Lichtenhagens vorgebrachte Einwände fruchteten überhaupt nicht. Was blieb ihm daher anderes übrig, als sich in der nächstbesten Kneipe mordsmäßig einen anzusaufen. Was wohl aus Marie-Luise geworden ist? Ihr Wunsch, eine erfolgreiche Schriftstellerin zu werden, ging wohl nicht in Erfüllung. Das wäre Lichtenhagen sicherlich nicht verborgen geblieben.

In Gedanken noch immer in der Vergangenheit, legt er das Buch in seinen Schoß. Gerade zur richtigen Zeit, denn der Inhaber dieses Buches schickt sich an aufzuwachen. Langsam erhebt sich Lichtenhagen, geht hinüber zur Sonnenliege.

„Sie gestatten?"

Lichtenhagen lächelt und blickt dabei in ein finsteres Gesicht mit zusammengekniffenen Augen, die sich erst wieder an die Lichtverhältnisse gewöhnen müssen.

„Ihr Buch ist Ihnen vorhin aus der Hand gefallen, als Sie ein Nickerchen machten. Ich habe mir erlaubt, es kurzfristig für Sie aufzube-wahren. Hier, bitte." Er legt es sachte auf die Decke. „Übrigens, sehr interessant. Ich kenne die *Schachnovelle*."

„Danke."

Unfreundlicher ist kaum möglich. Mehr geknurrt als gesprochen. Der Mann lässt gegenüber Lichtenhagen keinerlei Zweifel offen, dass er absolut kein Interesse an einer Konversation hat.

„Ich will Sie auch nicht weiter stören, Herr Kokoschansky. Aber erlauben Sie, dass ich mich dennoch vorstelle. Lichtenhagen... Achim Lichtenhagen", sagt er und reicht dem Mann die Hand, der dieser nur widerstrebend drückt.

„Sie kennen mich?"

Heinz Kokoschansky richtet sich ächzend auf, ist verwundert und irritiert zugleich.

„Tja, so schwierig ist das nun auch wieder nicht", antwortet Lichtenhagen lachend.

Mit einem tiefen Seufzer lässt sich Kokoschansky wieder zurückfallen, ohne Lichtenhagen anzusehen. Mann, fängt jetzt diese Scheiße von neuem an? Wut steigt in Kokoschansky hoch. Da verdrückt er sich in eine Reha-Klinik, ziemlich weit weg vom Schuss, um sich auszukurieren, und jetzt das! Das darf doch alles nicht wahr sein! Jetzt, wo es nach vielen Wochen wieder langsam mit ihm bergauf geht und er sich nur auf seine rasche, endgültige Genesung konzentrieren will! Wo er wieder gelernt hat, was Ruhe eigentlich bedeutet und wie wohltuend diese sein kann. Klar, dass ihn der Typ kennt. Kennen muss! Prangte doch sein Konterfei auf allen möglichen Titelblättern und Magazinen. Sämtliche Sender im deutschsprachigen Raum lieferten seine Visage frei Haus, in den Talkshows wurde er herumgereicht wie ein Wanderpokal, kaum dass er aus dem Krankenhaus entlassen worden war. Heute möchte er sich am liebsten dafür ohrfeigen, dass er allen so bereitwillig zugesagt hatte, immer frei nach dem Motto: klappern gehört zum Handwerk. Ausgerechnet er, der Top-Journalist und Undercover-Spezialist, der wissen müsste, wie die Medien funktionieren, wie ihre Mechanismen ablaufen und wie die Branche arbeitet, ausgerechnet er begibt sich in Teufels Küche und ist sich nicht zu schade, den Leithammel für einen kurzfristigen Hype zu spielen.

Schon vergessen, Heinz Kokoschansky, dass nichts älter ist als die Zeitung von gestern? Warum gibst du nicht zu, dass es deinem Ego enorm schmeichelte, einmal nicht hinter der Kamera zu stehen, sondern davor und der zu sein, um den sich alles dreht? Selbst Redakteure und Kamerateams ausländischer Sender gaben sich reihenweise die Klinke in die Hand, bloß um etwas von dir zu erhaschen. War es doch deine Story, und es war genau *die* heiße Story, nach der Chefredakteure täglich lechzen. Ein TV-Journalist legt sich mit der Organisierten Kriminalität an und sucht sich dafür ausgerechnet die Russen aus, lässt dabei zu allem Überdruss heimische Banken und Politiker ziemlich alt aussehen. Als Krönung etliche ernst zunehmende Drohungen, versuchte Attentate auf den Aufdecker, auch sein privates Umfeld kommt nicht ungeschoren davon, und zu guter Letzt noch ein Mordanschlag, der ihn beinahe das Leben gekostet hätte. Bessere Ingredienzen für eine Top-Story gibt es doch gar nicht!

Gib's zu, Koko, du hast dich dabei auch noch sauwohl gefühlt. Koko alias Heinz Kokoschansky, der Abenteuer, der sich um nichts und niemanden kümmert. Du warst doch in deinem Element. Das ist doch dein Metier. Kokettiere doch jetzt nicht damit, dass dir das alles zuwider ist und gegen den Strich geht. Oder ist dir inzwischen die Lust und der Spaß daran vergangen, Autogramme zu schreiben und dabei wie ein Rockstar hofiert zu werden. Du hast Mut bewiesen, aber in deinem Draufgängertum auch einige Grenzen überschritten. Auch du kannst dich nicht selbstherrlich über die Gesetzgebung hinwegsetzen. Daher warten noch einige Unannehmlichkeiten auf dich, sobald du wieder auf den Beinen bist. Aber das liebt die Masse. Sie giert nach vermeintlichen Helden und sei es auch nur für einen Tag.

„Woher kennen Sie mich? Herr, äh...", fragt Kokoschansky und sein Gesichtsausdruck ist um keine Spur freundlicher geworden.

„Lichtenhagen... Achim Lichtenhagen. Ich komme aus der Bundesrepublik."

Ach wirklich? Darauf wäre ich jetzt nicht gekommen. Der Akzent ist ja auch nicht zu überhören.

Kokoschansky bemüht sich, weiterhin ein gleichgültiges Gesicht zur Schau zu tragen. Sein unerwünschtes Gegenüber soll nicht im geringsten ahnen, was er über ihn denkt.

Also, was willst du noch? Für die Rückgabe des Buches habe ich mich bereits bedankt...

„Zum Beispiel weiß ich, dass Sie dieser österreichische Journalist sind, der mit einigen Aufsehen erregenden Geschichten ziemlich populär geworden ist, sich damit aber auch erhebliche Probleme eingehandelt hat."

Lichtenhagen deutet auf das Paar Krücken, das neben Kokoschanskys Sonnenliege am Boden liegt. Geflissentlich ignoriert er Kokoschanskys Unhöflichkeit, ihm noch immer keinen Platz angeboten zu haben.

„Zuletzt wären Sie beinahe über den Jordan gegangen. Habe so ziemlich alles über Sie gelesen, was in den letzten Wochen und Monaten über Sie berichtet wurde. Natürlich vieles auch im Fernsehen mitverfolgt. Und wie geht es Ihnen?"

„Wird schon wieder."

Kurzerhand zieht sich Lichtenhagen einen Gartenstuhl heran und setzt sich neben Kokoschansky.

„Endlich Muße gefunden, sich den wirklich schönen Dingen des Lebens zu widmen", lächelt der Deutsche und klopft dabei mit dem Zeigefinger auf das Buch.

Kokoschansky bleibt eine Antwort schuldig, mustert vielmehr seinen Gesprächspartner widerwillig, bevor er den Kopf zur Seite dreht und zu den Gipfeln der Karawanken hinüberblickt. Achim Lichtenhagen lässt sich durch diese schroffe und abweisende Art nicht verunsichern.

„Die *Schachnovelle*", nimmt er wieder den Faden auf, „hat auch viele Parallelen zu meinem Leben und meiner Vergangenheit. Wissen Sie, Herr Kokoschansky, ich bin Ihnen nachgereist. Ich bin Ihnen gefolgt."

Kokoschansky setzt sich langsam auf, weist die ihm angebotene Hand als Hilfe brüsk zurück.

„Wer sind Sie, Lichtenhagen? Und was wollen Sie verdammt noch mal von mir?"

Jedes seiner Worte hat den Klang eines scharf geschliffenen Schwertes, das zum Hieb ansetzt und die Luft durchschneidet. Dreizehn Worte – dreizehn Hiebe.

„Woher wissen Sie, dass ich hier bin?"

Wieder sieben Hiebe. Kokoschansky fingert unter der Decke nach seinen Zigaretten und dem Feuerzeug. Jetzt erst zeigt er ein erstes Zeichen von Manieren, indem er Lichtenhagen eine anbietet, die dieser jedoch dankend ablehnt.

„Nach drei Bypässen vergeht einem die Lust auf Nikotin gründlich. Gewöhnen Sie sich die Glimmstängel beizeiten ab. Ich habe selbst mal wie ein Fabrikschlot geraucht."

Auch das noch! Die schlimmsten Raucher mutieren, sobald sie ihrer Sucht entronnen sind, zu den militantesten Nichtrauchern. Alles, nur jetzt keinen Vortrag.

„Sie haben mir meine Fragen noch nicht beantwortet." Ungerührt zündet sich Kokoschansky eine Zigarette an.

„Ach ja! Woher ich weiß, dass Sie hier sind. Sie haben es doch selbst öffentlich gesagt. Warten Sie, jetzt fällt es mir wieder ein. In *Johannes B. Kerners* Talkshow."

Stimmt! Er hat Recht. Dabei sagte das Kokoschansky mit voller Absicht. Sozusagen als Schutzmaßnahme, denn sollte ihm hier in Villach etwas zustoßen, braucht auch der unerfahrenste Journalist nur eins und eins zusammenzuzählen, um dahinter zu kommen, dass nicht alles mit rechten Dingen zugehen kann im Zusammenhang mit dem, was alles vorher geschehen war.

„Noch mal, Lichtenhagen. Wer sind Sie? Und was wollen Sie von mir? Rücken Sie endlich mit der Sprache heraus! Sie wollen mir doch nicht weismachen, dass Sie mir gefolgt sind, nur um mich kennen zu lernen?"

„In der Tat, Herr Kokoschansky, es ist so. Ich..."

„Wer schickt Sie?", unterbricht ihn der Journalist barsch.

„Niemand. Glauben Sie mir, ich bin aus freien Stücken hier. Ich kann mir durchaus vorstellen, worauf Sie hinaus wollen und was Ihnen vorschwebt. Ich darf Sie beruhigen, dem ist nicht so. Ich versichere Ihnen, ich bin kein Geheimdienstmann. Keiner vom BND oder MAD. Ich komme weder aus Pullau noch aus Wiesbaden. BKA können Sie ebenfalls ausschließen. Nach meinen Informationen und meinem Wissensstand haben Sie zwar mit Ihrer letzten Geschichte in der Organisierten Kriminalität besonders in Österreich für gehörigen Aufruhr gesorgt und damit auch in der österreichischen Politik einiges ans Tageslicht befördert, die Großbanken in Ihrer Heimat beunruhigt und verunsichert, aber letztendlich konnten auch Sie nicht der Hydra die mächtigen Köpfe abschlagen. Habe ich nicht Recht?" Lichtenhagen wartet keine Antwort ab. „Und genau das imponiert mir, Herr Kokoschansky. Gegen einen übermächtigen Gegner antreten mit der Absicht, ihm durch feine, aber gezielte Nadelstiche gehörig die Suppe zu versalzen und zu hoffen, ihn damit vielleicht zu Fall zu bringen. Das ist Ihnen ja sehr gut gelungen, auch wenn Sie selbst Ihren Preis dafür bezahlen mussten. Ich versuche, mich in Sie als Journalist hineinzudenken. Ich zähle auch nicht zur Gegenseite, die Ihnen auf diese Weise unmissverständlich und zum letzten Mal klar zu machen versucht, dass nun endgültig Schluss ist oder dass Sie sonst tatsächlich im Sarg landen. Ich bin ein Kaufmann. Nichts weiter als ein einfacher Kaufmann, der einmal ganz oben war und dann in die Tiefe stürzte."

Lichtenhagen beobachtet während seines Monologs genau Kokoschanskys Gesicht, doch er kann keinerlei Regung erkennen.

„Und? Pech für Sie. Was wollen Sie hören, Herr Lichtenhagen? Dass es traurig ist und mir leid tut? Was habe ich damit zu tun? Worauf wollen Sie hinaus?“

Jetzt ist es an der Zeit, die Angel auszuwerfen und den Köder vor Kokoschanskys Nase tanzen zu lassen.

„Weil Sie der Einzige sind, der mir in meiner Situation helfen kann...“

„Ich...?“

Kokoschansky beugt sich vor, um sich jedoch sofort wieder mit schmerzverzerrtem Gesicht zurückzulehnen, denn ein Stich in seinem Rücken gibt ihm unmissverständlich zu verstehen, dass es noch eine Weile dauern wird, bis er wieder auf Vordermann ist.

„Was ist? Geht es Ihnen nicht gut?“

Kokoschansky winkt ab.

„Sagen Sie mir lieber, wie Sie auf diesen Schwachsinn kommen?“

„Irrtum, Herr Kokoschansky. Sie sind tatsächlich meine letzte Chance.“

„Mann, jetzt werden Sie nicht theatralisch! Reden Sie endlich Klartext!“

Kokoschansky kann nur noch mühsam seine Beherrschung wahren.

„Selbstverständlich, Herr Kokoschansky.“ Lichtenhagen rückt näher zu ihm. „Sagten Sie nicht bei *Kerner*, als er Sie über Ihre Zukunftspläne befragte, dass Sie beabsichtigten, dem Journalismus zumindest eine Zeit lang Ade zu sagen, weil Sie ein Buch schreiben möchten? Ein Buch mit Reportagen, in dem Sie dann tatsächlich so publizieren können, wie Sie es wollen, was bei einem TV-Sender aus unterschiedlichsten Gründen nicht immer möglich ist? Wie konkret ist dieses Projekt? Haben Sie schon einen Verlag?“

„Jetzt schweifen Sie schon wieder ab! Ist doch meine Sache, was ich vorhabe oder nicht? Aber damit Sie endlich Ruhe geben, ja, ich werde dieses Buch verfassen und dann sehe ich mich nach einem geeigneten Verlag um. Zufrieden?“

„Vergessen Sie dieses Buch?“

„Wie bitte?“

Wäre Kokoschansky schon mobiler, würde er diesen Lichtenhagen spätestens jetzt von der Terrasse jagen.

„Ja, Sie haben richtig gehört. Lassen Sie das vorerst sein. Das läuft Ihnen nicht davon. Aber mir läuft die Zeit davon. Ich möchte Ihnen ein Geschäft vorschlagen.“

„Mit Verlaub, Lichtenhagen, sind Sie noch ganz dicht?“

Lichtenhagen überhört diese Beleidigung lächelnd.

„Ich verstehe, dass Sie aufgebracht sind. Sie wollen Ihre Ruhe haben und brauchen sie auch. Plötzlich kommt da einer daher und schwafelt Sie voll. Trotzdem bitte ich Sie, mir noch ein paar Minuten zu schenken. Es geht um einen ganz besonderen Fall..." Lichtenhagen schluckt, bevor er fortfährt. „Um meinen Fall, der mit meinem Untergang vorläufig endet. Aber ich will mich nicht geschlagen geben. Nicht so. Niemals. Und das Geschäft könnte folgendermaßen aussehen. Ich verfüge über alle Informationen und alle Unterlagen zu meinem Fall, der auch in Deutschland einzigartig und einmalig ist, und ich stelle Ihnen dieses Material exklusiv zur Verfügung. Meine Geschichte drang nie an die Öffentlichkeit, weil sich kein deutscher Journalist daran traut und kein deutsches Medium es wagt, sich damit näher auseinander zu setzen. Ich habe einen Verleger, der dieses Buch herausgeben würde. Buch deshalb, weil es dafür keine andere Publikationsform gibt. Sobald dieses Buch aber dann auf dem Markt ist, müssen und werden sich die deutschen Medien damit befassen. Dieser Verleger ist selbstverständlich eingeweiht. Was uns fehlt, ist der dementsprechende Autor. Nach langen Überlegungen und nachdem wir – der Verleger und ich – uns eingehend mit Ihrer Arbeit befasst haben, sind wir zu der Überzeugung gelangt, dass *Sie* unser Mann sind. Niemand anderer. Der Verleger ist die Abschussbasis, ich platziere die Bombe und Sie zünden sie. Und zusammen als Triumvirat lassen wir sie hochgehen."

Kokoschansky nimmt einen tiefen Zug von seiner Zigarette, blickt Lichtenhagen schweigend an, bevor erstmalig so etwas wie ein Anflug eines Lächelns über sein Gesicht huscht.

„War sehr nett und auch nicht uninteressant, Ihre Bekanntschaft gemacht zu haben, Herr Lichtenhagen, aber Sie sind umsonst gekommen. Trotzdem danke für die Vorschusslorbeeren und das Angebot."

Hat man das Unmögliche eliminiert,
so muss, was übrig bleibt,
mag es auch noch so unwahrscheinlich erscheinen,
die Wahrheit sein.

(Sherlock Holmes – zum Leben erweckt von Sir Arthur Conan Doyle)

Heinz Kokoschansky ist misstrauisch und beeindruckt zugleich. Dieser Achim Lichtenhagen hatte das Treffen mit ihm äußerst geschickt eingefädelt. Aber genau das macht den Journalisten noch misstrauischer. Zu viel ist in letzter Zeit vorgefallen. Im Grunde vertraut Kokoschansky in diesem Leben nur noch einem Menschen. Ausgerechnet dieser kann ihm jetzt nicht zur Seite stehen.

Missmutig hockt er in seinem Zimmer auf der Bettkante und grübelt vor sich hin. Wer ist dieser Typ und was will er wirklich? Taucht aus dem Nichts auf, biedert sich an... Geschäft... Buch schreiben... Verlag... Bombe. Äußerst dubios und zwielichtig. Völlig unglaubwürdig. Kokoschansky brummt der Schädel. Wie heißen diese Irren, die anderen permanent auf die Pelle rücken? *Stalker...* Soll es ja geben, man hört auch immer wieder davon. Die von einer fixen Idee Besessenen wollen dem Objekt ihrer Begierde ganz nahe sein. Das passiert doch nur Hollywoodstars oder irgendwelchen Promis. Davon ist Kokoschansky meilenweit entfernt. Gut, in letzter Zeit geisterte er andauernd durch die Medien, aber niemand dreht sich auf der Straße nach ihm um. Ja, manchmal wurde er angesprochen, ob er nicht und überhaupt, auch hier in der Villacher Reha-Klinik interessiert sich manchmal der eine oder andere für ihn, aber das ist es auch schon gewesen.

Kokoschansky schaltet den Fernsehapparat aus und wirft die Fernbedienung auf das Bett. Das Gerät diente ihm nur als Geräuschkulisse und zur Ablenkung. Er hat keine Ahnung, was tatsächlich über den Schirm lief.

Diese Ruhe hier bringt ihn zusehends um. Lieber heute als morgen würde er gerne von hier verschwinden. Und jetzt noch dieser Lichten-hagen, der ihm nicht aus dem Kopf will. Der Mann kann alles sein. Ein Spinner oder ein Wichtigtuer, ebenso aber auch einer, der auf ihn angesetzt wurde, um ihn endlich auf geschickte Art und Weise mundtot zu machen. Ist diese Geschichte noch immer nicht ausgestanden? Hat man nur abgewartet, bis Gras über die Sache gewachsen war, und schickt ihm nun den Killer? Wem sieht man den Killer an? Niemandem... Wenn dem tatsächlich so sein sollte, wer ist der Auftraggeber? Soll ihn dieser Lichtenhagen oder wie immer er heißt tatsächlich liquidieren? Warum macht er sich dann die Mühe und lässt sich mit ihm auf ein Gespräch ein? Gelegenheiten, Kokoschansky aus dem Weg zu räumen, hätte es bereits genügend gegeben. Oder ist er ein Spitzel, ein Spion, den man auf ihn angesetzt hat, um herauszufinden, was Kokoschansky für die Zukunft tatsächlich plant. Und wenn? Worin liegt der Sinn?

Kokoschansky spürt wieder diese Angst. Eine Angst, die ihm in seinem Leben bislang nur selten widerfuhr. Zuletzt kurz bevor der Anschlag auf ihn verübt wurde. Nachdem er im Krankenhaus endlich wieder aus der Narkose erwacht war, war sie der Auslöser für seinen Entschluss, endgültig vom Journalismus Abschied zu nehmen. Dieses Undercovergetue, aufdecken, vielleicht den einen oder anderen Lumpen durch seine Recherchen und seine Arbeit aus dem Verkehr zu ziehen und hinter Gitter zu bringen – alles zusammen hängt ihm zum Hals heraus. Es reicht einfach.

Endlich Zeit zu haben. Zeit, Kraft und Energie für seine neue Familie. Für Sonja und das Baby, das seine Lebensgefährtin vom ihm erwartet. Kokoschansky weiß aber auch, und wer könnte das besser wissen als er, einmal Journalist, immer Journalist. Und plötzlich taucht dieser Lichtenhagen aus dem Nichts auf! Wie ein Sendbote des Unglücks. Gevatter Hein in Menschengestalt?

Mit seiner Krücke zieht sich Kokoschansky einen Stuhl herbei. Sein Rücken macht sich wieder bemerkbar. Diesen Zustand wird er noch einige Zeit ertragen müssen, haben ihm seine Ärzte und Therapeuten gesagt. Jede unbedachte Bewegung erinnert ihn sofort durch tausend Nadelstiche von den Haarwurzeln bis zu den Zehenspitzen, dass es gar noch nicht so lange her ist, als sie ihn in seinem Blut fanden und er es nur der ärztlichen Kunst verdankt, dass sie ihn wieder zusammenflicken konnten. Er lässt die Krücke fallen, zieht sich mühsam und ächzend an der Stuhllehne hoch. Die paar Schritte zum Fenster schafft er auch ohne diese Dinger. Es ist ja nicht zum ersten Mal. Er ist weder invalid, noch behindert oder ein Krüppel. Nur vorübergehend in seiner Bewegungsfreiheit eingeschränkt. Demnächst wird er wieder ganz der Alte sein. Etliche Narben werden ihn sein Leben lang daran erinnern, wie knapp er dem Teufel von der Schippe gesprungen ist. Betrachtet er sich im Bad, sieht sein Körper zwar wie ein Schnittmuster von Burda aus, aber besser so, als in einem Grab zu vermodern. Jedenfalls muss sein Schutzengel schwer auf Draht gewesen sein. Zum Glück erinnert er sich nur noch sehr vage an den Anschlag. Er stand hinter dieser Tür, sah durch den Spion die maskierten Männer mit den gezogenen Waffen in Händen... Filmriss.

Warum haderst du, Heinz Kokoschansky? Sieh dich doch nur um hier in der Reha-Klinik? Du hast allen Grund demütig und dankbar zu sein. Was ist mit dem Jungen, dem seine fanatische Liebe zum Motorrad ein Bein gekostet hat, das ihm die Leitplanke abtrennte. Oder der dreifache Familienvater, der jetzt im Rollstuhl sitzt und immer öfter von Selbstmord spricht. Ein Baugerüst war eingestürzt und hatte ihn unter sich begraben. Oder der Extrembergsteiger. Vom Hals an abwärts gelähmt. Oder der Radfahrer mit den schweren Kopfverletzungen, der nie mehr über das Niveau eines Kleinkindes hinauskommen wird. Noch mehr Posten auf der Schicksalsliste gefällig, Heinz Kokoschansky, bis du dich endlich mit deinen paar lächerlichen Kratzern abfinden kannst? Du hast dich mit der Organisierten

Kriminalität, mit der Russenmafia, angelegt, und das war der Preis. Sei ehrlich. In Wahrheit bist du mit einem Schnäppchen davongekommen.

„Ist ja gut! Verdammt noch mal! Ist ja schon gut!", spricht Kokoschansky zu sich selbst und schlägt dabei mit der flachen Hand auf den Fensterrahmen. Immerhin hat er die Gewissheit, in absehbarer Zeit wieder völlig zu genesen. Ohne Nach- und Nebenwirkungen. Doch Geduld war noch niemals seine Stärke.

Er wird wieder ein normales und uneingeschränktes Leben führen können. Wieder voll arbeiten, und er wird sein Buch schreiben. Das ist Kokoschanskys fester Vorsatz. Sein Journalistenleben auf diese Weise verarbeiten. Diese Auszeit, die er für das Schreiben benötigt, ist eine beschlossene Sache, und finanziell kann er sich diesen Luxus inzwischen problemlos leisten. Ohne Nachteile für Sonja, das Baby und ihn selbst. Vielleicht gelingt ihm sogar ein Bestseller. Das haben schon Dümmere vor ihm geschafft. Und danach? Wenn das Buch ein Erfolg werden sollte, warum nicht ganz auf die Schriftstellerei verlegen? Ideen hätte er genug. Mit seinem Namen und seiner Reputation kann er sich inzwischen die Jobs in der Medienbranche aussuchen. Er blickt lächelnd auf sein Nachtkästchen, wo einige Kuverts mit lukrativen Angeboten liegen. Doch heiße Stories sind Vergangenheit. Als zukünftiger Vater hat er Verantwortung für das Kind und die Mutter übernommen. Irgendwann muss Schluss mit lustig sein. Und ausgerechnet jetzt muss dieser Lichtenhagen aufkreuzen und ihm empfindlich in seine Zukunftspläne pfuschen.

Kokoschansky öffnet die beiden Fensterflügel. Die klare Frühlingsluft tut ihm gut. Vogelgezwitscher dringt herein. Aber richtig daran erfreuen kann er sich nicht. Die ersten Tage in der Reha-Klinik waren noch erträglich, außerdem war er mit seinen ständigen Therapien beschäftigt und kam gar nicht recht zum Nachdenken. Da er sehr gute Fortschritte macht, schränken sich seit geraumer Zeit die Nachbehandlungen ein. Dafür wurde ihm Ruhe verordnet, und genau das ist die schlimmste Strafe für Kokoschansky.

Mit fortschreitender Dauer seines Zwangsaufenthaltes wird er zunehmend unruhiger und nervöser. Über Pflege und Versorgung beklagt er sich nicht. Die ungewohnte Monotonie, die ständig wiederkehrenden Rituale im ohnehin eintönigen Tagesablauf machen ihm zu schaffen. Das ist er nicht gewohnt. Und zu allem Überdruss kann er nicht bei Sonja sein. Ausgerechnet jetzt, wo sie schwanger ist und ihn sicherlich ganz dringend braucht, ist er hier festgenagelt. Obwohl sie mehrmals am Tag miteinander telefonieren, die SMS hin und her schwirren, und sie ihm immer wieder aufs Neue versichert, dass alles in bester Ordnung ist, bleibt er weiterhin ein unruhiger Geist, der sich selbst auf die Nerven geht. Daher kann er sich auch nicht an der herrlichen Gegend erfreuen. Obendrein ist er kein besonderer Naturmensch. Berge sind traumhaft und schön, solange eine Seilbahn oder ein Sessellift zum Gipfel führen. Kokoschansky ist der typische Großstädter, der auf längere Zeit ohne Lärm und Trubel tatsächlich krank zu werden droht. Und die Hausordnung macht ihm erst recht zu schaffen. Alles läuft zu festgesetzten Zeiten ab. Bettruhe um zweiundzwanzig Uhr! Eine Qual! Für ihn, den Nachtvogel, doch erst ein angebrochener Nachmittag! Wenigstens sind die Toilettengänge noch nicht reglementiert...

Kokoschansky zieht eine Zigarette aus der Packung. Im Zimmer und im gesamten Haus herrscht strengstes Rauchverbot. Der Rauchmelder oben an der Decke glotzt ihn höhnisch an, wie das Auge eines Zyklopen. Im Park und auf der Terrasse ist dieses Laster zwar geduldet, aber eben nur geduldet. Jeder Weißkittel, ob männlich oder weiblich, blickt jeden missbilligend an, der mit einem Glimmstängel angetroffen wird. Sie haben es tatsächlich bisher immer geschafft, dass einem der Gusto nach dem blauen Dunst für einige Zeit vergrault ist. Anscheinend geben sich hier die radikalsten Nichtraucher Österreichs ein Stelldichein. Kokoschansky ertappt sich selbst mehrmals dabei, wie er die Zigarette in der hohlen Hand versteckt, sobald er einen dieser Weißkittel sieht. Wie ein ertappter Schuljunge in der Zehn-Uhr-Pause im hintersten Winkel des Schulhofs.

Und ist kein Weißkittel weit und breit zu entdecken, findet sich unter Garantie ein Patient, der Kokoschansky entrüstet und lautstark darauf hinweist, wie schädlich doch Passivrauchen sei und dies im Übrigen ein Ort der Erholung und Genesung wäre. Glücklicherweise ist er mit seiner Sucht nicht allein. Ein paar Unverbesserliche gibt es doch. Dann steht man für ein oder zwei Zigarettenlängen zusammen. Ein Schwätzchen unter Nikotinjunkies.

Kokoschansky schmunzelt, weil er bereits automatisch den Deckel seines Zippo-Feuerzeugs, entgegen seiner üblichen Gewohnheit, nicht zuschnappen lässt, sondern leise und behutsam zudrückt, nachdem er sich eine Zigarette angezündet hat.

Sein Einstand hier ist ihm noch in bester Erinnerung. Kaum im Zimmer angekommen, war seine erste Handlung der obligatorische Griff zur Zigarettenpackung. Mitten im schönsten Inhalieren und Ausschau nach einem Aschenbecher haltend, den es hier selbstverständlich nicht gibt, bekam er bereits gehörig Saures.

Dieser fette Weißkittel mit einem Gesicht wie ein Mastino kurz vorm Zubeißen, ihres Zeichens Oberschwester, und mit einer Stimme wie ein Feldwebel, stand plötzlich mitten im Zimmer und stauchte den Zwei-

Meter-Mann im Kasernenhofton auf eine Nullnummer zusammen. Dagegen war Louise Fletscher als despotische Schwester in *Einer flog über das Kuckucksnest* eine liebliche Prinzessin. Selten war Kokoschansky so sprachlos und wagte keinen Widerspruch.

Nachdem Oberschwester Feldwebel wieder abgerauscht war, inspizierte er sein vorübergehendes Refugium nach weiteren Rauchmeldern und kam schließlich zur Schlussfolgerung, dass es nur zwei Möglichkeiten gab: Rauchen am offenem Fenster und auf der Toilette. Leider ließen sich diese verfluchten Kippen nur schwer runterspülen. Wie zum Hohn tanzten sie im Wasserstrudel Ringelreihen, um dann wieder obenauf zu schwimmen. Vielleicht gab es bereits spezielle Nichtraucherspülungen? Diesem Haus wäre das zuzutrauen. Daher hat Kokoschansky immer einen kleinen Vorrat an Stanniolpapier im Zimmer und baut sich seinen behelfsmäßigen Aschenbecher für das *Corpus Delicti,* das er anschließend verschwinden lässt. Auch jetzt liegt wieder ein Stück Stanniol auf der Fensterbank.

Kokoschansky freut sich auf morgen. Dann kommt ihn Sonja endlich wieder besuchen und bleibt für einige Stunden bei ihm.

Das Klopfen an der Tür erschreckt Kokoschansky derart, dass er sich beinahe an einem Lungenzug verschluckt und den Hustenreiz nur mühsam unterdrücken kann. Hastig drückt er die Zigarette auf dem Fensterblech aus, legt die abgetötete Kippe zu den Aschenresten auf dem Stanniol, knetet daraus blitzartig eine Kugel und lässt diese in der Tasche seines Jogginganzugs verschwinden. Mit weit ausgebreiteten Armen treibt er den im Zimmer verbliebenen Rauch so gut wie möglich zum offenen Fenster hinaus. Dann sieht er auf seine Armbanduhr. Nanu, was soll das? Für den Nachmittagskaffee und die Jause ist es noch reichlich früh.

„Ja, bitte?“

Keine Antwort.

Kokoschansky humpelt zur Tür. Er lauscht, bevor er öffnet, aber nichts ist zu hören. Als er den Flur hinunterblickt, ist weit und breit keine Menschenseele zu sehen. Kopfschüttelnd will er sich wieder zurückziehen, als sein Fuß auf einen Widerstand stößt. Er schaut hinunter und sieht vor sich einen dicken, weißen Umschlag liegen. Vorsichtig schubst er das unbekannte und unerwünschte Präsent mit einer Krücke ins Zimmer bis vor sein Bett, bevor er wieder die Türe schließt und sich auf die Bettkante setzt.

Misstrauisch und noch immer äußerst vorsichtig nimmt er das Kuvert in die Hand. Es ist schwer. Der Inhalt fühlt sich nach einem Haufen Papier an. Mit den Fingerspitzen tastet er den Umschlag ab. Kein Absender. Nicht einmal Kokoschanskys Name steht drauf. Möglich ist alles. Warum nicht auch eine Briefbombe? Nachdem er sich mit seiner Story so weit aus dem

Fenster gelehnt hatte, kann auch jetzt noch alles passieren. Er kann nichts Verdächtiges entdecken. Einmal tief durchatmen, dann reißt er kurz entschlossen den Umschlag auf. Tatsächlich, wie er vermutete, ein Packen Papiere. Dazu ein handgeschriebener Brief, verfasst mit einer erbärmlichen Klaue, die jedem ärztlich ausgestellten Rezept zur Ehre gereicht.

Verehrter Herr Kokoschansky!

Leider lassen Sie mir keine andere Wahl, da Sie ja an einem weiteren Gespräch mit mir, zumindest hatte ich den Eindruck, nicht weiter interessiert zu sein scheinen...

Lichtenhagen, schießt es Kokoschansky durch den Kopf. Der ist vielleicht hartnäckig!

Trotzdem ersuche ich Sie – nein – ich bitte Sie, nicht alles sofort in den Mülleimer zu werfen, sondern vorher sorgfältig zu lesen. Ich will Sie auch jetzt nicht, nach allem, was Sie durchmachen mussten, in ein neues Abenteuer mit ungewissem Ausgang hetzen.

Jedenfalls ist mir etwas widerfahren – ich spiele von Beginn an mit offenen Karten – woran ich auch nicht ganz unschuldig war, weil ich wusste, worauf ich mich eingelassen habe.

Diese bestimmte Sache hat mein Leben und das meiner Familie zerstört. Ich saß zweimal unschuldig in Untersuchungshaft und kam nur aus dem Knast heraus, weil mich meine Familie nicht fallen ließ und ich mich mit für meine Verhältnisse astronomischen Summen als Kaution vorübergehend freikaufen konnte, die wiederum meine Familie unter größten Entbehrungen zusammenkratzte. Alles nur deshalb, weil ich mich in gutem Glauben mit einem der größten und bekanntesten deutschen Konzerne im Vertrauen auf lukrative gemeinsame Geschäfte ins Bett gelegt hatte.

Ist Ihnen, Herr Kokoschansky, Auflagenbetrug ein Begriff? Darum geht es nämlich. Meine Geschichte hat bislang noch nie das Licht der Öffentlichkeit erblickt. Und nur aus dem einzigen Grund, weil niemand, absolut niemand, es in Deutschland wagt, sich mit diesem bestimmten, allmächtigen Konzern anzulegen oder öffentlich gegen ihn anzutreten. Ich versichere Ihnen, Herr Kokoschansky, dass ich alles, was ich sage, behaupte und schreibe, bis auf die letzte Interpunktion beweisen kann.

Nur bin ich allein zu schwach, dieses Ding an Ungerechtigkeit endlich loszutreten. Ich bin das Bauernopfer, das man kalt lächelnd über die Klinge springen ließ, als es zu brenzlig wurde. Und somit bin ich wieder bei der „Schachnovelle", die Sie vorhin auf der Terrasse lasen, während ich Sie beobachtete. Glauben Sie mir, diese Novelle ist zu einem Teil ein Spiegel meines verkorksten Lebens. Warum habe ich gerade Sie für mein Vorhaben auserwählt? Nun, dafür gibt es zwei ausschlaggebende Gründe. Sie sind mir inzwischen als integrer, unbestechlicher Journalist bekannt, der, wenn er von einer Story überzeugt ist, unbeirrt seinen Weg mit allen Konsequenzen geht – und Sie sind Österreicher. Somit von Beginn an objektiv, und ich bin überzeugt, dass Ihnen auch ein Konzern dieser Größenordnung keine Angst einjagen kann.

Ich liefere die Fakten, die Tatsachen und die Beweise. Sie finden die richtigen Worte und formen die passenden Sätze zu einem investigativen, informativen Ganzen. Ich bin weder Journalist noch Autor. Lassen wir meine Bombe zusammen hochgehen! Ich habe Ihnen bereits angedeutet, dass es großes Interesse seitens eines Verlages gibt, dem ich mein gesamtes Material exklusiv zur Verfügung gestellt habe, und dass der Verleger bereit ist, mit mir diesen schweren Weg zu gehen. Wer uns fehlt, ist der Dritte im Bunde – Sie!

Selbstverständlich ist es Ihre Entscheidung. Lesen Sie meine Notizen, studieren Sie meine Unterlagen, von denen Sie bisher nur einen Bruchteil erhalten haben. Ich werde Sie weder drängen noch zu beeinflussen versuchen und Ihnen auch sonst nicht auf den Wecker gehen. Meine Handynummer liegt bei. Ich bin Tag und Nacht erreichbar.

Nehmen Sie sich die Zeit, die Sie brauchen. Ich kann warten. Das habe ich inzwischen gelernt. Darauf kommt es nun auch nicht mehr an. Ich erwarte Ihren Anruf.

Unser, zugegeben, sehr einseitig geführtes, kurzes Gespräch war für mich sehr aufschlussreich und bestärkte mich in meiner Entscheidung, dass meine Wahl auf Sie gefallen ist.

Ich wünsche Ihnen baldige Besserung und hoffe auf gute Zusammenarbeit.

Mit freundlichen Grüßen

Achim Lichtenhagen

„Geld allein macht nicht glücklich, aber es ist
besser, in einem Taxi zu weinen
als in der Straßenbahn."

(Marcel Reich-Ranicki)

Raus an die frische Luft. Noch länger in diesem Raum, und die Decke fällt ihm auf den Kopf. Tief durchatmen, die angenehme Bergluft in sich aufnehmen und ein bisschen spazieren. Abschalten, das Hirn frei bekommen, die Gedanken schweifen lassen und hoffentlich auf diese Art etwas Ablenkung finden. Nicht immer nur an seine Rache, an seine Bombe denken müssen. Sich wieder an den kleinen Dingen des Lebens erfreuen können.

Sein Hotelzimmer, in dem er derzeit logiert, ist zwar schön und komfortabel, aber bestimmt keine luxuriöse Unterkunft. In solchen Momenten wird Achim Lichtenhagen mehr als deutlich und schmerzlich vor Augen geführt, wo er einmal war und welches Leben er geführt hatte.

Damals lief unter einem Fünf-Sterne-Gral gar nichts. Damals – so weit zurück und dann wieder, als wäre alles erst gestern geschehen. Inzwischen hat er begriffen, wie schnell Not und Überlebenskampf einen Menschen läutern können.

In seiner Glanzzeit jagte er bei der in seinen Augen geringsten Nachlässigkeit jeden Kellner oder Ober quer durch das Lokal, mokierte sich lautstark und drohte, damit auch nur ja jeder kapierte, dass sich hier Herr Wichtig höchstpersönlich die Ehre gab und sich herabließ, diese Hütte mit seiner Anwesenheit zu adeln.

Bestellte er früher in Gesellschaft nonchalant und lässig standardmäßig die „Frikadellen mit den roten Füßen", wussten alle, Hummer kommt auf den Tisch. Heute geht es notgedrungen um etliche Nummern kleiner und bescheidener. Diese Erinnerungen lassen auch noch nach Jahren die alten Wunden wieder neu aufbrechen. Dennoch gesteht sich Lichtenhagen heimlich ein, dass sein jetziges unauffälliges Dasein durchaus auch seinen Reiz hat. War früher *Roederer Crystal* angesagt, bereitet ihm heute ein kühles Bierchen oder ein klares Wasser ebenso große Freude.

Heute fällt ihm ein Sonnenstrahl wieder auf. Das Lachen eines Kindes lässt ihn ebenfalls lachen. Oder Blumen auf einer Wiese, das Bellen eines Hundes. Egal was. Damals interessierten ihn nur Bilanzen, Börsenkurse, Aktiendepots und sein Kontostand.

Ohne seine Familie hätte Lichtenhagen diesen tiefen Fall nie überstanden. Sie war sein Netz, in das er zwar schwer angeschlagen stürzte, aber überleben konnte, nicht hinter Gefängnismauern vergammelte und später nicht unter der Brücke strandete.

Ohne seine Frau und seine Kinder wäre er zerbrochen und endgültig vor die Hunde gegangen. Selbst in schwersten Zeiten ließ ihn seine Familie nicht fallen, wandte sich nicht ab, sondern hielt zu ihm und begleitete ihn tapfer und hocherhobenen Hauptes zu seinen zahllosen Canossagängen. Nur ihr hat er es zu verdanken, dass er nicht dort landete, wo ihn die *ACS-Press & Media* nur zu gern gesehen hätte. Vernichtet und zerstört, ausgebrannt und am Ende, verkommen, abgehalftert, gemieden, gedemütigt und vertrieben wie einen Penner.

In diesen trüben Stunden fällt Lichtenhagen dann Joseph Roths *Hiob* ein, und etwas wie ein Lächeln huscht über seine verbitterten Gesichtszüge. Nein, sich mit *Hiob* auf eine Stufe zu stellen, wäre schlicht vermessen. Was dieser Mann durchmachen musste, lässt sich mit seiner Geschichte niemals in Einklang bringen. Außerdem war dieser Hiob geduldig, nahm die Schicksalsschläge gottergeben hin. Lichtenhagen ist das genaue Gegenteil. Rachsüchtig und nachtragend. Und er steht zu seiner Rache. Rache für alle Schmach, die ihm durch die *ACS-Press & Media* angetan wurde. Rache für den Bankrott, in den sie ihn getrieben haben. Auge um Auge, Zahn um Zahn. Verzeihen ist seine Sache nicht.

ACS-Press & Media – Armin Cicero Sprenkler Press & Media hatte als kleiner Verlag in der Bundesrepublik Deutschland angefangen und wuchs im Laufe der Jahre zu einem meinungsbildenden Konzern. Ein Medien-Tycoon. Vergleichbar mit Rupert Murdoch, Robert Maxwell oder Leo Kirch. Maxwell ist tot. Vor einigen Jahren stürzte er unter ungeklärten Umständen über die Reling seiner Jacht. Leo Kirch ist entmachtet und pleite. Murdoch zieht weiterhin seine Fäden.

Auch Armin Cicero Sprenkler liegt längst auf dem Friedhof. Seine Nachfahren leiten sein von ihm geschaffenes Imperium, in dem Lichtenhagen eine Zeit lang ein nicht unwesentlicher Bestandteil sein durfte, erfolgreich weiter.

Wie damals ist auch heute die *ACS-Press & Media* tonangebend in der Meinungsbildung und Nummer eins in der Werbewirtschaft. Wer sein Produkt der Masse bekannt machen will, muss in den *ACS-P&M*-Blättern und Magazinen inserieren. Was im *„MB"* – *„Massenblatt"* steht, ist Religion. Täglich zittern die Politiker aller Couleur vor den Schlagzeilen im *„MB"*. Eine *Headline* im *„MB"* kann eine Person über Nacht in den Himmel heben und anderntags in die Hölle verdammen. Daumen auf- oder abwärts. *ACS-Press & Media* setzt Wirtschaftstrends, berichtet über den neuesten

neuesten Lifestyle, bringt in seinen Klatschpostillen Möchtegernsternchen zum Leuchten und lässt sie als Stars wieder verglühen, je nach erforderlicher Markt- und Meinungslage. Kein Kiosk ohne *ACS-P&M*-Produkte. Im All-Inclusive-Club in von Deutschen frequentierten Urlaubsorten bis zum letzten Weiler auf einer entlegenen Nordseeinsel. Überall dort zu finden, wo auch Deutsche sind.

Ausgerechnet mit dieser *ACS-Press & Media*, diesem unberechenbaren und schwer einschätzbaren Machtfaktor und Medienmoloch, schloss Lichtenhagen seinerzeit seinen faustischen Pakt ab.

Früher sonnte man sich in seinem Glanz, die Einladungen für gesellschaftliche Anlässe ersten Ranges stapelten sich auf den Schreibtischen in seinem Sekretariat. Heuchelnd schätzte man sich glücklich, begrüßte ihn überschwänglich und jovial. Die Parkette wurden durch die Schleimspuren von Mal zu Mal glitschiger und rutschiger, doch Lichtenhagen genoss Anerkennung und Ehrerbietungen in vollen Zügen, ohne genaueres Hinterfragen oder einen Blick hinter die Kulissen zu riskieren.

Als es ihm endlich wie Schuppen von den Augen fiel, war es längst zu spät. Kurzerhand wurde er von seinen Gönnern und Förderern zur *Persona non grata* erklärt. Tauchte er irgendwo auf, wendete man sich von ihm ab, achtete peinlich genau darauf, mit ihm ja nicht gemeinsam abgelichtet oder in einem Fernsehbeitrag gesehen zu werden. Begegnete man ihm zufällig auf der Straße, wurde die Seite gewechselt.

Heute verweigern genau jene Hände, die sich ihm vor noch nicht all zu langer Zeit anbiedernd und kriecherisch entgegengestreckt hatten, den Händedruck. Ein verdammt hoher Preis für einen Deal, dessen Hintergründe Lichtenhagen anfänglich nicht durchschaute. Endlich ist die Zeit angebrochen, um alles wieder ins Lot zu bekommen. Um alles, was aus dem Ruder gelaufen ist, wieder in geordnete Bahnen zu lenken.

Lichtenhagen dreht sich um, blickt in Richtung Reha-Klinik. Dort, hinter einem dieser vielen Fenster sitzt Heinz Kokoschansky und ist sich hoffentlich der Brisanz der Unterlagen, von denen er ihm vorerst nur einen Teil zum Schnuppern gab, bewusst. Auf diesen Journalisten setzt Lichtenhagen. Seine letzte Chance und Hoffnung. Er ist Lichtenhagens Schlüssel, mit dem er diesen Tresor der Vertuschung knacken will, um endlich seine Gerechtigkeit zu erlangen.

Langsam geht Lichtenhagen die schmale Straße entlang. In Villach ist ihm zu viel los. Darum hat er sich auch in einer kleinen Nachbargemeinde einquartiert. Abgeschieden, auch weit weg vom Trubel rund um den Wörthersee, wo jeden Abend die Schönen und Reichen oder jene, die sich dafür halten, die Sau rauslassen. Das Nest hat mehr von einem Kurort. Beschaulich und ruhig. Sollte dem nicht so sein, dann täuschen das die Einheimischen sehr geschickt vor, weil es gut für das Geschäft ist. Und in den paar Tagen, in denen Lichtenhagen nun hier ist, hat ihn das am allerwenigsten interessiert. Spätestens um zweiundzwanzig Uhr klappt man hier gewissermaßen die Bürgersteige hoch und schiebt die Häuser in den Wald.

Einige Gaststätten sind davon ausgenommen. Häufig werden sie von Kurgästen frequentiert, die auf die Diätvorschriften ihrer Ärzte pfeifen. Auch das Hotel, in dem Lichtenhagen abgestiegen ist, darf sich über mangelnde Auslastung nicht beklagen. Es ist zwar noch nicht Hochsaison, dennoch ist das Haus sehr gut belegt.

Zentraler Mittelpunkt des Örtchens ist die barocke Pfarrkirche. Gleich neben der Kirche, wie damals üblich, ist der Friedhof angelegt. Lichtenhagen tritt ein. Noch vor wenigen Jahren für ihn undenkbar. Den Tod versuchte er immer aus seinem Gedächtnis streichen, wollte sich mit dieser Endgültigkeit nie auseinander setzen. Friedhöfe besuchte er nur, wenn er musste. Bei Beerdigungen und zu Allerheiligen aus Tradition. Erst als es Lichtenhagen selbst erwischte und ihm mehr als deutlich vor Augen geführt wurde, wie vergänglich irdisches Dasein ist, änderte sich sein Bild schlagartig. Der lange Krankenhausaufenthalt in Verbindung mit seiner Herzoperation und den Bypässen brachten ihn wieder auf den Boden der Realität zurück. Und heute lebt er nur noch, um sein Werk zu Ende zu bringen...

Er beobachtet ein altes, gekrümmtes Mütterchen, das vor einem frisch aufgeworfenen Grabhügel steht. Die Alte betet lautlos einen Rosenkranz. Die kleinen schwarzen Perlen gleiten durch die gichtigen Finger ihrer abgerackerten Hände. Ein einfaches Holzkreuz mit einem provisorischen Namensschild. Daran angelehnt die schwarz umrandete Todesanzeige in einem einfachen Rahmen. In der Laterne eine Grabkerze, deren Flamme unruhig flackert. Ein paar Kränze und Buketts. Die Blumen längst verwelkt, die Kranzschleifen mit Erde bedeckt und leise im Wind flatternd. Lichtenhagen beobachtet das verhutzelte Weiblein, das hier wahrscheinlich vor der letzten Ruhestätte ihres Mannes steht und nun langsam realisiert, dass sie auf dieser Welt niemanden mehr hat.

Er geht weiter, lässt sie in ihrer Trauer zurück. Betrachtet die alten, verwitterten Grabsteine, liest Namen und Inschriften, streicht ihm Vorbeigehen über das eine und andere schmiedeeiserne Kreuz, bückt sich, richtet da und dort eine Blume, streift herabgefallene Blätter von Grabplatten. Ertappt sich dabei, wie er plötzlich ein Vater unser zu murmeln beginnt. Zuerst nur in Bruchstücken, doch dann kehrt nach und nach der volle Text zurück. Lichtenhagen betet und bittet, dass ihn Kokoschansky nicht hängen lässt. Sollte dieser bittere Fall eintreten, dann hat er auf dieser Welt nichts mehr zu suchen, das hat er sich geschworen. Dann ist der große Gewinner *ACS-Press & Media*...

Manchmal greift er in die Hosentasche, zieht sein Handy heraus und kontrolliert das Display in der Hoffnung, eine Nachricht von Kokoschansky erhalten zu haben und dass er das akustische Signal dafür vielleicht überhört haben könnte. Nichts dergleichen. Lichtenhagen ärgert sich über sich selbst. Über seine eigene Ungeduld. Das war schon immer einer seiner größten Fehler. Nie konnte ihm etwas schnell genug sein.

Er lenkt seine knirschenden Schritte über die kiesbedeckten Wege zurück Richtung Ausgang. Langsam meldet sich sein Magen und fordert sein Recht. Doch er ist zu aufgeregt und innerlich zu aufgewühlt, um sich den kulinarischen Genüssen der heimischen Küche zu widmen. Also beschließt er, zurück ins Hotel zu gehen und in seinem Zimmer einen Happen zu essen. Und zu warten...

Außerdem ist es Zeit, seine Medikamente einzunehmen. Vom Friedhof sind es nur wenige Meter zu seinem Quartier. Lichtenhagen betritt die Eingangshalle. Ein typisches Landhotel mit viel Hirschgeweih und anderen Jagdtrophäen an den Wänden. Verbrämt mit kitschigen Bildern, die das Landleben und die Jagd glorifizieren. Künstlich auf erdig und bodenständig getrimmt wird dem Touristen eine Illusion vorgegaukelt, wie sie wirklichkeitsfremder nicht sein könnte. Trotzdem strahlen Haus und Interieur Flair aus. Eine gewisse urige Gemütlichkeit ist nicht zu leugnen.

Achim Lichtenhagen erkundigt sich an der Rezeption eher beiläufig, ob Nachrichten für ihn hinterlegt worden sind. Eine alte Angewohnheit aus besseren Zeiten. Natürlich ist auch hier *ACS-Press & Media* am Zeitungsständer stark vertreten, die Zeitungen und Magazine scheinen Lichtenhagen hämisch anzugrinsen.

„Besuch für Sie, Herr Lichtenhagen", sagt das Mädchen hinter der Rezeption.

„Für mich?"

Kokoschansky!

Blödsinn!

Der kann doch nicht raus. Noch dazu in seinem Zustand.

Eine Überraschung seiner Frau? Unmöglich. Sie ist zu beschäftigt und muss den kleinen Laden in Schuss halten, der ihnen beiden den Lebensunterhalt sichert.

Wer?

Dementsprechend verdutzt fällt sein Gesichtsausdruck aus. Die Verwunderung steht ihm ins Gesicht geschrieben. Auch dem jungen, freundlichen Blondinchen in ihrem tief dekolletierten Dirndlkleid mit mächtig viel Holz vor der Hütte entgeht nicht die sonderbare Reaktion des Gastes, sie zieht die Augenbrauen hoch. Noch vor wenigen Jahren wäre Lichtenhagen angesichts dieses überaus leckeren Anblicks vor der Rezeption wie ein Gockel herumscharwenzelt, hätte sich tausend Gründe einfallen lassen, um mit der drallen Puppe ins Gespräch zu kommen und zu flirten. Doch das ist längst abgehakt und vorbei.

„Ist mit Ihnen alles in Ordnung, Herr Lichtenhagen?", fragt sie besorgt.

„Ja, ja. Danke. Aber ich erwarte keinen Besuch", reagiert er geistesabwesend.

„Der Herr wartet drüben im Jägerstüberl..."

Also doch Kokoschansky! Für einen Augenblick erhellt sich Lichtenhagens Miene.

„Mit Krücken?"

„Nein. Wieso?"

„Hm, nur so. War nur so ein Gedanke..."

Wäre ja auch zu schön gewesen.

Die Rezeptionistin kennt sich überhaupt nicht mehr aus.

„Wenn Sie möchten, kann ich dem Herrn ja ausrichten, dass Sie nicht zu sprechen sind."

Lichtenhagen winkt müde ab, geht auf das Jägerstüberl zu, entlang an Geweihen und mächtigen Eberschädeln, die auf wappenähnlichen Brettern montiert sind. Über dem Eingang thront auf einem Stück Ast ein kolossaler, ausgestopfter Steinadler mit ausgebreiteten Schwingen, der sich jeden Augenblick auf den Besucher zu stürzen droht.

Naturgemäß ist um diese Zeit noch nicht viel los. Die Hotelgäste sind entweder auf dem Rückweg von ihren Touren, Wanderungen und Ausflügen oder sitzen schon beim Abendessen im hauseigenen Restaurant. Zünftig wird es hier erst zu späterer Stunde.

„Sie wollten mich sprechen?"

„Wenn Sie Achim Lichtenhagen sind..." Der Unbekannte bleibt völlig regungslos.

„Der bin ich..."

Der Mann mit dem breiten Rücken und der Halbglatze strahlt Ärger aus. Der Kragen seiner abgetragenen Lederjacke ist aufgestellt. Manchen Menschen ist auf den ersten Blick anzusehen, dass es besser ist an ihnen nicht anzustreifen, wenn man Schwierigkeiten vermeiden will. Lederjacke zählt dazu.

„Haben *Sie* auch einen Namen?"

Lichtenhagen stellt die Frage mit fester Stimme, fühlt allerdings das Unbehagen, das die Gegenwart dieses unbekannten Fremden in ihm hervorruft und bemüht sich redlich, seine Unsicherheit zu verbergen. Lederjacke macht keinerlei Anstalten, sein Gesicht Lichtenhagen zuzuwenden.

„Mein Name tut nichts zur Sache."

„Dann hat es sich auch schon erledigt. Wenn ich nicht weiß, mit wem ich es zu tun habe..."

Lichtenhagen will sich umdrehen, doch Lederjacke greift nach hinten und hält ihn am Arm zurück. Der Druck, den die Hand des Unbekannten auf Lichtenhagens Arm ausübt, duldet keinen Widerspruch.

„Sie bleiben, Lichtenhagen, und setzen sich jetzt neben mich. Sie hören genau zu, was ich Ihnen zu sagen habe. Ich sage alles nur einmal. Klar?"

Der sächsische Akzent ist nicht zu überhören. Die Stimme ist leise, aber der Befehlston lässt Lichtenhagen mechanisch und widerspruchslos gehorchen. Erst als er sitzt, wendet sich Lederjacke ihm zu.

Lichtenhagen schätzt ihn auf einen guten Fünfziger. Das Gesicht wirkt nicht unsympathisch, wenn auch nicht unbedingt Vertrauen erweckend. Bullige Statur, unrasiert, kräftige Hände, die auch zupacken können, wie Lichtenhagen soeben feststellen konnte. Alles in allem ein Mann, den man sich nur schwer hinter einem Schreibtisch sitzend vorstellen kann. Eher einer fürs Grobe. Einer, der erst beim zweiten Mal auffällt und auch dann nicht im Gedächtnis haften bleibt, und keinesfalls ein Frauenschwarm. Das einzig Ungewöhnliche an ihm ist dieser stechende, durchdringende Blick. Seine eisgrauen Augen, fast wie die eines Huskies, scheinen Lichtenhagen förmlich zu durchbohren, während er ihn unverhohlen von oben nach unten mustert und sich auch keinerlei Mühe dabei gibt, seine geringe Wertschätzung zu kaschieren.

Lichtenhagen macht dieser sächsische Akzent stutzig. Diese Sprechweise hatte er bei seinen Geschäften in der ehemaligen DDR zur Genüge kennen gelernt. Die Kombination von Sprache, forschem Auftreten, Apparatschikvisage und dazu die obligatorische Lederjacke – alles zusammen nichts anderes als ein waschechter ehemaliger Stasi-Mann.

„Wer sind Sie?", wiederholt Lichtenhagen seine Frage. Der Klang seiner Stimme lässt deutlich erkennen, dass er dem Rotzbubenalter längst entwachsen und nicht gewillt ist, sich derart behandeln zu lassen.

„Uninteressant. Wichtig ist, dass *ich* weiß, wer Sie sind. Nämlich Achim Lichtenhagen. Punktum. Sie sollen endlich Ruhe geben. So wünscht es mein Auftraggeber. Also halten Sie sich gefälligst daran. Das soll ich Ihnen von meinem Auftraggeber bestellen."

„Dann schickt Sie die *ACS-Press & Media*“, murmelt Lichtenhagen. Seinen Verdacht, dass es sich bei seinem Gegenüber um einen ehemaligen Stasi-Mitarbeiter, einen *IM*, einen *Inoffiziellen Mitarbeiter*, wie es damals im Mielke-Jargon hieß, handeln könnte, behält er für sich.

„Sie sollen mich nicht unterbrechen“, fährt ihn Lederjacke barsch an, und dabei möchten ihm seine eisgrauen Augen geradezu Löcher in den Kopf brennen. „Geht das endlich in Ihren verbohrten Schädel, dass Sie verloren haben? Haben Sie noch immer nicht kapiert, dass für meinen Auftraggeber Geld keine Rolle spielt? Mein Auftraggeber brachte schon ganz andere Kaliber zur Strecke. Sämtliche Affären überstand er unbeschadet, egal ob politisch oder sonst wie. Also wird er sich auch wegen Ihnen nicht in die Hosen machen. Wenn Sie nicht endlich Ruhe geben“, und dabei hält Lederjacke ihm Daumen und Zeigefinger seiner rechten Hand so unter die Nase, dass nur ein paar Millimeter Spielraum bleiben, „dann macht er Sie platt wie eine Flunder, Sie kleines Würstchen.“ Und dabei drückt er die Fingerkuppen zusammen. „Einmal mit den Fingern schnippen reicht, und Sie sind endgültig weg vom Fenster. Ist Ihnen doch schon in dieser Art widerfahren, oder nicht? Mir ist das egal. Ich habe nichts gegen Sie persönlich, Lichtenhagen. Ich erledige nur meinen Job. Und hören Sie auf, von Pontius zu Pilatus zu rennen. Sie stehen auf verlorenem Posten. Heute haben Sie mit einem Journalisten gesprochen...“

Lichtenhagen verzieht keine Miene.

„Sie brauchen nicht zu antworten. Ich weiß es ohnehin. Der Typ heißt Heinz Kokoschansky. Ein Österreicher. Aus Wien. Ist hier, um sich auszukurieren, weil er eine Zeit lang mit Latschen unterwegs war, die ihm um einige Nummern zu groß waren. Deshalb musste er auch ein bisschen Blei schlucken. Dabei hatte er noch Glück, weil man wollte, dass er dieses Glück hatte.“ Lederjacke beugt sich ein wenig vor, blickt Lichtenhagen tief in die Augen. „Lichtenhagen, bauen Sie keinen Scheiß mehr. Ein zweites Mal gibt es für Sie nicht.“

„Die *ACS-Press & Media* hat meine Existenz vernichtet und mir den Boden unter den Füßen weggezogen.“ Lichtenhagens Stimme klingt erregt und wird zunehmend lauter. „Denken Sie, das nehme ich alles so hin? Ich bin zweimal unschuldig in den Bau gewandert!“

„Schnauze, Mann! Und Sie sollen mir nicht ins Wort fallen!“, knurrt Lederjacke. „Und? Haben Sie sich nicht wieder gefangen? Eine weitere Chance werden Sie nicht mehr erhalten. Man wird Sie wie eine Laus zerquetschen, wenn Sie keinen Frieden geben. Vergessen Sie diesen Kokoschansky und sämtliche Pläne, die Sie wahrscheinlich längst ausgeheckt haben.“ Seine Tonfall wird schneidend. „Und vergessen Sie niemals, dass Sie Familie haben. Auch dem kleinen Laden soll doch nichts geschehen..."

„Sie drohen mir?"

„Genau."

Lederjacke wirft einen zerknüllten Zehn-Euro-Schein für den doppelten Cognac auf die Theke, kippt den Rest im Schwenker hinunter, rutscht vom Barhocker und verschwindet grußlos, ohne sich auch nur einmal umzudrehen.

In einem ersten unüberlegten Moment will ihm Lichtenhagen nach, besinnt sich aber rechtzeitig und lässt es bleiben. Mit weichen Knien geht er nach ein paar Minuten zur Rezeption zurück.

„Meinen Schlüssel, bitte."

„Bitte schön, Herr Lichtenhagen."

Der Rezeptionistin fällt sofort auf, dass mit ihrem Gast etwas nicht stimmt. Seine Gesichtsfarbe ist aschfahl.

„Ist Ihnen nicht gut, Herr Lichtenhagen? Brauchen Sie Hilfe? Soll ich Ihnen ein Glas Wasser bringen?"

„Danke. Sehr freundlich. Es geht schon."

„Unangenehme Nachrichten?"

Lichtenhagen reagiert nicht auf die Frage.

„Sagen Sie, Fräulein, wissen Sie zufällig, wer dieser Mann war? Ist er ebenfalls hier zu Gast?"

„Der, der Sie sprechen wollte? Nein, keine Ahnung. Ich habe ihn heute das erste Mal gesehen. Zuerst fragte er nur, ob Sie im Hause wären, und weil das nicht der Fall war, meinte er nur, dann werde er eben im Jägerstübel warten, bis Sie kommen."

„Ist schon in Ordnung. Danke."

Schweren Schrittes, fast wankend, erreicht Lichtenhagen den Lift. Auf seinem Stockwerk angekommen, schließt er mit zittrigen Händen sein Zimmer auf. Drinnen verschließt er die Türe zweimal. Wieder dieses verdammte Brennen. Dieses Feuer in seiner Brust peinigt ihn immer dann, wenn er sich aufregt oder maßlos ärgert. Im Badezimmer kramt er in seinem Kulturbeutel nach den Medikamenten, die er ständig mit sich führen und mehrmals täglich einnehmen muss.

Lichtenhagen schiebt sich zwei Tabletten in den Mund und spült mit einem Glas Wasser nach. Seine Hände zittern immer noch, und als er das Glas auf dem Bord abstellen will, gleitet es ihm aus der Hand und zerbricht mit einem lauten Knall im Waschbecken. Er stützt sich am Beckenrand ab, blickt in den Spiegel. Er wirkt müde und abgespannt. Schweißperlen stehen ihm auf der Stirn. Langsam setzt die Wirkung der Medizin ein und das Brennen in seiner Brust wird schwächer.

Der Pilotenkoffer! Er stürzt zurück ins Zimmer, reißt die Schranktüre auf. Gott sei Dank! Das gute Stück ist noch da. Nun erst blickt er sich im Zimmer um, kann aber nicht erkennen, ob er ungebetenen Besuch hatte. Alles ist so, wie er es vor Stunden zurückgelassen hatte. Er hebt den schwarzen Pilotenkoffer aus dem Schrank und setzt sich an den Tisch.

Darin verwahrt er sein gesamtes bisheriges Leben von A bis Z. Es ist eine Marotte von Lichtenhagen, diesen Koffer überall mit sich zu führen. Die Dokumentation seines Untergangs. Darin befinden sich seine Gerichtsakten über die Auseinandersetzung oder vielmehr den Krieg mit der *ACS-Press & Media.* Die Originale seiner Unterlagen hat er an einem sicheren Ort verwahrt. Sprengstoff für ein Erdbeben in Deutschland, das diese verfluchte *ACS-Press & Media* derart in die Bredouille bringen soll und ihr am Ende das Genick brechen wird. Dafür braucht er diesen Österreicher. Der schafft es bestimmt, diese ungeheuerlichen Manipulationen, diese unglaublichen Vertuschungsaktionen publik zu machen, vor denen jeder deutsche Journalist sofort in die Knie geht und Lichtenhagens Unterlagen wie glühende Kohlen fallen lässt.

Niemand in Deutschland hat nur die leiseste Ahnung, was tatsächlich gedreht wurde und abgelaufen ist. Mit größter Wahrscheinlichkeit hat sich bis heute daran nichts geändert. Wer weiß, vielleicht geschieht das auch in Österreich? Nur ihm – Lichtenhagen – wird niemand Glauben schenken. Wer nimmt einen ehemaligen Knacki schon ernst und traut ihm über den Weg? Daher muss unter allen Umständen dieser Heinz Kokoschansky sein Sprachrohr werden!

Da taucht plötzlich dieser Unbekannte auf, den Lichtenhagen vorher noch nie in seinem Leben gesehen hat, und setzt ihn unter Druck. Wer macht so etwas? Wer kann das? Nur jemand, der sein Leben lang nichts anderes gelernt hat und gewohnt ist. Einer von der Stasi, von der aufgelösten Staatssicherheit des untergegangenen Arbeiter- und Bauernstaates. Der hat das drauf. Kalt und emotionslos. Lichtenhagen wettet seinen Kopf, dass dieser Typ dabei war und die Vergangenheit noch immer nicht ablegen konnte. Und die *ACS-Press & Media* bedient sich der Dienste eines solchen Individuums!

Lichtenhagen geht zu seinem Bett, lässt sich rücklings darauf fallen, verschränkt die Arme hinter dem Kopf und starrt zur Decke. Nach vielen Jahren wird die *ACS-Press & Media* wieder unruhig. Warum? Kokoschansky ist doch nicht der erste Journalist, den er für sein Vorhaben zu gewinnen versuchte. Was steckt also jetzt dahinter? Woher weiß dieser Unbekannte, wo sich Lichtenhagen zurzeit aufhält und dass er mit Kokoschansky gesprochen hat? Und auch über diesen Journalisten scheint er bestens informiert zu sein. Weshalb hat man ihn, Lichtenhagen, nicht sofort bei der ersten Kontaktaufnahme mit einem Journalisten gestoppt und in die Schranken gewiesen?

Das Feuer in seiner Brust ist endlich erloschen. Lichtenhagen richtet sich wieder auf, zieht den Pilotenkoffer zu sich heran und nimmt ein altes Fotoalbum heraus, in dem die wichtigsten Stationen seines Lebens festgehalten sind.

Liebevoll, fast zärtlich streicht Achim Lichtenhagen über den abgegriffenen Ledereinband des Albums. Irgendwann in seiner Jugend hatte er es angelegt, aber wann genau, kann er heute nicht mehr sagen. Die Fotografie entwickelte sich im Laufe der Jahrzehnte von einem sporadischen Hobby zu einer richtigen Leidenschaft. Genau wie sein Faible für Autos.

Die Seiten sind vergilbt und brüchig geworden. Beim Umblättern muss man die nötige Sorgfalt walten lassen. Das Spinnenpapier zwischen den Blättern ist des Öfteren eingerissen. Besonders schlimme Risse wurden mit Klebeband repariert. Mit der Füllfeder schrieb er unter die einzelnen Fotos Bemerkungen. Auch die Tinte ist längst verblasst und der Text an vielen Stellen nur noch schwer zu entziffern. Doch das ist nicht nötig. Sobald Lichtenhagen das Foto sieht, erinnert er sich genau, in welchem Zusammenhang das Bild geknipst wurde. Sein Gedächtnis arbeitet noch immer hervorragend.

Jedes Mal, wenn er dieses Album zur Hand nimmt, überfällt ihn die Angst, dass sein Leben eines Tages ebenso verblasst wie die Tinte seiner Beschreibungen. Ohne Bleibendes, ohne Wert und Bestand hinterlassen zu haben, abgesehen von seiner Familie. Das Leben einfach zwischen den Fingern unwiederbringlich zerronnen.

Andere an seiner Stelle hätten wahrscheinlich längst resigniert. Lichtenhagen nicht. Es ist diese Mischung aus Hass und Wut, die ihn antreibt, nicht klein beizugeben, sondern weiterzumachen, gegen die innere Stimme der Vernunft anzukämpfen, die ihm in ausweglosen Situationen immer wieder rät, es endlich gut sein zu lassen. Dieser scheinbar aussichtslose Kampf gegen Windmühlen stachelt ihn ständig neu an und gönnt ihm keine Pause.

Lichtenhagen hat das Album auf seinen Knien liegen. Vorsichtig klappt er den Deckel auf. Unzählige Male hat er darin schon geblättert und sich in die Vergangenheit tragen lassen.

In Trümmern wurde er geboren. Im Herbst seines Lebens steht er nun wieder in Trümmern. 11. August 1945 – Achim Lichtenhagens Geburtsdatum.

Er erblickte das Licht einer Welt, das nur noch flackerte und fast am Erlöschen war. Aus dem geschützten Mutterleib hinaus in die Apokalypse, in ein Dante'sches Inferno. Später werden ihm die, die es hautnah erleben mussten und alles bis auf das eigene nackte Leben verloren, erzählen, was Machtwahnsinn und Größenwahn eines Verrückten im Verbund mit seinen Getreuen anzurichten imstande ist. Er wird von Luftangriffen, von Flächenbombardements, von Feuerstürmen, vom Grauen, von den Gaskammern und vom Holocaust erfahren. Man wird ihm von einer versunkenen Zeit erzählen, wie sie einmal war, bevor einer aus Braunau die Welt beinahe gänzlich aus den Angeln hob. Und jene, die dafür verantwortlich zeichneten, zogen sich feige durch Selbstmord aus der Affäre und die anderen, die gefasst werden konnten, zog man vor einem Tribunal in Nürnberg zur Rechenschaft.

Lichtenhagen schlägt nicht wahllos eine Seite in seinem Fotoalbum auf. Wenn er in die Vergangenheit flüchtet, beginnt er immer mit der ersten Seite und arbeitet sich vor.

Quedlinburg im schönen Harz. Dort sind meine Wurzeln. Bis heute kann ich nicht sagen, ob mein Geburtshaus Am Finkenherd 6 zwischen dem historisch bedeutsamen Münzenberg und der Schloß- und Stiftskirche ein gutes oder böses Omen für den Verlauf meines Lebens bedeutet. Ich ging doch über die gleiche Erde und atmete die gleiche Luft wie einst Sachsenherzog Heinrich I., dem genau hier Am Finkenherd, heute nichts weiter als eine kleine Häuserzeile nördlich des Schlossbergs, im Jahre 919 n. Chr. die Nachricht von seiner Königswahl überbracht worden war und der dort die Reichsinsignien mit der Krone erhalten hatte. Zumindest der Legende nach...

Gilt doch Heinrich I. als der Begründer des Deutschen Reiches. Natürlich ist er mit seiner Frau Mathilde in Quedlinburg bestattet. Ihre Sarkophage stehen in der Krypta der prächtigen Stift- und Schlosskirche.

Als Sohn dieser Stadt bin ich ferner mächtig stolz darauf, dass hier auch Friedrich Gottlieb Klopstock, einer der bekanntesten deutschen Dichter, geboren wurde. So gesehen befinde ich mich doch in bester Gesellschaft.

Heute zählt meine Geburtsstadt zu den bekanntesten und am meisten besuchten Touristenattraktionen in der Bundesrepublik. Wo sonst gibt es noch vollständig erhaltene Straßenzüge mit über eintausend historischen Fachwerkhäusern vom vierzehnten bis zum neunzehnten Jahrhundert?

Natürlich machte der Zweite Weltkrieg keinen Bogen um diesen Ort, aber durch glückliche Schicksalsfügung verfehlten die Bomben der Alliierten ihre Ziele. Daher blieb auch einer der kostbarsten Kirchenschätze des Mittelalters, der in den beiden Schatzkammern der Stifts- und Schlosskirche lagert, nahezu unversehrt, obwohl ein Teil dieser kostbaren Stücke eine wahre Odyssee hinter sich hat. Schuld daran hatte ein amerikanischer Leutnant, der sich 1945 klammheimlich ein paar dieser unersetzlichen Teile unter den Nagel gerissen hatte und diese ganz profan mit der Feldpost nach Texas zu sich nach Hause schickte. Geschlagene sechsundvierzig Jahre galten diese Kunstschätze als verschollen.

Erst 1991, als der ehemalige GI das Zeitliche segnete, kam alles ans Tageslicht. Wie überall, wenn jemand stirbt, waren auch in diesem Fall sofort die Erben zur Stelle, weil sie schleunigst diese Teile des Quedlinburger Kirchenschatzes verscherbeln wollten. Deren Pech war, dass sie keinen blassen Schimmer von Geschichte und Kunstgeschichte hatten. Unschätzbare Werte sind nun einmal nicht mit irdischem Geld zu bezahlen. Es sollte noch zwei Jahre dauern, bis diese Stücke 1993 wieder zurück an ihren angestammten Platz kamen. Dafür erhielten die Erben auch sechs Millionen D-Mark als „Finderlohn"...

Jedes Mal, wenn ich die Fotos dieser wunderbaren Stadt betrachte, fallen mir diese Geschichten ein. Nur damals, 1945, als alles den Bach runtergegangen war, konnte weder meine Mutter noch ich mit Geschichte und Kultur überleben. Was zählte waren Lebensmittel, und die waren mehr als rar.

Selbstverständlich hatte ich auch einen Vater. Nein, so selbstverständlich war das damals auch nicht. Leider musste auch er seinen Preis bezahlen. Linkes Bein amputiert. Vorwärts, Kameraden! Wir müssen zurück! Der Dank des Tausendjährigen Reiches für den Kessel von Stalingrad. Aber mein Vater überlebte, und nur das zählte. Trotz seiner schweren Verletzung und der Behinderung brach niemals sein unbändiger Lebenswille. Er gab sich nie auf.

1943 kam er von der Front zurück nach Quedlinburg, direkt ins Lazarett unter die Fittiche meiner Großmutter, die als Krankenschwester arbeitete. Durch ihre aufopfernde Pflege wurde mein Vater bald wieder gesund. Vielleicht, und das unterstelle ich meiner Oma, tat sie das nicht ganz uneigennützig. Auch sie hatte Kinder. Einen Sohn und zwei Töchter. Und die Mädchen mussten irgendwann unter die Haube. Zu dieser Zeit war mein Vater ein stattlicher, überaus gut aussehender Mann. Beide Töchter flirteten mit ihm auf Teufel komm raus. Schließlich machte die Ältere der beiden das Rennen. Nach einem halben Jahr Lazarettaufenthalt wurde noch 1943 geheiratet und meine Großmutter war um eine Sorge ärmer. Das frisch vermählte Ehepaar bezog nun Quartier bei meiner Oma, meines Vaters Schwiegermutter – auf dem Münzenberg, Am Finkenherd 6.

Leicht machte ich es meiner Mutter nicht. Es war eine komplizierte Hausgeburt. Möglich, dass das schon ein Vorzeichen für meine späteren Probleme war und ich gar nicht so recht in diese Welt wollte. Ein Spital kam nicht in Frage. Die Krankenhäuser wurden für die tausend und abertausend Verwundeten gebraucht.

Meine Mutter war eine starke Frau, und zusammen mithilfe meiner Großmutter und des Vaters schaffte ich es. Vielleicht wird man abergläubisch, wenn man das ungewollte Privileg genießen darf, an einem historischen Ort geboren worden zu sein? Ich weiß es nicht. Vielleicht verstand ich auch diesen Wink des Schicksals nicht, als sich mein späterer Lebensweg von einem Boulevard in einen matschigen, aufgeweichten Pfad verwandelte, der auf einer Seite von einer unüberwindlichen Felswand an Problemen begrenzt war und auf der anderen in einen Abgrund führte.

Trotz allem, meine Zähigkeit, Verbissenheit, Sturheit, Beharrlichkeit, meinetwegen auch meine Verbohrtheit und vor allem meinen Überlebenswillen habe ich von meinem Vater mitbekommen. Ja, selbst wenn es pathetisch klingt, Heinrich I. gründete das Deutsche Reich und ich gründete mein eigenes geschäftliches Reich. Beide ausgehend von Am Finkenherd 6. Und beide gingen unter. Das Deutsche Reich im Verlauf der Geschichte und meines durch die „ACS-Press & Media"...

Die ersten sieben Jahre meines jungen Lebens verliefen wie bei allen Nachkriegskindern. Der tägliche Kampf ums Überleben. Es fehlte an allen Ecken und Enden. Bis zum Wirtschaftswunder unter Konrad Adenauer und Ludwig Erhard war es noch ein weiter Weg.

Schließlich verschlug es mich nach Herne. Das hing wiederum mit meinem Vater zusammen. 1950 machte er sich auf Krücken zu Fuß auf den Weg, als Gepäck nur eine Aktentasche mit seinen Papieren unterm Arm. Beinprothesen waren Mangelware, und nur die wenigsten konnten sie sich leisten. Trotz seiner Behinderung war er voller Elan auf der Suche nach Arbeit für seine kleine Familie.

Über die damalige grüne Grenze in der Höhe von Bad Harzburg raus aus der Sowjetzone und rüber in den Westen. Wochen vergingen und es gab keinerlei Lebenszeichen von ihm. Nach langem bangen Warten, Hoffen und Unsicherheit meldete er sich aus einem Flüchtlingsheim in Herne.

Herne in Nordrhein-Westfalen, eine Bergarbeiterstadt, heute an die 180.000 Einwohner. Dunkel erinnere ich mich noch an das Schloss Strünkede aus dem elften Jahrhundert, an die Kreuz- und Bonifatiuskirche. Nun, nachdem meine Mutter und ich wussten, wo sich mein Vater aufhielt, gab es auch für uns in Quedlinburg kein Halten mehr. Aufbruch Richtung Goldener Westen...

Unser Gepäck bestand aus einem abgewetzten Köfferchen und einem Rucksack, unsere Barschaft aus Hoffnung. Zuerst fuhren wir mit der Eisenbahn nach Magdeburg und dann weiter nach Ost-Berlin, ins Zentrum des Kalten Krieges. Mit der S-Bahn, die damals noch Teile von Berlin-West in ihrem Streckennetz eingebunden hatte, schlugen wir uns wacker bis nach Charlottenburg durch. Dort erhielten wir von einer karitativen Organisation den Flüchtlingsstatus zuerkannt. Für uns bedeutete das neue Ausweise, wir wurden vorübergehend zu Berliner Bürgern.

Trotz der furchtbaren Zerstörungen, der Verwüstungen und Bombenschäden war Berlin für mich eine Stadt der Wunder. Besonders für einen kleinen Jungen. So sieht also eine Banane und eine Orange in natura aus. Bonbons! Und alle diese Köstlichkeiten liegen nur so in den Schaufenstern herum. Zum Greifen nah und doch unerreichbar. Mutter erfand immer neue Ausflüchte, wenn ich darum bettelte, aber ich verstand damals nicht, dass sie dafür kein Geld hatte.

Mein Vater arbeitete zu dieser Zeit beim Amtsgericht Herne. Von seinen läppischen einhundertundsechzig D-Mark brutto schickte er uns per Postanweisung immer einhundert auf ein Postamt in Berlin-Charlottenburg, und es dauerte immer mehr als eine Woche, bis das von uns so dringend benötigte Geld endlich an uns ausbezahlt werden konnte, wenn es nicht, wie so oft, auf einem anderen Amt landete.

Ohne Ausreisepapiere – Berlin war amerikanischer Sektor – konnten wir nicht zu unserem Vater. Herne stand unter der Aufsicht der Briten. Irgendwann fand auch dieses Warten sein Ende und ich kam zum ersten Flug meines Lebens. Zweihundert D-Mark kostete es von Berlin-Tempelhof nach Hannover. Ein Betrag, an dem sich der Berliner Senat und eine kirchliche Vereinigung beteiligten. Den Rest hatte meine Mutter eisern gespart und zusammengekratzt. Das letzte Stück fuhren wir mit dem Zug.

Am Ende der „fünften" Jahreszeit, am Rosenmontag 1952 trafen wir endlich in Herne ein, wo uns mein Vater vom Bahnsteig abholte. Eineinhalb Jahre waren inzwischen vergangen, in denen wir uns nicht mehr gesehen hatten. Als er mich umarmte, hatte ich das Gefühl, einem Fremden gegenüberzustehen. Doch wir waren wieder eine Familie, wenn auch nicht sofort. Vater wohnte weiterhin in dem Flüchtlingsheim. Meine Mutter und ich zogen in eine Gaststätte, die als Unterkunft für Flücht-linge diente. Wenige Wochen später bekam mein Vater eine Wohnung zugewiesen. Langsam begann sich unser Leben zu normalisieren. Ich wurde neuerlich eingeschult, durfte aber eine Klasse überspringen, weil ich bereits in Quedlinburg die Schulbank gedrückt hatte.

springen, weil ich bereits in Quedlinburg die Schulbank gedrückt hatte. Daher landete ich sofort in der zweiten Klasse. Inzwischen war ich acht Jahre alt.

1953 kam Deutschland langsam wieder auf die Beine. Wirtschaftswunder im Westen und Diktatur im Osten dank Otto Grotewohl, Willi Stoph und Walter Ulbricht. Der Grundstein für die Mauer war in den Köpfen der sowjettreuen SED-Apparatschiks längst gelegt. Natürlich hatte ich als kleiner Junge von dem nicht die geringste Ahnung.

Grundschule, danach Eintritt ins Pestalozzi-Gymnasium. Ein völlig unspektakulärer Verlauf. Bis zur Untertertia, die damalige Bezeichnung für die achte Klasse, galt ich als unauffälliger, guter bis sehr guter Schüler, aber dann interessierte mich von heute auf morgen die Penne nicht mehr, sodass ich zwangsläufig meinen Vertrag verlängern musste. Ich repetierte. Wen interessiert Latein und Mathematik, wenn Schwimmen und Leichtathletik im Angebot sind. Nach diesem unfreiwilligen Wiederholungsjahr hatte ich die Schnauze gestrichen voll. Ohne Gymnasial-abschluss raus ins pralle Leben.

In einer Großhandlung für Gartenbaubedarf fing ich meine Lehre zum Groß- und Außenhandelskaufmann an. Es machte mir tatsächlich richtig Spaß, was natürlich wiederum meinem Chef sehr gefiel. Bald durfte ich Arbeiten ausführen sowie Agenden übernehmen und erledigen, die bislang nur den älteren Angestellten vorbehalten waren. Mein Chef ließ sich nicht lumpen. Der Lohn für meinen Fleiß war der Führerschein, den ich auf seine Kosten machen durfte. Und das 1963 als junger Stift! Einen zweiwöchigen Urlaub nutzend, setzte ich mich auf den Hosenboden und paukte in einer Ferienfahrschule.

Als frisch gebackener Führerscheinbesitzer war ich mächtig stolz, die tägliche Post für meinen Chef, der damals bereits hoch in den Siebzigern war, mit seinem Auto vom Postamt holen zu dürfen. Dunkel erinnere ich mich an seinen VW Standard. Bei der anschließenden Postverteilung war ich ebenfalls anwesend. Inklusive Rauchpause, die Zigarette vom Chef persönlich spendiert. Dadurch fing ich mit dem Rauchen an und bald hatte mich das Nikotin fest am Wickel.

Rückblickend eine tolle Zeit. Inzwischen war ich im dritten Lehrjahr. Ich hatte zwar wenig Geld fürs Vergnügen, wurde dafür aber ich so etwas wie der Privatchauffeur meines Chefs, was mir bei meiner Autoleidenschaft weitaus wichtiger war. Natürlich konnte man mit einem tollen Schlitten den Mädels imponieren. Das Angenehme mit dem Nützlichen verbinden.

Ich war beileibe kein Filou, aber diesbezüglich habe ich auch meine Vergangenheit. Traurig, wenn dem nicht so wäre. Ich hielt es für besser, mehrere Eisen im Feuer zu haben. Somit konnte selten ein Engpass auftreten. Die Zeit verflog wie im Flug. Längst hatte ich ausgelernt. Ich war nun ein Groß- und Außenhandelskaufmann, bereit, zu neuen Ufern aufzubrechen.

Je planmäßiger der Mensch vorgeht,
um so wirkungsvoller trifft ihn der Zufall.

(Friedrich Dürrenmatt)

Zeit und Raum existieren in diesen Momenten nicht für ihn. Lichtenhagen schwelgt mit entrücktem Blick in seinen Erinnerungen. Blättert behutsam in seinem alten Fotoalbum, streicht zärtlich mit den Fingerspitzen über so manches Foto. Bei vielen Bildern ist der Kleber der Fotoecken längst ausgetrocknet. Sie purzeln ihm entgegen, sobald er eine neue Seite aufschlägt. Sorgsam legt er sie wieder auf die von ihm zugewiesenen Plätze zurück. Kleine, weiße Flächen auf den einzelnen Blättern, ausgespart auf dem Karton und abgedeckt durch die Fotos, während der Rest des Kartons im Laufe der Jahrzehnte immer gelblicher geworden ist.

Luise, diese prachtvolle Frau! Meine Frau! Damals und heute eine wunderschöne Frau. Jugendlich geblieben. Und seit siebenunddreißig Jahren an meiner Seite. Sie hat mit mir den Gipfel erklommen und ist mit mir abgestürzt, hat mich durch sämtliche Höhen und Tiefen begleitet. Irgendwie habe ich es mit den Luises. Zuerst Marie-Luise... aber außer Spesen nichts gewesen.

Heute noch sagt Luise, es war keine Liebe auf den ersten, sondern erst auf den zweiten Blick. Und wenn schon! Wie viele dieser Erste-Liebe-Geschichten sind bereits zerbrochen und werden noch zerbrechen?

Wir lernten uns 1964 kennen. Telefonisch standen wir schon seit längerer Zeit in Kontakt, aber persönlich waren wir uns noch nicht über den Weg gelaufen. Luise hatte eine Freundin, die ich ebenfalls gut kannte. Tja, und dann mischte das Schicksal die Karten und Amor verschoss seine Pfeile in unsere Richtung.

Diese Freundin feierte Geburtstag und ich war eingeladen. Natürlich auch Luise. Ich gebe zu, mich hat es sofort erwischt. Im Gegensatz zu Luise. Aber sie hatte zu meinem Leidwesen ihre Eltern im Schlepptau. Ich war ihr gänzlich schnuppe. Ein volles Jahr musste ich ausharren, bis sie mich endlich erhörte. Dennoch möchte ich heute keine Sekunde dieser wunderbaren Zeit missen. Ro-

mantisch und ohne die heutige Hektik. Kaum Kohle in der Tasche, aber dafür bereits stolzer Besitzer eines Opel Olympia Caravan.

Die Jahre zogen dahin. 1966 war Deutschland wieder wer in der Welt. Der Deutsche hatte sein Selbstvertrauen wiedergefunden. Der CDU-Mann Ludwig Erhard stand als Kanzler seinen Mann. Altbundeskanzler Konrad Adenauer setzte historische Schritte zur Aussöhnung, indem er sich in Israel mit David Ben Gurion und Regierungschef Levi Eshkol traf.

Längst war der Menschheit dieser Planet zu klein geworden. Im Wettlauf um die Eroberung des Mondes machten vorerst die USA das Rennen gegenüber der Sowjetunion. Im Juni 1966 landete die Sonde „Surveyor 1" im vorgegebenen Zielgebiet. Nach 72stündigem Raumflug landeten Charles Conrad und Richard Gordon wieder wohlbehalten auf der Erde.

Die Sensation! Deutschland im Endspiel der achten Fußballweltmeisterschaft. Nach einem 2:2 gegen England kam es dann zu einem umstrittenen Treffer des englischen Stürmers Geoffrey Hunt in der Verlängerung, in der 101. Spielminute. Dieses Tor sorgt bis heute für heftige Diskussionen. Ein reguläres Tor oder nicht? 3:2 für England, und aus der Traum von einer neuerlichen Weltmeisterschaft. Das Wunder von Bern 1954 wiederholte sich nicht.

Zwei Hitlergetreue, der frühere Reichsjugendführer Baldur von Schirach und der ehemalige Rüstungsminister Albert Speer, waren wieder freie Männer. Nach zwanzig Jahren, abgeurteilt im Nürnberger Prozess, öffneten sich die Gefängnistore von Spandau.

Die Koalition zwischen CDU/CSU mit der FDP zerbrach. Kanzler Erhard schrieb deutsche Geschichte, indem erstmals ein Bundeskanzler während seiner Amtszeit zurücktrat.

1966 begann meine private „Koalition", und die hatte mehr Bestand als jede politische. Mein Verlobungsjahr mit Luise. Es gehörte zum guten Ton, und der Anstand verlangte es, eine gewisse Verlobungszeit einzuhalten. Natürlich lebten wir beide noch bei unseren Eltern, was einen gewissen Erfindergeist und Improvisationskünste erforderte, wenn wir zusammen allein und ungestört sein wollten. Mein Opel erwies sich da immer als treuer Verbündeter. Auch das Kino war so ein Ort, und bevor jeder von uns wieder nach Hause musste, fand sich irgendwo immer noch ein dunkler Flur. Klingt zwar romantisch, aber das Gelbe vom Ei war es bestimmt nicht.

Dann kam das große Ereignis, unsere Verlobung, verbunden mit einem Sommerurlaub in Italien. Allerdings mit Wermutstropfen. Meine Eltern waren mit von der Partie. Zum ersten Mal im Ausland, aber dafür drei Wochen unter Kuratel.

In Cattolica an der Adria, im Hotel Bel Soggiorno, stiegen wir ab. Selbstverständlich bezogen meine Eltern ein Doppelzimmer. Für das frisch verlobte Paar gab es ein düsteres, miefiges Einzelzimmer. Pro Person, versteht sich. Während mein Vater, der Freigeist mit sehr liberaler Einstellung, einen großen Bogen um unsere Zimmer schlug, zog meine Mutter dafür von Tag zu Tag immer engere Kreise.

Am 3. September, dem Hochzeitstag meiner Eltern, steckten sich Luise und ich uns gegenseitig die Verlobungsringe an. Eine erste gemeinsame Nacht? Pustekuchen! Immerhin war ich einundzwanzig und Luise achtzehn. Es lebe die Moral!

Doch Not macht erfinderisch. Nach dem gemeinsamen Abendessen verabschiedeten wir uns, bummelten noch ein bisschen pro forma herum, bevor jeder von uns brav sein Zimmerchen aufsuchte. So die offizielle Version. Inoffiziell wechselten wir aus taktischen Gründen jeden Abend die Zimmer, um uns endlich der schönsten Beschäftigung zwischen Mann und Frau widmen zu können. Wahrscheinlich hatten das auch meine Eltern mitbekommen. Vater störte sich nicht daran und meine Mutter sah wahrscheinlich endlich ein, dass Sohnemann flügge geworden war.

Nachdem ich meinen Dienst fürs Vaterland abgerissen hatte, läuteten am 6. April 1967 die Hochzeitsglocken. Mit Kirche, dem gesamten Brimborium und Tamtam samt allen guten Ratschlägen und Warnungen, so früh in den heiligen Stand der Ehe einzutreten. Et cetera blabla...

Achim Lichtenhagen hält das Hochzeitsfoto in seiner Hand, lächelt glücklich und zufrieden vor sich hin, scheint sich bis zum heutigen Tag noch nicht an seiner hübschen Frau satt gesehen zu haben. Plötzlich beginnen Luises Konturen zu zerfließen. Sie löst sich aus dem Foto, beginnt durch das Zimmer zu schweben. Lichtenhagen will sie festhalten. Plötzlich ist da dieser bodenlose, pechschwarze Abgrund...

Es gibt keine Grenzen.
Nicht für den Gedanken, nicht für Gefühle.
Die Angst setzt die Grenzen.

(Ingeborg Bachmann)

Nur noch einhundertachtundsechzig Stunden.

Oder zehntausendundachtzig Minuten.

Danach ist es überstanden und vorbei. Dann hat Heinz Kokoschansky sechs Wochen Aufenthalt in der Reha-Klinik hinter sich gebracht. Es wird noch einige Zeit dauern, bis er wieder völlig hergestellt ist. In seinem Filofax werden sich die unterschiedlichsten Termineintragungen für Arztbesuche finden.

Jeden Tag macht er einen weiteren Fortschritt. Seine Ärzte sind sehr zufrieden mit ihm. Und der Journalist fühlt selbst, dass es wieder aufwärts geht. Seine unbändige innere Kraft, die er in den letzten Wochen so sehr vermisst hatte, kehrt wieder zurück.

Immer wieder zwang ihn sein unbeugsamer Wille, sich in dunklen Stunden nicht aufzugeben, sich nicht fallen zu lassen und durchzuhängen. Nachdem er aus dem Krankenhaus entlassen worden war und für sich die Werbetrommel gerührt hatte, war er in diese Klinik gekommen. Damals schwor er sich, dass er dieses Haus ohne Krücken verlassen werde. Selbst wenn er für einen Schritt zehn Minuten brauchen sollte.

War er allein und unbeobachtet, brach es aus ihm heraus. Er fluchte, schimpfte und weinte gleichzeitig, er zerfloss im Selbstmitleid, wenn er seine zerschossenen Beine betrachtete, um sich dann aber im nächsten Augenblick wieder in den Arsch zu treten.

Was willst du? Hast du nicht überlebt? Sieh dir deinen Kollegen Paul Klebnikow in Moskau an. Den haben sie kürzlich umgenietet, weil er ein Buch über Boris Beresowski und seine Machenschaften publiziert hat. Du hast dich zwar nur mit der unteren Liga angelegt, aber aus demselben Verein. Und du lebst. Scheiß auf diese sechs Wochen hier! Du hast in deinem bisherigen Leben mehr als einmal sechs lausige Wochen sinnlos verplempert! Du wirst dich zusammenreißen! Die Zähne zusammen-beißen und bis zum Schluss durchhalten! Dich vor nichts drücken. Wenn es nicht gelingt, dann wiederholst du es. Wenn es sein muss hundert, fünfhundert, tausend Mal! Du hast die verdammte Pflicht, wieder gesund zu werden. Draußen wartet eine Frau auf dich, die auf dich zählt, die auf dich baut. Und hast du vergessen, dass du demnächst Vater wirst?

Analytisch und objektiv betrachtet ein Klacks, was Kokoschansky in den letzten Monaten widerfahren war, weil er unverschämtes Glück hatte. Ebenso wie bei Lichtenhagen ist auch bei ihm Geduld nicht seine Stärke. Selbst das Gefängnis damals konnte ihm das nicht beibringen. Erst hier, in der Reha-Klinik, ging ihm langsam ein Licht auf und er lernte, was es bedeutet, geduldig zu sein, geduldig sein zu müssen, sich endlich Zeit für sich selbst nehmen und wieder zu sich selbst zu finden.

Natürlich ist das Leben in dieser bestens ausgestatteten und sündhaft teuren Klinik in keiner Weise mit der Eintönigkeit einer Zelle und dem Gefängnisalltag zu vergleichen. Trotzdem fühlt sich Kokoschansky als Gefangener. Seine Ketten sind seine eingeschränkte Mobilität. Selbstverständlich weiß er, wie dumm und kindisch sein Verhalten ist, und er schämt sich vor sich selbst dafür. Dennoch ist es hier für einen wie ihn nur schwer zu ertragen.

Heute ist ein besonderer Tag. Seine inzwischen zur Gewohnheit gewordene miesepetrige Laune verbessert sich zusehends. Endlich *der* Lichtblick, worauf er so lange gewartet hat. Sonja, die neue Frau in seinem Leben und seine große Liebe, wird ihn besuchen. Am Telefon hat sie ihn wissen lassen, dass sie beabsichtigte, zwei volle Tage zu bleiben! So gesehen gilt es hier dann nur noch fünf Tage abzubiegen. Danach wartet draußen das neue, gemeinsame Leben, wie sie sich es beide immer vorgestellt und gewünscht haben. Und obendrein mit Zuwachs.

Manchmal glaubt Heinz Kokoschansky, in einem wunderbaren Traum zu sein. Er, der Filou und Schwerenöter – ausgerechnet er – ist endlich erwachsen geworden und wird sesshaft. Er, der kaum etwas anbrennen ließ, niemals ein Kind von Traurigkeit war, begreift nun, was Sache ist. Vorbei sein Dasein als verheirateter Junggeselle, wie er seine frühere Ehe mit Marianne scherzhaft zu bezeichnen pflegt. Der überzeugt war, so bald nicht mehr für Gefühle empfänglich oder zugänglich zu sein. Was früher wichtig schien, ist heute entbehrlich und nahezu lächerlich. Jetzt setzt er andere Prioritäten.

Kokoschansky spült den letzten Rest des Käsebrötchens mit der schwarzen Brühe hinunter, die sie hier Kaffee nennen, die jedoch diese Bezeichnung niemals verdient und so schwach ist, dass sie sich kaum aus der Kanne zu rinnen getraut. Der übliche, typische Patientenkaffee.

Im Frühstücksraum ist nicht viel los. Aus reinem Selbstschutz hat er es sich zu Gewohnheit gemacht, immer sehr früh zu erscheinen, obwohl er beileibe nicht der geborene Frühaufsteher ist. Kokoschansky will nur seine Ruhe haben und nicht bereits am Morgen über Erfolge und Misserfolge von Therapien, fehlgeschlagenen Behandlungen, Medikamentenwirksamkeit, Krankengeschichten und dem üblichen Tratsch voll geschwafelt werden. Tagsüber muss er sich das oft genug anhören. Lieber lesen. Nur noch ein paar Seiten und dann ist er mit der *Schachnovelle* fertig. Er vermisst weder aktuelle Tageszeitungen noch Magazine, auch Fernsehen und Radio interessieren ihn nicht sonderlich. Und ob er nun seine Mails sofort oder erst in ein paar Stunden liest, ist ihm ebenfalls ziemlich gleichgültig geworden. Er, der früher richtiggehend süchtig nach den neuesten Nachrichten war. Tatsächlich scheint er hier eine innere Wandlung zu erleben, die für ihn völlig ungewohnt und neu ist. Er ist ruhiger, gelassener, in sich gekehrter geworden. Nur ein Punkt bringt ihn jeden Tag aufs Neue in Wut.

Obwohl er seit längerer Zeit hier ist, nerven ihn die üblichen, übergroß angebrachten Schilder mit dem Rauchverbot. Daran kann er sich nicht gewöhnen. Zum Frühstückskaffee gehört nun mal eine Zigarette und basta. Selbstverständlich weiß Kokoschansky, dass es ihm nicht schadet, weniger zu rauchen. Durch den Aufenthalt bedingt musste er seinen üblichen Konsum ohnehin drastisch einschränken, aber so ganz will er auf dieses Laster noch nicht verzichten. Zumindest jetzt noch nicht. Wieder zu Hause, in der neuen Wohnung, ist das eine andere Sache. Schon Sonja und dem ungeborenen Kind zuliebe. Wahrscheinlich wird er zum Balkonraucher werden und irgendwann wird ihm das bestimmt zu blöd.

Schon vor längerer Zeit hat Sonja ohne viel Aufhebens ihre letzte Zigarette geraucht und danach keine mehr angegriffen. Kokoschansky lächelt still vor sich hin. Es gibt so vieles, worin ihm diese Frau turmhoch überlegen ist. Nie im Leben hätte er gedacht, dass er widerspruchslos eine derart starke Persönlichkeit an seiner Seite akzeptieren würde, wo er doch immer ganz gerne den Macho raushängen ließ, obwohl das gar nicht seinem tiefsten Inneren entsprach. Das erwartete man schließlich von ihm. Dieser Zwei-Meter-Koloss hat der Knallharte, der Klotz zu sein, zu dem die Leute aufschauen. Ein Blick von ihm genügt, um zu wissen, was es geschlagen hat.

In Sonjas Händen wird er zu Wachs, und das bereitet ihm auch noch Freude und macht Spaß. Doch sie nützt es nicht aus. Das zeugt von Charakterstärke. In seiner ersten Ehe lernte Kokoschansky das genaue Gegenteil kennen. Dann, wenn sich Stärke in Macht umwandelt und eines Tages als Druckmittel eingesetzt wird. Der Unterlegene will sich nicht dagegen wehren, weil er Streit vermeiden und einfach nur seinen Frieden will. Auch aus den unterschiedlichsten Gründen nicht in der Lage ist, etwas dagegen zu halten. Sehr leicht wird man dann nach außen hin als Pantoffelheld abgestempelt, sehr schnell, ohne zu hinterfragen. Je länger er darüber nachdenkt, desto weiter entrücken diese Jahre.

Kokoschansky zieht eine verschließbare Schnabeltasse aus der Jackentasche seines Jogginganzugs, die er bei einer günstigen Gelegenheit mitgehen ließ, und gießt sie mit dem Kinderkaffee voll. Sorgfältig setzt er den Deckel wieder auf. Der Höhepunkt seines Frühstücks und die Macht der Gewohnheit. Oder vielmehr der Tribut an die Sucht. Raus auf die Terrasse, einen Kaffee trinken und dazu eine Zigarette genießen. Er sieht in der anderen Tasche nach, ob er auch nicht seine Glimmstängel und das Feuerzeug vergessen hat. Nein, alles da. Wieder einmal ärgert er sich über die dämlichen Warnungen auf der Packung. Sollen sie doch auch Warnetiketten auf Alkoholikaflaschen kleben! Saufen verblödet! Ihre Leber geht drauf! Alkohol macht Birne hohl! Birne hohl, mehr Platz für Alkohol! Ein gewaltiger Volksaufstand wäre die Folge.

Sachte stemmt er sich aus seinem Stuhl hoch, langt nach seinen Krücken, die beim Tisch lehnen. Als er seine Schnabeltasse einstecken will, rutscht ihm eine der Gehhilfen weg. Die Schweinerei ist perfekt. Kokoschansky unterdrückt einen nicht jugendfreien Fluch. Selbst schuld, hat er den Deckel doch nicht ordentlich genug aufgesetzt. Als er sich gerade abzumühen beginnt, die Kaffeelache auf dem Tischtuch mit Servietten notdürftig aufzuwischen, hört er in seinem Rücken eine vertraute Stimme.

„Lass nur, Schatz. Ich mach das schon. Servus!"

Und ehe er es richtig registriert hat, bekommt er schon einen dicken Schmatz auf den Mund. Kokoschansky klappt der Kiefer herunter. Dabei muss er so bescheuert aus der Wäsche gucken, denn Sonja beginnt hellauf zu lachen, bevor sie ihm um den Hals fällt und leidenschaftlich küsst.

„Du bist schon hier? Ich habe dich erst um die Mittagszeit erwartet."

„Hab's einfach nicht mehr ausgehalten." Sie sieht ihn mit strahlenden Augen an. „Und da bin ich gleich in den frühen Morgenstunden losgefahren. So weit ist es ja nun auch wieder nicht von Wien weg. Außerdem war wenig Verkehr."

„Du musst doch hundemüde sein, Liebling." Kokoschansky legt seinen Arm um ihre Taille. „Und das in deinem Zustand..." Der Vorwurf ist nicht zu überhören.

„He, ich bin nicht krank! Ich bin nur schwanger!"

„Und unserem Baby geht es gut?"

Er legt seine Hand auf ihren Bauch.

„Ganz bestimmt, Heinz. Gehen wir doch raus. Hier ist so schönes Wetter. In Wien nieselt es andauernd."

„Gern."

Sonja sieht ihn schelmisch von der Seite an.

„Wie ich dich kenne, willst du bestimmt eine rauchen, alter Suchthaufen."

„Aber nur, wenn es der Mama und dem Baby nicht schadet."

„Sicher nicht. Kannst beruhigt sein."

„Na gut. Wenn du es sagst. Schließlich bist du vom Fach."

„Eben. Nun komm schon."

Die diplomierte Krankenschwester drückt ihm die Krücken in die Hand und wischt die Überschwemmung auf dem Tisch auf.

„Wozu brauchst du denn eine Schnabeltasse?", lacht sie.

„Für meinen Kaffee und...

„...für die Zigarette dazu. Ich kenne dich doch. Na ja, jetzt bin ich ja hier. Wir nehmen die Kanne und die Tasse mit."

Plötzlich steht Kokoschansky vor ihr, die Krücken lässig unter den Arm geklemmt.

„Was ist jetzt los?"

Sonja blickt ihn erstaunt an.

„Ich gehe jetzt da", und dabei deutet er Richtung Terrasse", „so raus. Ohne diese Scheißdinger. Außerdem bist du ja da, wenn's schief geht."

„Es wird tatsächlich von Mal zu Mal besser", freut sich Sonja. „Kein Vergleich zu meinem letzten Besuch bei dir. Das heißt also, du bist ein braver und williger Patient."

„Bleibt mir etwas anderes übrig? Ich will nur gesund werden. Lieber heute als morgen. Und ich muss da schleunigst raus. Ich glaube, ich habe schon einen Lagerkoller."

„Die paar Tage wirst du auch noch hinter dich bringen."

Tatsächlich schafft Kokoschansky die wenigen Meter vom Frühstückstisch auf die Terrasse ohne nennenswerte Schwierigkeiten. Sicherlich geben ihm seine Beine und der Rücken merkbar Signale, doch die Quälerei der letzten Zeit, wo er dann am Ziel total erschöpft war und manchmal vor Schmerzen stöhnte, scheint nun überwunden zu sein.

Jetzt sitzen die beiden auf einer Bank und genießen die Morgensonne. Kokoschansky hält Sonjas Hand fest.

„Wie geht es dir?", fragt er besorgt.

„Mir? Hervorragend."

„Wirklich? Ich meine..."

„Du machst dir unnötigen Stress, mein Schatz", unterbricht ihn Sonja und tätschelt dabei zärtlich seine Backe. „Das fragst du mich bei jedem Besuch mindestens zehnmal, oder wenn wir telefonieren, und in deinen SMS lese ich es ebenfalls. Du bist wirklich rührend. Keiner würde dir das zutrauen, weil dich niemand so kennt wie ich. Aber wahrscheinlich sind alle werdenden Väter so."

„Einspruch! Gerade sagtest du, ich bin rührend und gleichzeitig wirfst du mich mit den anderen in einen Topf. Die sind mir egal. Nur du und unser Kind sind wichtig."

„Das weiß ich, Koko."

„Koko gibt es nicht mehr. Koko war einmal der Undercoverspezialist und Aufdecker. Das war in einem früheren Leben. Jetzt gibt es nur noch Heinz..."

Sonja drückt ihn fest an sich. Wie lange hatte sie auf einen Satz von ihm oder ähnliche Worte gehofft, ohne es sich anmerken zu lassen. Endlich die Finger von den heißen Eisen zu lassen, sich nicht ständig ins Fadenkreuz zu stellen und auf schwarzen Listen geführt zu werden. Verstohlen wischt sie sich eine Träne aus dem Auge. Kokoschansky hat es nicht bemerkt.

„Genieß deine Zigarette, Heinz", sagt Sonja mit etwas belegter Stimme und betont dabei besonders seinen Vornamen, „es ist wirklich alles in bester Ordnung. Alle bisherigen Untersuchungsergebnisse sind optimal. Uns beiden geht es ausgezeichnet. Das Baby entwickelt sich prächtig. Aber bald werde ich kugelrund sein. Mein Appetit reicht jetzt bereits für zwei und wenn es so weitergeht, dann werde ich demnächst vollständig aus dem Leim gehen."

Kokoschansky zuckt mit den Achseln.

„Das geht auch wieder vorüber. Dann wirst du wieder so gertenschlank sein wie eh und je."

„Das muss nicht so sein. Wie viele Frauen gibt es, die nach der Geburt ihres ersten Kindes nie mehr ihre frühere Figur erlangten?"

„Und? Ändert das was zwischen uns? Sicher nicht, mein Mädchen."

Sonja drückt nur seine Hand und beginnt in ihrer Handtasche zu kramen. Als sie gefunden hat, was sie suchte, hält sie ihm ein Ultraschallbild vor die Nase.

„Eigentlich wollte ich es dir ja erst zu Hause zeigen, aber das hältst du ja doch nicht aus. Sieh mal. Es wird ein Junge. Mit allem Drum und Dran. Kopf, Arme, Beine, Hände, Füße. Schau genau. Sogar die Fingerchen sind bereits zu erkennen."

Kokoschansky hält das Bildchen fest in seinen Händen, betrachtet es lange, tippt dann auf eine bestimmte Stelle.

„Und das muss der Schniedelwutz sein", grinst er.

„Wieder einmal typisch, Blödmann", tadelt Sonja lächelnd. „Hast aber anscheinend gute Arbeit geleistet..."

„Und du hast den Löwenanteil an dem Job“, sagt Kokoschansky leise, während er seinen Kopf an ihre Schulter lehnt. „Ich bekomme... äh... wir bekommen einen Sohn“, fügt er sofort korrigierend hinzu.

„Das klingt schon besser...“

„Und ich werde ihm eine Kleinbahnanlage bauen, die alle Stücke spielt“, begeistert sich Kokoschansky. „Als kleiner Bub habe ich mir das immer gewünscht, aber nie bekommen. Die Wohnung war zu klein und wir hatten kein Geld. Sobald ich wieder fit bin, fange ich damit an.“

„Jetzt lass doch unseren Jungen erst mal zur Welt kommen“, schmunzelt Sonja. „Das mit der Eisenbahn kann noch warten. Zuerst mal muss unsere neue Wohnung auf Vordermann gebracht werden. Beispielsweise kannst du dich vorweg schon um das Kinderzimmer kümmern und dabei deine handwerklichen Fähigkeiten unter Beweis stellen.“

„Sehr wohl, Frau Chefin“, witzelt Kokoschansky, „du hast, wie immer, recht. Ich bin einfach nur glücklich. Am liebsten möchte ich vor Freude gleichzeitig schreien und weinen. Und noch etwas, doch das weißt du ohnehin. Ich sage es aber trotzdem. Mir wäre es völlig egal gewesen, ob Bub oder Mädchen. Hauptsache gesund. Und ich werde ein sehr toleranter Vater sein, doch eines kommt nicht in Frage. Journalist darf mir unser Sohn niemals werden. Der soll einen ordentlichen Beruf erlernen.“

Er schnippt die Zigarettenkippe mit den Fingern über die Terrassenbrüstung und erntet dafür sofort Sonjas strafenden Blick. „Bei einem Mädchen wäre es eben ein Puppenhaus mit allem Schnickschnack geworden. Jetzt ist es eine Kleinbahnanlage.“

„Mit der dann ausschließlich der Papa spielen wird...“

„Und die Mama würde um das Puppenhaus einen Bogen machen...“

„Wer sagt denn, dass wir nicht auch noch ein Mädchen zusammenbringen?“

„Ah, sieh an! Wer hat denn immer gesagt, ich sei zu alt?“, spielt Kokoschansky den Verwunderten, „Ich mit meiner verdammten Raucherei sei schon so verseucht, dass ich bestimmt kein Kind mehr bekommen könne, da würde nichts mehr gehen. Deine Worte, mein Schatz. Und was ist geschehen? Dein Herzenswunsch ist mit knapp neununddreißig in Erfüllung gegangen. Anderes Beispiel. Wie war das noch mit der neuen Wohnung? Wir werden niemals eine passende Wohnung finden. Bei den Preisen und der Marktlage. Auch das haben wir geschafft. Ebenso wie wir unsere Vergangenheit gütlich regeln konnten. Dein Ex hat eingesehen, dass es auf Dauer wenig Sinn macht, sich quer zu legen. Marianne hat ebenfalls eingelenkt. Und ich sage dir, wir werden es erleben. Eines Tages sitzen wir alle gemeinsam an einem Tisch und gestehen uns ein, dass es einfach gut ist, so wie es gekommen ist. Mein Schatz, wir sehen einer wunderbaren Zukunft entgegen."

„Ich gebe ja zu, dass es oft genug Momente gab, wo ich starke Zweifel hatte, doch du hast ja meine Bedenken nicht gelten lassen."

„Womit *ich* in dieser Hinsicht auch einmal recht hatte..."

Sonja nickt nur, während Kokoschansky wieder sanft seine Hand auf ihren Bauch legt und dabei ihr Profil betrachtet. Die Schwangerschaft macht sie noch schöner, denkt er, während sich ein paar Sonnenstrahlen in ihrem blonden Haar fangen und ihrem Gesicht eine Art von magischem Glanz verleihen.

„Noch fünf Monate", seufzt er, „warum kann das nicht schneller gehen?"

Sonja streicht sich eine Haarsträhne aus der Stirn.

„Daran lässt sich nichts ändern. Jetzt ist Geduld angesagt. Und du willst wirklich bei der Geburt dabei sein?"

„Na logisch! Das ist doch Ehrensache! Und wohl das Mindeste, was ich dazu beitragen kann. Obwohl ich", setzt er leiser nach, „schon jetzt mächtigen Schiss davor habe. Aber zusammen werden wir das durchstehen. Angst habe ich auch davor, wenn unser Junge älter ist und seine Freunde mich dann für seinen Opa halten. Immerhin bin ich siebenundvierzig."

„Ach Blödsinn! Du bist doch nur in deiner Geburtsurkunde und in deinem Taufschein mit dem Geburtsjahr vermerkt. Im Herzen, in deinem gesamten Wesen und im Hirn bist du jung geblieben. Irgendwie alterslos. Das ist ja das Faszinierende an dir, was dich für mich so begehrenswert und unwiderstehlich macht."

„Danke für die Blumen. Sieh mich an. Die Haare werden immer weniger und die paar, die ich noch besitze, jeden Tag grauer. Meine Zähne und ich schlafen getrennt. Neuerdings überall Narben. Na super. Und die Kilos werden auch mehr anstatt weniger."

„Ich wusste gar nicht, dass auch Männer eine Schwangerschafts-psychose haben können", zieht ihn Sonja auf, „ich will dich so und nicht anders. Und jetzt Schluss damit. Vielmehr sollten wir uns Gedanken machen, welchen Namen wir unserem Jungen geben wollen."

Kokoschansky kratzt sich am Kopf.

„Hm, das darf man nicht übers Knie brechen. Schließlich muss man damit sein Leben lang herumlaufen. Ich wäre ja dafür, dass sich später jeder seinen Namen selbst aussuchen darf. Heinz hätte ich damals sicherlich abgelehnt. Und alles nur wegen irgendeinem Erbonkel, von dem sich meine Eltern etwas erhofften. Als er dann abdankte, schauten sie durch die Finger und dafür freute sich die Kirche. Nur deshalb laufe ich als Heinz durch die

Gegend. Eines weiß ich. Auf keinen Fall so ein bescheuerter Modename. Kevin oder etwas in der Art. Wie das klingt? Kevin Kokoschansky...“

„Unser Junge soll also deinen Namen tragen... Kokoschansky?“

„Ja, sicher. Wieso nicht?“

Er blickt Sonja etwas komisch an.

„Das heißt doch mit anderen Worten nichts anderes als...“

Kokoschansky schlägt sich mit der flachen Hand auf die Stirn.

„Ach Scheiße! Jetzt hab ich's vermasselt! Ich bin so ein Trottel!“

Sonja nimmt ihn in ihre Arme.

„Nein, bist du nicht. Das heißt doch nur, dass du mich heiraten willst, oder?“

„Und ich habe mir das alles so wunderschön ausgemalt“. Kokoschansky ist tatsächlich deprimiert. „In unserer neuen Wohnung supertoller Heiratsantrag mit allem, was dazugehört und wie es sich gehört. Und jetzt verhaue ich alles, weil ich mein Maul nicht halten kann!“

Wütend gibt Kokoschansky seinen Krücken einen Tritt, um sich abzureagieren, aber im gleichen Augenblick verzieht er schmerzlich das Gesicht.

„Lass mal. So weit bist du noch nicht.“

„Und?“

„Was und?“

Sonjas Augen blitzen freudig, weil jetzt nur noch eine Frage, die Frage der Fragen, kommen kann.

„Willst du mich tatsächlich...?“

Das gewichtige Wort Heiraten lässt sie ihn nicht mehr aussprechen.

„Ja! Ja! Ja! Jaaaaaaaa!“

Sonjas Freudentaumel hat sofort zur Folge, dass der Drachen von Oberschwester sofort den Kopf aus der Terrassentür streckt und dieses verliebte Pärchen mit missbilligenden Blicken begafft, bevor sie sich wieder kopfschüttelnd zurückzieht.

„Sei nicht traurig, Schatz“, tröstet ihn Sonja. „Schließlich musst du ja auch noch bei meinen Eltern um meine Hand anhalten. Da kannst du alles nachholen, was du dir so vorgestellt hast.“

Jetzt bedarf es keiner Worte mehr. Beide schmiegen sich aneinander. Jetzt ist jener Moment im gemeinsamen Leben zwischen Mann und Frau eingetreten, wo Liebe tatsächlich physisch spürbar und mit den Händen zu greifen ist. Eintauchen in einen Kosmos, zu dem nur sie Zutritt haben. Erst die Glockenschläge von der nahe Kirche bringen Sonja und Kokoschansky wieder auf den Boden der Realität zurück.

„Weißt du was, mein Mädchen, jetzt gehen wir essen“, schlägt er vor.

„Meinst du wirklich *wir*?“

„Natürlich!"

„Wie soll das gehen? Du kannst nicht raus und ich darf hier nicht mit dir essen."

„Das ist auch nicht die Absicht. Der Fraß hier hängt mir längst zum Hals heraus. Ist nicht schlecht, aber irgendwann langt es. Ich weiß von ein paar anderen hier, dass gleich unten, neben der Kirche, eine ausgezeichnete Gaststätte sein soll. Also, los! Gehen wir! Worauf warten wir noch?"

„Sagtest du soeben *gehen*?"

„Ja. Warum nicht? So weit ist es nun auch wieder nicht. Und irgendwann muss ich noch weitere Wege bewältigen können. Also, weshalb nicht heute? Du bist bei mir. Was soll schief gehen? Wenn ich es nicht schaffe, musst du eben das Auto holen und mich aufsammeln. Außerdem ist dort die Küche bis fünfzehn Uhr geöffnet. Bis dahin werde ich wohl dort sein."

Kokoschansky steht auf.

„Du bist so lieb und nimmst meine Krücken, und ich hake mich bei dir unter."

Sonja beobachtet ihn mit sorgenvoller Miene.

„Übernimm dich bloß nicht. Die Therapiepläne haben schon ihren Sinn."

„Ja, ja, weiß ich", lacht Kokoschansky. „Aber was ist nun klüger? Dämlich im Gymnastikraum auf und ab oder in der freien Natur mit frischer Luft? Abgesehen davon habe ich einen mordsmäßigen Hunger und Appetit auf etwas Handfestes, Deftiges. Und du musst auch ordentlich essen, schließlich braucht unser Junge Kraft."

„Der Kleine hat alles, was er braucht. Glaube mir. Aber musst du dich nicht abmelden?"

„Das mache ich beim Portier am Ausgang."

„Na schön", gibt sich Sonja geschlagen, „du lässt dich ja doch nicht umstimmen."

„Genau. Weil ich bereits", und dabei bläht Kokoschansky seine Nasenflügel, „das Schnitzel oder noch besser die gesamte Speisekarte rauf und runter riechen kann."

„Du bist tatsächlich verrückt", lächelt sie.

„Richtig! Nach dir, mein Schatz."

„Du versprichst mir aber, wenn du nicht mehr kannst, dass du sofort aufgibst. Mir brauchst du nicht zu beweisen, was für ein zäher Kerl du bist."

„In Ordnung, Schwester Sonja."

Zufrieden legt Kokoschansky seine Serviette neben den Teller, streicht sich genüsslich über seinen Bauch, schmatzt nochmals nachträglich und unterdrückt einen Rülpser.

„Entschuldigung. Aber das war doch ein Fresserchen allererster Güteklasse."

„Vorzüglich", pflichtet ihm Sonja bei, „doch nun habe ich das Gefühl, dass ich jeden Augenblick platze. Aber was mich viel mehr freut, du hast es geschafft. Nicht einmal zwanzig Minuten bis hierher. Das ist beachtlich. Du hast dich in der letzten Zeit wirklich enorm verbessert und kein einziges Mal die Krücken gebraucht."

„Sag ich doch."

Kokoschansky winkt die Kellnerin herbei.

„Was Süßes? Kaffee?"

Sonja hebt abwehrend die Hände.

„Bloß nicht. Eine Melange[6], bitte."

„Und für mich einen großen Mokka."

Die Kellnerin nickt, nimmt die Bestellung auf und kehrt in die Gaststube zurück. Der Garten ist nur mäßig besucht. Unter den riesigen Ahornbäumen ist es angenehm kühl.

„Du glaubst gar nicht, Sonja, wie ich diesen Moment genieße. Für mich", und dabei deutet er mit dem Finger Richtung Reha-Klinik, „ist das wie damals im Häfen[7]."

Für einige Momente verdüstert sich Kokoschanskys heitere Miene.

„Bist du darüber noch immer nicht hinweg?"

„Oh doch. Aber in meiner gegenwärtigen Situation kommt irgendwann wieder alles hoch. Außerdem habe ich gerade an noch etwas anderes gedacht."

„Spuck's aus. Oder willst du es mir nicht sagen?"

„Doch. Gestern Nachmittag hatte ich eine äußerst merkwürdige Begegnung. Auf der Terrasse, wo wir vorhin saßen..." Er greift nach seiner Zigarettenschachtel.

„Ja, und? Weiter. Jetzt lass dir doch nicht jedes Wort einzeln aus der Nase ziehen."

„Ich lag auf einer Liege, las in der *Schachnovelle*. Irgendwann muss ich eingenickt sein. Jedenfalls ist mir dabei wohl das Buch aus der Hand gefallen. Als ich wieder munter wurde, stand ein Mann vor mir, sehr elegante

---

6 Melange: besondere Wiener Kaffeespezialität

7 Häfen: In Wien für Gefängnis

Erscheinung, gab mir mein Buch zurück und verwickelte mich in ein anfänglich belangloses Gespräch."

„Auch ein Patient?"

„Nein. Den hätte ich längst bemerkt. Nach und nach rückte er damit heraus, dass er mit mir ins Geschäft kommen wollte."

„Geschäft? Welches Geschäft?"

Sonja hängt gespannt an Kokoschanskys Lippen.

„Wenn ich das nur genauer wüsste. Jedenfalls steht fest, dass er alles über mich weiß. Ist auch nicht sonderlich schwer, weil ich doch in der letzten Zeit ziemlich häufig in den Medien vertreten war. Er wusste auch Bescheid über meinen Plan für ein Buch. Das wollte er mir ausreden und mir dafür seine Geschichte schmackhaft machen. Später, als ich wieder auf meinem Zimmer war, lag plötzlich ein dickes Kuvert vor der Türe. Es kann nur Lichtenhagen gewesen sein. Wer sonst? Ach ja, Achim Lichtenhagen heißt der Mann. Sagt er zumindest. Und er ist Deutscher. Drinnen war ein persönlicher Brief an mich, wo er mich nochmals eindringlich ersucht, eigentlich bittet, mich seiner Sache anzunehmen. Und seine Handynummer. Dazu einen Packen Unterlagen. Jedenfalls liegt er seit Jahren mit der *ACS-Press & Media* im Clinch. Natürlich habe ich mich nicht bei ihm gemeldet."

„*ACS-Press & Media*? Was soll denn das sein?"

Inzwischen ist Sonja sehr ernst und nachdenklich geworden.

„Armin Cicero Sprenkler", klärt sie Kokoschansky auf, „in Deutschland war er ein Printmedienmogul. Inzwischen gestorben. Muss so in den Neunzigern gewesen sein, so weit ich mich erinnere. Sein Imperium blieb jedoch bestehen. Das Mutterhaus der *ACS-Press & Media* steht in Norddeutschland, in Bremen, und das bekannteste Produkt dieses Konzerns ist das „*MB*", das „Massen-Blatt", dieses großformatige Bilderbuch für Erwachsene, als Zeitung getarnt. Tiefster Boulevard. Aber das „*MB*" verfügt über ungeheure Macht und Einfluss. Wenn sich dieses Blatt auf jemanden eingeschossen hat, dann gibt es massive Probleme für den Betroffenen. Das „*MB*" kennt keine Skrupel, auch scheint so etwas wie journalistische Ethik nicht vorhanden zu sein. Wer bei denen in die Negativschlagzeilen gerät, hat gewissermaßen ausgeschissen. Da geht es wirklich ans Eingemachte. Deutsche Politiker und Promis wissen davon ein Lied zu singen. Aber die Person ist dem „*MB*" egal. Jeden kann es erwischen, wenn er nur für eine fette Schlagzeile gut ist. Vergleichbar mit unserer *Kronen-Zeitung*. Kurzum, *ACS-Press & Media* ist in der Bundesrepublik eine Institution und gleichsam tabu. Unantastbar. 1968 wurden Armin Cicero Sprenkler und sein Konzern zum absoluten Feindbild der politischen Linken in Deutschland.

Vor vielen Jahren gab es auch, so weit ich das im Gedächtnis habe, einen Anschlag der RAF auf das Stammhaus in Bremen mit vielen Verletzten."

„Natürlich ist mir das „*MB*" ein Begriff, aber ich verstehe noch immer nicht, was du damit zu tun haben sollst?"

Sonja bemüht sich, sich ihre dunklen Vorahnungen nicht anmerken zu lassen.

„Weiß ich doch auch nicht! Dieser Lichtenhagen will, dass ich mich mit denen anlege. Soviel ich inzwischen aus seinen Unterlagen heraus-lesen konnte, machte er bei einem ziemlich miesen Deal mit und wurde dann von der *ACS-Press & Media* fallen gelassen. Zusammengefasst, zuerst von denen zum Millionär gepuscht und anschließend, als das Ding zu heiß wurde, an den Bettelstab gebracht." Dass in den Unterlagen auch Belege zu finden sind, aus denen hervorgeht, dass Lichtenhagen deshalb zweimal eingebuchtet war, verschweigt Kokoschansky vorerst. „Was dem Lichtenhagen letztendlich das Genick brach, war Auflagenbetrug."

„Auflagenbetrug?"

„Jede Zeitung, jedes Magazin verfügt über einen Haufen Inserate. Je mehr desto besser. Das bringt massenhaft Geld und ist für das jeweilige Printerzeugnis überlebenswichtig. Der Preis, den ein Kunde für sein Inserat zahlen muss, richtet sich nach der Auflagenhöhe. Je höher, desto teurer. Auch klar. Wird nun die Auflagenhöhe künstlich in die Höhe getrieben, kann der Verleger oder Herausgeber, jedenfalls der, der am Drücker sitzt, die Inseratspreise dementsprechend gestalten. Die Differenz, die somit aus gefälschter Auflagenhöhe und daraus zu Unrecht gestiegenen Inseratspreisen entsteht, ergibt ein hübsches Sümmchen und auf längerer Sicht ein beträchtliches Vermögen. Die Betrogenen sind die Werbekunden und die Werbewirtschaft im Allgemeinen. Ziemlich einfach und dennoch genial. Doch meistens liegt die Genialität in der Einfachheit. Und so wie sich dieser Fall darstellt, kann ich mir Derartiges auch jederzeit in Österreich vorstellen."

„Schatz, das leuchtet mir ja alles ein. Aber warum du? Warum ausgerechnet du?"

Sonja kann ihre Erregung kaum mehr zurückhalten. Dafür kennt sie ihren Heinz Kokoschansky inzwischen zu gut.

„Lichtenhagen steht auf dem Standpunkt, dass ich für die journalistische Aufarbeitung seines Untergangs der einzig Richtige bin. Erstens, weil ich Österreicher bin und daher objektiv, und zweitens, weil sich in Deutschland von den Kollegen niemand auch nur annähernd an diese unglaubliche Geschichte herangetraut."

„Und du sollst wieder einmal die Kastanien aus dem Feuer holen. Sehe ich das richtig? Ehrlich, Heinz, und sieh mir dabei in die Augen. Existiert der alte Koko tatsächlich nicht mehr?“

Ein Kompromiss ist nur dann gerecht,
brauchbar und dauerhaft,
wenn beide Partner damit gleich unzufrieden sind.

(Henry Kissinger)

Zurück in Wien

Hätte Kokoschansky jetzt ein Beil zur Hand, würde es sofort einen Haufen Kleinholz geben. Zum Glück hört ihn Sonja nicht, wie er tobt und flucht. Sie ist nur kurz weggefahren, um ein paar Besorgungen zu machen. Seit Stunden müht er sich mit diesem verdammten Regal ab. Niemand weiß, wer diese idiotische Bauanleitung verfasst hat. Aus gutem Grund, denn dann müsste dieser Mensch Farbe bekennen und beweisen, dass es nach seinen Instruktionen wirklich möglich ist.

Sicherlich ist Kokoschansky alles andere als der geborene Hand- und Heimwerker, aber so vertrottelt ist er nun auch wieder nicht, dass er ein einfaches Regal nicht zusammenbauen kann. Aber anscheinend doch? Dabei hat er sich das selbst eingebrockt, was ihn noch viel mehr wurmt. In der einen Ecke seines neuen Arbeitszimmers, fand er, würde ganz gut ein simples Regal für seine zahlreichen Aktenordner passen. Daher rasch zu IKEA, und nun hat er den Salat. Warum will diese Scheißrückwand einfach nicht passen? Zweimal ist ihm das Ding bereits zusammengebrochen und er hat sich geschworen, beim dritten Mal gibt es Brennholz. Um seinen Zorn etwas abzukühlen, schnappt er sich eine Zigarette und geht hinaus auf den Balkon.

Er hat sich tatsächlich daran gehalten. Die neue Wohnung ist eine Nichtraucherzone. Zuerst dachte er, dass sein neues Domizil in Zukunft Balkonien sein würde, aber es geschehen noch Wunder. Es fällt ihm überhaupt nicht schwer. Spätestens im Winter ist es dann damit endgültig vorbei, weil er keine Lust hat, sich mehrmals täglich den Arsch abzufrieren.

Außerdem ist dann das Baby schon hier. Doch diese Zigarette hat er sich redlich verdient.

Kokoschansky lehnt am Geländer. Seit zwei Wochen ist er endlich wieder zu Hause und hat sich gleich mit vollem Einsatz und Elan in die Arbeit gestürzt. Mit jedem Tag wird ihr neues Zuhause schöner und gemütlicher. Ein paar Möbel müssen noch geliefert werden. Da und dort noch einige Verschönerungs- und Verbesserungsarbeiten, bis alles perfekt ist. Ein tolles Zuhause für ihn und seine kleine Familie.

Er genießt den Ausblick rüber in den Wienerwald und über die Stadt. Es war genau die richtige Wahl, sich für diese Wohnung im obersten Stockwerk zu entscheiden. Endlich so zu leben, wie er es sich immer gewünscht hat. Kokoschansky breitet die Arme aus, als wolle er die ganze Welt umarmen. Seine Beine funktionieren wieder. Zwar noch immer etwas langsam, aber ohne nennenswerte Probleme. Noch sind ein paar Untersuchungen zu absolvieren, aber auch das geht vorüber, und dann ist diese Geschichte endgültig *ad acta*.

Auch Gini, ihr kleines Kätzchen, hat sich längst an die neue Umgebung gewöhnt. Hauptsache, ihr Kratzbaum steht, ihre Schlafecke ist eingerichtet, reichlich Milch zum schlabbern vorhanden und im Futterschüsselchen tut sich was.

Und auch dieses Scheißregal wird ihm keinen Strich durch die Rechnung machen. Kokoschansky sieht von oben, wie Sonjas kleines, rotes Auto um die Ecke biegt und in die Garage fährt. Er macht noch einen letzten Zug, tötet die Zigarette im Aschenbecher ab und widmet sich wieder dieser mysteriösen Bauanleitung.

„Hallo, Schatz! Bin wieder da! Kommst du voran?"

„Servus! Verarschen kann ich mich selbst!"

Sonja kommt ins Zimmer. Links und rechts mit Plastiktüten bepackt.

„He, du darfst doch nicht so schwer tragen!" Kokoschansky gibt ihr einen Kuss und nimmt ihr die Taschen ab.

„Wieso verarschen?"

„Dann sieh selbst."

Kokoschansky deutet sauer auf das Bretterwirrwarr, das selbst mit geschultem Auge nicht als Regal zu erkennen ist.

„Lass mal. Ich hab dir doch gleich gesagt, wir bauen es miteinander auf. Aber vorher sieh dir das mal an." Sonja holt Babysachen aus den Tüten. „Sind die nicht süß? Und gar nicht so teuer. Ist der Strampelanzug nicht herzig? Mir haben die Bären darauf so gefallen. Und einen Teddy haben wir auch schon für ihn."

„Und meine Kleinbahnanlage für ihn muss warten“, mault Kokoschansky lächelnd.

„Die kann er aber nicht anziehen.“

„Und den Teddy auch nicht.“

„Aber dafür knuddeln. Geht schwer mit einer Eisenbahn.“

„Okay, okay, okay. Ich gebe mich geschlagen. Hast wieder einmal gewonnen. Hilfst du mir jetzt, bevor ich dieses Regal über den Balkon werfe?“

„Klar doch. Ich zieh mir nur rasch was anderes an.“

Fröhlich vor sich hin summend verlässt Sonja das Arbeitszimmer.

Plötzlich klingelt es an der Türe.

„Lass nur! Ich mach schon!“, ruft Sonja von draußen.

Sie öffnet und steht einer unbekannten Frau gegenüber.

„Guten Tag. Äh, Frau Kokoschansky?“

„Ja, bitte.“

Der deutsche Akzent in der Aussprache der Unbekannten ist nicht zu überhören. Zu ihren Füßen steht eine voll gepackte Reisetasche. Sie streckt Sonja ihre Hand entgegen, die diese nur zögernd annimmt.

„Ja, guten Tag. Was...?

„Oh, Pardon. Ich habe mich noch nicht vorgestellt. Mein Name ist Luise Lichtenhagen.“

Lichtenhagen! Etwas in Sonja krampft sich zusammen. Seit dem ausführlichen Gespräch im Gastgarten des kleinen Wirtshauses in unmittelbarer Nähe der Reha-Klinik wurde dieses Thema nicht mehr angeschnitten. Auch Kokoschansky hat, nachdem ihm Achim Lichtenhagen seine Unterlagen zukommen ließ, dieses Kuvert nicht mehr angefasst.

„Was ist, Schatz?“, meldet er sich von drinnen.

„Kommst du mal!“

Kokoschansky schlurft herbei.

„Ja? Besuch? Guten Tag.“

„Guten Tag, Herr Kokoschansky, ich bin Luise Lichtenhagen. Die Gattin von Achim.“

Kokoschansky schluckt, ist in dem Moment total überfahren und weiß nicht, wie er sich verhalten soll.

„Ja... Was kann ich für Sie tun?“

„Zuerst entschuldigen Sie bitte diesen Überfall. Aber ich habe mir einfach keinen Rat mehr gewusst.“

„Kommen Sie doch erst mal herein“, fordert Sonja Frau Lichtenhagen auf, was ihr sofort einen mehr als eindeutigen Blick Kokoschanskys einträgt.

„Danke.“

Die zierliche Luise Lichtenhagen hat sichtlich Mühe, ihre schwere Tasche aufzuheben. Sonja deutet Kokoschansky mit einem Kopfnicken, ihr doch zu helfen. Widerwillig schnappt er sich das Ding und stellt fest, dass es wirklich ein ziemliches Gewicht hat.

„Danke, sehr freundlich."

Unsicher steht Luise Lichtenhagen in der Diele, aber Sonja mit ihrer sonnigen Art baut sofort die Barriere ab.

„Kommen Sie doch weiter. Nur geradeaus ins Wohnzimmer. Entschuldigen Sie die Unordnung, aber wir sind erst frisch eingezogen."

Kokoschansky zupft Sonja am Ärmel, flüstert ihr ins Ohr, während er auf die Reisetasche, die im Flur stehen geblieben ist, deutet.

„Zieht die jetzt auch bei uns ein?"

Die Strafe des Lügners ist nicht, dass ihm
niemand mehr glaubt, sondern dass er
niemandem mehr glauben kann.

(George Bernard Shaw)

Erasmus Vonske inhaliert in seinem Hinterzimmer gerade den letzten Zug seines Joints, als er die Glocke hört, die über dem Eingang seines kleinen Buchladens hängt und Kundschaft ankündigt. Er wirft den Stummel ins Klo und spült ihn hinunter. So ist das immer, denkt er, den ganzen Tag über nichts los und knapp vor Ladenschluss taucht dann endlich wer auf.

Seine Birne ist ziemlich zugedröhnt von dem Superstoff, den er sich ab und zu bei seinem Nachbarn, dem Inhaber des Döner-Imbisses besorgt. Aber so bekifft kann er gar nicht sein, dass er die beiden Typen in ihren dunklen Anzügen und den Sonnenbrillen mit verspiegelten Gläsern, die sie selbst hier im Halbdunkel seines Bücherchaos aufbehalten, nicht sofort erkennen würde.

„Welch Glanz in meiner bescheidenen Hütte! Die hohe Staatsgewalt gibt mir wieder einmal die Ehre", neckt Vonske die beiden mit den steinernen Mienen, während diese fast synchron ihre Dienstausweise zücken.

„Bei mir könnt ihr euch das sparen", sagt Vonske mit müden Augen. „Bullen erkenne ich sofort. Was liegt an?"

Der Jüngere der beiden schnüffelt.

„Haben Sie sich eine Tüte reingezogen?"

„Schlaues Kerlchen", grinst Vonske, und dann zu dem Älteren, „wär er nicht ein toller Drogenwuffi und dort viel besser aufgehoben als beim Verfassungsschutz?"

„Dann wissen Sie ja, Vonske, mit wem Sie es zu tun haben", sagt der Ältere.

„Herr Vonske, wenn ich bitten darf. So viel Zeit muss sein. Wer soll denn sonst zu mir kommen? Ihr beide müsst neu sein. Euch habe ich noch nicht in meiner Sammlung."

„Und was ist mit dem Shit?", wendet sich der Jüngere an seinen Kollegen.

„Interessiert uns nicht. Das ist Sache der Drogenfahndung."

„Also, James Bond für Arme im Doppelpack, was kann ich gegen euch tun?", provoziert der Buchhändler weiter.

„Wir haben Sie schon seit geraumer Zeit auf dem Kieker, *Herr* Vonske", läutet der Ältere die nächste Runde des Geplänkels ein.

„Seit geraumer Zeit?" Vonske lacht dröhnend. „Das ist der Treppenwitz des Jahres! Seit geraumer Zeit! Das gefällt mir. Dieser komische Staat hat mich bereits seit 1967 im Visier. Seit Ohnesorg verreckt ist! Dies nur zu eurer Information. Aber das könnt ihr nicht wissen, da habt ihr noch in die Windeln geschissen. Ihr wisst, wer ich bin, also möchte ich jetzt wissen, mit wem ich es zu tun habe."

„Zabel und ich bin Schrötter", lautet die gewünschte Auskunft von Schrötter, dem älteren der beiden Verfassungsschützer. „Und im Übrigen, ab sofort einen umgänglicheren Ton, Herr Vonske. Ist das klar?"

„Ne, isses nich", antwortet völlig ungerührt der waschechte Berliner. „Seit siebenunddreißig Jährchen hab ich euch an der Backe. Mit wechselnden Visagen und wechselnden Organen. Alles, was Vater Staat eben im Programm hat. Seit was weiß ich wie vielen Jahren bin ich nicht mehr aufgefallen. Was wollt ihr also von mir? Mir eine Beamtenbeleidigung anhängen? Bitte schön, wenn es euch hilft. Ich werde es überleben. Oder denkt ihr, Bin Laden sitzt da hinten", er deutet in Richtung seinen winzigen Hinterzimmers, „und schmaucht zufrieden sein Wasserpfeifchen?"

„Wir können auch anders", sagt Zabel mit einem drohenden Unterton.

„Ach ne! Ganz was Neues!" Vonskes anfänglich schleppende Sprechweise wird zunehmend hektischer. „Ich sag dir was, Jungchen. Ich kenn eure scheiß Wasserwerfer zur Genüge. Ich spüre noch heute eure Knüppel auf meinen Armen, Beinen und meinem Rücken. Das wütende Gebelle von euren Hunden! Was wollt ihr? Mir meinen Laden schließen? Nur zu! Die

Bude wirft ja doch nichts mehr ab. Ich schlag mich schon durch. Mach ich eben wieder in Goa Silberschmuck. Außerdem ist dort das Dope besser." Vonske baut sich vor Zabel auf und sieht sein eigenes Spiegelbild in doppelter Ausführung in den Gläsern von dessen Sonnenbrille. „Weißt du, Jungchen, ich bin mit Typen wie einem Teufel oder einem Langhans zusammengesessen. Oder Joschka. Nächtelang haben wir diskutiert. Rudi war dabei und David. Die haben mir imponiert. Joschka jetzt nicht mehr. Der ist bei mir endgültig in Verschiss geraten. Ihr beiden traurigen Figuren könnt den meisten von denen nicht einmal das Wasser reichen."

„Noch immer der alte Revolutionär, der *Herr* Erasmus Vonske", antwortet Schrötter nach dieser Tirade, während um seine Mundwinkel ein süffisantes Lächeln zu sehen ist. „Können wir nun vernünftig reden? Wir möchten uns gerne ein bisschen umsehen."

„Das glaub ich euch gerne. Aber ohne Durchsuchungsbefehl läuft hier gar nichts."

„Aber ein paar Fragen werden Sie uns doch beantworten", versucht nun Zabel die sanfte Tour.

„Ohne Anwalt? Ne..."

Die beiden Beamten ignorieren Vonskes Widerspenstigkeit und halten ihm dafür ein Foto unter die Nase. Schwarz-weiß, das Porträt eines jungen Mannes, um die zwanzig, mit einem auffälligen Muttermal auf der linken Backe, stachelige Haare.

„Kennen Sie den?"

„Ne. Wer soll das sein?"

„Das fragen wir Sie. Der verkehrt doch des Öfteren hier."

„Observiert ihr mich?" Jetzt verflucht sich Vonske selbst, weil er vorhin den Joint geraucht hat und ihm dadurch das Denken etwas schwerer fällt. Nur jetzt kein unbedachtes Wort. „Habt ihr nichts Besseres mit Steuergeldern zu tun? Heute bin ich doch längst wieder ein unbescholtener Buchhändler, der spezielle Spartenliteratur zu verscherbeln versucht. Nicht mehr und nicht weniger. Kann sein, dass der mal bei mir aufgetaucht ist."

„Na, Ihr Kundenstrom ist doch wohl überschaubar", spottet Schrötter.

„Und wenn schon! Wer zu mir kommt, will stöbern, ein bisschen lesen. Geile Musik hören. Nicht so einen Schrott wie heute. Auch schon verboten? Manche, man soll es nicht glauben, kaufen auch etwas. Ich merk mir die Leute nicht. Und im Übrigen", jetzt ist es an Vonske zu verhöhnen, „auch in Stammheim wurde nicht gesungen."

„Okay, wir kommen wieder. Verlassen Sie sich drauf."

Schrötter deutet Zabel mit einem Kopfnicken zum Abzug.

„Das ist auch wirklich das Einzige, was ich euch glaube", feixt Vonske.

Im Türrahmen dreht sich Zabel nochmals um.
„Sagen Sie mal, was bedeutet eigentlich der Name Ihres Ladens? Wofür stehen eigentlich die Buchstaben B.R.E.M.M.?“
„Kleine Denksportaufgabe für die Nacht.“
Erasmus Vonske schließt hinter den beiden ab und wartet kurz, ob sie auch wirklich verschwinden. Dann geht er zu seinem Schreibtisch, zieht ein Wertkartenhandy aus einer Lade, tippt eine Nummer ein.
„Ich bin's. Lass dich hier in nächster Zeit nicht blicken. Hatte gerade die Obrigkeit bei mir. Ich melde mich.“
Vonske löscht das Licht, geht zurück in sein Hinterzimmer und überlegt, ob er sich nicht noch eine Tüte bauen soll.

Man sollte eigentlich im Leben die gleiche
Dummheit nicht zweimal machen,
denn die Auswahl ist so groß.

(Bertrand Russell)

Luise Lichtenhagen sitzt wie ein Häufchen Elend auf der Couch im Wohnzimmer, während Sonja Kaffee und Kekse serviert und Kokoschansky den ungebetenen Gast mit seinen Blicken förmlich annagelt.
„Ich weiß, ich hätte nicht kommen dürfen“, versucht Frau Lichtenhagen sich für ihr unangemeldetes Auftauchen zu entschuldigen, „aber ich sehe einfach keine andere Möglichkeit oder vielmehr Ausweg.“
„Na ja, zuerst einmal der Reihe nach, Frau Lichtenhagen. Woher haben Sie unsere Adresse?“, fragt Kokoschansky, und sein Tonfall lässt keinen Zweifel daran, dass er es begrüßen würde, wenn sich die Türe möglichst bald wieder hinter ihr schließen würde.
„Das war nicht schwer. Das hat mein Mann herausgefunden.“
„Wie bitte? Das meinen Sie doch nicht ernst?“
Kokoschansky hat sich in seinem Fauteuil aufgerichtet und fixiert die Frau wie eine Schlange, die dadurch noch ängstlicher und zerbrechlicher wirkt, als sie ohnehin ist.
„Entschuldigen Sie, Herr Kokoschansky, aber so hat er es mir erzählt. Die Reha-Klinik in Villach hat sie ihm gegeben.“

„Na wunderbar! Mit denen fahr ich Schlitten! Das ist doch die Höhe! Die haben wohl noch nie etwas von Datenschutz gehört! Und Ihrem Mann können Sie ausrichten, dass er demnächst ein gewaltiges Problem haben wird! Und zwar mit mir!"

Kokoschansky ist ziemlich laut geworden, worauf ihm Sonja mit vielsagenden Blicken bedeutet, dass er sich zusammenreißen soll. Doch das ist sinnlos. Jetzt ist er stinksauer.

„Wo ist Ihr Mann überhaupt? Warum ist er nicht gleich mitgekommen? Oder getraut er sich nicht, nachdem er Ihnen verraten hat, wo wir zu finden sind?"

„Mein Mann ist noch in Villach."

„Schön für ihn."

„Nicht so, wie Sie vielleicht denken." Luise Lichtenhagens Stimme wird leiser, sie richtet ihre Augen auf den Boden. „Er liegt im Landeskrankenhaus. Herzanfall. Er ist in seinem Zimmer zusammengebrochen. Zum Glück fand ihn in dem Hotel, wo er abgestiegen war, eine besorgte Hausangestellte rechtzeitig, weil er nicht zum Abendessen erschienen war. Diesem Mädchen hat er sein Leben zu verdanken. Es stand auf Messers Schneide. Nicht zum ersten Mal. Aber jetzt ist er über den Berg, sagen die Ärzte." Sie schlägt die Hände vors Gesicht, doch sie hat keine Kraft mehr, sich richtig auszuweinen.

„Jetzt, wo Sie hier sind, erzählen Sie uns alles", ergreift Sonja die Initiative, setzt sich neben sie, legt den Arm um Luise Lichtenhagens Schulter, während sie Kokoschanskys deutet, dass der nun für einige Zeit Pause hat.

„Danke, Frau Kokoschansky. Es geht schon wieder."

Sonja überlegt einen Augenblick, ob sie Luise Lichtenhagen wegen der Anrede korrigieren soll, lässt es aber bleiben.

„Ich weiß gar nicht, wo ich zuerst anfangen soll."

„Wo Sie wollen, Frau Lichtenhagen. Aus den Steinchen bauen wir das Puzzle dann schon zusammen."

Luise Lichtenhagen atmet tief durch, greift mit zitternder Hand nach der Kaffeetasse und nimmt einen Schluck. Sonja zieht ihren Arm langsam zurück, worauf erstmals ein Anflug von Lächeln in Lichtenhagens Gesicht zu sehen ist.

„Nachdem ich vom Krankenhaus verständigt worden bin, was mit meinem Mann geschehen ist, habe ich sofort alles liegen und stehen gelassen und bin mit dem nächsten Zug nach Österreich gefahren. Wir wohnen in Repelen. Moers, wenn Ihnen das etwas sagt. Großraum Duisburg. Ruhrgebiet. Ist gar nicht so einfach, von dort nach Villach zu gelangen. Jedenfalls eine ziemliche Ochsentour.

Zu Hause betreiben wir einen kleinen Laden mit gebrauchten Handys und Handyzubehör. Das heißt, ich bin die Geschäftsführerin und mein Mann hilft mir. Das Geschäft wirft zwar nicht allzu viel ab, doch zum Leben reicht es. Und wir sind dankbar, wenigstens das zu haben, nach allem was passiert ist. Als ich ins Krankenhaus kam, ging es meinem Mann Gott sei Dank schon wieder etwas besser und er war auch ansprechbar. Da hat er mir", und dabei blickt sie auf Kokoschansky, „von Ihnen erzählt und wie er versucht hat, mit Ihnen in Kontakt zu treten, was ihm ja, wie Sie am besten wissen, nicht sonderlich geglückt ist. Und dann kam er auf die Idee zu versuchen, in der Reha-Klinik Ihre Privatadresse herauszubekommen. Wie Sie sehen, ist ihm das gelungen. In diesen Dingen ist mein Mann sehr erfindungsreich und nicht auf den Mund gefallen."

„Das kann man wohl sagen", klinkt sich Kokoschansky ein, und nach einem kurzen, verlegenen Räuspern entschließt er sich zu einem „Tut mir leid, Frau Lichtenhagen, dass ich vorhin so ruppig zu Ihnen war."

„Schon gut, Herr Kokoschansky. Ich verstehe das. Plötzlich platzt da eine wildfremde Person herein. Sie sind mittendrin beim Einziehen, haben jede Menge Arbeit und Ihre Frau ist, wie ich sehe, in anderen Umständen. Da haben Sie wahrlich genug zu tun und sollen sich nun auch noch mit mir herumschlagen. Ich habe nur den Wunsch meines Mannes erfüllt, weil Sie sich in Villach bei ihm nicht telefonisch gemeldet haben. Bitte fassen Sie das nicht als Vorwurf auf! Auch ich weiß über Sie Bescheid und kenne Ihre Arbeit. Ich kann sehr gut nachvollziehen, dass Sie endlich Ihre Ruhe brauchen und mit dem, was Sie vorher gemacht haben, nichts mehr zu tun haben wollen. Ich will auch jetzt nicht vor Ihnen beiden auf der Mitleidswelle reiten, aber für Achim sind Sie, Herr Kokoschansky, wirklich der letzte Hoffnungsschimmer. Ich nehme an, dass Sie seine Unterlagen, die er Ihnen in der Klinik zukommen ließ, gelesen haben und in groben Zügen wissen, worum es geht. Für Achim bedeutet es so unsagbar viel, endlich Gerechtigkeit zu bekommen, und mir auch. Dieses Gefühl, allein im Regen zu stehen und von allen verlassen zu sein, das ist unerträglich. Drei Bypässe hat er bereits. Jetzt wieder ein neuerlicher Herzanfall. Einen weiteren schafft er nicht mehr. Wir sind seit siebenunddreißig Jahren verheiratet, ich möchte ihn nicht auf diese Weise verlieren. Achim hat viel Mist gebaut im Zusammenhang mit der *ACS-Press & Media*, und zwar wissentlich. Oder anders rum – er hat bei diversen Machenschaften mitgespielt. Jedoch ihn dann alleine zur Verantwortung zu ziehen, nur ihn dafür zweimal ins Gefängnis zu stecken, das ist im höchsten Maße unfair. Das hat Achim nicht verdient. Er hat sich nun einmal darin verbissen und er will diese Sache zu Ende bringen. So oder so. Ja, und jetzt werfen Sie mich raus. Ich bin Ihnen nicht böse. Doch zumindest habe ich es versucht."

Kokoschansky schweigt lange, sieht nur abwechselnd zu den beiden Frauen auf der Couch, dann wieder betreten zu Boden. Luise Lichtenhagen ist wieder zu dem in sich zusammengesunkenen Häufchen Elend von vorhin geworden. Sonjas und Kokoschanskys Blicke kreuzen sich. Ein unmerkliches Kopfnicken von ihr. Er hat verstanden.

„Wenn es Sie nicht stört, Frau Lichtenhagen", beendet Kokoschansky die Stille, „in einem halbfertigen Kinderzimmer zu übernachten, dann können Sie gerne hier bleiben. Morgen früh fahren wir zusammen nach Villach. Ich werde mit Ihrem Mann sprechen. Das heißt aber nicht, dass ich zugesagt habe, mich mit dieser Geschichte tatsächlich auseinander zu setzen", und mit einem Seitenblick auf Sonja, „dabei hat auch meine Frau ein gewichtiges Wörtchen mitzureden."

Nun gibt es kein Halten mehr. Bei Luise Lichtenhagen öffnen sich die Schleusen. Gerade das wollte Kokoschansky vermeiden. In seiner Hilflosigkeit fällt ihm nicht Dümmeres ein als sie zu fragen, ob sie imstande ist, eine Bauanleitung für ein IKEA-Regal richtig zu deuten...

Der Krieg wird niemals zu Ende sein,
so lange noch eine Wunde blutet, die
er geschlagen hat.

(Heinrich Böll)

Achim Lichtenhagen stellt das Tablett mit seinem Abendessen beiseite. Die Krankenschwester betritt das Zimmer und bemerkt sofort sein strahlendes Gesicht.

„Na, Herr Lichtenhagen, Sie sind ja besonders gut aufgelegt." Sie räumt das Geschirr ab. „Oh, und alles ratzeputz aufgegessen. Sehr lobenswert."

„Wirklich vorzüglich, Schwester Beate. Wissen Sie eigentlich, dass Sie eine Glücksfee sind?"

„Ich? Wieso?"

„Egal. Für mich sind Sie es. Jetzt habe ich noch eine Bitte. Können Sie mir bitte die Kissen aufschütteln und in den Rücken packen? Ich möchte noch ein bisschen arbeiten."

„Sie sind unverbesserlich, Herr Lichtenhagen."

Die Krankenschwester erfüllt seinen Wunsch, sodass er aufrecht in seinem Bett sitzen kann. Lichtenhagen ersucht sie auch, dass sie ihm den kleinen Beistelltisch so hinschiebt, dass er die Platte als Schreibunterlage verwenden kann. Und zu guter Letzt lässt er sich noch seinen schwarzen Pilotenkoffer aus dem Schrank neben der Waschmuschel holen und zu seinen Füßen stellen.

„Übertreiben Sie es nicht, Herr Lichtenhagen", mahnt Schwester Beate, „Ihr Herz ist noch immer sehr geschwächt. Sie sollen sich schonen, schonen und nochmals schonen. Das hat man Ihnen doch bei der Abendvisite gesagt. Eine Stunde ist genehmigt. Aber dann müssen Sie schlafen."

„Versprochen", antwortet Lichtenhagen und denkt, wenn du wüsstest, warum es mir wieder so hervorragend geht. Bevor Schwester Beate das Zimmer verlässt, dreht sie sich nochmals lächelnd zu ihm um und droht dabei mit dem Zeigefinger.

Er kommt. Kokoschansky kommt tatsächlich! Bereits morgen wird er mit Luise bei ihm sein. Kurz vor dem Abendessen hat sie angerufen und ihm diese Nachricht mitgeteilt. Luise hat es wieder einmal geschafft. Und er hat sich in diesem Heinz Kokoschansky nicht getäuscht. Das bedeutet, dass er Interesse an seiner Geschichte hat.

Lichtenhagen beschloss sofort, noch heute Abend, für Kokoschansky einige Aufzeichnungen anzufertigen, damit der, wenn er hier ist, genau Bescheid weiß. In dem Kuvert, das er dem Journalisten in der Klinik vor seine Türe gelegt hatte, waren auch Notizen über die wichtigsten Stationen seines Lebens, aber nicht detailliert. Das will Lichtenhagen heute Abend ergänzen. Jetzt gilt es, keine Zeit mehr zu verlieren. Er will alles so perfekt wie möglich machen, damit dem Journalisten gar keine andere Möglichkeit bleibt als anzubeißen. Nach dem Telefonat mit Luise rief Lichtenhagen sofort den Verleger an und erzählte ihm, was geschehen war. Auch der war von der guten Nachricht mehr als begeistert.

Lichtenhagen zieht einen dicken Notizblock aus seinem Pilotenkoffer, nimmt aus der Lade seines Nachtkästchens einen Stift und starrt auf das weiße Blatt vor ihm. Er kaut an seinem Stift herum. Es ist immer der erste Satz.

Nach meiner Heirat mit Luise verlief unser gemeinsames Leben beschaulich und ruhig. Gleichsam wie auf Schienen. Ich bewarb mich erfolgreich bei einer großen Firma und war besonders stolz, dass ich binnen kürzester Zeit zum jüngsten Einkaufsleiter aufsteigen konnte, was bis dato einmalig in deren Firmengeschichte war. Dort konnte ich meine besonderen Talente, Organisieren und Beschaffen, hervorragend einbringen.

Ich arbeitete in diesem Unternehmen mehrere Jahre, bis ich 1976 das Angebot eines Konzerns nicht ausschlagen konnte, der Ölraffinerien mit Technik ausstattete. Mein Bereich war der Verkauf von Isoliermaterial für europäische Ölindustrien, aber auch über Europas Grenzen hinaus. So unter anderem für Nigeria auf dem Schiffsweg und per LKW in den Iran und Irak.

Lief vorher mein Leben in geordneten Bahnen, so gab es nun den ersten kräftigen Knick, und den habe ich selbst verschuldet, weil ich etwas tat, was mir keinesfalls zur Ehre gereicht. Plötzlich landeten auf meinem Tisch gewisse Briefumschläge, und deren Inhalt war Geld. Für damalige Verhältnisse viel Geld. Und ich steckte es ein. Somit war ich erstmals korrupt geworden. Ohne mich reinwaschen zu wollen, es war schlicht zu einfach. Das Geld stammte von diversen Auftraggebern. Meine Gegenleistung bestand lediglich darin, bestimmte Materialien und Abläufe gewissen Lieferanten in Auftrag zu geben. Mehr nicht.

Zu dieser Zeit bezog ich bereits ein stattliches Gehalt, doch dann lässt einem die Gier nicht mehr aus ihren Klauen. Es wurde mir zu einfach gemacht. Privat stieg unser persönlicher Lebensstandard. Geldsorgen wurden für mich zu einem unbekannten Begriff.

Die Kniffe und Tricks der Marktwirtschaft erfasste ich sehr schnell. Jetzt saß ich am Drücker und diktierte. Die Lieferanten zahlten ohne Widerrede und Murren. Ich brauchte bloß die Hand aufzuhalten.

Natürlich verhielt ich mich gegenüber Luise bedeckt und sie fragte auch nicht näher nach, wenn wir uns plötzlich Dinge außerhalb jeder Budgetplanung einfach so leisten konnten. Damals spielte für mich in einem gewissen Rahmen Geld keine Rolle.

In meinem Leben haben zwei Sprichwörter besondere Bedeutung: „Gelegenheit macht Diebe“ und „Der Krug geht so lange zum Brunnen, bis er bricht“. Für mein Schicksal treffen beide den Nagel auf den Kopf.

Kurzum, aus heiterem Himmel versiegte von einem Tag zum anderen meine sprudelnde, geheime Quelle. Das Unternehmen wurde reorganisiert. Für mich und ein paar andere Mitarbeiter bedeutete das die blauen Briefe. Ich hätte bleiben und mit meiner Familie, inzwischen war unser Sohn schon acht Jahre alt, an die Nordsee übersiedeln können, wo das Stammhaus dieses Konzerns war. Das wollte ich nicht. Ich hing an Herne, weil mich mit dieser Stadt seit Kindheits- und Jugendtagen so viel verband. Bis heute kenne ich das Ruhrgebiet wie meine Westentasche.

Trotz meiner beruflichen Erfolge, die ich bis zu diesem Zeitpunkt hatte, und mögen sie auch nicht immer ganz astrein gewesen sein, ein Traum ließ mich nie los. Ich wollte selbstständig sein, mein eigener Chef. Mit Angestellten und allem, was zu einer gut florierenden Firma gehörte. Ich wusste, eines Tages würde mir das gelingen.

Es muss so im Juni 1979 gewesen, als ich in Herne eine, aus heutiger Sicht schicksalhafte, Begegnung hatte. Bei prachtvollem Wetter saß ich in einem kleinen Straßencafé und dachte über die Zukunft nach. Plötzlich standen zwei junge Werbedamen vor mir. Freundlich lächelnd überreichten sie mir eine Probepackung einer neuen Zigarettensorte und gingen weiter zum nächsten Tisch.

Heute weiß ich, Zigaretten sind in jeder Hinsicht schädlich. Diese Packung war jedoch der Auslöser dafür, dass mein Leben schließlich endgültig aus den Schienen geworfen wurde und zu einer Berg- und Talfahrt wie in einer Achterbahn wurde.

Plötzlich gab es in meinem Kopf diesen berühmten Klick und mir wurde schlagartig bewusst, das wird mein Ding. Werbung! Noch geisterte es nebulös in meinem Kopf herum. Klare Strukturen und Konturen ließen sich noch nicht erkennen. Luise konnte meinen Enthusiasmus überhaupt nicht teilen, meinte, vernünftige Arbeit wäre der bessere Weg. Hören hätte ich auf sie sollen!

Ich war für keine wohlgemeinten Ratschläge zugänglich. Trotz aller Unkenrufe wollte ich meine Idee, mehr war es zu diesem Zeitpunkt nicht, gegen alle Widerstände realisieren. Ich las sehr aufmerksam die Werbeeinschaltungen und Inseratenteile in den verschiedenen Tageszeitungen und hoffte, dadurch einen Schritt weiterzukommen. Tatsächlich fanden sich immer wieder Anzeigen, in denen Personen für die Verteilung von Werbematerial gesucht wurden.

Mein eigener Briefkasten war jeden Tag rappelvoll mit Prospekten für die unterschiedlichsten Produkte, jedoch hatte ich von der Praxis der Verteilung, dem Modus Operandi, keine Ahnung. Daher legte ich mich auf die Lauer und fing eine Verteilerin, die gerade mit bunten Handzetteln für eine Drogeriemarktkette unterwegs war, vor meiner Haustür ab. Bereitwillig erzählte sie mir, sie arbeite für eine Agentur im Sauerland. Nachdem ich die notwendigen Informationen wusste, rief ich kurzerhand dort an. Dem Agenturchef tischte ich ein Lügenmärchen auf und er fiel darauf rein. So gelang es mir, in Erfahrung zu bringen, wie der Laden läuft.

Im August 1979 meldete ich meine „Europe Promotion" ordnungsgemäß bei der zuständigen Behörde als Gewerbe für Werbe- und Kurierdienste an. Der erste Schritt in die Selbstständigkeit war getan. Wenn auch, zugegeben, mit einer ziemlich hochgestochenen Firmenbezeichnung. Firmensitz: unsere Privat-

wohnung. Mehr war nicht vorhanden. Aber bluffen kann im Geschäftsleben oftmals sehr hilfreich sein.

Akribisch hatte ich in den letzten Wochen sämtliches Werbematerial, das täglich in unserem Hausbriefkasten zu finden war, gesammelt. Mit der Zeit kam ein ansehnliches Archiv an Adressen und Telefonnummern zusammen. Handwerksbetriebe, Märkte, Firmen der unterschiedlichsten Branchen. Ihr Werbematerial gelangte durch private Verteiler an die Haushalte. Und genau dieses Geschäftsfeld wollte ich mir unter den Nagel reißen.

Der nächste Schritt war das Schalten eines Inserates in einer Tageszeitung. „Verteiler für Prospektverteilungen im Großraum Ruhrgebiet ab sofort gesucht" und dazu unsere private Telefonnummer. Mit dem Resultat, dass der Apparat nicht mehr zu klingeln aufhörte. „Europe Promotion", also ich, bluffte, was das Zeug hielt. Ich log, dass sich die Balken bogen. Natürlich hätte ich Verteilaufträge zu vergeben. Im Gegenzug erfuhr ich von den potenziellen „Mitarbeitern" alles über Preise, Prospektmengen, weitere mögliche Auftraggeber, für wen diese Leute derzeit arbeiteten, was sie an Lohn erhielten. Ich erhielt Einblick in den Tagesablauf dieses Gewerbes. Was kann ein Verteiler pro Tag an Menge bewältigen? Wie viele Prospekte an den Mann bringen? Und dann bewarb sich auch noch ein Gruppenleiter! Jetzt war guter Rat teuer. Was hatte ich zu bieten? Nichts außer einem Plastikschild mit dem arroganten Firmennamen „Europe Promotion" unten an unserer Haustür. Keine notwendige Infrastruktur, nicht einmal ein Büro. Doch ich wagte den Sprung ins kalte Wasser und lud ihn kurz entschlossen nach Hause ein. Spekulierend, dass mich der Wettergott nicht in Stich lässt und ich mich mit ihm auf dem Balkon unterhalten könne. Petrus hatte ein Einsehen mit mir.

Wieder war ich einen Schritt weiter. Dieser Gruppenleiter gab mir bereitwillig die von mir gewünschten und wichtigen Auskünfte. Ja, er war auch nicht abgeneigt, in meine potemkinsche Firma einzusteigen. Natürlich merkte der Profi sehr bald, was hier gespielt wurde, aber ihn reizte die Herausforderung. Daher vereinbarten wir gleich einen neuen Termin für die kommende Woche. Etwas Luft für mich, mögliche Auftraggeber für meine Prospektverteilung an Land zu ziehen.

Ich tippte mir die Finger auf meiner kleinen Reiseschreibmaschine wund. Jetzt kam mir mein sorgsam gehütetes Archiv mit dem gesammelten Werbematerial zugute. Ich klopfte ein Vorstellungsschreiben nach dem anderen auf dem alten Ding herunter. Mit Luise, die inzwischen auch Blut geleckt hatte und meinem Vorhaben gegenüber nun nicht mehr negativ eingestellt war, entwarf ich einen Briefbogen für unsere Geschäftsbriefe. Die Firmenadresse samt Telefonnummer waren mit unserer Privatanschrift und Anschluss identisch.

Vordergründig konzentrierte ich mich auf Lebensmittelläden und Drogeriemärkte. Dabei hoffte ich, dass niemand von deren Werbeabteilungen auf die Idee kam, mich persönlich aufzusuchen. Mit den Richtwerten, die ich inzwischen herausbekommen hatte, konnte ich erste Preislisten erstellen. Natürlich war ich billiger. Sonst ergäbe es keinen Sinn.

Die Zeit drängte. Eine Woche war schnell um. Doch ich war arbeitslos, konnte von zu Hause aus arbeiten und mich voll meinem neuen Metier Haushaltswerbung widmen. Moos gab es vom Arbeitsamt. Natürlich wartete kein Schwein auf den neuen Guru Achim Lichtenhagen, der allen zeigen wird, wie es läuft. Damit rechnete ich auch nicht, aber hätte ich aus meinen zahlreichen Briefen Papierflieger gefaltet, wäre der gleiche Effekt eingetreten, nämlich null Reaktion. Ich war verzweifelt. Geduld war noch nie meine Stärke.

Endlich ein Lichtblick! Und was für einer! Zuerst dachte ich, jemand will mich auf die Schippe nehmen. Ausgerechnet aus dem Fernen Osten? Aus dem „Land der aufgehenden Sonne"? Aus Nippon? Die Japaner brauchten Lichtenhagen und seine „Europe Promotion"? Es war kein schlechter Scherz. Tatsächlich wollte eine japanische Firma, die professionelle Nähmaschinen erzeugte, mit mir ins Geschäft kommen. Und das noch Ende August 1979, knapp nach meiner Firmengründung! Ich war platt. Und ich weiß bis heute nicht, wie die auf mich gekommen sind! Damals interessierte mich das nicht. Mein allererster Auftrag! Doch dürfte dem Übersetzer oder wem auch immer ein Fehler unterlaufen sein, denn die Japs wollten von mir keine Prospektverteilung für ihre Produkte – sondern zwanzig Schneiderinnen, die ich für die Damen- und Herrenoberbekleidungsmesse in Köln organisieren sollte! Eine, zwei, auch fünf Schneiderinnen, ja! Aber zwanzig? Jetzt war guter Rat teuer. Aber ich hatte in meiner ersten Euphorie den Auftrag bereits angenommen und unterschrieben. „Europe Promotion" bestand zu diesem Zeitpunkt noch immer aus nichts weiter als dem erwähnten Plastikschild und einer klapprigen Reiseschreibmaschine, das Firmenkapital war meine Euphorie. Ja, und Krüger nicht zu vergessen. Jener Gruppenleiter, der bei mir vorstellig geworden war. Er brachte mich zwar immer mit neuen und nicht uninteressanten Leuten aus der Haushaltswerbebranche zusammen, jedoch die Arbeit hatte er nicht erfunden. Und zwanzig Schneiderinnen konnte er schon gar nicht aus dem Hut zaubern. Irgendwann wurde es mir zu bunt und ich stellte ihn frei.

Also, wieder einmal ein Inserat in die Zeitung gesetzt. Außerdem brauchte ich ein Fahrzeug für zwanzig Personen. Ebenso jemanden für die Fahrtendienste, der sich auch auf dem Messegelände um die tägliche Kontaktpflege mit dem Auftraggeber kümmerte. Ich hatte dafür keine Zeit. Ich musste mir für weitere Akquisitionen die Hacken ablaufen.

Außerdem besaß ich kaum noch Bares. Bislang nur Auslagen, aber keinen Gewinn. Die Rücklagen waren ebenfalls, bis auf einen Notgroschen, fast aufgebraucht, und die Kohle aus meiner Zeit vor der Arbeitslosigkeit steckte in unserer ziemlich feudalen Wohnung und in meinem Auto.

Luise und ich klapperten sämtliche Autohäuser ab. Nach mühevoller Suche konnten wir endlich einen Ford Transit leasen. Dieses Problem war gelöst. Auch die Schneiderinnen fanden sich, und ich bekam auch einen neuen Mitarbeiter. In Person eines Verwaltungsbeamten, den seine Scheidung in ein finanzielles Fiasko gestürzt hatte. Stundenweise stand er mir zur Verfügung. Es lief zäh, aber es lief. Langfristig gesehen konnte ich mein Geschäft keinesfalls von zu Hause aus abwickeln. Also mietete ich mich auf dem Gelände eines Großmarktes ein. Ein winziges, zugiges Büro zu einem akzeptablen Preis. In dem Preis war auch ein Teil einer Halle eingeschlossen, die ich mitbenutzen durfte, falls es notwendig wurde. Bevor „Europe Promotion" sich dort etablieren konnte, hieß es erst einmal, den Blaumann überzuziehen und die Bude auf Vordermann bringen. Pinsel und Malerbürste waren angesagt. Alles wurde rechtzeitig fertig. Ich konnte den Auftrag für die Japaner bereits von meinem neuen Büro aus abwickeln, zu deren vollsten Zufriedenheit. Mit dem Wermutstropfen, dass am Ende weniger in der Kasse übrig blieb, als von mir kalkuliert.

Dan…

Den zweiten Buchstaben, „*n*", schafft Lichtenhagen nicht mehr. Der Stift fällt ihm aus der Hand und auf die Bettdecke. Die Müdigkeit ist zu groß. Er ist eingeschlafen. Eigentlich gerade rechtzeitig, denn ein paar Minuten später sieht Schwester Beate nach ihrem Patienten. Auf Zehenspitzen schleicht sie ins Zimmer, packt Lichtenhagens Notizen in seinem schwarzen Pilotenkoffer, stellt das schwere Ding zurück in den Schrank und sperrt ab. Den Schlüssel legt sie in Lichtenhagens Nachtkästchen. Dann löscht sie das Licht und verlässt den Raum, während der schnarchende Lichtenhagen einen Festmeter Holz nach dem anderen zusammensägt.

Heute ist ein ruhiger Nachtdienst auf Schwester Beates Station im Landeskrankenhaus Villach. Keine besonderen Vorkommnisse, keine akuten Fälle. Sie zieht sich ins Schwesternzimmer zurück und schreibt ihre Pflegeberichte. Daher bemerkt sie auch nicht den Schatten, der lautlos über den Flur huscht, kurz vor der geöffneten Tür des Schwesternzimmers stoppt und dann weiter nach seinem Ziel sucht.

Zu dieser späten Stunde das Krankenhaus zu betreten ist kein Problem. Hier gibt es eine Notfallambulanz. Sofort verschafft er sich einen Überblick auf der Orientierungstafel. Dann verschwindet die mysteriöse Gestalt kurzfristig in einer Toilette und streift sich dort den Ärztekittel über, denn er am Nachmittag in einem Geschäft für Arbeitsbekleidung in Villach gekauft hatte. Jetzt muss er nur noch das richtige Krankenzimmer finden. Zuerst klappert er erfolglos die Abteilung für Anästhesie und Intensivmedizin ab. Nach seinem Verständnis kommen für Herzerkrankungen in diesem Spital nur zwei Abteilungen in Frage. Diese und die Medizinische. Die Patienten schlafen tief und fest. Jedes Mal, wenn ein Arzt oder jemand anderer vom Personal auftaucht, kann er sich rechtzeitig verdrücken.

Hier ist er nicht. Dann auf in die Medizinische. Das gewagte Spiel wiederholt sich. Auch hier alles ruhig. Die beiden ersten Zimmer erweisen sich als Fehlschlag. Die Tür zum Schwesternzimmer ist offen. Ein kurzer Seitenblick und er sieht, dass die Schwester, mit dem Rücken zu ihm, an einem Tisch sitzt und mit irgendetwas beschäftigt ist. Er schleicht weiter und drückt sachte die Klinke der nächsten Tür hinunter, schiebt vorsichtig die Türe auf.

Es ist ein Dreibettzimmer, aber nur ein Bett ist belegt. Das fahle Licht, das vom Flur hereindringt, und das Nachtlicht hier drin reichen seinem geschulten Auge, um festzustellen, dass er ihn gefunden hat. Geschmeidig wie eine Katze dringt er ein, schließt die Tür wieder. Lichtenhagen liegt auf dem Rücken und schnarcht ohrenbetäubend, was dem ungebetenen Besucher ein Grinsen entlockt. Er verschafft sich Überblick. Wonach er sucht, ist nicht sofort zu entdecken. Er schleicht um das Bett herum, zieht behutsam, ohne dabei das geringste Geräusch zu verursachen, die Nachttischlade auf, tastet wie ein Blinder über die darin liegenden Gegenstände. Ein Brillenetui, ein Stift, Brieftasche. Da! Ein einzelner Schlüssel. Er nimmt ihn heraus, geht zum Schrank. Sorgsam schließt er auf. Seine Hand fährt über die darin aufgehängten Kleidungsstücke. Schließlich findet er, worauf sein Auftraggeber scharf ist. Vorsichtig, wieder ohne das leiseste Geräusch zu verursachen, hebt er den schwarzen Pilotenkoffer heraus, überlegt einen Augenblick, ob er wieder abschließen und den Schlüssel zurücklegen soll, verwirft den Gedanken aber sofort und entschließt sich zum Rückzug. Kein unnötiges Risiko eingehen. An der Tür schaut er nochmals zu Lichtenhagen, der in unveränderter Position weiter schläft. Zufrieden verschwindet der Dieb.

Der Unbekannte stellt seine Beute in den Kofferraum seines Autos, bevor er von seinem Handy aus eine Nummer in Deutschland anruft. Nachdem die Verbindung hergestellt ist, teilt er knapp mit, dass er habe, was gewünscht wurde.

Es geschieht zu jeder Zeit etwas Unerwartetes; unter anderem ist auch deshalb das Leben so interessant.

(Marie Ebner-Eschenbach)

Schwester Beate sitzt an Lichtenhagens Bett, der die Arme hinter dem Kopf verschränkt hat und den Tränen nahe ist. Obwohl ihr Nachtdienst längst zu Ende ist, bleibt sie noch ein Weilchen bei ihm, um ihn zu trösten. Nicht der Verlust der Papiere schmerzt ihn so sehr. Das waren nur Kopien. Die sind jederzeit ersetzbar. Vielmehr trifft ihn, dass sein Fotoalbum weg ist. Unwiederbringlich. Sicherlich besitzt er noch viele andere Fotos von sämtlichen Stationen seines Lebens. Diese aber waren besondere, unersetzbare Unikate. Es kann nur Lederjacke gewesen sein, der ihm das heute Nacht angetan hat. Wenn Lichtenhagen an die Begegnung mit diesem unheimlichen Mann im Hotel zurückdenkt, kommt nur der in Frage. Niemand anderer verfügt über so viel Unverfrorenheit. Doch das alles verschweigt er gegenüber der Krankenschwester.

„Herr Lichtenhagen, glauben Sie nicht, dass wir die Polizei einschalten sollten? Sie können doch sagen, dass Sie erst jetzt dahinter gekommen sind. Immerhin ist es doch Einbruch und Diebstahl."

„Bitte, Schwester, keine Polizei. Ich habe meine Gründe. Ich kann Ihnen das jetzt nicht erklären. Es würde zu lange dauern, um die Zusammenhänge zu verstehen. Aber glauben Sie mir, ich bin sauber. Ich habe nichts getan. Heute bekomme ich wichtigen Besuch. Dann wird mir sicher mehr geholfen, als die Polizei jemals imstande ist."

Die Krankenschwester hat weiterhin ihre Bedenken.

„Und Sie schließen aus, dass es möglicherweise einer der Patienten war? Kommt doch ab und zu vor. Das geschieht in jedem Krankenhaus. Leider auch bei uns."

Lichtenhagen schüttelt heftig den Kopf.

„Nein, das ist unvorstellbar. Warum auch? Und ausgerechnet meinen schwarzen Pilotenkoffer, wo nur Unterlagen drin sind, die für mich sehr wichtig sind und mit denen ein Außenstehender überhaupt nichts anfangen kann. Für einen gewöhnlichen Dieb würde sich doch ein Griff in die Nachttischlade weitaus mehr lohnen. Da liegen meine Uhr, mein Portemonnaie."

„Wenn das herauskommt, bin ich dran. Schließlich war ich die Dienst habende Nachtschwester. Das kann mich den Job kosten."

„Wird es nicht, Schwester Beate", beruhigt sie Lichtenhagen, „ich sage es bestimmt niemanden. Und Sie müssen ebenfalls dicht halten. Meinem Besuch muss ich es sagen. Selbstverständlich aber nichts von Ihnen."

Die Krankenschwester bleibt weiterhin äußerst skeptisch.

„Darf ich Sie fragen, wer dieser ominöse Besuch ist, von dem Sie anscheinend so viel erwarten, Herr Lichtenhagen?"

„Sicher. Aber auch nur unter dem Siegel der Verschwiegenheit. Es ist ein sehr bekannter Journalist, der mir, hoffentlich, in meiner Angelegenheit zur Seite stehen wird."

„Auch das noch!" Schwester Beate ist ehrlich bestürzt. „Versprechen Sie mir, Herr Lichtenhagen, dass bei dem, was immer Sie vorhaben und auskochen, das Krankenhaus aus dem Spiel bleibt? Weil ich dann nämlich auch dran bin..."

„Das verspreche ich gerne. Und ich werde Ihnen auch nie vergessen, was Sie alles für mich getan haben. Und wenn Sie einmal Hilfe brauchen, egal was, melden Sie sich."

Wenn auch nicht erleichtert, so doch zumindest etwas ruhiger lässt die Krankenschwester Achim Lichtenhagen allein. Er versucht sich zur Ruhe zu zwingen, darf sich bei seinem angegriffenen Herzen keinerlei Aufregung mehr erlauben. Doch leichter gesagt als getan. Er sitzt wie auf Nadeln, wenn er an Kokoschansky denkt. Eines ist zumindest sicher: Lederjacke wollte Lichtenhagen nicht umbringen. Zumindest jetzt noch nicht. Hätte er das vorgehabt, wäre es eine Leichtigkeit gewesen, ihn heute Nacht zu erledigen. Trotzdem ist es das keine aufbauende Perspektive. Dann fällt ihm wieder das gestohlene Fotoalbum ein, an dem er so hängt, und er könnte vor Wut zerspringen. Wut auch auf sich selbst, weil er es immer und überall mit sich herumschleppen musste.

Wieder schaut er auf seine Armbanduhr. Die Zeit ist zu einer zähen Masse geworden. Die Minuten wollen und wollen nicht verstreichen. Dabei weiß er ganz genau, dass er mit Luise und Kokoschansky nicht vor dem frühen Nachmittag zu rechnen braucht. Früher gibt es keine Besuchszeit. Bis zum Mittagessen ist auch noch Zeit, also beschließt Lichtenhagen, die Cafeteria des Krankenhauses aufzusuchen, um sich ein bisschen unter die Leute mischen und auf andere Gedanken zu kommen. Aufstehen darf er, und seine Ärzte haben ihm auch Bewegung verordnet. Er zieht seinen Morgenmantel über den Pyjama, schlüpft in seine Schlappen und verlässt das Zimmer. Jetzt gibt es hier nichts Lohnenswertes mehr zu stehlen. Freute es ihn anfänglich, alleine zu liegen, ärgert es ihn nun. Wäre die beiden anderen Betten oder nur eines davon belegt gewesen, hätte Lederjacke kein so leichtes Spiel gehabt.

In der Cafeteria findet Lichtenhagen einen Fensterplatz. Er blickt hinaus und hört das Knattern von Rotorblättern. Der Rettungshubschrauber schwebt über dem Krankenhaus, wird in wenigen Minuten auf dem Dach landen. Wer immer da jetzt eingeliefert wird, hat andere Probleme. Dagegen sind seine wirklich unbedeutend.

Das Lokal ist voll mit Patienten. Plötzlich fällt Lichtenhagen ein Mann in Straßenkleidung auf. Nur ein paar Tische von seinem entfernt sitzend und Zeitung lesend. Dieses Gesicht kommt Lichtenhagen doch bekannt vor! Wo hat er den bloß schon einmal gesehen? Ja, natürlich! Klar doch, das muss er sein! So ein Zufall. Und der Mann scheint zu spüren, dass Lichtenhagen zu ihm hinübersieht. Er erwidert kurz den Blick, faltet seine Zeitung zusammen, steht auf und ist im Begriff zu gehen, als ihn Lichtenhagen anspricht.

„Entschuldigung! Moment, bitte!“

Lichtenhagen geht die paar Schritte zu ihm, und als er vor ihm steht, ist er sich sicher. Der Angesprochene mustert ihn mit ausdruckslosem Gesicht.

„Ja?“

„Mensch! Das gibt es doch gar nicht! Sie müssen Krüger sein. Jens Krüger.“

Jens Krüger, Lichtenhagens erster Mitarbeiter in den Anfängen der *Europe Promotion*, den er feuerte, weil er doch nicht seinen Anforderungen entsprach.

„Ja, bin ich“, bestätigt Krüger. „Sie sind Achim Lichtenhagen. Ich habe Sie gesehen, obwohl ich Sie längst aus meinem Gedächtnis gestrichen hatte.“

„Mensch, Jens, nach so vielen Jahren.“

Lichtenhagen hält ihm die Hand hin, die Krüger jedoch geflissentlich übersieht.

„Kann mich nicht erinnern, dass wir uns duzen.“

Krüger lässt unschwer erkennen, wie zuwider ihm diese Begegnung ist, und Lichtenhagen bleibt nichts anderes übrig, als diese Abfuhr zur Kenntnis zu nehmen. Trotzdem wagt er noch einen Versuch.

„Das liegt doch alles Jahrzehnte zurück. Wir haben alle unsere Fehler gemacht. Ich habe auch viel einstecken müssen.“

„Ach, hol Sie doch der Teufel, Lichtenhagen.“

Jens Krüger dreht sich auf dem Absatz um und schaut, dass er wegkommt. Mit schnellen Schritten verlässt der ehemalige Gruppenleiter, der einst kurzfristig für Lichtenhagen gearbeitet hatte, das Krankenhaus. Dabei dreht er sich mehrmals um, nur um sicherzugehen, dass der ihm nicht folgt.

Das Leben ist eine Anstrengung, die
einer besseren Sache würdig wäre.

(Karl Kraus)

Sonja Zenner, Kokoschanskys zukünftige Frau, findet eine Parklücke in unmittelbarer Nähe des Landeskrankenhauses Villach. Beinahe hätte sie den Mann übersehen, der überaus hektisch telefoniert, bevor er, sichtlich zornig, in sein Auto steigt und die Türe zuwirft. Nachdem er gestartet hat, setzt er ziemlich rasant zurück und braust davon.

„Was war denn das für ein Idiot?", wundert sich Kokoschansky kopfschüttelnd, bevor er Luise Lichtenhagen, die auf der Rückbank sitzt, aus dem Auto hilft. „Dass ich so schnell wieder hier bin..."

„Ich stehe tief in Ihrer Schuld, Herr Kokoschansky... Nein, bei ihnen beiden", sagt Luise Lichtenhagen.

„Jetzt lassen Sie es gut sein", weht Sonja den Dank ab. „Ich denke, das hätten wir längst besprochen. Gehen wir lieber rein, damit Ihr Mann nicht zu lange warten muss." Sie schließt das Auto ab, hakt sich bei Kokoschansky unter.

Im Flur der Medizinischen Abteilung sehen sie Achim Lichtenhagen, im Gedanken versunken aus einem der Fenster blickend. Sonja gibt seiner Frau einen Wink. Luise geht auf ihren Mann zu, während sie mit Kokoschansky diskret im Hintergrund bleibt. Achim Lichtenhagen umarmt Luise und kommt dann Händchen haltend mit seiner Frau auf seinen sehnlich erwarteten Besuch zu.

„Ich begrüße Sie, Herr Kokoschansky. Ich will keine großen Worte machen. Ich sage einfach, aber dafür, um so herzlicher, danke."

„Schon gut, Herr Lichtenhagen". Im Gegensatz zu ihrer ersten Begegnung lächelt der Journalist dieses Mal. „So schnell sieht man sich wieder. Und wie geht es Ihnen?"

„Jetzt geht es wieder aufwärts. Das fühle ich. Es war zwar knapp, aber ich bin zäh. Und die Nachricht, dass Sie kommen, hat auch dazu beigetragen." Kokoschansky winkt lässig ab, aber Lichtenhagen lässt sich nicht beirren. „Nein, dem ist tatsächlich so."

„Bedanken Sie sich nicht bei mir", sagt Kokoschansky, „der Dank gebührt Ihrer Frau und dieser Dame", dabei zeigt er auf Sonja. „Darf ich vorstellen, meine zukünftige Frau Sonja."

„Und ich wollte schon fragen..." Lichtenhagen begrüßt Sonja mit einem kräftigen Handschlag, um anschließend Kokoschansky lächelnd zuzuzwinkern. „Sie sind mir vielleicht ein Glückspilz."

Kokoschansky ist dieses Begrüßungsritual etwas peinlich. Daher versucht er, es auf seine Art abzukürzen.

„Gut, nachdem wir nun genügend Weihrauch verströmt haben... wo können wir ungestört reden?" Sonja stößt ihn mit dem Ellbogen dezent in die Seite.

„Ich denke, am besten in meinem Zimmer." Und zu Kokoschansky gewandt: „An Krankenzimmer haben wir beide uns ja in der letzen Zeit ausreichend gewöhnt. Sie gestatten, dass ich vorausgehe. Außerdem ist das nicht für jedermanns Ohren bestimmt."

Die meisten Menschen sind unfähig, in einer
Welt zu leben, wo der ausgefallenste Gedanke
in Sekundenschnelle Wirklichkeit werden kann.

(Albert Camus)

Zur gleichen Zeit in Berlin

Der Buchhändler Erasmus Vonske sitzt mit seinem Gesprächspartner in einem Café in unmittelbarer Nähe der Gedächtniskirche. Im Besucherstrom und Trubel rund um dieses Mahnmal des Zweiten Weltkrieges fallen sie nicht weiter auf. Vonske ist sich sicher, dass er nicht beschattet wird. Außerdem, gelernt ist gelernt. Wie in alten Zeiten fuhr er öffentlich, wechselte mehrmals die Verkehrsmittel, fuhr dann ein Stück mit dem Taxi, und nahm einen Riesenumweg in Kauf, um zum vereinbarten Treffpunkt zu kommen. Sein Laden bleibt heute geschlossen. Ob offen oder zu, bei seinen Umsätzen fällt das kaum ins Gewicht. Jetzt versucht er seit Stunden, seinem Gegenüber klarzumachen, worauf der sich einlässt, wenn er dieses Ding tatsächlich durchzieht.

„Mensch, Kai, jetzt überleg doch endlich vernünftig, was du da auslöst!"

Der junge Mann um die zwanzig, mit dem auffälligen Muttermal auf der linken Backe und dem stacheligen Haarschnitt, erweist sich jedoch als immun gegenüber Vonskes Umstimmungsversuche.

„Sag mir lieber, Erasmus, ob du wirklich davon überzeugt bist, dass wir nicht observiert werden.“

„Siehste, damit fängt es schon an. Dir fehlt das Gespür, der Riecher für Bullen, ob sie in der Nähe sind. Das hat man oder hat man nicht. Oder denkste, die haben uns ein Mikro in unsere Weiße mit Schuss gehängt, oder wa? Und zu deiner Beruhigung, unter der Tischplatte is och nix. Außer einem eingetrockneten Kaugummi von so 'nem Arsch. Du musst aufpassen. Die beiden Sackgesichter vom Verfassungsschutz haben mir astrein dein Foto unter die Nase gehalten. Zuerst dachte ich, sie haben meinen Politologieheini auf dem Kieker. Diesen Schnösel, der auf ganz wichtig macht und nicht die Bohne Ahnung von irgendwas hat. Is nich. Woher kennen die dich eigentlich?“

Kai ist es sichtlich unangenehm, darauf angesprochen zu werden und er drückt herum.

„Ach, das ist schon länger her. So ein Scheiß-Zivte[8] hat mich im Bunker[9] gekrallt. Ich hatte etwas zu viel E[10] und Peppen[11] in der Tasche. War gerade am verchecken. Scheiße gelaufen. Kam aber mit ’ner Bewährung davon.“

Vonske nimmt einen Schluck seiner Weißen und dreht sich eine Zigarette.

„Siehste, Blödmann, schwerer Fehler. Wenn du so was planst, wie du das vorhast, dann musste clean sein.“

„Mann, das bin ich ja! Ich hab mit dem Scheiß nur gedealt! Weil ich blank war und Kohle brauchte! Ich rühr doch den Dreck nicht an! Außerdem hast du nicht auch alles ausprobiert, was der Markt so bietet? Ziehst du dir nicht noch immer regelmäßig die Tüten rein?“

„Bloß mit dem Unterschied, dass ich mich nicht erwischen lasse. Bei denen biste im PC. Und irgendwann, als sie wieder mal auf der Lauer lagen, haben sie mitgekriegt, dass du bei mir rumhängst, und haben ihre Gehirnwindungen strapaziert. Keine Ahnung, ob sie das Foto selbst geschossen haben oder sich von der Drogenfahndung organisiert haben. Jedenfalls war es kein Foto... na du weißt schon, keins von den üblichen Porträtbildchen mit der Nummer unten. Wat haste denn noch so uff'm Kerbholz, ey?“

„Das ist alles. Ehrlich.“

Vonske nimmt den jungen Mann noch strenger ins Gebet.

---

[8] Zivte: deutscher Szeneausdruck für Drogenfahnder in Zivil

[9] Bunker: berüchtigte Berliner Techno-Disco

[10] E: Szeneausdruck für Ecstasy-Pillen

[11] Peppen: Szeneausdruck für Speed

„Noch was, Jungchen. Wir hatten früher gegenseitiges und bedingungsloses Vertrauen untereinander und zueinander. Da wurde alles im Kollektiv ausgesprochen und aus dem Weg geräumt. Keine Heimlichtuerei. Mann, was war ich bescheuert! Ich hätte dich vergangenes Jahr, am 1. Mai, in dein Unglück rennen lassen sollen. Jetzt hab ich dich an der Backe. Und nur, weil mein Scheißladen in Kreuzberg sein muss und ich Schiss hatte, dass mir einer von euch Anarchos einen Molli[12] in mein bescheidenes Reich pfeffert! Warum müsst ihr Chaoten eure Traditionsdemo auch immer dort veranstalten? Berlin ist groß genug!"

„Und warum hast du mich dann trotzdem aus der Scheiße gezogen?"

„Weil es einfach zu rattenscharf war, wie du dich gleich mit zwei von den Bullen angelegt hast und...", der Buchhändler senkt seine Stimme, „...mir das imponiert hat. Du völlig allein gegen die beiden Robocops. Darum habe ich dich in den Hauseingang gezerrt, denn sonst würdest du jetzt noch aus der Schnabeltasse trinken."

Vonkse nuckelt an seiner Selbstgedrehten, zieht dabei eine Tabakfaser von seiner Unterlippe.

„Kai, noch mal. Das Ding ist für euch ein paar Nummern zu groß. Lass es sausen. Gewalt bringt nichts."

„Und das sagst du..."

„Ja, du Arschloch, das sage ich! Weil ich selbst hautnah miterlebt habe, was es bringt. Nämlich einen Scheißdreck. Hat sich was geändert? Nee. Alles ist noch viel beschissener geworden. Und was ist geblieben? Tote. Überall Tote. Ein paar hat es zu Recht erwischt. Und was ist mit den Unschuldigen, die dabei draufgegangen sind? Wer von den Genossen ist denn noch über? Keiner. Entweder im Sarg oder eingebuchtet. Grams war der Letzte, den sie erwischten. Die Hogefeld sitzt in Bielefeld. Und ausgerechnet du mit deinen paar mickrigen Arschgeigen willst die RAF auferstehen lassen? Und ausgerechnet den Bundestag sucht ihr euch aus. Für euren ersten Anschlag. Habt ihr's nicht noch ein paar Nummern größer? Die Kuppel zum Einsturz bringen. Ich sag dir, worauf es euch ankommt. Gewalt. Pure, nackte Gewalt. Wenn du das willst, dann konvertiere! Werde zu einem radikalen Moslem! Die brauchen so Idioten wie euch. Bei denen kannst du nach Herzenslust herumbomben und Köpfe abschlagen, und wenn sie dich weichgekocht haben, schnallst du dir deinen Sprengstoffgürtel um und stellst dich mitten rein in die S-Bahn. Super! Das ist eine Heldentat! Mann, Mann, Mann! Du musst mächtig einen an der Waffel haben. Habt ihr über-

---

[12] Molli: Szeneausdruck für Molotowcocktail (Brandsatz)

haupt eine Ideologie? Woran glaubt ihr? Was wollt ihr erreichen? Was sind eure Ziele?"

„Ihr wart damals gegen Vietnam. Gegen Johnson, Nixon und McNamara."

„Na und? Wogegen seid denn ihr?"

„Zum Beispiel gegen Bush und was im Irak und in Afghanistan abgeht."

„Bravo. Mehr fällt dir nicht ein?" Vonske kann nur noch den Kopf schütteln und dreht sich erneut eine Zigarette. „Hast du überhaupt eine Ahnung, was es bedeutet, in den Untergrund zu gehen? Im Untergrund zu leben? Mit allen und allem von jetzt auf sofort zu brechen. Manchmal für Jahre, meist für immer. Weißt du, was dafür an Logistik nötig ist und was es kostet? Ne, weißte nich. Woher auch? Und du brauchst Freunde. Nicht Kumpels, sondern echte, wahre Freunde, die zu dir stehen und dich nicht fallen lassen, wenn die Kacke am dampfen ist. Und die fehlen dir. Deine Armleuchter brechen doch sofort zusammen, wenn Vater Staat mit allem antanzt, was er so auf der Pfanne hat. BND, MAD, BKA, Verfassungsschutz. Die klappen doch zusammen wie Pappkameraden, wenn die mal in die Mangel genommen werden! Ja, wenn der angepasste und saturierte Joschka wieder mal einen netten Farbbeutel an die Birne bekommen soll, das ist meins. Oder etwas gegen die *ACS-Press & Media* und besonders das *„MB"* unternehmen, da kannste auf mich zählen."

Kai rückt nervös auf seinem Stuhl herum.

„Ich sag ja nicht, dass du mitmachen sollst. Du sollst uns doch nur mit deiner Erfahrung und deinem Know-how unterstützen."

„Und wenn sie euch kriegen, haben sie mich auch voll am Arsch und ich wandere für den Rest meines Lebens in den Bau. Ne, keen Bedarf, Jungchen." Zum ersten Mal während dieses Gesprächs senkt Vonske den Blick, vermeidet jeglichen Augenkontakt mit Kai. Die Zigarette brennt beinahe ungeraucht herunter. Nur noch wenige Millimeter trennen die Glut an der Spitze des filterlosen Stummels von seinen Fingern. Die Stimme des Buchhändlers wird noch um einige Nuancen leiser. „Und weißt du was, warum ich mich mit dir überhaupt auseinander setze? Ich sag's dir. Weil ich dich verstehe. Nur allzu gut. Weil ich ebenso ein verbohrter Hitzkopf, so ein Heißsporn war wie du..." Er hebt wieder den Kopf, blickt ihm direkt in die Augen. „Und was ist heute aus mir geworden? Sieh mich und meinen Laden an. Dann weißt du es."

„Woher stammt eigentlich dein abgrundtiefer Hass auf das *„MB"* und die *ACS-Press & Media*?"

„Frag nicht. Vielleicht erzähl ich es dir mal. Jetzt sag ich nur so viel: Das *„MB"* hat meinen Sohn in den Tod geschrieben. Nicht getrieben, sondern *geschrieben*. Das ist möglich. Eine Zeitung kann das, wenn sie es darauf anlegt."

„Du hattest einen Sohn?" Kai starrt ihn ungläubig an. „Davon hast du noch nie etwas gesagt."

„Wozu? Wird er davon wieder lebendig? Lassen wir das."

„Eine Frage habe ich noch. Dann gebe ich Ruhe. Das wollte ich immer schon wissen? Warum hast du so einen ausgefallenen Vornamen?"

Seine Miene erhellt sich wieder.

„Erasmus?", grinst Vonske. „Hab ich meinem Erzeuger zu verdanken. Nach dem Krieg hatte er so gestrichen die Schnauze voll, dass er schwor, falls ihm jemals ein Sohn gegönnt sein sollte, dann wird sein Erstgeborener, also ich, Erasmus heißen. Geht zurück auf Erasmus von Rotterdam. War im sechzehnten Jahrhundert ein niederländischer Theologe und Humanist. Mein Vater war zuerst ein euphorischer Nazi. Als er mitbekam, was tatsächlich Sache war, spielte er zwangsläufig weiter mit. Musste er auch, sonst hätten sie ihn an die Wand gestellt. Aber er wurde zu einem Opportunisten, gehörte auch irgendwie zum Dunstkreis um Stauffenberg. Hitler-Attentat, 20. Juni 1944. Wurde aber nie deswegen behelligt. Nachdem 1945 die Scheiße endlich vorbei war, wandte er sich dem Glauben zu. Er war ein gottesfürchtiger Mann, versuchte das auch immer mir zu vermitteln, doch ich verweigerte. Ich bin Atheist. Tja, würde ihm bestimmt nicht gefallen, was schlussendlich aus mir geworden ist."

„Und wie steht es mit dem Humanismus? Hast du damit etwas am Hut?"

Erasmus Vonske blickt sich langsam im vollbesetzten Café um.

„Ich bin ein Menschenfreund. Aber mit Vorbehalt..."

Vertrauen ist eines Oase des Herzens, die
von der Karawane des Denkens nie erreicht wird.

(Khalil Gibran)

Villach, Landeskrankenhaus

„Gut, so weit habe ich das alles verstanden, Herr Lichtenhagen. Jedenfalls, wie Sie in diese Branche eingestiegen sind. Einiges konnte ich ja bereits in den Unterlagen lesen, die Sie mir zukommen ließen. Ich gebe aber zu, dass ich diese Papiere mehr als oberflächlich überflogen habe. Doch bevor wir überhaupt weitermachen, gibt es von meiner Seite noch einige Dinge, die im Vorfeld zu klären sind.“

Kokoschansky, Sonja und Luise sitzen auf den beiden freien Betten in Achim Lichtenhagens Krankenzimmer. Dieser wiederum hat Platz auf einem der Besucherstühle genommen. Der Journalist sieht Lichtenhagen eindringlich an.

„Als wir heute von Wien zu Ihnen gefahren sind, hatte ich genügend Gelegenheit, mich ausführlich mit Ihrer Gattin zu unterhalten und“, mit einem Seitenblick auf Luise Lichtenhagen, „Sie verzeihen, wenn ich das nun so salopp formuliere, Ihre Frau hat nicht hinter dem Berg gehalten und für mein Gefühl so ziemlich alles erzählt, was sie weiß. Ich möchte mir bestimmt nicht anmaßen, ein Urteil zu fällen, aber nur so viel sei gesagt, ganz leicht hat sie es mit Ihnen sicher nicht immer gehabt. Herr Lichtenhagen, ich schätze Sie als ein ziemliches Schlitzohr ein. Falls, und die Betonung liegt auf dem Wörtchen *falls*, falls ich mich wieder auf eine Geschichte mit unbekanntem Ausgang einlassen sollte, muss ich Ihr uneingeschränktes Vertrauen haben. Sie dürfen nichts vor mir verbergen, auch wenn es Ihnen unangenehm ist oder es vielleicht Dinge gibt, von denen Ihre Frau gar keine Ahnung hat. Einerseits sagt mir mein journalistisches Gespür, an Ihrer Geschichte ist tatsächlich etwas dran, andererseits bin ich verständlicherweise mehr als misstrauisch.

Im Grunde will ich nicht mehr. Irgendwann kommt bei jedem der Punkt, an dem er sein bisheriges Leben überdenkt. Und für mich ist dieser Zeitpunkt jetzt. Meine zukünftige Frau erwartet von mir ein Baby. Endlich gehen alle meine Wünsche, wenn auch spät, in Erfüllung. Ich will mit meiner bisherigen Arbeit nichts mehr zu tun haben. Was ich will, ist Bücher schreiben. Einen Artikel mal für jene Zeitung, mal für dieses Magazin verfassen. Vielleicht ab und zu eine Dokumentation drehen. Ich habe genug davon, mich andauernd in die Nesseln zu setzen. Ansonsten möchte ich beschaulicher und vor allem“, dabei lächelt er Sonja an, „endlich verantwortungsbewusster leben. Und nun sind Sie aus dem Nichts aufgetaucht. Wie ein Sendbote. Ob Sie Glück oder Unglück bringen, weiß ich nicht. Das erklärt auch mein ruppiges Verhalten Ihnen gegenüber, als Sie neulich meine Gesellschaft suchten.

Ihr erster Annäherungsversuch auf der Terrasse gab mir bereits zu denken. Wirklich sehr geschickt eingefädelt. Die Sache mit der *Schachnovelle*. Sehr durchdacht. Und genau das ist für mich der springende Punkt. Mir scheint es zu perfekt. Dafür spricht, dass Sie sich überhaupt die Mühe gemacht haben, mir nachzureisen. Ergo ergibt sich daraus für mich nur *eine* logische Konsequenz: Sie setzen wirklich alles daran, dass Ihr Schicksal endlich publik gemacht wird. Warum haben Sie es sich trotzdem nicht einfacher gemacht? Mich angeschrieben oder angerufen? Adresse und Telefonnummer herauszubekommen ist doch für einen Mann Ihres Kalibers eine leichte Fingerübung."

„Hätten Sie geantwortet beziehungsweise mich zurückgerufen?", lautet prompt Achim Lichtenhagens entwaffnende Gegenfrage.

„Okay, kein falsches Spiel. Kein doppelter Boden. Nein..."

„Sehen Sie. Darum blieb mir auch gar keine andere Wahl. Außerdem kann ich mir vorstellen, dass ein Journalist täglich mit ausreichend Post und Anrufen bombardiert wird. Noch dazu einer mit Ihrem Status."

Kokoschansky legt die Stirn in Falten.

„Es ehrt mich, dass Sie eine derart hohe Meinung von mir haben. Trotzdem wäre es doch denkbar, und ich bitte Sie, mich nicht falsch zu interpretieren. Ich will Sie keineswegs beleidigen, aber vielleicht sind Sie schlicht ein intelligenter Querulant? Gibt es genügend. Jemand, dem aus seiner Sicht irgendwann durch eine Behörde, ein Amt, wie auch immer, Unrecht widerfahren ist und der nun alles versucht, um die in seinen Augen Schuldigen zu überführen, um zu seinem Recht zu gelangen. Mir ist die *ACS-Press & Media* vollkommen gleichgültig. Deren Produkte lese ich nur, wenn ich unbedingt muss, und damit hat es sich auch. Warum Sie, Herr Lichtenhagen, mit denen eine Privatfehde austragen, oder sollte ich nicht besser sagen, gegen die einen Feldzug führen, ist mir noch immer mehr als suspekt und schleierhaft."

„Genau das will ich Ihnen doch die ganze Zeit erläutern und erklären, Herr Kokoschansky. Leider kann ich es Ihnen im Moment nur erzählen. Heute Nacht wurde ich in diesem Zimmer bestohlen."

„Was sagst du da, Achim?"

Luise Lichtenhagen ist wie vom Donner gerührt.

„Du hast recht gehört, meine Liebe. Mir wurde heute Nacht mein Pilotenkoffer entwendet, während ich geschlafen habe."

„Der schwarze?"

„Na, wie viele besitze ich denn?" Achim Lichtenhagen ist sichtlich ungehalten. „Und ich kann mir auch vorstellen, wer es getan hat?"

„Du hast doch sicherlich schon die Polizei informiert", will Luise Lichtenhagen wissen.

„Nein, hab ich nicht."

„Haben Sie es zumindest einer Krankenschwester oder einem Arzt erzählt?", mischt sich erstmals Sonja ins Gespräch.

„Eine Schwester, die sich immer so nett um mich kümmert, wenn sie Dienst hat, die weiß Bescheid. Auch sie hat mit zur Polizei geraten, aber ich konnte ihr das ausreden. Sie wird den Mund halten und wir alle, davon gehe ich aus, auch."

„Wenn das herauskommt, fliegt sie", stellt Sonja fest.

„Sie kennen sich aber sehr gut aus, Frau... äh... Kokoschansky. Darf ich Sie so anreden?"

„Sicher." Und der Stolz, der in ihrer Stimme bei diesem Wort mitschwingt, ist nur für Heinz Kokoschansky hörbar. „Ich bin selbst Krankenschwester, Herr Lichtenhagen. Und jedes Krankenhaus wird regelmäßig von irgendwelchen Einschleichdieben heimgesucht. Trotzdem, glaube ich, wäre es besser, die Polizei zu verständigen. Was meinst du, Heinz?"

„Jetzt einmal der Reihe nach. Was war denn in diesem Koffer?"

„Na, sämtliche Unterlagen, die meinen Konflikt mit der *ACS-Press & Media* einwandfrei dokumentieren und beweisen, dass ich *kein* Querulant bin." Diese Spitze gegen Kokoschansky kann sich Achim Lichtenhagen nicht verkneifen. „Es waren zwar nur Kopien, denn so bescheuert bin ich auch nicht, mit den Originalen in der Gegend herumzulatschen, jedoch auch nicht unbedingt für Fremde bestimmt. Da steckt zu viel Insiderwissen drin. Das kann ich alles verschmerzen. Vielmehr trifft mich, dass mein Fotoalbum, das ebenfalls im Koffer steckte, geklaut wurde."

„Unser Fotoalbum?" Luise Lichtenhagen ist ehrlich entsetzt.

„Mensch, Luise, du kannst manchmal Fragen stellen."

„Welche Fotos waren da drin?", fragt Kokoschansky, die Anspielung von vorhin gegen ihn ignorierend.

„Erinnerungsfotos. Von sämtlichen wichtigen Stationen. Von der Kindheit an bis praktisch heute. Hochzeitsbilder und so weiter", antwortet Achim Lichtenhagen.

„Die sind doch für den Dieb völlig wertlos. Vielleicht lässt er sie Ihnen wieder zukommen?"

„Ne, Herr Kokoschansky, das macht dieser Typ bestimmt nicht."

„Welcher Typ?"

„Nun, als ich Ihnen seinerzeit das Kuvert vor die Türe in der Reha-Klinik gelegt hatte, ging ich anschließend noch ein bisschen spazieren. Als ich später ich ins Hotel zurückkehrte, wurde mir dort ausgerichtet, dass Besuch für mich da wäre. Zuerst dachte ich, Luise wolle mich überraschen. In der Bar saß ein Mann mit Lederjacke. Bullig, von seiner Art her total unsympathisch. Unmissverständlich drohte er mir, ich solle endlich Ruhe geben. Wenn ich mich weiterhin mit der *ACS-Press & Media* anzulegen versuche, würde das böse Folgen für mich und meine Familie haben."

„Oh, mein Gott...", flüstert Luise Lichtenhagen und schlägt die Hand vor den Mund.

„Dann muss Sie dieser Unbekannte beschattet haben, Ihnen ebenso nachgereist sein wie Sie mir."

Achim Lichtenhagen nickt, schweigt für ein paar Sekunden, bevor er weiter spricht.

„Er wusste, dass ich an diesem Nachmittag mit Ihnen gesprochen hatte, Herr Kokoschansky. Und er schien auch über Sie Bescheid zu wissen."

Kokoschansky bleibt unbeeindruckt, Sonja hingegen schluckt und sieht Luise Lichtenhagen an.

„Der Unbekannte war eindeutig Deutscher", setzt Achim Lichtenhagen fort, „seinem Dialekt nach zu urteilen ein Sachse. Und ich getraue mich fast zu wetten, dass es ein ehemaliger Stasi-Mann war."

„Wie kommen Sie darauf?", fragt Kokoschansky.

„Zum Beispiel diese Lederjacke. Das war so ein Modell, mit dem die da drüben alle herumgelaufen sind. Da kenne ich mich aus, habe schließlich lange genug mit dem Osten zu tun gehabt. Nur die Schiebermütze hat ihm noch gefehlt. Und dann sein energisches, forsches Auftreten. Das war kein kleiner Ganove, der für ein paar Euro angeheuert wurde, um jemanden Angst einzujagen. Der hat das gelernt. Das war jahrzehntelange Schulung und das war sein Job. Darauf halte ich jede Wette. Und so einer verfügt auch über den nötigen Mumm, in ein Krankenzimmer einzudringen, um einen Auftrag auszuführen."

„Wer soll dafür den Auftrag gegeben haben? Die *ACS-Press & Media*?"

„Ich kann mir niemanden anderen vorstellen?"

„Stasi und die *ACS-Press & Media*? Wie passt das zusammen?", bohrt Kokoschansky weiter.

„Moment, das ist noch nicht alles. Als ich dann heute auf Sie gewartet habe, bin ich runter in die Cafeteria, und wer saß da? Ich traute meinen Augen nicht. Krüger..."

„Du meinst Krüger? Jens Krüger?", will Luise Lichtenhagen von ihrem Mann wissen.

„Genau, meine Liebe. Jens Krüger."

„Kann mich, bitte schön, jemand aufklären?"

Kokoschansky ist angespannt, kann dem Ganzen momentan nur schwer folgen.

„Jens Krüger“, kommt Achim Lichtenhagen der Aufforderung nach, „war mein erster Mitarbeiter, als ich mit der Haushaltswerbung begonnen hatte. Letztendlich musste ich ihn rauswerfen, weil er eine Flasche war und mehr versprach, als er halten konnte. Das hat er mir bis heute nicht verziehen, was er mir auch unmissverständlich zu verstehen gegeben hat.“

„Und was will der hier?“, mischt sich Luise Lichtenhagen ein.

„Wenn ich das wüsste!“, seufzt ihr Mann, „Wäre er mir irgendwo in Deutschland über den Weg gelaufen. Na schön. Aber ausgerechnet in Kärnten, in Villach, wo ich mit einem Herzkasper herumliege, taucht der wieder auf, wo ich ihn Jahrzehnte aus den Augen verloren hatte? Das passt nicht. Natürlich habe ich hier sofort nachgefragt. Es soll ja die unglaublichsten Zufälle geben. Aber es ist so, wie ich es mir gedacht habe. Derzeit bin ich in diesem Krankenhaus der einzige Piefke.“

„Glauben Sie an einen Zusammenhang zwischen dieser... dieser Lederjacke und Jens Krüger?“

„Eines ist sicher, Herr Kokoschansky, hier stinkt etwas. Denken Sie, dass so etwas Zufall sein kann?“

Kokoschansky schüttelt den Kopf. Aber ich kriege das heraus... Doch diesen Gedanken behält der Journalist für sich.

„Tja, und ich wollte Ihnen diese Papiere heute zeigen. Und jetzt geht das nicht.“

„Doch,“ sagt Luise Lichtenhagen unvermittelt, „auch, wenn du mich nicht immer ganz für voll nimmst, Achim. Irgendwann habe ich von all deinen kopierten Unterlagen weitere Kopien angefertigt. Aus reinen Sicherheitsgründen. Und nun bewährt es sich. Ich habe sie in einer Reisetasche unten im Kofferraum in Frau Kokoschanskys Auto.“

Achim Lichtenhagen klappt die Kinnlade herunter.

„Weibliche Intuition“, lächelt Sonja.

„Dagegen sind wir machtlos“, bringt es Kokoschansky lakonisch auf den Punkt.

„Ich denke, wir können die beiden allein lassen“, raunt Sonja Luise Lichtenhagen zu. „Wir holen die Tasche und genehmigen uns einen Kaffee in der Cafeteria. Meinen Sie nicht?“

„Na super. Und was ist mit uns?“, mault Kokoschansky.

„Frauengespräche, Liebling“, flötet Sonja und zieht Luise Lichtenhagen am Arm.

Wenn die Regierung das Volk fürchtet,
herrscht Freiheit.
Wenn das Volk die Regierung fürchtet,
herrscht Tyrannei.

(Thomas Jefferson)

Karlsruhe, Bundesgerichtshof,
Büro des Generalbundesanwalt

Dr. Lutz von Grimmelshausen ist ein vielbeschäftigter Mann. Auf seinem riesigen Schreibtisch in dem geräumigen, hellen Büro türmen sich die Aktenberge. Sein Kompetenzbereich ist gewaltig und auf seinen Schultern ruht ungeheure Verantwortung.

Von Grimmelshausen ist als Generalbundesanwalt beim Bundesgerichtshof im Bereich des Staatsschutzes die oberste Strafverfolgungsbehörde in der Bundesrepublik Deutschland. In seiner Funktion als Staatsanwalt ist er für alle schwerwiegenden Staatsschutzstrafsachen zuständig, die eine innere und äußere Bedrohung darstellen. Für die innere Sicherheit sind politisch motivierte Delikte, insbesondere Terrorismus, ausschlaggebend, während Spionage und Landesverrat die äußere Sicherheit betreffen. Darüber hinaus fällt auch Völkermord in seinen Zuständigkeitsbereich.

Der Generalbundesanwalt hatte heute Morgen bereits eine längere Unterredung mit dem Präsidenten des Verfassungsschutzes, wobei dieser ihm versicherte, dass er seine besten Leute für diese brisante Sache einsetzen werde.

Kein Mitglied der Bundesregierung, nicht einmal der Bundesinnenminister ahnt, was seit geraumer Zeit im Untergrund gärt. Noch ist die Suppe zu dünn, um direkt zuzuschlagen, ohne sich in der Öffentlichkeit bis auf die Knochen zu blamieren. Genau das will von Grimmelshausen unter allen Umständen vermeiden. Obwohl ihm der so genannte Terroristenparagraph, §129a des Strafgesetzes, die Handhabe dafür gäbe. Die Informationen über die geplante, offensichtlich terroristische Aktion stammen von einem V-Mann mit dem Decknamen Stoever, der vom Verfassungsschutz vor längerer Zeit in die linke Szene eingeschleust worden war.

Eine gewichtige Rolle in der undurchsichtigen Geschichte spielt ein unscheinbarer Buchladen in Berlin-Kreuzberg. Inhaber ist Erasmus Vonske. Kein unbeschriebenes Blatt und von Grimmelshausen geläufig. Ein Mitläufer, der im Umfeld der Baader-Meinhof-Gruppe und in späterer Zeit der

RAF zu finden war. Mal organisierte er Fluchtautos, ein oder zwei Mal stellte er seine Dienste als Fahrer bei Banküberfällen, die von den Terroristen verübt wurden, zur Verfügung, oder gewährte den Genossen Unterschlupf. Dafür wurde er auch verurteilt. 1988 kam er frei und ist seither nicht mehr straffällig geworden, hat jedoch immer noch engen Kontakt mit der Szene. Nach den Entführungen von Lorenz und Schleyer mit tödlichem Ausgang distanzierte er sich zunehmend von der Gewaltbereitschaft, galt aber in der Szene weiterhin als verschwiegen und zuverlässig. Mit Waffen und Sprengstoff hatte Vonske nie etwas zu tun. Er selbst kam aus der Ostermarsch- und Anti-Atomkraftbewegung, engagierte sich eine Zeit lang bei den Grünen, war Aktivist in Gorleben und Wackersdorf. Heute ist Vonske entschiedener Globalisierungsgegner und tritt immer häufiger gegen Neonazis auf. Seine Wurzeln verleugnete Vonske nie. Schon die Bezeichnung seines Buchladens B.R.E.M.M. – für Baader, Raspe, Ensslin, Meinhof, Meins – zeigt seine ungebrochene Verbundenheit.

Sowohl V-Mann Stoever als auch der Verfassungsschutz berichten, dass Vonske seit längerer Zeit sehr häufig und intensiv mit einem jungen Mann verkehrt, der der Anarcho- und Chaotenszene zuzuordnen ist.

Kai Oldenburg ist zweiundzwanzig Jahre alt und stammt aus Paderborn. Momentan ohne festen Wohnsitz, scheint aber bei Vonske oder bei einem von dessen Freunden untergetaucht zu sein. Polizeilich wegen einer Drogensache aufgefallen und vom Gericht zu einer Bewährungsstrafe verurteilt. Oldenburg ist bei linken Demos zu finden, vorwiegend im Osten Deutschlands gegen Neonaziaufmärsche. Er gilt als Demo-Tourist und ist in der Antiglobalisierungsszene aktiv. So war Oldenburg auch bei den gewalttätigen Demonstrationen in Davos, Genua und Salzburg dabei. In Österreich soll er regen Kontakt zum so genannten „Schwarzen Block" pflegen.

Für Lutz von Grimmelshausen ist klar, dass sich mit Vonske und Oldenburg zwei Gleichgesinnte gefunden haben. Weniger deutlich die Interpretation der Rollenverteilung untereinander. Tatsache ist, dass Oldenburg einen verwegenen Plan ausheckt und dafür in der linken Szene eifrig Leute zu rekrutieren versucht. So lauten die momentanen Informationen des V-Mannes Stoever. Noch sind es Gerüchte, die im Umlauf sind und die berechtigte Besorgnis hervorrufen. Oldenburg will eine neue RAF gründen. Mit Sabotageakten und Terroranschlägen soll das in seinen Augen verrottete und dahinsiechende Deutschland gezwungen werden, sich gegen die rot-grüne Regierung zu erheben, einen Aufstand anzetteln, um für eine neue Linke Platz zu schaffen. Sehr verworrene Absichten eines politischen Wirrkopfs.

Zu diesem Zweck soll während einer Bundestagssitzung die Glaskuppel des Berliner Reichstages zum Einsturz gebracht werden. Wie und mit welchen Mitteln ist derzeit noch völlig offen. Auch die Finanzierung des Anschlags liegt völlig im Dunklen. Fest steht, dass für Oldenburg der 11. September eine gewisse Vorbildwirkung hat, er selbst jedoch mit islamischen Terroristen nicht sympathisiert.

Gleichzeitig mit dem Angriff auf den Reichstag soll ein altes Feindbild der Linken, das Gebäude der *ACS-Press & Media* in Bremen, in Flammen aufgehen. So weit Stoever in Erfahrung bringen konnte, sieht Oldenburg das als Vermächtnis der Baader-Meinhof-Gruppe und in weiterer Folge der RAF an. Was Erasmus Vonske mit dem allem zu tun hat oder ob er selbst einer der Drahtzieher ist, ist derzeit unbekannt. Mit dem §129a, der 1976 während der heftigsten Phase des deutschen Terrorismus ins Leben gerufen wurde, könnte der Generalbundesanwalt sofort jegliche Vorhaben im Keim ersticken, aber noch ist Zeit, um mehr Fakten zu sammeln, die dann zum gegebenen Zeitpunkt auch halten.

Richtig stutzig wurde von Grimmelshausen, als auch die *ACS-Press & Media* ins Spiel kam. Für ihn ist das eine persönliche Angelegenheit. Vor Jahren hätte ihn das *„MB"* mit einer einzigen Schlagzeile vernichten können. Doch das geschah nicht, und so konnte er ohne Umschweife bis zum Generalbundesanwalt aufsteigen. Dafür ist er der Verlagsleitung bis heute zu tiefstem Dank verpflichtet. Und daher haben für von Grimmelshausen die Drohbriefe, die in letzter Zeit immer häufiger in der Chefetage der *ACS-Press & Media* eintreffen, oberste Priorität. Selbstverständlich anonym, nach der altbewährten Methode. Die kurzen, unmissverständlichen Sätze aus Zeitungs- und Magazinbuchstaben zusammengesetzt. Selbst erkennungsdienstlich nicht der geringste Hinweis. Die Buchstaben mit einem Allerweltskleber, wie er täglich in Deutschland tausendfach verkauft wird, aufgeklebt; kein auffälliges Papier, logischerweise auch nicht die geringste Spur von Fingerabdrücken. Eine professionelle Arbeit.

Die Verlagsleitung setzte sich sofort auf direktem Wege mit Karlsruhe in Verbindung, nachdem sie in regelmäßigen Abständen die ersten Briefe erhalten hatte. Es kam zu mehreren Treffen mit von Grimmelshausen und der Führungsebene. Dabei fiel immer wieder ein Name, der dem Generalbundesanwalt bislang gänzlich unbekannt war: Achim Lichtenhagen.

Von Grimmelshausen erfuhr, dass dieser Mann seit vielen Jahren mit der *ACS-Press & Media* im Clinch lag und, obwohl er bereits bittere Niederlagen einstecken musste, dennoch unverdrossen weiterkämpft.

Niemand beging einen größeren Fehler als
jener, der nichts tat,
weil er nur wenig tun konnte.

(Edmund Burke)

Zur gleichen Zeit in Villach, Landeskrankenhaus

Sonja Zenner und Luise Lichtenhagen kehren aus der Cafeteria zurück. Ein Außenstehender könnte meinen, bei den beiden Damen handle es sich um sehr gute Freundinnen. Frau Lichtenhagen müht sich mit der schweren Reisetasche ab, lässt sich aber partout nicht von Sonja helfen und weist auf ihre Schwangerschaft hin.

„So, da wären wir wieder“, sagt Sonja, gefolgt von Luise Lichten-hagen. „Heinz, hilfst du mal bitte?“, zeigt sie auf die Tasche. Kaum im Zimmer sieht sie einen dritten Mann.

„Ein Tag der Überraschungen“, bemerkt Achim Lichtenhagen lachend, „keine Sorge, alles in Ordnung. Darf ich vorstellen, Niklas Miller, ebenfalls aus Deutschland und seines Zeichens Verleger. Sonja Kokoschansky. Meine Frau Luise kennen Sie ja bereits. Herr Miller zeigt größtes Interesse an meiner Geschichte und will daraus ein Buch machen, sofern Herr Kokoschansky es schreibt.“

„Er wird“, lautet Sonjas knappe Antwort, während sie Miller die Hand gibt.

Kokoschansky fallen beinahe die Augen aus dem Kopf.

„Na wunderbar, dann weißt du ja bereits mehr als ich. Aber immerhin werde ich davon in Kenntnis gesetzt.“ Dabei wuchtet er die Reisetasche auf eines der Betten.

Sonja steht vor ihm, gibt ihm einen Kuss auf die Wange.

„Erzähl ich dir später, Liebling“.

Luise Lichtenhagen lächelt hintergründig.

„Hat wohl wieder etwas mit weiblicher Intuition zu tun, oder wie?“, gibt sich Kokoschansky geschlagen.

„...gegen die wir bekanntlich machtlos sind“, setzt Achim Lichtenhagen fort.

Wären die anderen jetzt nicht hier, Heinz Kokoschansky wäre seiner Sonja am liebsten um den Hals gefallen. Sie hat ihn längst durchschaut. Niemand kennt ihn besser als sie. Natürlich ist er heiß auf Lichtenhagens Geschichte. Natürlich reizt es ihn noch immer, herumzustochern, Dreck aufzuwühlen und mächtig Dampf abzulassen. Die ganze Zeit überlegte er krampfhaft, wie er das Sonja wohl am besten schonend beibringen könnte. Und dann kommt diese Frau mit ihrem sonnigen Gemüt hereinspaziert und erklärt einfach so, alles geritzt und gebongt. Soll mal einer die Frauen verstehen? Also wird der alte Koko noch einige Zeit weiter existieren müssen...

Achim Lichtenhagen wendet sich seiner Frau zu.

„Was habt ihr nun wirklich ausgekocht?"

„Alles zu seiner Zeit". Lichtenhagen ist nun ebenso klug wie Kokoschansky.

„Tja", schaltet sich Niklas Miller ein, „ich sollte den Damen gegenüber wohl meine plötzliche Anwesenheit erklären. Die Welt kann manchmal sehr klein sein. Herr Lichtenhagen und ich haben uns durch einen gemeinsamen Bekannten kennen gelernt, genauer einen Werbefachmann, der auch für unseren Verlag tätig ist. Dieser Mann erzählte mir in groben Zügen, was Herrn Lichtenhagen mit der *ACS-Press & Media* widerfahren war. Zuerst klang das für mich so unglaublich, dass ich es eigentlich nicht glauben konnte. Nachdem mich Herr Lichtenhagen aber näher informiert hatte, kam ich zu dem Entschluss, dass diese Geschichte genau der Stoff für ein sensationelles Buch sein könnte. Nach mehreren Treffen und vielen Gesprächen beschlossen wir: Wir machen es. Unser Haus ist kein großer, dafür aber ein sehr feiner Verlag und im Süden Deutschlands, in Freiburg im Breisgau, angesiedelt. Was uns bislang fehlte, war der geeignete Autor. Herr Lichtenhagen und ich haben lange hin und her überlegt. Die Autoren, die bei mir unter Vertrag sind, kommen alle nicht in Frage. Dann kam die Rede auf Herrn Kokoschansky. Ich habe mich intensiver mit seiner Person und seiner Arbeit auseinander gesetzt. Herr Lichtenhagens Vorschlag gefällt mir ausgezeichnet. Ja, und warum bin ich nun hier? Sehr einfach. Herr Lichtenhagen rief mich an und erzählte mir, was ihm hier in Österreich passiert ist, und ich musste ihn einfach besuchen. Dass ich dabei auch Herrn Kokoschansky kennen lernen konnte, ist natürlich das absolute Tüpfelchen auf dem i." Der Verleger wendet sich nun direkt an den Journalisten. „Die Rahmenbedingungen haben wir ja inzwischen besprochen. Finanziell wären wir uns auch so weit einig. Ich glaube, das könnte der Auftakt für eine glänzende Zusammenarbeit werden. So weit ich Sie bisher verstanden habe, Herr Kokoschansky, gehen Ihre beruflichen Ziele doch in die Richtung, Bücher zu schreiben und weiterhin TV-Dokumentationen zu drehen. Das ließe sich doch wunderbar, in Kooperation mit meinem Verlag, verbinden."

Genau, das ist es, denkt Kokoschansky. Nur jetzt nichts anmerken lassen. Noch ein bisschen einen auf Pokerface machen. Auch wegen Sonja. Sonst glaubt sie, dass es ihm doch nie so recht ernst war damit, den alten Koko auf den Müll werfen zu wollen. Miller macht auf ihn einen ausgezeichneten Eindruck. Das unterscheidet den Deutschen vom Österreicher. Hat die Sache Hand und Fuß, wird nicht lange überlegt, sondern durchgezogen. Bei uns das genaue Gegenteil. Na ja? Sollen wir das? Und kann es da nicht Probleme geben? Ist das nicht riskant? Und die Kosten? Rechnet sich das? Könnte es vielleicht Nachteile mit sich ziehen, wenn man den und den anpatzt...

Heinz Kokoschansky steht langsam auf, streckt sich und steuert auf Sonja zu, die neben Luise Lichtenhagen auf einem der freien Betten sitzt.

„Mein Schatz, wir beide haben heute noch ein Hühnchen miteinander zu rupfen."

„Aber nicht streiten", bittet Luise Lichtenhagen.

„Bestimmt nicht", beruhigt sie Kokoschansky und streicht Sonja dabei übers Haar. Dann wendet er sich an Lichtenhagen. „Dann packen Sie mal das Zeug aus der Tasche."

„Darf man hier eigentlich Sekt trinken?", fragt Achim Lichtenhagen und strahlt dabei übers ganze Gesicht.

„Wenn man sich nicht erwischen lässt", stellt Sonja lakonisch fest.

Kokoschansky dreht weiter seine Runde.

„Herr Miller, dann wie bereits versprochen. Vertrag und so weiter und wir sind im Geschäft."

Nochmals dreht sich der Journalist in Richtung Achim Lichtenhagen.

„Ich hole Ihnen Ihr Fotoalbum zurück..."

Bei vielen Menschen ist es bereits eine Unverschämtheit,
wenn sie ICH sagen.

(Thomas W. Adorno)

Karlsruhe, Bundesgerichtshof,
Büro des Generalbundesanwalts

„Die Akte Lichtenhagen, Herr Generalbundesanwalt."

„Danke. Nur hier auf den Stapel legen... Ach ja, und noch was. In der nächsten Stunde keine Störungen. Nur in dringlichen Fällen."

„Geht in Ordnung."

Die Sekretärin verlässt das Büro. Generalbundesanwalt Dr. Lutz von Grimmelshausen streift sein Jackett ab, lockert seine Krawatte und macht es sich in seinem Drehstuhl bequem. Dann greift er nach dem dicken Konvolut. Noch ist ihm nicht ganz klar, warum Lichtenhagen diese Auseinandersetzung mit der *ACS-Press & Media* führt. Der Generalbundesanwalt hofft, beim Durchblättern der Akte auf den entscheidenden Hinweis zu stoßen, der ihm die nötige Aufklärung verschafft. Er findet Gerichtsbeschlüsse, Korrespondenzen mit Rechtsanwälten, Zeugenaussagen, Niederschriften, Rechnungen, nur nicht das, wonach er sucht. Er will bereits aufgeben, als er auf handschriftliche Notizen Lichtenhagens stößt, die den Titel „Der Beginn einer langen Geschäftsverbindung" tragen".

Im Jahre 1983 verteilten die unterschiedlichsten Verlage kostenlos Zeitschriften in den Fußgängerzonen. Auch die Hausbriefkästen wurden teilweise mit diversen Erzeugnissen bestückt. Bei diesen Werbeaktionen war auch stets die „ACS-Press & Media" mit an Bord. Dennoch ein schlechter Werbeauftritt, da viele der Produkte nur vor den Haustüren lagen oder in den Fluren verstreut waren. Dementsprechend schlimm sahen viele Zeitschriften aus. Die künftigen Kunden waren eher verärgert oder fühlten sich belästigt. Auch die „ACS-Press & Media" versuchte auf diese Weise, neue Leserkreise zu erschließen. Und genau dieses Unternehmen fehlte mir noch als Auftraggeber. Aus mehreren Gründen.

Zu diesem Zeitpunkt florierte meine „Europe Promotion". Mein Umsatz betrug an die sechs Millionen DM. Ich hatte zahlreiche potente Auftraggeber, aber eben nicht die „ACS-Press & Media". In meiner Branche galten Verlage als die besten Kunden, die auch pünktlich ihre Rechnungen beglichen. Für die Reputation meiner Firma nach außen war es von außerordentlicher Wichtigkeit. Wer einen Verlag in der Größenordnung wie die „ACS-Press & Media" zu seinen Referenzen zählen konnte, durfte sich dadurch auch lukrative und interessante Aufträge von kontinuierlich werbenden Unternehmen anderer Branchen erhoffen.

An die Namen respektive zuständigen Personen in der Chefetage der „ACS-Press & Media" heranzukommen, entpuppte sich als schwieriges Unterfangen. Meine Angebote durften nicht in die falschen Hände gelangen und mussten direkt auf den Schreibtischen der Entscheidungsträger landen. Nach einem Hürdenlauf gelang es mir, den zuständigen Mann ausfindig zu machen. Ich wurde zu einem Gespräch eingeladen und verließ das Stammhaus in Bremen mit einem Probeauftrag, der mir bei prompter und zufrieden stellender Ausführung weitere Aufträge sichern sollte.

Lange Rede, kurzer Sinn. „Europe Promotion“ bestand die Prüfung mit summa cum laude. Meine Auftragsbücher füllten sich. Im Schnitt war ich nun mindestens einmal monatlich in Bremen, um neue Geschäfte einzufädeln bzw. abzuwickeln. Aus diversen Einladungen zu gesellschaftlichen Ereignissen im Zusammenhang mit dem Verlag konnte ich ersehen, dass meine Firma bereits zur großen Familie der mächtigen „ACS-Press & Media“ gehörte. Unter anderem waren meine Frau und ich auch zu einem Empfang für den scheidenden Vorstandsvorsitzenden geladen.

Mit jedem neuen Auftrag wuchs das Vertrauen der „ACS-Press & Media“ gegenüber meiner Person und der „Europe Promotion“. Parallel dazu expandierte meine Firma. Ich schwebte im siebenten Himmel, bis ich eines schönen Tages mit einer Sache konfrontiert wurde, deren Ausmaße, im negativen Sinne, ich damals noch nicht ahnen konnte. Vielleicht war ich auch zu blauäugig, um mir über spätere mögliche Konsequenzen großartig Sorgen zu machen.

Ich hielt mich wieder einmal in Bremen auf. Konstantin Delmenhorst, der stellvertretende Vertriebsleiter, Ende vierzig, ein Urgestein der „ACS-Press & Media“, machte mir einen gewichtigen Vorschlag. Nicht nur seine umfassende Bildung, sein Auftreten und die gemeinsame Wellenlänge beeindruckten mich bei diesem Menschen. Mit Delmenhorst konnte ich auch das eine oder andere private Wort von Mann zu Mann wechseln. Kurzum, wir empfanden gegenseitig größtes Vertrauen. Daher überraschte mich auch nicht sein Wunsch, den er mir unterbreitete. Konstantin Delmenhorst fragte mich, ob meine „Europe Promotion“ für die „ACS-Press & Media“ neben den normalen Aufträgen und deren Abwicklungen auch noch für weitere Abrechnungen zur Verfügung stehen könne.

Im ersten Augenblick war ich etwas konsterniert. Ich sollte zusätzliche Aufträge von der „ACS-Press & Media“ erhalten, die ich gar nicht ausführen sollte? Ohne Gegenleistungen? Dann dämmerte es mir. Ich wäre ein schlechter Kaufmann gewesen, wenn ich nicht sofort die Vorteile für mich vorhergesehen hätte. Es war die Jahrhundertchance für meine im Verhältnis zum Riesen „ACS-Press & Media“ kleine Firma. Selbstverständlich ratterte auch die Registrierkasse in meinem Hinterkopf. Neben einer gewissen Abhängigkeit zum Verlag, wobei ich allerdings der Nutznießer war – so dachte ich – konnte ich auch die Liquidität der „Europe Promotion“ kurzfristig für andere Unternehmungen in die Höhe puschen. Eine sehr angenehme Situation, gerade in dieser Zeit, da mein Unternehmen aufgrund der ausgezeichneten Auftragslage sehr oft gewaltige Umsatzsprünge erzielte, wobei aber die ohnehin immer sehr knappe firmeninterne Kapitaldecke manchmal nicht mithalten konnte. Ich erbat mir von Konstantin Delmenhorst etwas Bedenkzeit, um seinen Vorschlag nochmals in Ruhe gründlich zu überlegen. Delmenhorsts Angebot hatte einen Hintergrund. Natürlich nicht den, weil er mich leiden konnte oder pure Menschenfreundlichkeit.

Gegen Ende 1983 / Anfang 1984 stand die „ACS-Press & Media“ kurz vor der Markteinführung eines neuen Produkts. Die Programmzeitschrift „Schau&Hör“ musste bundesweit und auf schnellstem Wege großräumig im Land bekannt werden. So unter anderem durch Zustellung von Gratis-Leseproben an möglichst viele Haushalte. „ACS-Press & Media“ schanzte mir den Auftrag zu. Für mich war es damals die bislang größte Zustellaktion, die ich durchzuführen hatte. „Europe Promotion" war on top.

Nachdem mich Konstantin Delmenhorst und sein unmittelbarer Vertriebsleiter Jürgen Ballmann trotz meiner ausbedungenen Bedenkzeit immer stärker drängten, ob ich nicht schon eine Entscheidung getroffen hätte, sagte ich schließlich zu. Ballmann brachte es auf den Punkt: Aufträge, die wie Aufträge abgewickelt werden, aber nur auf dem Papier, also Scheinaufträge, und somit der Tatbestand des Betruges.

Meine Gründe, warum ich mich auf diesen Deal eingelassen hatte, lagen auf der Hand. Weshalb aber musste ein Verlag in der Dimension einer „ACS-Press & Media“ auf unseriöse Praktiken zurückgreifen? Ich denke, dass sich daran bis heute in der Medienbranche nichts oder nur wenig geändert hat.

Der Zeitschriftenmarkt veränderte sich permanent. Ständig wurden neue Zeitschriften auf den Markt geworfen. „ACS-Press & Media“ war zu dieser Zeit nur einer von einigen großen deutschen Verlagen. Daher musste die „ACS-Press & Media“ stets mit den Konkurrenten mithalten können. Was zählte waren die Marktanteile, und je höher diese, um so höher die Werbeeinnahmen.

Marktanteile definieren sich bei den Verlagen mit verkaufter Auflage. Als Kontrollorgan dient dazu die „Gemeinschaft für Kontrolle der Verbreitung von Werbeträgern e.V.“(GKVW), die ihren Sitz in Bochum hat, und seinerzeit von den Verlagen selbst gegründet wurde.

Jeweils zum Quartalsende geben die Verlage, auch heute noch, ihre Verkaufszahlen der GKVW bekannt. Selbstredend, dass jedes Unternehmen in dieser Branche bemüht ist, der Gemeinschaft möglichst hohe Verkaufszahlen zu melden, weil somit höhere Inserats- und Werbeeinschaltpreise garantiert sind, da klarerweise auch die Werbewirtschaft an den Verkaufszahlen der unterschiedlichen Printerzeugnisse interessiert ist. Hohe Leserzahlen, hohe Werbewirksamkeit. Immerhin sind es fast fünfzig Prozent Werbeeinnahmen, die zum Gesamtumsatz eines Zeitschriftenverlages beitragen. Die restlichen Fünfzig ergeben sich aus Verkäufen und Sonstigem.

Sinken die Verkaufszahlen, weiß jede Werbeagentur etc., dass Einschaltungen in diesem Produkt sich langfristig nicht mehr rechnen. Die Werbeeinschaltungen werden abgezogen, also kein Geld für den entsprechenden Verlag.

Daher arbeiten die Verlage mit Garantieauflagen, die in der Praxis sehr viel tiefer angesetzt sind als die tatsächlichen Verkaufszahlen. Sinkt oder steigt die Garantieauflage, senken oder heben die Verlage die Kosten für Werbeeinschaltungen dementsprechend. Da nicht ständig neue Preislisten erstellt oder die alten korrigiert werden können, behelfen sich die Verlage mit diesen Garantieauflagen. Kein Verlag kann sich auf Dauer ein Abflauen der Garantieauflage leisten. Das darf nur hin und wieder geschehen. Passiert es öfters, wird sich der Werbepartner sehr rasch nach einem neuen Verlag umsehen. Natürlich gibt kein Verlag gerne zu, dass sein Prestigeprodukt vom Kunden überhaupt nicht angenommen wird, dass die verkauften Auflagenzahlen im Keller liegen und der vielgepriesene Start in die Medienwelt ein kapitaler Flop war. Und genau das geschah mit der Programmzeitschrift „Schau&Hör" der „ACS-Press & Media".

An die Öffentlichkeit gelangen größtenteils nur die steigenden Verkaufszahlen. Manche Verlage geben auch die Zahlen der Druckauflage bekannt. Die Differenz zwischen beiden Zahlen kann bis zu zwanzig Prozent betragen. Kaum jemandem fällt diese Diskrepanz auf, und wenn, erhält er meist eine wenig zufrieden stellende Auskunft. Je enger beide Zahlen zusammen liegen, desto besser für Produkt und Verlag.

Werden nun vom Verlag, wie im Fall der „ACS-Press & Media" Verkaufs- und Auflagezahlen bewusst getürkt und so an die GKVW weitergeleitet, führt man die Werbewirtschaft gezielt hinters Licht.

Werbeagenturen, Werbemanager und Marketingleute werden schlicht betrogen, da sie für ihre Inserate überhöhte Preise zahlen müssen, also Preise für eine Auflage, die in dieser Höhe nicht existent ist. Und selbstverständlich ist es auch Betrug gegenüber dem Kunden respektive dem Leser, da zusätzliche Werbekosten auch den Verkaufspreis der Zeitschrift ansteigen lassen.

Alle diese Überlegungen zählten während meiner Zusammenarbeit mit der „ACS-Press & Media" für die Herren in den Chefetagen wenig. Natürlich drückte mich das schlechte Gewissen. Ich wusste, dass es nicht rechtens war, worauf ich mich da eingelassen hatte. Aber, aus heutiger Sicht, ist das auf eine gewisse Naivität meinerseits und auf das gegenseitige Vertrauen von Seiten der „ACS-Press & Media" mir gegenüber und der „Europe Promotion" zurückzuführen. Mein Unternehmen florierte, und nur das zählte für mich. Auch war ich der vollsten Überzeugung, dass sich die „ACS-Press & Media" längst im Vorfeld für diese Scheinaufträge rechtlich abgesichert hatte.

Von 1983-1986 machte ich Millionenumsätze und wurde in Deutschland zur erfolgreichsten Verteilfirma. Mit dieser Reputation aus Bremen öffneten sich für mich sämtliche Türen. Ich konnte die bekanntesten Unternehmen in meinen Kundenstamm aufnehmen. Dementsprechend hatte ich eine Firma zu leiten, die auch den Anforderungen und Wünschen meiner Kunden entsprechen musste. Ich hatte einen gewaltigen Fuhrpark zu unterhalten, um die Verteilaktionen termingerecht ausführen zu können. Dazu eine Menge Mitarbeiter und Büros. Kurzum, eine riesige Logistik war nötig, um den Laden ständig in Schuss halten zu können. Obwohl ich 1987 erstmals die Zehn-Millionen-Mark-Umsatz-grenze überschritt, blieb mir kaum Kapital für Rücklagen übrig. Das verhinderte das rasante Wachstum der „Europe Promotion". Und die Scheinaufträge zwischen meiner Firma und der „ACS-Press & Media" waren längst zu einem regelmäßigen Geschäftsvorgang geworden.

War bis dahin alles so verlaufen, wie ich es mir nicht einmal in meinen kühnsten Träumen zu hoffen gewagt hatte, kam mit der politischen Wende in Deutschland auch gleichzeitig meine ganz persönliche Wende, ohne dass ich die geringste Ahnung davon hatte. Die Trümmer vom Fall der Mauer trafen auch mich.

Im Januar 1990 feierte Vertriebsleiter Jürgen Ballmann mit einem großen Empfang in Bremen seinen fünfzigsten Geburtstag. Selbstredend, dass ich ebenfalls anwesend war. Dabei wurde mir konkret die Aufbauarbeit im Bereich der Verteiltätigkeit für die „ACS-Press & Media" angeboten. Ebenso sonnenklar, dass ich nicht ablehnte. Somit reihte ich mich in das Heer der seriösen Geschäftsleute, Hasardeure und Glücksritter ein, die glaubten, in den Neuen Bundesländern ein El Dorado entdeckt zu haben.

Die „Europe Promotion" eröffnete ihre erste Niederlassung in Dresden. In dieser leidgeprüften Stadt deshalb, weil die großen Verlage den Osten unter sich in Zonen aufgeteilt hatten, damit jeder sein Stück vom Kuchen bekam. Die „ACS-Press & Media" riss sich Sachsen und Sachsen-Anhalt unter den Nagel. Daher auch Dresden, was mir sehr gelegen kam. Jetzt galt es, Pressevertriebe aufzubauen. Teilweise griff man auf ehemalige DDR-Verlage zurück oder führte Neugründungen durch...

Generalbundesanwalt Dr. Lutz von Grimmelshausen kneift sich die Augen, legt Achim Lichtenhagens Notizen aus der Hand und geht nochmals seine eigenen Aufzeichnungen durch, die er sich während der Lektüre gemacht hatte. Er überlegt einige Minuten, bevor er sich mit dem Präsidenten des Verfassungsschutzes verbinden lässt.

„Ich denke, es gibt eine konkrete Spur im Zusammenhang mit den Drohbriefen an die *ACS-Press & Media*... Deine Leute sollten diesem Achim Lichtenhagen etwas stärker auf den Zahn fühlen..."

Wenn ein Mann will, dass seine Frau zuhört,
braucht er nur mit einer anderen zu reden.

(Liza Minelli)

Zwei Wochen später
Repelen am Niederrhein

„Schönen Dank für die interessante Führung. Da haben Sie sich wirklich eine tolle Ecke ausgesucht."

„Tja, das hat sich durch die Umstände so ergeben. Aber meine Frau und ich sind zufrieden. Inzwischen leben wir sehr gerne hier."

Heinz Kokoschansky wirkt beeindruckt, lässt seine Blicke umherschweifen und schmunzelt, als er den kleinen Platz näher in Augenschein nimmt, auf dem er mit Achim Lichtenhagen gerade steht.

„Wenn ein Regisseur so eine *location* sucht und den hier nicht kennt, sucht er sich schwarz. Ideal für eine Komödie oder eine Sitcom. Wo gibt es denn das noch? Als Zentrum die Kirche. Gleich daneben ein First-Class-Hotel. An dem einen Eckpunkt ein Bestattungsunternehmen und am anderen einen Puff."

„Ja, so gesehen ist dieser Flecken wirklich einzigartig in Deutschland", stimmt Lichtenhagen zu und schlägt vor, sich in den Gastgarten des Hotels „Zur Linde" zu setzen, das direkt neben der Kirche liegt, die obendrein noch die älteste in Deutschland ist und auf 600 n. Chr. zurückgeht.

„In dieser Ecke Deutschlands war ich noch nie", gibt Kokoschansky zu und bestellt sich, wie Lichtenhagen, ausnahmsweise ein großes Bier. Der Urwiener wird sich mit dem deutschen Kaffee nie anfreunden können. Da verzichtet der passionierte Kaffeetrinker lieber. „Nie im Leben hätte ich gedacht, dass das Ruhrgebiet so schön sein kann." Kokoschansky führt jetzt absichtlich Smalltalk, bevor er nachher Lichtenhagen stärker auf den Zahn fühlen will. Das ist seine feste Absicht. „Hier gibt es ja fast mehr Grün als bei uns in Wien. Bei Ruhrgebiet denkt man immer an Zechen, dreckige Luft, Kohlenrutschen, grau in grau, abgerackerte Kumpels und, wohin man auch greift, wird man sofort schwarz. Ich bin ehrlich überrascht."

„Das war einmal. Diese Zeiten sind längst vorbei", sagt Achim Lichtenhagen und nimmt einen Schluck von seinem Bier, während ihn Kokoschansky verstohlen mustert. Der Journalist kann nicht leugnen, dass er für diesen Mann gewisse Sympathien hegt, doch trauen will er ihm noch nicht so recht. Im Gegensatz zu Lichtenhagen, der ihm volles Vertrauen entgegen zu bringen scheint. Das genau ist der springende Punkt, der Kokoschansky misstrauisch macht. Er weiß nicht, ob es ehrlich oder nur gespielt ist. Kokoschansky baut normalerweise auf seine Menschenkenntnis, doch momentan ist er ziemlich am Ende mit seinem Latein. Diese phasenweise Vereinnahmung seiner Person, der sanfte Druck auf ihn, Lichtenhagens Geschichte endlich unter die Leute zu bringen, und dabei Kokoschansky das Gefühl zu vermitteln, eine Art Angestellter oder Untergebener zu sein. Alles zusammen geht dem Journalisten entschieden gegen den Strich. Ein bisschen Zuckerbrot und Peitsche. Kokoschansky als *der* Rettungsanker für Lichtenhagen, wobei dieser nicht müde wird, die journalistischen Fähigkeiten des Wieners beinahe schon zu lobpreisen. Und dann der andere Lichtenhagen, der um jeden Preis und egal auf welche Art die *ACS-Press & Media* bekämpfen will, um endlich Recht zu bekommen und die Wahrheit an die Öffentlichkeit zu bringen.

Doch Kokoschansky hat in den Unterlagen Lichtenhagens einen Part gefunden, mit dem er heute und hier in diesem idyllischen Gastgarten den ehemaligen Unternehmer endgültig aus der Reserve locken will.

Gut, Lichtenhagen war eingebuchtet. Und? Das waren und sind andere auch. Niemand weiß, wie viele alleine in Deutschland tatsächlich unschuldig inhaftiert sind. Und das wegen weitaus schwerwiegenderer Delikte und Verbrechen. Betrug ist so alt wie die Menschheit und Opfer werden sich auch immer finden.

Auflagenbetrug in diesem Stil ist kein Pappenstiel und auf gar keinen Fall ein Kavaliersdelikt. Keine Frage. Bestimmt auch *die* Bombe für die gesamte Medienbranche und Werbewirtschaft, wie Lichtenhagen ständig betont. Kokoschansky soll diese Riesenschweinerei ans Tageslicht befördern und wird dafür vor einen Karren gespannt, dessen Fahrziel für seine Begriffe noch immer viel zu nebulös ist und im Dunklen liegt.

Etwas verschweigt Lichtenhagen, und das will Kokoschansky heute klären. Vorher wird er diesen Gastgarten nicht verlassen. Heute müssen die letzten Zweifel ausgeräumt werden. Der Journalist will klare Erkenntnisse.

Dafür hat er sich in den Zug gesetzt und ist von Wien nach Repelen gekommen.

Don Quichotte und Sancho Pansa. Der Journalist als der Ritter, jedoch nicht so naiv und blauäugig wie *Miguel de Cervantes* Vorlage, und Lichtenhagen als Sancho Panso, der treue Weggefährte im Zwei-Mann-Feldzug gegen die Windmühlen der *ACS-Press & Media.*

„Und Ihre Herzprobleme haben Sie nun wieder im Griff, Herr Lichtenhagen?“, fragt Kokoschansky und überlegt dabei, wie er das Gespräch in die Richtung steuern kann, in die er will.

„Ja. Ich darf mich nicht beklagen. Ich muss nur ständig meine Medikamente nehmen und sonst, so weit wie möglich, jegliche Aufregung vermeiden. Aber das wird sich wohl oder übel bei unserem gemeinsamen Vorhaben nicht vermeiden lassen.“

„Das denke ich auch“, stimmt Kokoschansky zu und freut sich insgeheim, dass ihm Lichtenhagen im Grunde bereits die Weichen gestellt hat. „Meine zukünftige Frau Sonja hat zwar bereits, gewissermaßen über meinen Kopf hinweg, wie Sie sich sicher erinnern können, entschieden, dass ich mich Ihrer Sache annehmen werde. Keine Ahnung, was da zwischen ihr und Ihrer Gattin in Villach gelaufen ist. Aber...“

„Ich hoffe, Sie hatten wegen mir keinen Streit mit Ihrer bezaubernden Frau“, unterbricht ihn Lichtenhagen mit mitfühlendem Gesicht. Und wieder macht es bei Kokoschansky Klick. Ist das nur gespielt oder echte Anteilnahme?

„Nein, wir haben uns nur darüber unterhalten“. Kokoschansky lässt sich ebenfalls nicht in die Karten blicken. „Ich habe damals A gesagt und wie heißt es doch: Wer A sagt, muss auch B sagen.“

Lichtenhagen legt die Stirn in Falten, will offensichtlich fragen, ob Kokoschansky jetzt doch noch aussteigen will, aber der Journalist macht nur eine abwehrende Handbewegung.

„Ich habe Ihnen auch gesagt, Herr Lichtenhagen, dass ich Ihnen Ihr Fotoalbum zurückholen werde, und ich stehe zu meinem Wort. An Ihrer Geschichte ist etwas dran, das mich außerordentlich reizt. Ich denke dabei vor allem an ein bestimmtes Schriftstück. Korrigieren Sie mich, wenn ich falsch zitiere. Es stammt vom 6. März 1996 und ist, glaube ich, von der Staatsanwaltschaft Bochum. Die entscheidenden Sätze sind für mich, wo ein gewisser Rechtsanwalt Dr. Kujau in diesem Schriftsatz erläutert, *dass es zunächst im Interesse der „ACS-Press & Media“ sei, dass die Vorfälle der fingierten Verkäufe von Zeitschriften an die Firma „Europe Promotion“ nicht an die Öffentlichkeit gelangten. Die „ACS-Press & Media“ sei deshalb zu jeder Form der Mitarbeit bereit. Soweit durch diese Manipulationen Steuerrückstän-*

de entstanden seien, würden sie kurzfristig reguliert. Geld spiele keine Rolle. Und so weiter und so fort. Das ist die Kernaussage und zugleich ein Schuldeingeständnis erster Güte der *ACS-Press & Media*. Deutlicher kann man es wohl nicht formulieren und zugleich unverhohlen preisgeben, dass, mit der nötigen Kohle in der Hinterhand, alles planiert werden kann. Jetzt verstehe ich auch Ihren Bezug zur *Schachnovelle*. Um beim königlichen Spiel zu bleiben: Springer gegen Läufer. Das ist für mich wie eine Metapher. Sie waren der Läufer und haben für das Pferd, oder den Springer, die Drecksarbeit erledigt. Den Lohn, den Sie dafür erhalten haben – nun, das wissen Sie ja selbst am besten. Damit sind für mich kein Querulant und Spinner mehr, für den ich Sie anfänglich gehalten habe. Das ist ausgeräumt und das möchte ich nur mal so erwähnt haben. Aber bevor ich endgültig auch B sage, müssen Sie mir jetzt Ihr Blatt zeigen und zwar vollständig. Jede Karte einzeln auf den Tisch. Ich habe zwar in Ihren Aufzeichnungen die Geschichte über jene geheimnisvolle Frau gelesen, die plötzlich in Ihr Leben getreten ist, aber ich möchte diesen Teil jetzt und hier noch mal von Ihnen hören."

Achim Lichtenhagen nickt und umklammert dabei sein Bierglas, er weicht Kokoschanskys Blick aus, starrt auf die Fassade des Hotels und scheint nach einem imaginären Anhaltspunkt zu suchen, während sich der Journalist eine Zigarette anzündet und abwartet.

„Das ist meine Achillesferse, Herr Kokoschansky", sagt Lichtenhagen und wendet sein Gesicht wieder Kokoschansky zu, während er mit gesenkter Stimme fortfährt. „Ich habe damit gerechnet, dass Sie das von mir wissen wollen. Niemand ist vor einer Affäre gefeit. Egal ob Mann oder Frau. Und ich hatte eine sehr leidenschaftliche Affäre mit dieser Silke Bruns, die sie als geheimnisvolle Frau bezeichnen. Ich will mich auch nicht vor Ihnen reinwaschen. Meine Frau Luise und ich sind ins Reine gekommen. Ich brauche auch keine Moralpredigt über eheliche Treue und Werte zu hören, was in dieser verlogenen Gesellschaft, in der wir nun einmal leben, bei Liebschaften sofort aufs Tapet gebracht wird. Wir haben hier in Repelen einen sehr rührigen und engagierten Pastor, den ich sehr schätze und mag. Mit dem habe ich mich ausgesprochen und ich habe meine Lektion gelernt. Lehnen Sie sich einfach zurück, Herr Kokoschansky. Genießen Sie Ihre Zigarette und hören Sie mir zu.

Nach der Wende wurde meine Firma *Europe Promotion* sofort auch in den Neuen Bundesländern, also in der ehemaligen DDR, aktiv. Und zwar im Auftrag der *ACS-Press & Media*. Dabei lief mir diese Silke Bruns über den Weg. Jung, attraktiv. Eine Prachtfrau. Stammte aus Leipzig, und Sachsen ist nicht umsonst bekannt für seine holde Weiblichkeit." Kokoschansky bemerkt amüsiert den Glanz in Lichtenhagens Augen, wenn der sich an diese Silke erinnert. „Sie stieß bereits kurz nach dem Mauerfall zur *ACS-Press & Media* in der Funktion einer Sachbearbeiterin für einen speziellen Bereich, der sich mit der Ausrüstung von Verkaufsstellen und Kiosken beschäftigte. Dieses Aufgabengebiet war wiederum dem Stammhaus der *ACS-Press & Media* in Bremen unterstellt. Wohlgemerkt handelte es sich dabei um Verkaufsstellen und Kioske für Zeitungen, Zeitschriften und Magazine. Was ist die wichtigste Ausrüstung eines solchen Ladens? Regale, Regale und abermals Regale. Also erhielt ich den Auftrag, insgesamt viertausendfünfhundert Regale in den ehemaligen Osten zu liefern. Eigentlich atypisch für die *Europe Promotion*, aber für meine Firma sehr lukrativ und wieder ein neues Geschäftsfeld. Ich hatte auch kein Problem damit, diesen Auftrag zu erfüllen. Immerhin unterhielt ich zu diesem Zeitpunkt in den Neuen Bundesländern einen stattlichen Fuhrpark von zwanzig *Ford-Transit*-Transportern."

Achim Lichtenhagen verwandelt sich während seiner Erzählung zusehends. Da ist wieder der alte Macher, der Organisator am Werk, bei dem alle Fäden zusammenlaufen. Der rund um die Uhr ackert und, wenn er könnte, gleichzeitig an mehreren Orten zugleich sein möchte. Die Worte sprudeln förmlich aus ihm heraus.

„Meine erste Niederlassung der *Europe Promotion* eröffnete ich in Dresden, in der Leipziger Straße. In den Räumlichkeiten eines ehemaligen Buchverlags. Ironie des Schicksals. Silke stammte aus Leipzig und ich residierte in der gleichnamigen Straße. Zuerst brauchte ich verlässliches Personal. Dabei half mir zwei Brüder, die gegen gutes Westgeld natürlich nichts einzuwenden hatten. Es war für die beiden ein Leichtes, ebenso zuverlässige Leute zu organisieren, die an einer harten Westmark nichts auszusetzen hatten. Viertausendfünfhundert Regale zusammenzubauen und an den richtigen Stellen termingerecht abzuliefern, das ist nicht von Pappe. Dementsprechend zog sich der Auftrag über mehrere Monate hin. Mehrmals in der Woche schaute der zuständige Vertriebsleiter vorbei und informierte sich über den Stand der Dinge. Es gab an der Auftragserfüllung nie etwas auszusetzen und, wie es nun mal so unter Männern ist, da kommt man bald neben dem geschäftlichen Gespräch über dies und das ins Schwadronieren. Und dabei geht es meist um Frauen. Dieser Vertriebsleiter ist indirekt schuld, denn er setzte mir den Floh ins Ohr, indem er von Silke in den schillerndsten Farben schwärmte. Keine Ahnung, welcher Teufel mich damals geritten hat, aber ich musste diese Frau kennen lernen! Daher deichselte ich es in die Richtung, dass das nächste Treffen mit dem Vertriebsleiter nicht in meiner Zweigstelle, sondern im Leipziger Ableger der *ACS-Press & Media* stattfand. Wusste ich doch, dass dort auch Silke zu finden war. Durch die perfekten Schilderungen des Vertriebsleiters entdeckte ich sie auch sofort. Beine bis in den Himmel, langes, lockiges Blondhaar. Was soll ich Ihnen sagen, Herr Kokoschansky, es haute mich schlicht aus den Schuhen."

Kokoschansky hört ihm mit unbewegter Miene zu, aber innerlich muss er lachen, wie sich Lichtenhagen immer mehr hineinsteigert.

„Tja, es war um mich geschehen. Ich konnte dem Vertriebsleiter verklickern, dass ich ab sofort die Verteilung dieser Regale selbst überwachen würde. Natürlich mit dem Hintergedanken, dass ich mich dabei mit Silke permanent abstimmen musste. Schließlich fiel das in ihren Zuständigkeitsbereich. Der Vertriebsleiter gab sein Okay und ich hatte somit die Möglichkeit, mich plausibel für meine Frau mehrmals in Dresden aufzuhalten. Abgesehen davon musste ja auch meine Niederlassung Ost ordentlich aufgebaut werden.

Im Zuge unserer geschäftlichen Beziehung näherte ich mich Schritt für Schritt meinem Objekt der Begierde. Der Regalverteilungsauftrag stand fast vor seinem endgültigen Abschluss. Jetzt war der richtige Zeitpunkt, Silke zu einem feudalen Essen einzuladen, gewissermaßen als Dankeschön für die Zusammenarbeit. Doch das sollte sich als sehr kompliziert herausstellen. Sie war geschieden, lebte aber mit ihrem Ex noch in der gemeinsamen Wohnung. Dort ließ sich der aber nur noch selten blicken, weil er tageweise mit seiner Neuen zusammenlebte. Und auch Silke hatte, sehr zu meinem Leidwesen, bereits wieder einen Lover. Und sie hatte eine kleine Tochter. Ich selbst wohnte damals in einem Hotel, wenn ich drüben zu tun hatte. Meine Frau kam nie mit, was mir natürlich sehr gelegen kam. Sie kümmerte sich während meiner Abwesenheit um die Geschäfte der *Europe Promotion* im Westen, in Herne.

Immer dann, wenn ich mir ein Herz fasste und Silke ausführen wollte, kam irgendetwas Geschäftliches dazwischen. Einmal ein Treffen mit meiner Hausbank, dann wieder ein wichtiges Essen dort, und dauernd konnte ich mich auch nicht im ehemaligen Osten aufhalten. Schließlich musste ich mich auch noch um meinen Firmenstammsitz, um meine Familie und um tausend andere Dinge kümmern. Auch wurde das ständige Pendeln zwischen West und Ost immer mühsamer. Ich fuhr zwar mit dem Auto, und noch dazu mit einem ziemlich rasanten, nämlich einem *Porsche*. Doch die schlechten Straßen im ehemaligen Arbeiter- und Bauernstaat waren das reinste Gift für meinen Flitzer. Ich befürchtete, dass ich Silke aus den Augen verlieren würde, bevor sich etwas zwischen uns anbahnen konnte.

Doch manchmal hat auch der alte Lichtenhagen Glück. Ich bekam eine Einladung zu einer Riesenparty anlässlich der Währungsunion. Gastgeber war die neue Niederlassung der *ACS-Press & Media* in Dresden. Natürlich hegte ich die leise Hoffnung, Silke endlich wiederzu-sehen. Ich gebe zu, ich war bis über beide Ohren in diese Wahnsinnsfrau verknallt und konnte keinen klaren Gedanken mehr fassen. Sie sind ein Mann, Herr Kokoschansky, und daher werden Sie verstehen, wenn ich sage, dass es Momente gibt, wo das gesamte Gehirn in den Schwellkörper rutscht und Mann nur noch schwanzgesteuert durch die Gegend rennt. Und genau das traf auf mich zu."

Kokoschansky lächelt hintergründig und schweigt. Zu diesem Thema könnte er ebenfalls eine Menge beitragen.

„Kurzum, meine Hoffnung wurde Wirklichkeit. Silke Bruns war ebenfalls da. In einem schicken, körperbetonten Kostüm, wobei der Minirock so kurz war, dass selbst Mary Quandt dabei errötet wäre. Die Party fand in einem der ersten und feudalsten Nobelhotels statt, die Dresden nach der Wende zu bieten hatte. *ACS-Press & Media* ließ sich nicht lumpen. Alles, was gut und teuer war, fand sich auf den Tischen. Natürlich bemerkte ich Silkes große Augen, die viele dieser Köstlichkeiten damals zum ersten Mal in ihrem Leben sah. Als sich unsere Blicke an diesem Abend kreuzten, sagte mir mein Bauch, dass auch ich ihr anscheinend nicht gleichgültig war, und was war nahe liegender, als dass wir ins Gespräch kamen. Doch dieses Mal sprachen wir nicht über das Geschäft. Es wurde ein langer Abend und irgendwann gegen Morgen landeten wir in meinem Hotelbett. Intime Details tun nichts zur Sache. Von da an trafen wir uns so oft wie möglich, je nachdem, wie es die Zeit und meine Geschäfte erlaubten. Ich war von dieser Frau fasziniert. Damals war ich fünfundvierzig und Silke siebenundzwanzig. Meine Frau und mein Sohn rückten jedes Mal, wenn ich mit Silke zusammen war, in weite Ferne. Ich hatte nur noch Augen für diese Frau und Silke gab mir das Gefühl, dass ich ihr unendlich viel bedeutete. Natürlich war mir auch bewusst, dass ich für sie der Krösus aus dem Goldenen Westen war, ein Mercedes auf Beinen, bei dem Geld in Hülle und Fülle vorhanden war. Und das war es tatsächlich, obwohl ich das Moos auch nicht mit vollen Händen zum Fenster rauswerfen konnte. Durch die *ACS-Press & Media* fuhr ich sagenhafte Umsätze ein, nicht zuletzt auch bedingt durch die Scheingeschäfte, aber gleichzeitig hatte ich auch horrende Kosten. Doch waren meine Banken sehr großzügig und ich sprengte mehr als einmal meinen Kreditrahmen.

Aber um wieder auf Silke zurückzukommen. Sie nutzte meinen Reichtum nie wirklich aus und ich wiederum spielte nur zu gerne den Goldesel. Silke war eine clevere Frau, die mich geschickt manipulierte."

Kokoschansky hebt die Augenbrauen.

„Ja, Sie haben richtig verstanden. Ich sagte *manipulierte*. Nur war ich zu diesem Zeitpunkt viel zu sehr verliebt – heute sage ich viel zu dämlich – um das rechtzeitig zu erkennen und zu begreifen. Fangen Sie, Herr Kokoschansky, mit dem Kürzel *MfS* aus alten DDR-Zeiten etwas an?"

„Ministerium für Staatssicherheit. Erich Mielke. Big Brother Is Watching You."

„Ich sehe, Sie wissen Bescheid."

Innerlich tobt Kokoschansky wegen dieser Frage. Da lässt Lichtenhagen wieder den westdeutschen Großkotz heraushängen und glaubt wohl, als Ösi wisse man nicht, was sich bei denen abspielte. Und das gegenüber einem Journalisten! Doch Kokoschansky verbeißt sich eine bissige Retourkutsche.

„Wollen Sie damit andeuten, Herr Lichtenhagen, dass diese Silke Bruns ein *IM* war?"

„Nicht andeuten. Ich weiß es dezidiert. Nachdem die Affäre nach mehreren Monaten mit ihr in die Brüche ging, weil, wie meist so üblich beim Fremdgehen, die eigene Ehefrau dahinter kam, habe ich zu recherchieren begonnen. Nicht aus einer Laune heraus, ich hatte meine Gründe. Ich wusste, dass sich Silke in Dresden und in Leipzig mit ihrem Freund traf, dem sie, trotz meiner Bitten, einfach nicht den Laufpass geben wollte. Obwohl wir unser Verhältnis in der Firma geheim hielten, tauchten doch bereits nach kurzer Zeit die ersten Gerüchte auf. Wie das nun so einmal in einem Betrieb ist. Der Einzige, der wirklich Bescheid wusste, war jener Vertriebsleiter, der mich seinerzeit auf sie aufmerksam gemacht hatte. Der steckte mir, dass sich meine große Liebe auch noch mit einem andern verlustierte, wenn ich nicht da war. Selbstverständlich war ich stinksauer. War ich doch derjenige, mit dem sie das westliche Leben erstmals so richtig genießen konnte, und dazu gehörten für mich nun mal Reisen, schicke Klamotten, gutes Essen, Schampus und ein paar Klunker. Habe ich ihr alles zu Füßen gelegt, und im Bett hatten wir bestimmt ebenfalls eine tolle Zeit. Aber ich habe den Nebenbuhler geschluckt. Zumindest eine Zeit lang. Ich war ihr nicht hörig, aber auch nicht mehr weit davon entfernt. Doch auch ich verfüge über eine Schmerzgrenze, und als mich dann auch noch meine Frau vor die berühmte Alternative – sie oder ich? – stellte, war ich zum Glück so klug, mich wieder auf meine Familie zu besinnen und auf den Boden der Tatsachen zurückzukehren. Nach einem reinigenden Gewitter zu Hause kam unser Familienleben nach und nach wieder ins Lot. Heute ist alles in bester Ordnung und ich für meinen Teil bin für alle Zeit von einem Seitensprung geheilt.

Jedenfalls ließ ich die Beziehung mit Silke auslaufen. So wie man das eben macht. Man hat immer weniger Zeit, dann kommt plötzlich dieses oder jenes dazwischen. Sicher nicht die feine Art, aber ihr zu sagen, dass es aus ist, dafür fehlte mir damals schlicht der Mut. Doch der Hammer war, als ich herausbekam, wer ihr Freund ist. Und jetzt halten Sie sich fest, Herr Kokoschansky. Es war Krüger..."

Kokoschansky zeigt sich nach wie vor unbeeindruckt. Dennoch merkt man ihm an, dass er über den Namen nachdenkt, den Lichtenhagen gerade genannt hat.

„Sie erwähnten einen Krüger in Villach. Der ihnen in der Krankenhauscafeteria über den Weg gelaufen ist und der mit Ihnen nichts mehr zu tun haben wollte. Der in Ihren Anfangszeiten für Sie gearbeitet hatte und den Sie bald an die frische Luft setzten, als er das nicht brachte, was Sie von ihm erwarteten."

„Ich bewundere Ihr enormes Gedächtnis, Herr Kokoschansky. Genau der. Manchmal kann die Welt schon sehr klein sein. Dieser Jens Krüger und meine Silke. Natürlich bin ich aus allen Wolken gefallen, wie Sie sich unschwer vorstellen können."

Lichtenhagen ordert noch zwei Biere, bevor er weiter erzählt.

„Krüger war Westdeutscher und Silke kam aus dem Osten. Gut, nach dem Mauerfall kam es ja allerorten, um es zynisch zu sagen, zur Fraternisierung. Zumindest vorübergehend. Von Silke wusste ich, dass ihr Ex-Mann irgendein kleines Licht in der NVA, in der..."

„Nationalen Volksarmee...", ergänzt Kokoschansky gelangweilt in einem Ton, den nun auch Lichtenhagen versteht, wenn der Journalist dessen leichtes Zusammenzucken richtig deutet.

„Der Typ war mir piepegal. Vielmehr interessierte mich Krüger und wie er an Silke gekommen war. Zwischenzeitlich hatte ich alles verdrängt, ich hatte schließlich genug andere Probleme. Nachdem allerdings die *Gauck*-Behörde eingerichtet war und man nun Akteneinsicht über ehemalige Stasi-Leute und Leute mit Kontakten zu diesem Geheimdienst bekam, versuchte ich eines schönen Tages mein Glück. Und dann fielen mir fast die Augen aus dem Kopf. Es gab eine Akte Krüger. Jens Krüger, Deckname als *IM – Maulwurf*. Einen gewissen Humor kann man den Mielke-Mannen nicht absprechen. Krüger alias Maulwurf war in den Achtzigern vom *MfS* angeheuert worden mit dem Tätigkeitsbereich westliche Medien sowie alle Bereiche, die damit in Verbindung standen oder verwandt waren. Heute meine ich, Maulwurf-Krüger wurde auf mich angesetzt, als ich meine Firma aufbaute. Vielleicht erwartete das *MfS* hier anfänglich etwas besonders, für sie außerordentlich Wichtiges. Als es dann ihren Erwartungen nicht entsprach, wurde der Maulwurf von seinem Führungsoffizier instruiert, vergiss diesen Lichtenhagen, diese taube Nuss, arbeite auf Rausschmiss hin, du wirst für andere Aufgaben gebraucht. Inzwischen ist hinlänglich bekannt, dass westliche Medien immer wieder Ziel des *MfS* waren und westliche Journalisten, die im Osten arbeiteten, andauernd den Schikanen der Stasi und der Vopo ausgesetzt waren. Daher kam ich in Krügers Berichten auch nur zwei- oder dreimal namentlich vor. Ein Zeichen, dass ich denen zu unwichtig war, denn wäre ich es gewesen, wäre er sicher länger bei mir geblieben. Nachdem ich die Akte Krüger eingehend studiert hatte, wollte ich es wissen. Und was ich dann zu Gesicht bekam, versetzte mir einen regelrechten Schock. Silke Bruns hatte ein sehr umfangreiches Dossier."

Lichtenhagen deutet mit den Fingern die Stärke an.

„Locker an die zehn Zentimeter dick... *Venusfalle*... und da rein bin ich nun wahrlich getappt. Diese Silke, in die ich so verliebt war, dass ich für sie beinahe alles aufs Spiel gesetzt hätte, und die ich wahrscheinlich auch geliebt habe, sie entpuppte sich als wahres Früchtchen. Die kannte das Leben im Westen nur zu genau und zog vor mir eine perfekte Show als die Unschuld vom Lande mit den großen Kulleraugen ab. Unzählige Alias-Namen. Eine richtige Mata Hari in der Medienbranche. Ausgestattet mit perfekt gefälschten Papieren wurde sie in fast alle Redaktionen der großen Blätter in Westdeutschland eingeschleust, arbeitete mal eine Zeit lang für die *FAZ*, dann wieder für *DIE ZEIT* et cetera p.p. Allerdings nie als Journalistin oder Redakteurin. Immer nur in Verwaltungsbereichen."

„Moment, Moment! Warum aber haben diese Silke und der Jens Krüger auch noch nach der Wende weitergemacht? Das war doch völlig sinnlos. Die hätten doch schleunigst untertauchen müssen, weil sie doch jeden Tag damit rechnen mussten, dass ihre Vergangenheit publik wird? Doch Silke Bruns machte weiter als wäre nichts geschehen. Und dieser Krüger ist Ihnen bis nach Villach gefolgt? Fünfzehn Jahre nach dem Mauerfall? Da passt doch einiges nicht zusammen. Und dann noch dieser Vorfall mit *Lederjacke*. Der Ihren Pilotenkoffer und Ihr heiß geliebtes Fotoalbum geklaut hat."

Achim Lichtenhagens Miene verfinstert sich. Trotz des warmen Wetters scheint er nun zu frösteln.

„Genau das macht mir Angst. Das sind alles keine Zufälle. Wie auch? Sicher hat es damals in diesen turbulenten Zeiten genügend gegeben, die sich mit den neuen Zeichen der Zeit nicht abfinden wollten. Davon laufen noch heute jede Menge im Osten herum."

„Und noch was, Herr Lichtenhagen. Als Sie die Akten von Krüger und Bruns gesehen und gelesen hatten, warum haben Sie nicht die Behörden eingeschaltet und die beiden sofort hochgehen lassen?"

„Ob Sie mir das nun glauben oder nicht, Herr Kokoschansky", seufzt der ehemalige Unternehmer, trinkt, bevor er wieder bedächtig sein Glas absetzt, „ich war zu feige. Bei Silke hat bestimmt auch die Sentimentalität eine gewichtige Rolle gespielt. Ich wollte meine Ruhe haben. Wollte nirgendwo anecken. Meine Geschäfte abwickeln und absahnen. Nicht mehr und nicht weniger. Niemals sich mit Kalibern dieser Größenordnungen anlegen. Das bringt außer gewaltigen Scherereien absolut nichts. Und ich hatte damals selbst genug am Hals. Zu Hause meine Ehe wieder einrenken, in der Firma lief auch nicht alles reibungslos. Warum sollte ich mir zusätzliche Schwierigkeiten aufhalsen? Und ich sage Ihnen noch etwas. Unter dem Siegel der Verschwiegenheit. Gerade, was Silke Bruns betrifft, bin ich bis ins tiefste Mark getroffen worden. Kennen Sie dieses Gefühl als Mann, wenn Sie nur als Posten auf einer langen Liste erscheinen? Und zwar auf einer Vögelliste? Ein anderer Begriff fällt mir dazu nicht ein. Silkes Berichte habe ich mehr als genau gelesen, und ich haderte mehr als einmal mit mir, soll ich oder soll ich nicht dieses Miststück auffliegen lassen? Ich werfe für sie meine Ehe, meine Zukunft, alles, was mir lieb und teuer ist in den Pott, um diese Person auszuhalten, und bin am Ende zu blöd zu erkennen, dass sie mit jedem in die Kiste sprang, der über Geld, Ansehen, Einfluss und Macht verfügte. So was kratzt schwer am männlichen Ego, ganz abgesehen von der Scham. Wenn ich rede, wenn ich heute noch meinen Mund aufmachen würde, bekämen weiß Gott wie viele Leute jetzt noch weiche Knie. Ihre Bettgeschichten lasen sich wie das Who's who des deutschen Bundestags. Ganz zu schweigen von Wirtschaftskapitänen, Bankern, Showbusinessleuten, Fernsehmenschen und was sonst noch Rang und Namen hat."

Achim Lichtenhagen ist ziemlich fertig, wirkt nun wieder ganz klein und verloren. Kokoschansky schweigt eine Zeit lang, beobachtet ihn nur.

„Spätestens vor Gericht hätten Sie damals auspacken sollen, Herr Lichtenhagen. Das wäre die Gelegenheit gewesen."

„Und wer hätte mir das abgenommen? Kein Staatsanwalt und kein Richter. Und die Anwälte der *ACS-Press & Media* hätten mir das als Ablenkungsmanöver ausgelegt, um mich reinzuwaschen. Sie glauben doch nicht im Ernst, dass diese Akten noch existieren?"

„Haben Sie nachgefragt?"

„Natürlich. So bescheuert bin ich nun auch wieder nicht. Die Akten Silke Bruns und Jens Krüger sind nicht mehr auffindbar."

„Und haben Sie eine Vermutung? Einen Verdacht?"

„Vielleicht liegen sie in den Tresoren der *ACS-Press & Media*? Ich habe nicht die geringste Ahnung. Sie sind Österreicher, Herr Kokoschansky. Haben Sie eine Vorstellung davon, was in diesem Staat alles möglich ist?"

Kokoschansky verzieht die Mundwinkel zu einem hämischen Grinsen.

„Eben weil ich Österreicher bin, weiß ich nur zu genau, was alles denkbar, möglich und machbar ist... Warum haben das aber nicht schon längst *Spiegel TV*, *stern tv*, *Monitor* und wie alle euren kritischen Magazine heißen oder die Zeitungen mit den großen Namen aufgegriffen und unter die Leute gebracht?"

„War ich doch überall. Ich bin in allen namhaften Redaktionen mit meiner Geschichte vorstellig gewesen. Sämtliche Redakteure haben, nachdem ich denen nur ein Brocken servierte, sofort abgewunken und mich höflich hinauskomplimentiert."

Lichtenhaben richtet sich auf, umfasst sein Bierglas mit beiden Händen, blickt Kokoschansky dabei direkt in die Augen.

„Das sind alle meine Karten. Ich habe kein besseres Blatt. Und? Was meinen Sie dazu, Herr Kokoschansky?"

„Ich sage B..."

Die Weltgeschichte ist nicht der Boden des Glücks.
Die Perioden des Glücks sind leere Blätter in ihr.

(Georg Wilhelm Friedrich Hegel)

Kai Oldenburg zerknüllt die leere Cola-Dose in der Faust und schleudert den Blechpatzen in eine Ecke des verdreckten Bauwagens. Der junge Mann ist sichtlich wütend. Daher schweigen die beiden jungen Männer, die ihm gegenüber am aufgeklappten Campingtisch sitzen. Oldenburg kann von einer Minute auf die andere völlig ausrasten. Dann ist Vorsicht geboten.

„Er will einfach nicht mitmachen. Der Typ kneift. Zieht den Schwanz ein."

Oldenburg dreht sich eine Zigarette.

„Warum willst du auch sofort ein Fanal in diesem Ausmaß setzen? Genügt es nicht, wenn wir uns als Zuhörer in eine Bundestagssitzung schmuggeln, ein paar Stinkbomben werfen und Transparente mit eindeutigen Parolen enthüllen? Die Aufmerksamkeit der *Tagesschau* bekommen wir garantiert. Warum gleich die Kuppel des Bundestags einstürzen lassen? Es wird Tote geben."

Kai Oldenburg dreht weiter an seiner Zigarette, starrt dabei nur auf den Tisch mit der weißen Blechplatte, wo an mehreren Stellen der Lack abgeblättert ist und der Rost zum Vorschein kommt. Er würdigt den jungen Mann mit dem auffälligen karottenfarbenen Irokesenschnitt keines Blicks und sagt nur leise.

„Na und? Kollateralschäden des Establishments..."

„Was?"

Der Punk mit dem Irokesen schüttelt den Kopf, zuckt unwissend mit den Achseln.

„Und was heißt das?"

„Kollateralschäden des Establishments", wiederholt Oldenburg, um plötzlich mit der Faust auf den Tisch zu schlagen und somit der Platte eine weitere Delle hinzuzufügen. „Mensch, mit welchen Arschlöchern umgebe ich mich bloß? Ey, du Blödmann! Das sind... äh..." er ringt sichtlich nach einer verständlichen Erklärung, „das sind einkalkulierte Opfer, die die Gesellschaft eben bringen muss, wenn sich schlagartig etwas in diesem Scheißland verändern soll. Geht das in deine biergetränkte hohle Birne rein?"

„Ja, aber..."

„Was aber, ey? Kein Schwein da draußen wird diesen Pfeifen eine Träne nachweinen. Und nach *Hartz IV* schon gar nicht. Wir sind das Volk!"

Oldenburg gibt dem Campingtisch einen Tritt, sodass die beiden Punks ihm gegenüber sofort abwehrend ihre Arme vor ihre Körper halten.

„Ich will da rein, hat der Typ seinerzeit herumgeplärrt, und nachdem er drin ist, was ist los? Scheiße, nichts als Scheiße! Da zerquetsch ich doch fast noch eine Träne für den Dicken. Wegen dem haben wir zwar die Ossis an der Backe. Aber was soll's? Die verdammte Mauer ist weg. Vonske hat mir viel erzählt von damals, als noch richtig Randale war. Da ging die Post ab. Die oben haben sich vor den Baader-Meinhof-Leuten und später vor der RAF in die Hosen geschissen. Und zwar jeden Tag. Und ich mache da weiter, wo die plötzlich zu Weicheiern mutierten. Wir werden härter sein, als die RAF es jemals gewesen ist. Da!" Oldenburg zieht aus seiner Jeansjacke einen Zettel, der in einer Klarsichtfolie steckt. „Den steck' ich heute noch in den Postkasten und dann werden sie blöd aus der Wäsche gucken. Einer davon ist schon in den Bundestag unterwegs."

Oldenburg hält den Wisch, auf dem ausgeschnittene Buchstaben aus verschiedenen Zeitungen kleben, den beiden unter die Nase. JETZT

GEHT'S LOS! DEUTSCHLAND BRENNT! W.S.D.V. WIR SIND DAS VOLK!

„Schicke ich direkt an Schröder, und dann wird sein Brioni-Anzug ziemlich durchgeschwitzt sein. Und das *„MB"* bekommt auch so ein nettes Brieflein. Dann will ich doch mal sehen, wie die Säcke in der *ACS-Press & Media* darauf reagieren. Bisher haben sie ja auf unsere Drohbriefe keinerlei Reaktion gezeigt. Zumindest nicht öffentlich. Um dem fürs Erste noch ein bisschen nachzuhelfen, werden wir ein paar hübsche Feuerchen legen in Berlin. Ein paar Kioske abfackeln, wo dieses *„MB"* vertrieben wird. Heute Nacht." Oldenburg schnippt seine Kippe durch das zerbrochene Fenster des Bauwagens.

„Sprit habe ich schon organisiert. Zwei Kanister. Und", dabei grinst er, „Flaschen für die Mollis liegen ja hier genügend herum."

„Gegen ein paar Feuer habe ich ja nichts", schaltet sich der Irokese wieder ein, „auch nichts gegen die Drohbriefe."

Der zweite junge Mann, der bisher nur zuhörte, legt seine Hand auf den Arm des Irokesen.

„Was weiß Vonske davon?", fragt er Oldenburg.

„Nichts. Und er wird auch nichts erfahren. Er will uns einfach nicht helfen. Quatscht andauernd, dass Gewalt sinnlos sei. Weiß ich selbst. Aber wenn kein anderes Mittel mehr hilft, um die da oben endlich zu einem Umdenken zu zwingen, was bleibt dann übrig?"

„Und er hat Recht", sagt der Irokese. „Das mit der Kuppel geht zu weit. Was willst du, Alter? Einen zweiten 11. September? Nur eben ein paar Nummern kleiner? Und wie willst du das überhaupt durchziehen? Willst du fliegen lernen oder was? Ne, nicht mit mir. Ich hab die Schnauze gestrichen voll. Ich hau ab."

„Heißt das, du willst aussteigen?"

Kai Oldenburg steht langsam auf, geht auf den Irokesen zu.

„Wie ist das sonst zu verstehen, ey? Aber ich singe nicht. Ich mach einen auf die drei Affen. Nichts hören, nichts sehen, nichts reden. Das Ding wird mir einfach zu heiß."

Oldenburg steht nun dicht neben dem Irokesen, der gerade aus seinem Klappstuhl aufstehen will. Pfeilschnell sticht das Butterfly-Messer, das Oldenburg in seiner Hand versteckt hielt, zu und trifft genau die Halsschlagader. Wie eine Fontäne schießt der rote Strahl heraus, besudelt die mit Graffitis beschmierte Wand gegenüber. Zustechen und sofort zur Seite springen waren fast eine Bewegung.

Kein Tropfen trifft Oldenburg, der das Messer mit der blutverschmierten Klinge noch immer auf den Irokesen richtet, der sich röchelnd die

Hände an den Hals hält, während sein Blut in Strömen darüber rinnt, zu Boden fließt und langsam von der Wand bis zu seinem Stuhl eine Blutlache bildet.

„Aussteigen is nich“, sagt Oldenburg ungerührt, lässt dabei das Butterfly-Messer in seiner Hand wirbeln und gibt gleichzeitig dem Stuhl einen Tritt. Mit einem gurgelnden Laut stürzt der Irokese zu Boden, verdreht die Augen, verblutet noch im Fallen, der Stuhl kippt über ihn.

Der Zweite ist vor Schreck erstarrt, kann das grausige Schauspiel vor seinen Augen noch gar nicht realisieren. In seinen Augen spiegelt sich blanke Todesangst, als Oldenburg ihn unvermittelt anspricht, während er das Butterfly-Messer vor seinem Gesicht gefährlich nahe herumtanzen lässt.

„Und du? Auch Aussteigergelüste?“

„Nein! Bestimmt nicht! Ich mach weiter! Klar doch, Mann!“

„War doch nur ein Scheiß-Punk“, sagt Oldenburg und spuckt auf die Leiche. „Und jetzt hilf mir, den Scheißhaufen zu entsorgen.“

Wenn du im Recht bist, kannst du dir leisten,
die Ruhe zu bewahren; und wenn du im Unrecht bist,
kannst du dir leisten, sie zu verlieren.

(Maxim Gorki)

Es wurde noch ein langes Gespräch zwischen Heinz Kokoschansky und Achim Lichtenhagen im Gastgarten des Hotels „Zur Linde“. Zum ersten Mal konnte der Journalist nun klarere Strukturen in diesem verzwickten Fall erkennen. Seite für Seite seines Notizblocks füllte sich. Das Diktiergerät begann langsam heiß zu laufen.

Zwischendurch meldete sich auf Kokoschanskys Handy mehrmals der Verleger Niklas Miller, der sich über den Fortbestand der Gespräche informierte und natürlich wissen wollte, ob dieses Buch über die Machenschaften der *ACS-Press & Media* und dem damit verbundenen Untergang Achim Lichtenhagens und dem Konkurs der *Europe Promotion* nun eine Chance zur Realisierung hätte. Erst im letzten Telefonat dieses Tages mit Miller, nach einer kurzen Pause des Überlegens, sagte der Journalist endgültig zu. Millers Freude am anderen Ende in Freiburg im Breisgau war nicht zu überhören und er versicherte, dass Kokoschanskys seinen Vertrag in der Post finden werde, sobald er wieder in Wien zurück wäre.

Auch Lichtenhagens Erleichterung über den erfolgreichen Abschluss war nicht zu übersehen. Zur Krönung des Tages schlug er Kokoschansky vor, doch gemeinsam zu Abend zu essen und eine Flasche guten Rheinwein zu köpfen. Während des Essens gestand der ehemalige Firmenchef dem Journalisten, welcher Stein ihm nun vom Herzen gefallen sei und dass er bis zuletzt eigentlich doch recht skeptisch war, ob sich dieser Österreicher tatsächlich an seinen brisanten Fall wagen würde. Nach dem hervorragenden Essen und einem Abschlussgläschen trennten sich die beiden Männer. Lichtenhagen fuhr nach Hause und Kokoschansky zog sich in sein Zimmer im Hotel „Zur Linde" zurück.

Nun sitzt der Journalist mit ausgestreckten Beinen auf seinem breiten Doppelbett, umgeben von einem Wust an Papieren, Notizen und mehreren aufgeschlagenen Aktenordnern. Nur seine Jeans hat er noch anbehalten. Das Hemd hängt irgendwie über der Stuhllehne. Sportschuhe und Socken hat er achtlos in eine Ecke geschleudert. Sein Laptop steht aufgeklappt und angeschlossen auf dem kleinen Schreibtisch vor dem Fenster. Zum Glück sieht ihn Sonja nicht so. Die würde ihm gehörig die Leviten lesen, weil es hier so schlampig aussieht.

Kokoschansky greift nach seinem Handy, schaut dabei auf seine Armbanduhr. Kurz nach dreiundzwanzig Uhr. Hoffentlich schläft sie noch nicht.

„Hallo, mein Schatz! Habe ich dich geweckt? Das ist lieb, dass du noch gewartet hast... Ja... Ja, wir sind uns einig. Ich werde dieses Buch schreiben... Ist aber jetzt nicht so wichtig... Wie geht es dir und unserem Baby? ...Fein, da bin ich beruhigt. Und wie war dein Tag? ...Ich freue mich sehr, dass du jetzt nur noch von acht bis siebzehn Uhr im Krankenhaus arbeiten musst. Und das auch nicht mehr lange... Böse? Warum sollte ich böse sein? ...Ach, das ist doch Schnee von gestern. Lächerlich! Das haben wir doch längst ausgesprochen. Wichtige Entscheidungen treffen wir gemeinsam. Du warst in Villach eben etwas voreilig, als du den Lichtenhagens gesagt hast, dass ich dieses Buch schreiben werde. Aber aus und vergessen. Und wie man sieht, hattest du wieder einmal den richtigen Riecher. Doch eines würde ich nur zu gerne wissen. Was hast du damals mit Lichtenhagens Frau ausbaldowert? Sagst du's mir..." Kokoschansky lächelt. „Na warte, bis ich erst wieder zu Hause bin... Nun, ein paar Tage wird es voraussichtlich noch dauern. Aber du weißt, ich breche sofort alles ab, wenn irgendetwas mit dir oder unserem Baby ist... Was sagst du? ...Ein paar Briefe vom Gericht sind für mich gekommen? Scheiße... Ja, natürlich habe ich gesagt, du sollst sie öffnen. Und? ...Na super! Das sind gute Nachrichten, Schatz. Somit sind sämtliche Verfahren gegen mich wegen der Prenner-Geschichte und dem Russenmafiascheiß eingestellt... Ja, das ist mir schon schwer auf dem Magen gelegen. Aber auch das ist jetzt vorüber... Nein, ich werde noch ein bisschen arbeiten, aber vorher stelle ich mich noch unter die Dusche. Für diesen Berg von Informationen brauche ich einen klaren Kopf... Natürlich liebe ich dich. Das weißt du doch. Also, schlaf gut. Träum was Schönes von uns und vergiss mich nicht. Bussi!"

Kokoschansky schaltet sein Handy ab, legt es neben sich und greift nach der Fernbedienung für den Fernseher. So idyllisch dieses Repelen auch ist, aber am Abend wirkt es wie ausgestorben. Selbst bei geöffnetem Fenster ist fast gar nichts zu hören. Nur ab und zu fährt ein Auto vorbei. Und ein bisschen Geräuschkulisse braucht Kokoschansky. Im Fernsehen ist ebenfalls nicht viel los. Er zappt sich durch die Kanäle, bleibt bei *n-tv* hängen, um sich zu vergewissern, dass die Welt noch steht.

Er steht auf, schlüpft aus Jeans und Unterhose und stellt sich unter die Dusche, deren Wasserstrahl er auf lauwarm eingestellt hat. Durch das Wasserrauschen hört Kokoschansky nicht, wie der Nachrichtensprecher gerade meldet, dass in Berlin-Dahlem ein Spaziergänger, während er seinen Hund ausführte, in einem abgelegenen Waldstück einen brennenden Bauwagen entdeckt hatte. Nachdem Polizei und Feuerwehr alarmiert waren, wurden darin zwei bis zur Unkenntlichkeit verkohlte Leichen entdeckt. Die Polizei schließt ein Gewaltverbrechen nicht aus...

Die Dusche war erfrischend und belebend. Auch seinen schweren Kopf ist Kokoschansky losgeworden. Die paar Biere und der Wein hatten Wirkung gezeigt, da Kokoschansky sonst kaum Alkohol trinkt. Doch der Kaffee hier war zum Vergessen. Nach Mineralwasser oder irgendwelchen Fruchtsäften war ihm auch nicht gewesen, somit blieb nicht mehr viel übrig.

Er trocknet sich ab, wickelt das Badetuch um seine Hüften und widmet sich wieder dem Chaos in seinem Zimmer. Dann setzt er sich an den Schreibtisch vor dem geöffneten Fenster und zündet sich mit Genuss eine Zigarette an. Einer der beiden Zahnputzbecher wurde kurzerhand zum Aschenbecher umfunktioniert, indem er ihn zur Hälfte mit Wasser füllte. Lichtenhagen hatte das Quartier für ihn bestellt und nicht darauf geachtet, wodurch Kokoschansky ein Nichtraucherzimmer erhielt.

Er fährt seinen Laptop hoch, eröffnet eine neue *Word*-Datei und benennt sie *Springer gegen Läufer*.

Es gibt zwei Möglichkeiten, Karriere zu machen:
Entweder leistet man wirklich etwas,
oder man behauptet, etwas zu leisten.
Ich rate zur erstenMethode, denn hier ist die Konkurrenz bei
weitem nicht so groß.

(Danny Kaye)

Generalbundesanwalt Dr. Lutz von Grimmelshausen kann Montage nicht leiden. Und heute ist wieder so ein Montag, der ihm bereits am frühen Morgen den Rest der Woche vergrault. Im Normalfall steht er um sieben Uhr auf. Heute klingelte das Telefon auf seinem Nachttisch bereits um fünf Uhr dreißig. Niemand Geringerer als die Nummer eins des Vorstandes der *ACS-Press & Media*, Dr. Manfred Düllmann, riss ihn aus dem Schlaf.

Jetzt sitzt von Grimmelshausen in seinem riesigen Büro der Generalbundesanwaltschaft beim Bundesgerichtshof in der Brauerstraße in Karlsruhe und stopft sich, entgegen seiner Gewohnheit nie vor fünfzehn Uhr, bereits seine erste Pfeife. Ein erlesenes Stück der Marke *Larsen* mit wohlriechendem *Borkum Riff*-Tabak. Er schätzt dieses Aroma. Doch momentan steht ihm gar nicht der Sinn nach diesem angenehmen Prozedere, dem sich der passionierte Pfeifenraucher sonst in Ruhe widmet. Von den Bildschirmen zweier TV-Geräte flimmern tonlos *n-tv* und *CNN*.

Hastig zieht der Generalbundesanwalt an seiner Pfeife, stößt die blauen Wölkchen aus und muss immer wieder an diesen Anruf von heute Morgen denken. Bereits seit sieben Uhr sitzt er hinter seinem Schreibtisch, was seine langjährige persönliche Sekretärin zu einer Bemerkung veranlasste, die er sofort in die falsche Kehle bekam, woraufhin sie von ihm dementsprechend angepflaumt wurde. Schließlich tauchte er selten vor acht auf, eher gegen halb neun Uhr. Längst tut ihm sein rüder Ton gegenüber Frau Wettersen, diesem Vorbild an Diskretion und Verschwiegenheit, leid und er hat sich vorgenommen, sich nach der Mittagspause bei ihr mit einem Riesenblumenstrauß zu entschuldigen.

Geht das nun schon wieder los, denkt von Grimmelshausen und betrachtet dabei den eleganten Pfeifenkopf, aus dem ein zarter Rauchfaden fast kerzengerade in die Höhe steigt. Als hätte er nicht bereits genug um die Ohren!

Ehrlich, wen interessierte das wirklich, dass heute Nacht in Berlin einige Zeitungskioske abgefackelt wurden. Düllmann ist natürlich aus dem Häuschen, nur weil dabei auch die Stapel des *„MB“* mitverbrannten. Kunststück! Dieses Käseblatt überschwemmt das Land seit Jahrzehnten in alle vier Himmelsrichtungen. Aber der Vorstand der *ACS-Press & Media* hört bereits wieder das Gras wachsen. Von Grimmelshausen versuchte, Düllmann zu beruhigen und tat das Ganze zunächst als dummen Jungenstreich ab, aber das brachte den erst recht in Fahrt.

Sicherlich ist nicht zu leugnen, dass die *ACS-Press & Media* in letzter Zeit einige Drohbriefe erhalten hat. In Wahrheit widerfährt das den unterschiedlichsten Blättern in der Bundesrepublik täglich. Entweder per Telefon oder schriftlich. Begonnen bei der Androhung gerichtlicher Schritte und per Anwalt, weil man falsch zitiert oder interpretiert wurde, bis zu Spinnern und Querulanten, denen es einfach nicht in ihre verbohrten Schädel will, dass ihre Geschichten schlichtweg zu uninteressant, verworren oder abstrus für eine ordentliche Berichterstattung sind. Bislang trafen bei der *ACS-Press & Media* nur schriftliche Drohungen ein, niemals mündlich über Telefon. Vielleicht wollen der oder die nur besonders schlau sein? Die verschiedenen kriminaltechnischen Untersuchungen brachten bislang keinerlei verwertbare Spuren, die konkrete Anhaltspunkte auf den oder die Urheber dieser anonymen Schreiben zulassen.

Es existieren nur diese Hinweise, dass etwas im Busch ist. Im Zentrum stehen dabei dieser Buchhändler Erasmus Vonske und ein gewisser Kai Oldenburg. Vonske ist ein alter Bekannter der unterschiedlichsten Dienststellen und Verfassungsschutz; Oldenburg ein junger Spund, ein Heißsporn und Hitzkopf, auch zur Gewalt bereit. Polizeilich nur einmal wegen einer eher geringfügigen Drogensache aufgefallen. Ansonsten bei Demos meist in den vordersten Reihen zu finden.

Ein gewaltiger Anschlag gegen den Reichstag und gleichzeitig ein Angriff auf das Mutterhaus der *ACS-Press & Media* in Bremen sollen in Vorbereitung sein. Aber mehr weiß von Grimmelshausen auch nicht und Griffiges hat er ebenso wenig in der Hand.

Von abgefackelten Zeitungskiosken war nie die Rede. Das hätte Stoever, der V-Mann, mit Sicherheit in Erfahrung bringen können, und dann wüsste das auch der Generalbundesanwalt. Was von Grimmelshausen jedoch stutzig macht, ist die Vehemenz, mit der Düllmann diesen Achim Lichtenhagen immer wieder ins Spiel zu bringen versucht. Wo soll hier eine Verbindung zwischen Vonske, Oldenburg und Lichtenhagen sein? Das passt doch nicht zusammen. Zumindest nicht nach dem derzeitigen Wissensstand. Doch davon wollte Düllmann nichts wissen. Noch immer klingen dessen Worte in den Ohren des Generalbundesanwalts: Lutz, das ist dein Problem. Du bist schließlich in einer Position, wo sich diese Dinge konstruieren und steuern lassen. Dann springt eben dieser verfluchte Lichtenhagen nochmals über die Klinge, wenn es gar nicht anders geht. Für die nötige mediale Präsenz und dessen endgültige Vernichtung werden wir schon sorgen. Ist doch klar! Dieser Kerl hat genügend Dreck am Stecken.

Ihr ebenso, sagt Dr. Lutz von Grimmelshausen halblaut zu sich selbst, ich weiß auch einiges darüber. Nur sind mir die Hände gebunden, weil ihr mich dann mit abschießt. Und alles damals wegen dem Sohn von diesem Vonske. Mein Gott, was hatte ich mir dabei bloß gedacht? Alles wegen der Karriere. Das passierte zwar noch zu Lebzeiten des alten Armin Cicero Sprenkler, doch der alte Fuchs hatte alles genauestens aufgeschrieben und archiviert, nun liegt mein Dossier im Tresor vom Düllmann.

Auf der ledernen Schreibunterlage des Generalbundesanwalts liegt ein Fax des V-Mannes Stoever. Zumindest ist der jetzige Wohnort Lichtenhagens bekannt. Repelen am Niederrhein. Von Grimmelshausen musste erst auf einer Straßenkarte nach dem Ort suchen. Dort also lebt nun Lichtenhagen mit seiner Familie. Seine Frau betreibt einen kleinen Laden für Handyzubehör. Lichtenhagen in Repelen, Vonske und Oldenburg in Berlin. Liegt doch eine ziemliche Entfernung dazwischen, was allerdings nichts aussagt. Viel interessanter ist die Tatsache, dass sich Lichtenhagen seit einiger Zeit mit einem gewissen Heinz Kokoschansky herumtreibt. Einem Österreicher. Genauer aus Wien, und Journalist. Kein Unbekannter, wie von Grimmelshausen durch österreichische Quellen bereits in Erfahrung bringen konnte. Undercoverspezialist und Enthüllungsjournalist, der bei den Ösis schon einigen Staub aufwirbeln konnte. Strafrechtlich noch nie in Erscheinung getreten, hat dafür aber eine Latte von diversen Presseprozessen hinter sich. Jedoch niemals verurteilt worden. Entweder sofort Freispruch oder Verfahren eingestellt. Auch in letzter Zeit waren einige Verfahren gegen ihn anhängig, doch die wurden vor kurzem eingestellt. Da hat Stoever erstklassige Arbeit abgeliefert. Ein V-Mann, der sowohl für den Verfassungsschutz als auch für die Generalbundesanwaltschaft arbeitet. Direkt von Grimmelshausen unterstellt und auf der anderen Seite seinem alten Freund, Henning Rüttersfeld, dem Präsidenten des Verfassungsschutzes. Besonders wichtig: Davon wissen nur drei Personen – von Grimmelshausen, Rüttersfeld und natürlich Stoever selbst.

Nicht immer war alles schlecht, was seinerzeit aus der DDR stammte. Stoever zählt dazu. Erstklassige Ausbildung, und im alten Regime immer wieder für verdeckte Operationen eingesetzt. Hoch dekoriert, mehrmals von Mielke persönlich ausgezeichnet. Auf einen Außenstehenden mag Stoever zwar unsympathisch wirken, ja sogar gefährlich. Letzteres ist er bestimmt, wenn man ihm einen Auftrag erteilt. Da kennt er keine Skrupel, geht im sprichwörtlichen Sinn über Leichen, und es gibt genug, die er indirekt und direkt auf dem Gewissen hat. Im Gespräch jedoch ein umgänglicher Mann, wie von Grimmelshausen immer wieder von neuem feststellt. Bloß diese scheußliche Lederjacke sollte er endlich einmal ablegen.

Von der Existenz Stoevers hat Düllmann selbstverständlich keinen blassen Schimmer. Davon ist von Grimmelshausen überzeugt und Rüttersfeld ebenfalls. Diese Seilschaft betrifft nur von Grimmelshausen, den Präsidenten des Verfassungsschutzes und den V-Mann. Und das hängt wiederum mit dem Tod von Vonskes Sohn zusammen...

Dr. Lutz von Grimmelshausen ist gerade im Begriff, sich das Leben etwas angenehmer zu machen, indem er sein Jackett auszieht, über die Lehne seines Schreibtischstuhls hängt und seinen Krawattenknopf lockert, als er den Piepston der Gegensprechanlage vernimmt, die ihn mit dem Sekretariat verbindet. Er drückt den zuständigen Knopf für eine Verbindung.

„Ja, bitte?"

„Herr Dr. Rüttersfeld möchte Sie sprechen, Herr Generalbundesanwalt."

Die Stimme seiner Sekretärin klingt wegen des morgendlichen Vorfalls noch immer etwas säuerlich.

„In Ordnung, Frau Wettersen, und wie üblich."

Wie üblich ist ein interner Jargon zwischen von Grimmelshausen und Wettersen. Es bedeutet nichts anderes als die Eins, eine absolut abhörsichere Leitung.

„Guten Morgen, Lutz. Ich hoffe, ich störe nicht und du hattest ein angenehmes Wochenende. Hast dich bestimmt wieder auf dem Golfplatz herumgetrieben."

„Morgen, Henning. Danke, es war sehr erholsam. Dafür beginnt die Woche alles andere als schön."

„Ich weiß, wie du Montage hasst. Vermutlich werde ich jetzt dazu beitragen, dir diesen Tag noch mehr zu vermiesen. Ich mach's kurz. Heute brannten in Berlin einige Zeitungskioske. An sich keine große Sache. Aber am Abend des Tages zuvor brannte in Berlin-Dahlem ein Bauwagen ab. Drinnen wurden zwei verkohlte Leichen gefunden. Es ist mir klar, dass du das inzwischen längst weißt." Jetzt weiß ich es, denkt sich von Grimmelshausen, will aber seinen Freund nicht unterbrechen. „Ebenso nichts von wesentlicher Bedeutung, wenn da bei der Spuren-sicherung im Umfeld des Brandherdes nicht etwas Entscheidendes gefunden worden wäre, das die

Sache doch äußerst brisant macht. Nach den ersten Erkenntnissen der ermittelnden Beamten kann man davon ausgehen, dass das Feuer gelegt wurde und dass die beiden Personen mit hoher Wahrscheinlichkeit zuvor in diesem Bauwagen ermordet wurden. Derzeit wissen wir noch nicht, um wen es sich handelt. Doch die Gerichtsmedizin hofft, dass anhand des Zahnbildes eine raschere Identifizierung möglich ist. Bisher steht nur fest, dass es sich um zwei Männer handelt. Anscheinend müssen der oder die Täter nach der Brandlegung überstürzt die Flucht ergriffen haben, denn Polizisten fanden bei der näheren Untersuchung des Tatortes in einem Gebüsch ein weißes DIN-A4-Blatt in einer Klarsichtfolie, das jedoch nicht weggeworfen, sondern offensichtlich verloren wurde. Und da handelt es sich um einen Drohbrief mit eindeutigem Inhalt. Ich lese rasch mal vor. *Jetzt geht's los! Deutschland brennt! W.S.D.V. Wir sind das Volk!* Und genau in der Machart angefertigt wie die Briefe, von der die *ACS-Press & Media* einige erhalten hat. Mit dem Unterschied, dass wir das erste Mal einen unbekannten Unterzeichner beziehungsweise Bekenner haben, eben W.S.D.V. – Wir sind das Volk!"

„Wie originell", wirft von Grimmelshausen ein.

„Mitnichten", sagt Rüttersfeld, „werbestrategisch ist es genau auf dem Punkt. Ist es doch genau die Parole, die immer wieder verwendet wird. Zuletzt bei den Demonstrationen gegen *Hartz IV*. Das spricht die Leute an. Damit können sich alle identifizieren. Nur ist uns keine Gruppe oder Gruppierung, vielleicht ist es auch nur ein Einzeltäter, mit dieser Bezeichnung bekannt. Auch BKA und Bundesgrenzschutz wissen nichts. Selbstverständlich herrscht absolute Informationssperre nach außen. Nur Schily und Schröder wurden von mir informiert mit der ausdrücklichen Bitte, absolutes Stillschweigen darüber zu bewahren, was mir beide auch zusicherten. Ich vermute, dass unser alter Freund Erasmus Vonske dabei seine Finger im Spiel hat. Zusammen mit Kai Oldenburg, den er erst neulich wieder in der Nähe der Berliner Gedächtniskirche getroffen hat. Auch sollten wir diesen Achim Lichtenhagen, nach dem was du mir alles über ihn erzählt hast, nicht aus den Augen lassen. Es muss einen Zusammenhang zwischen den geplanten Anschlägen, der *ACS-Press & Media* und diesem Triumvirat Vonske – Oldenburg – Lichtenhagen geben, wobei Lichtenhagen von den dreien das unbeschriebenste Blatt ist."

„Düllmann sieht das anders", funkt von Grimmelshausen abermals dazwischen.

„Welcher Düllmann?" Es folgt eine kurze Gedankenpause, bis es bei Rüttersfeld klingelt. „*Der* Düllmann?"

„So ist es. Er hat mich heute Morgen telefonisch aus den Federn geholt, um mir zu sagen, dass einige Zeitungsstände in Berlin abgebrannt sind. Leider ist dabei auch ein Teil der heutigen Auflage des *„MB“* zu Asche geworden.“

„Deutschland wird diesen Verlust verkraften“, kommentiert Rüttersfeld lakonisch.

„Düllmann bringt immer wieder diesen Achim Lichtenhagen ins Spiel. Inzwischen habe ich sämtliche Unterlagen über seine Auseinandersetzung mit der *ACS-Press & Media* vor mir auf dem Tisch und werde das Material heute noch eingehender studieren. Und Lichtenhagen selbst ist inzwischen sehr interessant geworden. Unser Stoever war fleißig. Jetzt ist auch ein Österreicher mit von der Partie.“

„Wie bitte? Hab ich Tomaten auf den Ohren? Wie geht denn das zusammen?“

„Der Österreicher ist Journalist.“

„Auch das noch!“

„In Deutschland nicht sehr bekannt, wahrscheinlich nur in der Branche. Hat auch einige Zeit bei uns, genauer in München, bei einem Privatsender gearbeitet.“

„Ein Fernsehmann?“

„Ja, Henning. In Österreich hat Heinz Kokoschansky in den letzten Jahren mit seinen Stories für einigen Wirbel gesorgt. Darüber habe ich mich bereits eingehend informiert. Keine Schmalspur, sondern ein ziemliches Kaliber. Unabhängig und für sein Draufgängertum daheim bekannt. Ich werde jedenfalls Stoever auf die beiden ansetzen. Lichtenhagen und Kokoschansky. Zurzeit halten sich beide in Repelen im Ruhrgebiet auf. Ich möchte wissen, was da ausgekocht wird.“

„Und ich habe bereits zwei meiner zuverlässigsten Leute, Zabel und Schrötter, auf Vonske und Oldenburg losgehetzt. Wirklich ein beschissener Montag. Vielleicht sollten wir sofort §129a einsetzen, damit wir diese Pläne, wie immer sie auch aussehen mögen, bereits im Keim ersticken können.“

„Für den Terroristenparagraphen ist es, meiner Meinung nach, noch zu früh. Wenn nichts dahinter steckt, dann zerfetzt uns die Presse in der Luft. Außerdem möchte ich nur zu gerne wissen, weshalb sich Düllmann so auf diesen Lichtenhagen eingeschossen hat.“

„Das ist deine Entscheidung, Lutz. Deine Kompetenz. Nicht nur, dass wir andauernd mit radikalen Islamisten zu tun haben, jetzt müssen auch noch die eigenen Leute aus ihren Löchern kriechen und aktiv werden.“

„Wem sagst du das", seufzt von Grimmelshausen, „halte mich auf dem Laufenden, wenn sich in der Bauwagen-Sache etwas tut."

„Ehrensache. Und dann spielen wir demnächst wieder eine Runde Golf. Ich möchte nur zu gern wissen, ob du dein Handicap inzwischen verbessern konntest."

Generalbundesanwalt Dr. Lutz von Grimmelshausen legt den Hörer auf. Sein Blick fällt auf das *„MB"*, das aus dem Stapel der täglichen Zeitungen hervorlugt. Er zieht es heraus, überfliegt das großformatige Blatt. Auf Seite fünf ist nur eine kleine Meldung über die niedergebrannten Kioske. Insgesamt acht Stück. Von vermutlich jugendlichen Vandalen ist hier zu lesen.

Was soll Düllmann auch anderes schreiben lassen, denkt von Grimmelshausen und holt die Akte Lichtenhagen aus einem Schrank. Je länger er sich mit diesem Fall auseinander setzt, desto mehr kommt ihm in Erinnerung, dass er diesen Fall nur am Rande mitverfolgte, obwohl er ein gewaltiges Medienecho auslöste. Erfolgreicher Unternehmer in Haft. Passiert doch öfters. Der Generalbundesanwalt maß dem Ganzen keine besondere Bedeutung zu. Der Name Achim Lichtenhagen war ihm bis vor kurzem nicht besonders geläufig. Er informiert Frau Wettersen per Gegensprecher, dass er ab jetzt nur durch ganz dringliche Anlässe gestört werden möchte. Dann schafft er etwas Platz auf seinem Schreibtisch, um sich ausführlich mit der Akte Lichtenhagen auseinander setzen zu können. Er blättert in den Ordnern und Mappen des Aktes, bis er auf eine Art von Sachverhaltsdarstellung, von Achim Lichtenhagen selbst verfasst, stößt und dabei hängen bleibt.

Seine Aufzeichnungen betitelte Lichtenhagen mit *Aufstieg und Fall der EUROPE PROMOTION GmbH – Gesellschaft für Werbung und Kommunikation.*

Meine Firma wurde innerhalb einer Zeitspanne von nur fünfzehn Jahren zum absoluten Marktführer im Werbesegment Haushaltswerbung. Innerhalb der Werbebranche sicherlich nur ein kleines Stück des Werbekuchens, dafür aber nicht ganz unwichtig.

Bis zum Konkurs der „Europe Promotion" im März 1996 befand sich der Firmensitz in Herne und verfügte über eine selbstständige Niederlassung in den Neuen Bundesländern, zuerst in Dresden und in weiterer Folge in Halle an der Saale, Sachsen-Anhalt.

Zum Zeitpunkt des Firmenzusammenbruchs hielt ich die Position des Geschäftsführers, während meine Frau Luise und Olaf Boning als Gesellschafter zu gleichen Teilen fungierten.

Der erste Jahresumsatz lag bei 60.000 DM; 1983 schafften wir bereits 3,8 Millionen DM und vier Jahre später, 1987, konnten wir erstmalig die Zehn-Millionen-DM-Marke überschreiten. Ein Jahr vor dem Konkurs, 1995, betrug der Netto-Umsatz, einschließlich der Unternehmen, die zur „Europe Promotion" gehörten, an die 40 Millionen DM.

Nicht schlecht für eine Firma, die 1979 mit einem Kapitaleinsatz von fünfhundert DM aus einer Idee heraus in einem Zimmer meiner damaligen Wohnung in Herne gegründet worden war.

In der Glanzzeit der „Europe Promotion" hatte das Firmengrundstück eine Größe von achttausend Quadratmetern, wovon an die tausend als Büroflächen zur Verfügung standen, wo wiederum bis zu fünfzig fest angestellte Mitarbeiter bei sehr guter Bezahlung für mich arbeiteten. In der Niederlassung Halle an der Saale waren noch zehn weitere Personen beschäftigt. Zu diesen Angestellten kamen noch fünfzig selbststän-dige Kontrolleure, die sich über viele Jahre hinweg nicht um ihre Arbeitsplätze sorgen mussten.

Für die bundesweite Zustellung der unterschiedlichen Werbemittel setzte ich, wie in dieser Branche üblich, Subunternehmer ein, die wiederum einen Verteilerstab von nahezu dreitausend Zustellern ausschickten.

Diesen Dimensionen entsprechend musste ich auch einen leistungs-fähigen Fuhrpark zur Verfügung haben. Zwei Vierzig-Tonnen-Sattelschlepper, mehrere kleinere Lkws; den Subunternehmern stellte ich, gegen Rechnung, zweihundert Kleinbusse [vorwiegend Ford und Daimler Benz] zu Verfügung. Diese Busse wurde von mir dauerhaft an die Subunternehmer vermietet, da ich besonderen Wert auf gepflegtes Auftreten meiner Firma in der Öffentlichkeit legte. Das Durchschnitts-alter dieser Fahrzeuge lag unter zehn Monaten. Meine Angestellten konnten noch auf zusätzliche weitere vierzig Pkws unterschiedlichster Marken zurückgreifen.

Mein Unternehmen florierte durch die Zustellung unadressierter und kostenloser Werbemittel – Handzettel, Prospekte, Kataloge, Warenproben, Zeitungen und Zeitschriften. Im Laufe der Jahre kamen noch andere Dienstleistungen hinzu: Verlagsdienste, Deko-Service, Versandservice, Werbelogistik u.a.m. Der enorme Erfolg der „Europe Promotion" führte auch dazu, dass es zu einem der ersten Unternehmen in Deutschland zählte, das vom BAPT [Bundesamt für Post und Telekommunikation] eine Lizenz für adressierte Postzustellung ausgestellt bekam.

Zwischen 1994 und 1995 katapultierte sich meine Firma an die Spitze zum größten Warenprobenzusteller in der Bundesrepublik mit einem Zustellvolumen von mehr als vierzig Millionen Stück pro Jahr, zusätzlich zu den sechshundertfünfzig Millionen Prospekten, Zeitungen und Zeitschriften. „Euro-

pe Promotion" war zu einem ernstzunehmenden Faktor in der Branche der Zustellunternehmen geworden und mit Abstand Nummer eins.

Dieser rasante Aufstieg, das enorme Wachstum und die imponierenden Umsätze, und das in einem Zeitraum von nur wenigen Jahren, täuschten jedoch nicht darüber hinweg, dass es unter anderem immer schwieriger wurde, geeignetes Zustellpersonal zu finden. Ich weiß, es klingt brutal und ausbeuterisch, aber so ist das nun einmal in diesem Geschäft. Es mussten Leute sein, die nicht viel denken, die sich im Grunde um nicht viel scheren. Nur ihren Job erledigen. Treppauf, treppab, von Haustür zu Haustür, von Postkasten zu Postkasten. Halbwegs laufen können und eine akzeptable Kondition, ausgestattet mit einem dicken Fell. Nicht jeder freut sich über die bunten Zettel, wenn sie gebündelt an seiner Wohnungstüre hängen, stecken oder davor liegen. Und dass man für diese Art von Tätigkeit keine besondere Ausbildung braucht oder die Voraussetzung der IQ eines Einsteins ist, liegt ebenfalls auf der Hand. Diese Mischung aus minderem Intellekt, einfachem Gemüt und einer Nichts-mehr-zu-verlieren-Mentalität war und ist der Nährboden für Kleinkriminalität, die durchaus größere Formen annehmen kann.

Meine persönliche Meinung ist, dass „steuerliche Unehrlichkeit" – ich nenne es so – und materieller Betrug vor niemandem halt machen. Weder die Subunternehmer und deren Zusteller, noch meine eigenen, bestens bezahlten Angestellten einschließlich meiner Person in der Position des Geschäftsführers waren davor gefeit.

„Starker Tobak", murmelt Generalbundesanwalt Dr. Lutz von Grimmelshausen vor sich hin, „und er hat Recht." Für einen Augenblick überlegt er, ob er sich noch eine weitere Pfeife genehmigen soll, verwirft diesen Gedanken jedoch sofort wieder. Dazu lesen sich Lichtenhagens Ausführungen zu spannend.

Natürlich waren die Subunternehmer im Verteil- und Zustellgeschäft immer auf eine schnelle Mark aus. Daran hat sich auch bis heute nichts Wesentliches geändert. Gerade in Nordrhein-Westfalen, nicht zuletzt wegen der Bevölkerungsdichte, tummeln sich noch immer jede Menge kleiner und kleinster Zustellfirmen zwischen Rhein und Ruhr, die dem Fiskus eine lange Nase drehen, Renten- und Arbeitslosenversicherung, Krankenkasse etc. nur vom Hörensagen kennen.

Das Potenzial der Zusteller setzt sich aus Langzeitarbeitslosen, Sozialhilfeempfängern, Jugendlichen ohne ordentlichen Schulabschluss und Ausbildung, Junkies und Asylanten zusammen, die natürlich, was bis zu einem gewissen

Grade auch verständlich ist, nicht im Traum daran denken, von dem wenigen, was sie bei diesem knallharten Job verdienen, auch noch etwas dem Finanzminister abzugeben. Selbstverständlich finden sich darunter eine Menge vorbestrafter Leute. Auch jene, die wegen verschiedener Straftaten auf den Fahndungslisten stehen. Wer einen Zusteller braucht, interessiert sich nicht für Leumund und Führungszeugnis, fragt nicht nach Arbeitserlaubnis und festem Wohnsitz. Die Keiler finden ihre späteren „Mitarbeiter" in Asylantenheimen und
Obdachlosenasylen, in Bahnhöfen oder an einschlägig bekannten Treffpunkten, von denen jede größere Stadt über mehrere verfügt.

Besonders Ausländer sind für diese Zustellfirmen ein gefundenes Fressen. In Unkenntnis der Sachlage, aus Angst vor Abschiebung und der Polizei im Allgemeinen, rackern sie zwischen zwölf und sechzehn Stunden für Hungerlöhne. Müssen für unkorrektes Arbeiten Strafe bezahlen, die von ihren Auftraggebern willkürlich festgesetzt wird. Modernes Leibeigentum und Sklaverei. Der Schikane, der Willkür und Ausbeuterei sind sperrangelweit Tür und Tor geöffnet.

„Drückerkolonnen... Nichts anderes als Drückerkolonnen", unterbricht der Generalbundesanwalt mit seiner eigenen Stimme die Stille im Büro. „Genau so läuft das ab. Die Leute dieser Drückerkolonnen werden unter den gleichen Bedingungen ebenfalls scharenweise ausgeschickt. Dann klingeln sie an den Haustüren mit ihren Glückwunschkarten und was weiß ich noch mit welchem Zeug und erzählen rührselige Geschichten, die ihnen vorher eingetrichtert worden sind. Wenn sie pro Tag nicht eine gewisse Stückzahl an den Mann bringen, gibt es abends in den lausigen Unterkünften Saures von den Kolonnenführern. Gewalt ist in diesen Kreisen an der Tagesordnung." Von Grimmelshausen nimmt seine Lesebrille ab, kaut gedankenverloren an einem Bügel. „Vor einigen Jahren gab es doch in Deutschland den Fall mit dieser berüchtigten *Lady Kalaschnikow.* Zusammen mit einer Komplizin folterte sie in einem Waldstück einen Zusteller, der das Plansoll nicht erfüllte, grausam zu Tode, der arme Hund musste sich noch vorher selbst sein eigenes Grab schaufeln. Und diese beiden Bestien fotografierten sich auch noch gegenseitig bei ihren Scheußlichkeiten..."

Der Generalbundesanwalt kneift sich an der Nasenwurzel, bevor er wieder seine Lesebrille aufsetzt und schüttelt den Kopf.

„Lichtenhagen, Lichtenhagen, was werde ich da noch alles lesen und zu Gesicht bekommen..."

Diese halbkriminellen und kriminellen Subunternehmer waren und sind nicht förderlich für das Image der großen und ehrlichen Zustellfirmen. Natürlich zählte ich meine „Europe Promotion", noch dazu als Marktführer, zu diesem seriösen Kreis. Ich war immer bemüht, pünktlich und penibel meine Steuern sowie sonstigen Abgaben zu entrichten. Doch langfristig war ein Unternehmen in einer Größenordnung wie meines, ich will es mal so ausdrücken, nicht immer mit reellen Mitteln über Wasser zu halten.

Jahrelang war meine Firma einem beinharten Konkurrenzkampf ausgesetzt. Natürlich war ich bestrebt, nur mit durchleuchteten, überprüften Subunternehmern Kooperationen einzugehen. Durch die blitzartige Expansion der „Europe Promotion" steigerte sich auch der Druck der Mitbewerber, bis ich schließlich gezwungen war, jeden Subunternehmer zu engagieren. Ob koscher oder nicht. Sicherlich ein Kardinalfehler meinerseits.

Die unsauberen Subunternehmer führten einen regelrechten Kampf mit Dumpingpreisen, um an Aufträge großer Handelsunternehmen heranzukommen, was wiederum den Ehrlichen in dieser Branche schadete. Die laufenden Kosten einer Firma wie „Europe Promotion" stagnieren ja nicht. Ich stellte mich daher diesem Preiskampf mit pünktlichen und exzellenten Zustellungen für meine Auftraggeber. Noch mehr Kontrollpersonal, Aufstockung der Mitarbeiter in Verwaltung und Lager – alles, um die Aufträge halten und erfüllen zu können. Natürlich auch, um meinen Auftraggebern das Gefühl einer fairen Partnerschaft zu vermitteln. Dementsprechend stiegen auch weiter meine laufenden Kosten.

Leider sanken die Zustellpreise immer tiefer in den Keller. Die großen Auftraggeber, also die Handelsunternehmen, Verlage – kurzum alle, die Dienstleistungen von Zustellfirmen in Anspruch nahmen, profitierten zusätzlich von den Zerwürfnissen innerhalb unserer Branche und diktierten uns nun die Preise. In den Chefetagen der Handelskonzerne kümmerte sich niemand um die steuerlichen Belange der Auftragnehmer. Allerdings stand ich als Geschäftsführer der „Europe Promotion" sehr wohl in der steuerlichen Pflicht.

Bereits wenige Jahre nach meiner bescheidenen Firmengründung und ohne zu wissen, dass ich mir später tatsächlich ein kleines Imperium schaffen würde, bekam ich meine ersten nicht unerheblichen Probleme mit dem Fiskus. 1984, fünf Jahre, nachdem ich die „Europe Promotion" aus der Taufe gehoben hatte, breitete erstmals der Pleitegeier seine Schwingen aus und zog seine Kreise.

In Zusammenarbeit mit den Finanzbehörden und der für mich beziehungsweise mein Unternehmen zuständigen AOK wollte man für die Subunternehmen, die für mich arbeiteten, ein Angestelltenverhältnis konstruieren. Nach zähen Verhandlungen, auch vor Gericht, gelang es mir, dieses

Unterfangen abzuwehren. Schließlich wären für die „Europe Promotion" damit neuerliche Kosten entstanden. Wie bisher durfte ich mit meinen Subunternehmern weiterwirtschaften.

Natürlich blieb das der Öffentlichkeit nicht lange verborgen, dass dieser Achim Lichtenhagen gewissermaßen einen Persil-Schein von höchster Instanz erhalten hatte. Dafür sorgte schon eine gewichtige Zeitung im Ruhrgebiet. Allerdings kein Produkt aus dem „ACS-Press & Media" - Konzern. Dieser Zeitung stand ich mit meiner „Europe Promotion" im Weg, weil diese Verlagsgruppe zu dem Zeitpunkt gerade selbst eigene Anzeigenblätter im Ruhrgebiet etablieren wollte. Daher wurde auf mich aus vollen Rohren geschossen. Ich sollte in Druckerschwärze ertränkt werden. Tendenziös, einseitig, unterste Schublade, so möchte ich die Berichterstattung damals über mich bezeichnen. In der Öffentlichkeit sollte ich als Ausbeuter, Menschenschinder, Sklavenhalter, Schmarotzer und Steuerbetrüger angeprangert werden.

Selbstverständlich ist mir bewusst, dass im allgemeinen Geschäfts-leben Moral und Ethik nur geringen Stellenwert besitzen. Je höher ein Unternehmen steigt, je dünner die Luft, desto mehr verkommen diese hehren Begriffe zum Schein.

Daher war ich auch nicht sonderlich erstaunt, als ausgerechnet dieser Verlagskonzern aus dem Ruhrgebiet ein paar Jahre später, nämlich 1991/92, wieder an mich herantrat. Da es durch deren Schreiberlinge nicht gelungen war, mich in Grund und Boden zu tippen, versuchte man nun eine andere Tour, indem man mir eine Beteiligung an der „Europe Promotion" anbot. Es gab mehrere Treffen mit den Geschäftsführern dieses Medienkonzerns, die jedoch ergebnislos verliefen, weil eine Kaufpreisfindung für mein Unternehmen von denen immer wieder verzögert wurde. Aus taktischen Gründen. Sie wollten ran an Daten über meine Firma, was ihnen auch gelang. Plötzlich wurden interne Informationen über meine Firmenstruktur bis hin zu den Bilanzen der Geschäftsführung publik gemacht und an entscheidenden Stellen lanciert.

Abgesehen davon hatte ich nicht unbedingt Ambitionen, ausgerechnet diesen Medienkonzern mit ins Boot zu nehmen, nachdem mir von ihm so übel mitgespielt worden war. Lange vorher, 1982/83, hatte ich bereits einen der ganz Großen an Land gezogen, nämlich die „ACS-Press & Media". Natürlich wollte ich groß und noch größer werden, aber ich kapierte auch, dass man Geld nicht fressen kann und auch ich nicht mehr als einen Anzug gleichzeitig tragen kann. Sicherlich mit ein Grund, warum mich die Zeitungsfritzen aus dem Ruhrgebiet hassten. Mit den „ACS-Press & Media" - Leuten stand die „Europe Promotion" auf Du und Du, während die sich draußen vor der Tür die Füße in die Bäuche standen.

Nach dem Mauerfall und der Wende gründete ich die erste Zweig-stelle der „Europe Promotion" in Dresden, die später nach Halle an der Saale übersiedelte. In dieser Goldgräberstimmung liefen auch die Geschäfte der „Europe Promotion" wie geschmiert, insbesondere jene mit der „ACS-Press & Media", die Scheinabrechnungen mit eingeschlossen.

Plötzlich traf mich aus heiterem Himmel ein fürchterlicher Keulenschlag, der mir zuerst den Boden unter den Füßen wegriss und mich dann in weiterer Folge aus der Bahn fegte.

Der Anfang vom Ende. Der Auftakt zum Untergang der „Europe Promotion" und der Existenz meiner Familie und mir.

Anfang Oktober 1995 schlug das Schicksal unbarmherzig zu. Doch ich erkannte die Vorzeichen nicht. Per Post bekam ich eine persönliche Zeugenladung für einen Prozess, der gegen einen Subunternehmer von mir angestrengt worden war. Keine große Sache, dachte ich. Im Verlauf der letzten Jahre bekam ich in meiner Funktion als Geschäftsführer der „Europe Promotion" wohl ein halbes Dutzend dieser Ladungen, wenn Subunternehmer, die irgendwann einmal für mich gearbeitet hatten, salopp formuliert, Mist gebaut hatten.

Auch in diesem Fall war es so. Außerdem, was sollte mir schon geschehen? Ich war erfolgreich und konnte bisher alle Klippen in der rauen See mit Bravour umschiffen. Ich hielt mich für Siegfried und vergaß, dass auch ich eine Stelle an meinem Körper hatte, auf die einst ein Lindenblatt gefallen war.

Der 25. Oktober 1995 sollte der erste von einer Reihe rabenschwarzer Tage werden, die zu den schwärzesten in meinem Leben zählen. Gegen acht Uhr morgens traf ich in meinem Büro ein. Führte einige Telefonate, unterschrieb Verträge, diktierte Korrespondenzen. Üblicher Bürokram. Eine halbe Stunde später machte ich mich auf den Weg zum Amtsgericht Bochum. Um neun Uhr dreißig wurde der Beginn der Verhandlung über Lautsprecher im Flur vor dem Verhandlungssaal verlautbart.

Die üblichen Gerichtssaalkiebitze, Zeugen und Anwälte traten ein. Was ich zu diesem Zeitpunkt noch nicht wusste: Einer der beiden Angeklagten war bereits zu einer zweijährigen Haftstrafe ohne Bewährung verurteilt worden und wurde von einem Justizbeamten direkt aus der Zelle hereingeführt. Dieser Mann sollte nun gegen den zweiten Angeklagten aussagen. Die Vorwürfe beliefen sich auf Steuerhinterziehung, illegale Personalbeschäftigung und dem so genannten Strohmannsystem, bei Subunternehmern in der Zustellbranche ein gängiges Verfahren.

Außer mir war auch noch mein Prokurist als Zeuge geladen. Der Grund, weshalb wir hier sein mussten, war klar und ist mit zwei Sätzen zu erklären. Auch „Europe Promotion" beschäftigte immer wieder Subunternehmer, die nicht immer eine weiße Weste vorweisen konnten. Bedingt durch den knallharten Konkurrenzkampf in der Verteilbranche sowie durch die ständige Preisdrückerei der Auftraggeber beinahe nicht mehr anders möglich.

Heute weiß ich, dass diese gesamte Verhandlung nichts weiter als eine Farce war, denn hier ging es um mich, ich sollte vom Zeugen zum Angeklagten gestempelt werden. In einer an sich geringfügigen Straf-sache bot Justitia alles auf, was dem Rechtsstaat zur Verfügung steht. Richter, Oberstaatsanwalt, Staatsanwalt, Oberamtsanwalt und Anwälte der Zeugen. Gegenseitig schoben die studierten Herren der Jurisprudenz die rechtliche Verantwortung der Subunternehmer und die Frage der daraus entstehenden Steuerpflicht wie einen Pingpongball unter sich hin und her.

Nicht diese beiden im Grunde erbärmlichen und lächerlichen Subunternehmer sollten an diesem 25. Oktober 1995 die Anklagebank drücken. In Wahrheit ging es gar nicht um die beiden. Die beiden Figuren dienten nur als Vorwand.

Ich, Achim Lichtenhagen, sollte vor dieses Tribunal gezerrt und den Leuten im Saal als der Kriminelle, das personifizierte Verbrechen schlechthin, vorgeführt werden.

Als ich in den Zeugenstand zitiert wurde, beantwortete ich sämtliche Fragen nach bestem Wissen und Gewissen. Das, was ich bereits mehrmals andernorts in anderen Prozessen heruntergespult hatte, interessierte an diesem Tag niemanden: Warum ich als Großunternehmer mit Subunternehmen auf dieser Basis zusammenarbeiten muss, und dass ich dabei akribisch darauf achte, dass diese Betriebe auch eine aktuelle Steuernummer vorweisen und ihr Gewerbe auch behördlich registriert ist. Was diese darüber hinaus noch machen, interessiere mich nicht und entziehe sich auch meiner Kenntnis. Meine Argumentationen fielen samt und sonders auf fruchtlosen Boden.

Die Stimmung im Gerichtssaal wurde immer aggressiver und gereizter. Ich musste eine Unmenge polemischer Fragen über mich ergehen lassen, die mit dem Gegenstand der Verhandlung in keinerlei Weise in Einklang zu bringen waren. Die rund zweihundert Zuhörer in den Publikumsreihen ergingen sich jedes Mal in erstaunten Ahs und Ohs, wenn die Sprache auf meine Einkünfte, Vermögensverhältnisse und Lebensumstände kam. Vorgetragen in Formulierungen, die mich unweigerlich zum Buhmann für das Publikum machen mussten.

Nie in meinem Leben werde ich den Richter vergessen. Ein unscheinbarer, kleiner Mann von dicklicher Statur, der mit mir nicht zivilisiert kommunizierte, sondern mich nur anschrie. Ich erinnere mich noch genau, dass ich, wenn mich dieser Vorsitzende der 12. Strafkammer in die Mangel nahm, die Brüllorgien und das Bild Roland Freislers, des Präsidenten des Volksgerichtshofes unter den Nazis, vor Augen hatte, den ich aus alten Wochenschau-Berichten kannte. Und ich höre immer noch seine geifernde, vor Zorn bebende Stimme.

„Sie haben die Leute mit einem Hungerlohn abgespeist! Die Subunternehmer konnten noch nicht einmal ihren steuerlichen Verpflichtungen nachkommen, geschweige denn einen kleinen bescheidenen Überschuss verbuchen! Sie wollen nicht gewusst haben, dass diese einfachen und arbeitsamen Menschen bei Ihnen kaum etwas verdienten und ihre Aufträge für einen Hungerlohn ausführten? Nein, Sie versuchen, uns hier klar zu machen, dass Ihnen gar nicht bewusst war, dass diese vor Ihnen stehenden angeklagten Unternehmer voll von Ihnen abhängig waren, ja, dass Sie diese armen Leute in der Hand hatten und sie arbeitsmäßig und geldmäßig auspressten! Sie, Lichtenhagen, Sie sind ein moderner Sklavenhändler! Aber merken Sie sich eines! Das Sklaventum ist in Deutschland schon seit einigen hundert Jahren abgeschafft und ich werde dafür sorgen, dass es niemals mehr eingeführt wird!"

Damit war ich geliefert. Nichts half mehr. Gegen mich wurde noch im Gerichtssaal die Festnahme ausgesprochen. Gründe: uneidliche Falschaussage, Flucht- und Verdunklungsgefahr. Haftgründe nach §112, Abs. 2, Ziffer 2 und 3 der StPO [Strafprozessordnung].

Der Generalbundesanwalt legt den Akt aus der Hand, lehnt sich zurück und verschränkt die Arme hinter dem Kopf. Natürlich weiß er, dass diese Art von Geschäften laufend, auch heute, passieren, aber noch nie wurde ihm das in dieser Art offen gelegt und dargestellt. Allerdings sind sie nicht sein Metier. Seine Fälle sind um etliche Stufen höher angesiedelt. Er muss diese Akte noch heute durcharbeiten, damit er sich ein Bild machen kann, ob dieser Lichtenhagen, der ihm sogar ein bisschen leid tut, wirklich in den Kreis der Verdächtigen einbezogen werden kann, die den innerdeutschen Terrorismus wiederbeleben wollen. Von Grimmelshausen gibt sich einen Ruck, reibt sich die Augen und schlägt die nächste Seite in der Akte auf.

Amtsgericht
Geschäfts-Nr.: (Bitte bei allen Schreiben angeben)
04 G 3775/95 Bochum, 25.10.1995

---

23 Ks 119/95 StA Bochum Viktoriastr. 14

Haftbefehl

Gegen den/die Beschuldigte(n)

Kaufmann Achim Lichtenhagen
geb. am 11.08.1945 in Quedlinburg,
wohnhaft ...., 44628 Herne,
Deutscher, verheiratet,

wird die Untersuchungshaft angeordnet.

Er/Sie wird/werden beschuldigt,

in Bochum und anderen Orten der Bundesrepublik Deutschland in der Zeit von Januar 1993 bis Oktober 1994 durch mehrere selbstständige Handlungen

1) vorsätzlich anderen zu deren vorsätzlich begangenen rechtswidrigen Taten, nämlich zumindest zu den Steuerhinterziehungen seiner Subunternehmer ... Hilfe geleistet zu haben.
2) Vor Gericht als Zeuge uneidlich falsch ausgesagt zu haben.

<u>Dem Beschuldigten wird Folgendes zur Last gelegt:</u>

Im angegebenen Tatzeitraum betrieb er einen Gewerbebetrieb, der über Subunternehmer Prospektverteilungen organisierte.
Der Beschuldigte legte dabei zur Erhöhung seines eigenen Profits die an die Subunternehmer ausgezahlten Vergütungen so niedrig fest, dass diese nur dann mit Gewinn arbeiten konnten, wenn sie ihren steuerlichen Verpflichtungen, nämlich insbesondere der Abführung von Umsatz- und Lohnsteuern, nicht nachkamen, wovon der Beschuldigte auch ausging.
Er unterstützte so die gesondert Verfolgten bzw. bereits Verurteilten......., die genannten Steuern in nachstehender Höhe den Finanzbehörden gegenüber vorzuenthalten.

Durch die Vernehmungen von Angestellten der Firma *Europe Promotion GmbH......* im Rahmen der heutigen Hauptverhandlung gegen den Subunternehmer....... und....... wird Lichtenhagen dahingehend belastet, dass er über sämtliche Geschäftsvorfälle umfassend informiert war und insbesondere Kenntnisse über die Preisgestaltung bei den Subunternehmern hatte.

Der Beschuldigte verfügt zwar über einen festen Wohnsitz und offenbar gefestigte Beziehungen in der Bundesrepublik Deutschland. Er hat in diesem Verfahren jedoch mit einer erheblichen Freiheitsstrafe zu rechnen. Weiterhin werden gegen ihn beträchtliche Steuernachforderungen erhoben werden, zumal er nach §71 AO für die Steuerschulden seiner meist mittellosen Subunternehmer haftet. Dies könnte die wirtschaftliche Existenz des Beschuldigten gefährden, wenn nicht sogar vernichten. Folglich besteht die erhebliche Gefahr, der Beschuldigte werde sich dem Verfahren durch Flucht entziehen, sollte er in Freiheit verbleiben.

Es besteht weiter die Gefahr, dass der Beschuldigte bei dem vorgefundenen System der Buchung und Einschaltung von „Strohleuten", was bereits auf Verdunkelung angelegt war, auf Mitbeschuldigte, Zeugen oder andere Beweismittel in unlauterer Weise einwirken könnte, um die Ermittlung der Wahrheit zu erschweren. Als solche Zeugen kommen insbesondere eigene Mitarbeiter, Subunternehmer und „Strohleute", die Angaben über den Tatbeitrag des Beschuldigten machen können, in Betracht.

Es besteht mithin Flucht- und Verdunkelungsgefahr, sodass die angeordnete Untersuchungshaft zulässig und geboten ist.

Füssler
Richter am Amtsgericht

Ausgefertigt
(Behrens), Justizangestellte als Urkundenbeamter der Geschäftsstelle

Generalbundesanwalt Dr. Lutz von Grimmelshausen liest diesen Haftbefehl nochmals. Und ein drittes Mal. Rechtlich einwandfrei, aber... Genau dieses *Aber* stößt ihm säuerlich auf. Die kleine Jugendstiluhr auf seinem Schreibtisch, ein Geschenk seines Golfclubs, zeigt kurz vor zwölf Uhr mittags. Er reißt einen Notizzettel von einem Block, kritzelt darauf „Blumenstrauß" und setzt drei Ausrufezeichen dahinter, bevor er die Notiz in die Brusttasche seines Hemdes schiebt. Bevor er sich zum Mittagstisch begibt, will er noch etwas erledigen. Er drückt den Knopf der Gegensprechanlage.

„Frau Wettersen, verbinden Sie mich doch bitte mit dem Amtsgericht Bochum..."

Der Fortschritt der Menschheit besteht
in der Zunahme ihres
problematischen Charakters.

(Egon Friedell)

Heinz Kokoschansky war gegen drei Uhr morgens wie ein Stein ins Bett gefallen. So tief und fest hatte er lange nicht mehr geschlafen. Dafür verpasste er beinahe das Frühstück. Doch sein knurrender Magen war ein ausgezeichneter Wecker. Kurz vor zehn Uhr morgens erschien er im Frühstücksraum und machte sich über die Reste des Buffets her. Das Hotel „Zur Linde“ hat zurzeit nur wenig Gäste. Der Journalist registrierte zwei oder drei ältere Ehepaare und ein paar Geschäftsreisende. Es war aber auch erst Mitte Mai, außerhalb der Reisesaison.

Kokoschansky hatte die halbe Nacht in seinem Zimmer gearbeitet. Lichtenhagens restliche Unterlagen sortiert, gelesen, sich eine Strategie für die kommenden Recherchen zurechtgelegt, das lange Gespräch mit dem ehemaligen Unternehmer, das er mit seinem Diktiergerät aufgezeichnet hatte, zu einem großen Teil in den Laptop getippt, versehen mit Anmerkungen und Fragen.

Dabei vergaß er die Zeit. Erst als ihm die Augen zufielen und auch die Zigaretten es nicht mehr schafften, ihn wachzuhalten, gab er auf. So merkte er auch nicht, dass in den vielen Stunden, die er am Schreibtisch hinter dem Hotelfenster zubrachte, ein Mann in regelmäßigen Abständen ums Haus schlich, den Blick auf sein hell erleuchtetes Zimmer im ersten Stock richtend.

Stoever war wieder in seinem Element. Lautlos wie eine Katze durch die Nacht streichen. Beobachten, observieren und dabei mit der Dunkelheit verschmelzen. Erst als das Licht in Kokoschanskys Zimmer erlöschte, war sein Auftrag zumindest für einige Stunden beendet und er konnte sich in sein Auto setzen, ein paar Kilometer weiter in den Nachbarort von Repelen fahren, in dem er sich in einer unscheinbaren Pension eingemietet hatte, und sich dort aufs Ohr hauen.

Heinz Kokoschansky ist nach einem ausgiebigen Frühstück wieder in sein Zimmer zurückgekehrt. Er wartet auf Lichtenhagen. Es gibt noch eine Reihe von Fragen zu klären. Der ehemalige Unternehmer hatte ihm gestern gesagt, dass er so gegen Mittag wieder hier sein werde. Die Zeit bis dahin will der Journalist mit ein paar Telefonaten überbrücken. Mit Sonja hat er bereits gesprochen. In Wien ist alles in bester Ordnung.

Lichtenhagen und Kokoschansky hatten gestern noch lange diskutiert, welcher Weg der sinnvollere wäre. Soll Kokoschansky im Alleingang, auf eigene Faust, recherchieren oder wollen sie das Ding zusammen durchziehen? Der Journalist ist ein Einzelgänger, der gewöhnt ist, solo zu arbeiten, doch in diesem besonderen Fall ist eine Partnerschaft wohl klüger. Wer außer Lichtenhagen kennt diese komplizierte Materie besser als er? Mit Lichtenhagen im Schlepptau ist die Wahrscheinlichkeit voranzukommen größer, vor allem dann, wenn es zur offenen Konfrontation mit den maßgeblichen Herrschaften kommt. Das Opfer hat sich seinen Journalisten gleich mitgebracht. Das wird einigen bestimmt nicht schmecken. Vielleicht werden sie in hohem Bausch und Bogen hinausgeschmissen. Aber nur anfänglich. Die Unruhe, die Kokoschansky und Lichtenhagen auslösen werden, ist vorprogrammiert. Alles Weitere wird sich finden und lässt sich kaum planen. Und niemand weiß, wie hart-näckig Kokoschansky wirklich sein kann.

Nachdem der Journalist durchblickt und erkennt, was da auf dem Spiel steht, beginnt es ihm richtig Spaß zu machen. Eine Geschichte genau nach seinem Geschmack. Er, der ausländische Journalist, Lichtenhagen als Geschädigter und Opfer, im Hintergrund ein Verleger, der diese Geschichte publizieren will. Und weit und breit niemand, der Kokoschansky zurückpfeifen kann. So macht das Arbeiten Spaß. Trotzdem sichert sich Kokoschansky ab. Er holt sein Handy hervor, sucht im elektronischen Adressbuch nach einer bestimmten Wiener Telefonnummer.

„Guten Tag, Herr Mittenweger. Ich hoffe, Sie erinnern sich noch an mich?"

„Oh, das ist aber eine Überraschung, Herr Kokoschansky! Guten Tag. Schon lange nichts mehr von Ihnen gehört."

Klaus Mittenweger, der österreichische Drogenfahnder, dem Kokoschansky so viel zu verdanken hat, als er sich zuletzt in Wien auf äußerst gefährlichem Terrain bewegte.

„Wie geht es Ihnen, Herr Kokoschansky? So wie Sie klingen, schließe ich daraus, dass Sie wieder fit und auf dem Dampfer sind? Sind Ihre Verletzungen von damals vollständig ausgeheilt?"

„Ja, danke, ich kann nicht klagen. Ab und zu zwickt es noch, aber damit muss ich leben. Jedenfalls kann ich schon wieder herumlaufen. Beinahe wie ein Wiesel. Ich möchte Sie um einen Gefallen ersuchen, Herr Mittenweger."

Der Drogenfahnder seufzt hörbar am Telefon. Wenn Kokoschansky diesen Ton anschlägt, ist meist Feuer unterm Dach.

„Okay, worum geht es?"

„Ich will am Telefon nicht allzu viel erzählen. Aber es geht um eine große Sache in Deutschland. Ziemlich heikel. Ich halte mich auch derzeit in der Bundesrepublik auf. Voraussichtlich noch einige Tage. Worum es genau geht, erzähle ich Ihnen dann in Ruhe, wenn ich wieder in Wien bin. Mir geht es jetzt darum, ob Sie einen verlässlichen deutschen Kollegen an der Hand haben, an den ich mich unter Umständen wenden kann, falls es eng werden sollte."

„Wird Ihnen Österreich zu klein?... Puh! So auf die Schnelle? Tja, lassen Sie mich kurz nachdenken, Herr Kokoschansky. Oh ja! Da gibt es einen. Uwe Cottbus... Ja, genau, wie die Stadt. Haben Sie etwas zum Schreiben?... Dann notieren Sie... Das ist seine Handynummer. Der sitzt in München... Und grüßen Sie ihn schön. Ich hoffe, das reicht vorerst. Und, Sie wissen ja, wo sich mich erreichen können. Viel Glück! Sie werden wohl auch nie gescheiter. Aber das gefällt mir so an Ihnen. Machen Sie's gut und passen Sie auf sich auf. Und sobald Sie wieder zu Hause sind, will ich wissen, an was Sie schon wieder dran sind."

Eines Tages wird man offiziell zugeben müssen,
dass das, was wir Wirklichkeit getauft haben,
eine noch größere Illusion ist als die Welt des
Traumes.

(Salvador Dali)

Berlin-Kreuzberg

Erasmus Vonske schließt gerade seinen Buchladen auf. Wird sicher wieder so ein Tag wie alle anderen auch. Kundschaft wenig bis gar keine. Wohl am besten, den ganzen Krempel bei günstigem Wind zu verscherbeln und dann ab durch die Mitte Richtung Goa. Kaum dass Vonske sein Geschäft betreten hat, erhält er einen Stoß auf die Schulter. Wenn er sich nicht im letzten Moment an einem Bücherstapel abgestützt hätte, wäre er der Länge nach hingeknallt. Wütend dreht er sich um und blickt in zwei Sonnenbrillen mit verspiegelten Gläsern des Verfassungsschutzes. Zabel, der Jüngere der beiden Beamten, drückt die Türe zu und stellt sich breitbeinig davor, während sein Kollege Schrötter den Buchhändler weiter zurückdrängt.

„Ach ne! Ihr zwei Arschgeigen schon wieder!“, fährt Vonske die beiden an, wobei er sich die rechte Schulter reibt, wo ihn der Stoß getroffen hat. „Jetzt häng ich euch ne Dienstaufsichtsbeschwerde an, die sich gewaschen hat. Bringt zwar nichts, aber ihr habt ein bisschen zusätzlichen Papierkram. Was wollt ihr denn schon wieder? Mann, müsst ihr Zeit haben.“

„Oldenburg“, schnauzt ihn Schrötter scharf an.

Erasmus Vonske verzieht keine Miene, lässt sich nicht im geringsten anmerken, dass er weiß, worum es geht.

„Wie? Was? Oldenburg? Is ne Stadt oben in Niedersachsen. Soll recht hübsch sein. War aber noch nie da. Sollte vielleicht mal hin.“

„Du wirst bald nirgendwo hinfahren, Vonske“, zischt Schrötter und packt den Buchhändler am schwarzen T-Shirt, wo in großen roten Lettern unmissverständlich *Fuck The System* auf der Brust prangt.

„Is ja gut, Mann. Aber ich verkaufe nun mal keine Städteführer.“

Schrötter gibt seinem Kollegen Zabel einen Wink. Der dreht kurzerhand das Schild, das an einer Schnur an einem Haken mit Saugknopf in der Mitte der Glasscheibe der Türe hängt, um. *Komme gleich...*

„Schlüssel“, knurrt Schrötter.

Vonske gibt ihm das Geforderte. Jetzt ist der Zeitpunkt gekommen, nicht mehr allzu sehr auf die Tube zu drücken. Schrötter wirft den Schlüssel Zabel zu, der abschließt.

„Wir gehen nach hinten. Du zuerst“, ordnet Schrötter an.

Folgsam trottet Vonske die wenigen Schritte voran. Im Hinterzimmer knipst er das Licht an. Zabel zieht die jamaikanische Nationalflagge, die Vonske zu einem Vorhang umfunktioniert hat, zu. Schrötter setzt sich auf die Kante des kleinen Tischchens.

„Wo ist Oldenburg?“, wiederholt er seine Frage.

„Mann, Scheiße! Sag ich doch! In Nieder...“

Im letzten Moment besinnt sich Erasmus Vonske, nicht mehr weiter zu provozieren. Hier drin hat er keine Chance. Zwei gegen einen. Und wer wird ihm jemals glauben, wenn sie ihm die Fresse polieren?

„Kai Oldenburg...“ Schrötter lässt sich locker.

„Wer soll das denn sein?“

„Hast du mit dem vor ein paar Tagen nicht ein paar Bierchen am Kudamm, in der Gegend der Gedächtniskirche, gezischt?“, mischt nun auch Zabel mit.

„Und wenn schon? Ich gieß mir öfter mal mit Typen was hinter die Binde, ohne zu wissen, wer die eigentlich sind.“

„Mensch, Vonske, verarsch uns nicht“, sagt Zabel beinahe in einem väterlichen Ton.

Das alte Spielchen. Guter Bulle, böser Bulle, denkt der Buchhändler, aber lässt sich weiterhin nichts anmerken.

„Du kennst doch Kai Oldenburg“, setzt Zabel fort.

„Na und? Wenn schon? Ist das strafbar?“

„Ne, isses nich“, macht nun Schrötter wieder weiter. „Wo warst denn du am letzten Mittwoch?“

„Na hier. Wo sonst? Muss ja auch meine Brötchen verdienen. Warum fragt ihr? Da ihr mir ja andauernd auf die Pelle rückt, müsstet ihr das doch am besten wissen.“

Schrötter überhört die Anspielung.

„Uns interessiert die Zeit zwischen zwanzig Uhr bis in den Morgen. Und den Tag kennst du genau.“

„Ich war beim Konzert von Marilyn Manson. Ist zwar nicht ganz meine Richtung, aber ich wollte mir diese Band näher angucken. War übrigens saugeil.“

„Karte?“, fragt Zabel.

„Karte? Was für ne Karte? Ach so, die Eintrittskarte! Ne, hab ich nich mehr. Freunde der Blasmusik, ich sammle das doch nicht!

„Zeugen?“ Diesmal ist der Ball wieder bei Schrötter.

„Schätzungsweise fünfzehnhundert. Vielleicht auch ein paar weniger“, grinst Vonske den Verfassungsschützer an.

Schrötters Schlag trifft ihn unvermittelt und total unvorbereitet. Der Buchhändler wird gleichsam von seinem Hocker gefegt. Ein dünner Blutfaden rinnt aus seinem linken Nasenloch. Schrötter zerrt ihn an seinem T-Shirt hoch und stößt ihn auf einen Stapel aus Kartons und Zeitschriften, wo Vonske in halb liegender Position verharrt.

„Arschloch“, knurrt Vonske und tastet seine Nase ab.

„Kai Oldenburg sagt dir also gar nichts?“ Schrötter hat sich vor dem halb liegenden Mann aufgebaut. „Bei unserem letzten Besuch haben wir dir sogar sein Foto gezeigt. Jetzt ist Schluss mit lustig. Natürlich hast du keine Ahnung, dass zuletzt acht Zeitungskioske abgebrannt sind.“

„Doch. Hab ich gelesen.“

Vonske ist noch immer mit seiner lädierten Nase beschäftigt.

„Und was ist mit dem abgebrannten Bauwagen in Dahlem?“

„Was soll damit sein? In Berlin brennt doch immer irgendwo was.“

„Von den zwei Leichen weißt du natürlich auch nichts.“

Vonske schüttelt den Kopf und wischt sich mit dem Handrücken das Blut aus dem Gesicht. Schrötter geht in die Hocke.

„Sie konnten aber identifiziert werden. Waren zwar verkohlt, aber mit den Zahnabdrücken kam man doch dahinter. Und so wie’s aussieht, ist da zumindest ein Mord passiert. Bei einem der beiden, der noch nicht so verkokelt war, konnten die Gerichtsmediziner feststellen, dass der vorher Bekanntschaft mit einem Messer gemacht hatte. Ob noch ein Dritter daran beteiligt war oder ob der Zweite der Mörder des Ersten war und dann beim Abfackeln selbst ums Leben gekommen ist, tja... Wenn doch ein Dritter mit von der Partie war, möglicherweise hat er den anderen in die Flammen gestoßen."

„Warum erzählst du mir das?" Vonske versucht sich aufzurichten. „Wollt ihr mir einen Mord oder gar einen Doppelmord anhängen?"

Schrötter geht auf diese Frage nicht ein, greift dafür in sein Jackett und holt einen Zettel heraus. Es ist die Kopie jenes Drohbriefes, der in der Nähe des Tatortes gefunden wurde.

„Wie gefällt dir das, Vonske? Jetzt geht's los. Deutschland brennt. W.S.D.V. Wir sind das Volk!"

Der Buchhändler schaut die Kopie, die ihm Schrötter hinhält, völlig ungerührt an.

„Was hab ich damit zu tun?"

„Auch noch nie was von einem Achim Lichtenhagen gehört?"

„Wer ist denn das nun wieder?"

Schrötter steckt die zusammengefaltete Kopie wieder in sein Jackett und bleibt eine Antwort schuldig.

„Wir wissen, dass etwas gegen den Bundestag geplant ist. Die Kuppel des Reichstages zum Einsturz bringen und Randale gegen die *ACS-Press & Media*. Vielleicht bist du der Drahtzieher und Oldenburg dein Handlanger? Wie groß ist eure Gruppe?"

Vonske muss trotz seiner schmerzenden Nase lachen.

„Ihr habt sie wirklich nicht mehr alle. Mann, wie kann man nur auf solch einen Scheiß kommen?"

„Wer seinen Laden nach Baader, Raspe, Ensslin, Meinhof und Meins nennt...", bemerkt süffisant Zabel.

„Hey, hast du recherchiert? Schlaues Kerlchen. Wirst es vielleicht noch mal bis zum Innenminister bringen."

Ein Tritt Schrötters in Vonskes Weichteile ist die Folge. Der Buchhändler krümmt sich wie ein Wurm, möchte am liebsten laut aufschreien, beißt sich aber auf die Lippen. Diese Freude will er den Verfassungsschützern nicht gönnen.

„Und wenn ihr mich umlegt", stöhnt er, „von mir erfahrt ihr nichts, weil ich nichts weiß. Da könnt ihr mich am Kieker haben, bis ihr schwarz werdet. Und wenn ich etwas wüsste, euch Scheißkerlen binde ich es bestimmt nicht auf die Nase. Von mir erfahrt ihr nicht einmal die Uhrzeit."

„Du gehörst uns, Vonske“, sagt Schrötter gelassen. „§129a ist dir doch nicht unbekannt. Noch geben wir dir ein bisschen Zeit. Aber nicht sehr viel. Uns wirst du nicht los.“

Der Schwache zweifelt vor der Entscheidung,
der Starke danach.

(Karl Kraus)

Die letzte Nacht in Repelen war für Heinz Kokoschansky zugleich die unruhigste. Es gelang ihm einfach nicht einzuschlafen, und wenn er endlich eindöste, in einen Dämmerschlaf fiel, währte der nur von kurzer Dauer. Sofort kam ihm ein neuer Gedanke, er prüfte Pro und Contra für die weitere Vorgangsweise, sortierte und ordnete Namen in seinem Kopf, dachte über mögliche Konsequenzen nach, wenn er sich nun tatsächlich mit diesem Riesenkonzern wie der *ACS-Press & Media* anlegte. Wenn es hart auf hart gehen sollte, gab es immer noch den Informantenschutz und das Redaktionsgeheimnis. Beides hat auch in Deutschland seine Gültigkeit. Und Niklas Miller als Verleger wird ebenfalls nicht klein beigeben, wenn die *ACS-Press & Media* versuchen sollte, Druck auszuüben. Achim Lichtenhagens detaillierte Aufzeichnungen, die Gerichtsakten und natürlich die Scheinrechnungen sind Kokoschanskys Trümpfe.

Jene getürkten Rechnungen, die über Lichtenhagens *Europe Promotion* liefen und mit denen die *ACS-Press & Media* die Auflagen künstlich hochpuschte, um die Preise für die Inserate und Werbeeinschaltungen in die Höhe zu treiben. Daher musste es gelingen, die gesamte Werbebranche in Aufruhr zu versetzen und gewissermaßen einen Aufstand der Werber anzuzetteln. Auch der *GKVW, der Gemeinschaft für Kontrolle der Verbreitung von Werbeträgern e.V.* in Bochum muss kräftig auf die Zehen getreten werden. Gegen die Summe dieser Asse im Ärmel kann auch ein Dr. Martin Düllmann, der oberste Gottseibeiuns in der *ACS-Press & Media*, nichts ausrichten.

Wer weiß, was dieser Betrug, und um nichts anderes geht es, in Österreich auslöst, wenn diese Geschichte aus Deutschland erst herüberschwappt? Für Kokoschansky ist es durchaus denkbar, dass auch in der

Alpenrepublik die Vorstände einiger Medienunternehmen plötzlich gehörig ins Schwitzen kommen könnten.

Einen Moment lang dachte er auch über die Möglichkeit nach, zuerst die Rechtsanwaltskanzlei Kujau, die Hausanwälte der *ACS-Press & Media*, zu kontaktieren, verwarf aber diesen Gedanken sofort wieder. Abgesehen davon unterliegen die Anwälte der Schweigepflicht, und nichts ist nahe liegender als dass diese ihren Mandanten umgehend darüber informieren, was demnächst auf sie zukommen wird. Warum also schlafende Hunde im Vorfeld wecken?

Daher ist Kokoschansky in dieser Nacht zu der Überzeugung gekommen, sofort im Büro von Düllmann anzutanzen. Gleich die vorderste Linie angreifen. Mit Achim Lichtenhagen im Schlepptau. Besonders Lichtenhagen ist heiß darauf, das verdutzte Gesicht Düllmanns zu sehen, wenn ihm in seiner Anwesenheit die Kinnlade herunterklappt.

Und Kokoschansky ist auf das Gesicht des Verlegers gespannt, wenn er ihm bei nächster Gelegenheit eine erste Spesenabrechnung vorlegen wird...

Natürlich werden der Journalist und der ehemalige Unternehmer in der Vorstandsetage der *ACS-Press & Media* nicht mit offenen Armen empfangen werden. Man wird sie abzuwimmeln versuchen, jedes Mal irgendwelche Untergebenen vorschieben, keine Zeit haben, verreist sein, die hauseigene Rechtsabteilung wird zum Einsatz kommen – das übliche Programm. Aber der alte Fuchs Kokoschansky kennt genügend Tricks und Kniffe, um auch diese Herrschaften aus der Reserve zu locken. Und er kann warten...

Über den Internetanschluss in seinem Hotelzimmer buchte er noch in der Nacht zwei Tickets der *German Wings* für einen Flug von Duisburg nach Bremen. Für ihn und für Lichtenhagen. Rückflug noch offen. Auch im *Hilton Bremen* konnte er zwei Einzelzimmer buchen.

Lichtenhagens Frau Luise brachte die beiden Männer zum Flughafen. Keinem der drei fiel der schwarze BMW Z4 auf, der ihnen in gebührendem Abstand folgte. Nachdem Kokoschansky und Lichtenhagen zu ihrem Gate gegangen waren und auch Luise Lichtenhagen außer Sichtweite war, zeigte Stoever der Dame am *German-Wings*-Schalter einen auf ihn ausgestellten Dienstausweis des Verfassungsschutzes, fragte nach dem Reiseziel der beiden Passagiere Kokoschansky und Lichtenhagen und wies die Angestellte an, über diese Nachfrage strengstes Stillschweigen zu bewahren, ansonsten würde sie sich erhebliche Schwierigkeiten einhandeln wollte.

Keinem vernünftigen Menschen wird es einfallen,
Tintenflecken mit Tinte, Ölflecken mit Öl wegwaschen
zu wollen. Nur Blut soll immer wieder mit Blut abgewaschen
werden.

(Bertha von Suttner)

Hilton Bremen

Es war ein kurzer und angenehmer Flug. Gleich am Flughafen in Bremen orderte Kokoschansky bei *Hertz* ein Mietauto, aber Lichtenhagen bestand darauf, den Chauffeur zu spielen. Zum einen, weil da wieder seine alte Autoleidenschaft zum Vorschein kam und zum anderen, weil er der Meinung war, dass Kokoschansky die etwas rasante Fahrweise der Deutschen doch unterschätzen könnte. Es war eine launige Spitze gegen die Ösis, doch der Journalist meinte nur, dass die Österreicher um keinen Deut besser wären.

Als Kokoschansky die nötigen Papiere für den Mietwagen ausfüllte, merkte er, wie sehr Lichtenhagen mit dem *Audi* liebäugelte, aber er bestand darauf, lieber den unscheinbaren *Honda Civic* zu nehmen. Schließlich wollte er sich nicht gleich mit seinem ersten Buch in punkto Spesen den Unfrieden seines Verlegers zuziehen. Außerdem ist der kleine, wendige Japaner einfach unauffälliger als der Protzschlitten, sollte es in nächster Zeit brenzlig werden.

Zwar musste Kokoschansky auf dem Beifahrersitz seine langen Beine etwas zusammenlegen, aber dafür erwies er sich als erstklassiger Navigator, der sie mit dem Stadtplan auf dem Schoß problemlos in die Böttcherstraße lotste, wo sie im *Hilton Bremen* eincheckten.

Sie bezogen ihre Zimmer. Lichtenhagen wollte sich noch ein wenig ausruhen, bevor sie sich um sechzehn Uhr in der Lobby wieder trafen, um nochmals abzusprechen, wie sie morgen den ersten Versuch unternehmen wollten, um unangemeldet an Düllmann heranzukommen. Kokoschansky hatte nichts dagegen. So konnte er sich selbst wieder frisch machen, rasieren, duschen, umziehen und dann ausgiebig mit Sonja telefonieren. Hoffentlich findet er Zeit, Babysachen und Spielzeug für seinen künftigen Sohn einzukaufen.

Nun sitzt der Journalist in der Lobby, liest in *DER ZEIT*, ist dabei aber unkonzentriert, weil er immer wieder die Gäste beobachtet. Diese Stasi-Geschichte, von der Lichtenhagen erzählte, will ihm nicht aus dem Kopf.

Auch wie er erzählte, dass nach dem Zusammenbruch der *Europe Promotion* gegen ihn und seine Familie eine Zeit lang Morddrohungen am Telefon ausgestoßen wurden und sich in der Post fanden. Kokoschansky spürt instinktiv, wenn diese Lunte jetzt tatsächlich zu glimmen anfängt, wird der anschließende Knall ein ungeheuerlicher sein, der sich in Wellenbewegungen von dieser Freien Hansestadt quer durch Deutschland fortsetzen wird.

Kokoschansky legt die Zeitung beiseite, nimmt einen Schluck Kaffee – er kann ja doch nicht davon lassen – und verzieht sofort verdrießlich das Gesicht. Sofort spült er mit Mineralwasser nach. Sechzehn Uhr fünfzehn. Sonst ist Lichtenhagen die Pünktlichkeit in Person. Der Journalist beginnt sich Sorgen zu machen. Hoffentlich nicht wieder ein neuerlicher Herzanfall. Er will sich gerade erheben, zur Rezeption gehen und in Lichtenhagens Zimmer anrufen lassen, als dieser aus der Liftkabine tritt und mit eiligen Schritten auf ihn zustrebt.

„Ja, der Platz ist gut", raunt er Kokoschansky zu, als er merkt, dass der sich für eine etwas abgeschiedene Ecke in der Halle entschieden hatte. Außer Atem lässt er sich gegenüber von dem Journalisten in einen schweren Sessel plumpsen. Mit einem Papiertaschentuch tupft sich Lichtenhagen den Schweiß von der Stirn.

„Jetzt wollte ich gerade anrufen lassen. Alles in Ordnung?", fragt Kokoschansky besorgt.

„Danke. Ich bin o.k. Aber es ist etwas passiert."

„Zu Hause?"

Lichtenhagen winkt ab.

„Gott sei Dank nicht! Ich weiß nur nicht, was ich davon halten soll. Stellen Sie sich vor, ich wollte mich gerade ein bisschen hinlegen und war auch bereits am Einnicken, da rief mich meine Frau an. Sie war kaum aus Duisburg zurück, da bekam sie auch schon einen Anruf von einem unbekannten Mann."

„Lederjacke", unterbricht Kokoschansky.

„Nein. Auf den habe ich natürlich auch sofort getippt und Luise gefragt, ob er sächsischen Dialekt sprach. Doch der Anrufer hatte eine waschechte Berliner Schnauze. Heißt angeblich Erasmus Vonske und ist Buchhändler in Kreuzberg und..."

„Haben Sie denn keine Geheimnummer?", fällt ihm Kokoschansky mit Unverständnis in der Stimme abermals ins Wort. „Der rief doch auf dem Festnetz an, oder?"

„Ja, sicher. Seit wir in Repelen wohnen, haben wir keine Geheimnummer mehr. Ich dachte, es wäre nicht mehr nötig. Aber wie man sieht..."

„Und was wollte der Typ?"

„Er fragte Luise, ob ihr Mann Achim Lichtenhagen wäre. Wahrheitsgemäß beantwortete sie das mit ja. Und dann bohrte er weiter und wollte wissen, ob ich jemals Probleme mit der *ACS-Press & Media* gehabt hätte. Wahrscheinlich überrumpelte er meine Frau damit, denn sie bestätigte das. Natürlich wollte Luise jetzt wissen, worum es denn eigentlich ging und da packte dieser Vonske ein bisschen aus. Sagte, auch er läge mit denen im Clinch, wäre wegen denen in die Bredouille gekommen und sein Sohn wäre deswegen draufgegangen. Nun wolle man ihm sogar einen Mord, wenn nicht gar einen Doppelmord in die Schuhe schieben. Er müsse unbedingt mit mir reden, weil ihm seit geraumer Zeit auch der Verfassungsschutz im Nacken säße."

Lichtenhagen deutet auf Kokoschanskys Glas, ob er sich einen Schluck Mineralwasser nehmen dürfe. Hastig trinkt er.

„Ich weiß nicht, ob es klug von Luise war, aber es ist nun mal geschehen. Sie sagt, sie glaube diesem Mann, und die Intuition der Frauen ist ja oft ein untrügliches Zeichen. Jedenfalls hat sie diesem Vonske verraten, wo ich mich derzeit aufhalte, und er will noch heute Abend hier eintreffen."

„Wie konnte dieser Buchhändler, wenn er überhaupt einer ist, Sie so rasch ausfindig machen?"

„So viele Lichtenhagens gibt es nun auch wieder nicht. Ich könnte mir vorstellen, dass er es über das Einwohnermeldeamt herausbekommen hat. Und wenn er dort noch jemanden kennt, ist das ein Klacks."

„Hm, eine Möglichkeit", sagt Kokoschansky nachdenklich, „aber es ist auch nicht auszuschließen, dass es eine Falle ist. Doch das lässt sich leicht herausfinden."

Er steht auf.

„Wo gehen Sie hin?"

„Zur Rezeption. Die werden doch in dieser Nobelhütte ein Berliner Telefonbuch haben."

Nach ein paar Minuten kehrt Kokoschansky mit einem dicken Wälzer unter dem Arm zurück, setzt sich und schlägt das Buch auf.

„Erasmus Vonske. So muss einer erst einmal heißen. Na ja, Kokoschansky reißt die Leute auch nicht unbedingt von den Stühlen. Wie sich der schreibt, wissen wir nicht?"

„Nein, leider. Habe ich in der Hektik total vergessen. Aber ich nehme an ganz normal."

„Macht nichts. Viele Möglichkeiten gibt es ja nicht. Entweder mit F oder V. W käme auch noch in Betracht."

Kokoschansky sucht nach der passenden Seite, fährt mit dem Finger die Spalten entlang.

„Dann eben mal mit V... Bingo! Erasmus Vonske, Urbanstraße, seine Buchhandlung B.R.E.M.M. ist in der Kochstraße. Mhm, eigenartiger Name für einen Laden. Es gibt eine Festnetznummer. Dann versuchen wir doch unser Glück."

Kokoschansky zückt sein Handy, jedoch keine Verbindung.

„Gut, dann warten wir ab. Langsam wird es spannend."

Wenn ich nicht verliere, kann der
andere nicht gewinnen.

(Boris Becker)

Zur selben Zeit
Bremen, Großenstraße, Stammhaus der „ACS-Press & Media"

In der oberen Etage des riesigen Bürokomplexes mit der imposanten Glasfront und den weithin sichtbaren Neonbuchstaben ACS, nahe der Stephanikirche, herrscht angespannte Atmosphäre. Den herrlichen Ausblick auf die Weser würdigt Dr. Martin Düllmann an diesem strahlend schönen und wolkenlosen Tag keines Blickes.

Im riesigen, chromblitzenden Konferenzsaal, der an dem imposanten Versammlungstisch bequem vierzig Personen Platz bietet, sitzen heute nur zwei Leute, während Düllmann, der oberste Lenker der *ACS-Press & Media*, seine Runden zieht. Die Hände auf dem Rücken verschränkt, im tadellos sitzenden dunkelblauen Maßanzug und blank polierten Maßschuhen blickt er zu Boden, während seine energischen Schritte von dem dicken Teppichboden gedämpft werden. Der drahtige Mittfünfziger mit der noch immer sportlichen Figur ist ziemlich groß. Nicht ungewöhnlich für einen Hanseaten. Er streicht sich mit einer Hand durch die spärlichen graumelierten Haare, bevor er zu sprechen ansetzt.

An der Stirnseite des Tisches sitzen sich Ballmann und Delmenhorst gegenüber. Kein Staubkörnchen verunstaltet die massive dunkle Platte. Der gesamte Raum wurde von einem italienischen Designer entworfen. Nur die modernen Kunstwerke an den Wänden sind deutscher Herkunft, darunter ein Immendorf.

Jürgen Ballmann und Konstantin Delmenhorst ahnen noch nicht, was in der nächsten Stunde auf sie zukommen wird. Zu Lichtenhagens Blütezeit, als seine Geschäfte mit der *ACS-Press & Media* noch hervorragend liefen, war Ballmann Vertriebsleiter und Delmenhorst sein Stellvertreter. Inzwischen sind die beiden längst aufgestiegen und wurden vor einiger Zeit für ihre treuen Verdienste um den Konzern in den Vorstand berufen.

Düllmann spart sich Vorreden und einleitende Worte, kommt gleich zum Kern der Sache.

„Meine Herren, ich habe Sie rufen lassen, weil wir in nächster Zeit voraussichtlich mit erheblichen Problemen konfrontiert werden. Es geht wieder einmal um unser aller Sorgenkind."

„Vielleicht Achim Lichtenhagen?", sagt Ballmann eher amüsiert. „Was soll uns der noch für Schwierigkeiten verursachen können?"

„Er kann und er wird. Darauf können Sie Gift nehmen", weist Düllmann ihn sofort zurecht. „Ich habe Topinformationen, dass es keine Hirngespinste sind. Diesmal meint es Lichtenhagen tatsächlich ernst."

„Dann schalten wir eben beim geringsten Vorstoß sofort unsere Rechtsabteilung ein, informieren Dr. Kujau und seine Rechtsanwaltskanzlei und Lichtenhagen wird zum zweiten Mal fertig gemacht", sieht es Delmenhorst gelassen.

„So einfach, wie Sie sich das vorstellen, Herr Kollege, ist es aber nicht. Ich sehe es Ihnen in Unkenntnis der wahren Sachlage nach."

Düllmann hat nun seine Runden beendet, dreht den beiden den Rücken zu und betrachtet, während er spricht, das Riesengemälde von Immendorf.

„Ich habe auch gedacht, dieses Thema wäre längst gegessen. Dem ist nicht so. In dieser Hinsicht habe ich diesen Lichtenhagen unterschätzt. Jahrelang hört und sieht man nichts vom ihm, keiner weiß, was er treibt, wo er steckt und sich aufhält."

Dr. Martin Düllmann dreht sich langsam um, lehnt sich neben dem Bild an die Wand und verschränkt die Arme nun vor der Brust. Durch den Sonneneinfall bricht sich das Licht an seinen massiven, goldenen Manschettenknöpfen und schleudert gleichsam in unregelmäßigen Abständen Blitze in den Konferenzsaal.

„Nun...", er unterbricht sofort, als eine Sekretärin eintritt und ein Tablett mit Kaffee und Wasser abstellt. Er wartet, bis sie wieder die Türe fest hinter sich verschlossen hat.

„Bedienen Sie sich, meine Herren. Nun, alles, was ich jetzt hier sage, wird niemals diesen Raum verlassen. Ich weiß inzwischen, dass Lichtenhagen die ganzen Jahre versucht hat, jemanden zu finden, der sich für seine

Geschichte interessiert. Zuerst hatte er nirgendwo Glück. Kein Journalist wollte sich damit auseinandersetzen..."

„...auch besser, sich nicht mit uns anzulegen", bemerkt Ballmann beiläufig, während er zwei Stück Zucker in seine Kaffeetasse gibt.

„Absolut korrekt. Kein vernünftiger deutscher Journalist, egal ob Presse, Funk oder Fernsehen, und nun", mit einem Seitenblick auf Ballmann, „gebrauche ich Ihre Worte, würde es wagen sich, tatsächlich mit uns anzulegen. Das käme einem beruflichen Todesurteil gleich. Wir brauchen uns auch nicht zu beweihräuchern. Wir haben einfach die Macht und den Einfluss in diesem Land, jederzeit medienmäßig etwas zu bewegen. Wir können Politiker machen, wir können sie stürzen. Das hatte schon unser Übervater Armin Cicero Sprenkler mehrfach bewiesen, und wir alle sind in seine Fußstapfen getreten. Darauf können wir stolz sein, und das sind wir auch. Und darum lasse ich nicht zu, dass sich einer wie Lichtenhagen, der damals aus dem Nichts diese *Europe Promotion* aus dem Boden gestampft hat, sich uns angetragen hat, wir ihn aufgenommen haben..."

„...und ihn auch kalt lächelnd wieder fallengelassen haben... wenn wir schon unter uns sind."

Diese Bemerkung trägt Ballmann einen strafenden Blick Delmenhorsts ein.

„Auch Sie, Herr Ballmann," Düllmann steht nun direkt vor dem Tisch und sieht ihn mit einem Blick an, der nichts Gutes verheißt, „haben damals mitgespielt und waren, wie ich mich noch sehr gut erinnere, hellauf begeistert. Aber jetzt ist keine Zeit für persönliche Animositäten zwischen uns. Man wollte Sie im Vorstand. Ich war dagegen und wurde überstimmt. Sei's drum. Wir arbeiten zusammen, aber wir müssen nicht zusammen ins Bett steigen. Solange ich hier das oberste Sagen habe, steuere ich meinen Kurs. Sollten Sie einmal mein Nachfolger werden, dann können Sie ja eine neue Navigation festlegen. Das möchte ich hiermit eindeutig festgehalten wissen."

Dr. Martin Düllmann versucht, die Contenance zu bewahren, und nur wer ihn ganz genau kennt, weiß, wie schwer ihm das in diesem Augenblick fällt. Innerlich bebt er vor Zorn.

„Jedenfalls werde ich es nicht dulden," presst er hervor, „dass dieser Lichtenhagen unserer *ACS-Press & Media* auch nur den geringsten Kratzer zufügt. Trotzdem müssen wir auf der Hut sein. Denn jetzt scheint er endlich seinen Verbündeten gefunden zu haben."

„Und wer ist das?"

Delmenhorst ist sichtlich irritiert und neugierig zugleich.

„Sie werden es nicht glauben, natürlich ein Journalist. Und zwar nicht irgendeiner von einem Lokalblättchen oder ähnlichem. Im Gegenteil, ein verdammt harter Hund. Und er ist Ausländer. Ein Österreicher."

Düllmann beobachtet bei jedem seiner Worte die Reaktion seiner Mitwisser.

„Heinz Kokoschansky aus Wien."

„Der hat doch...", wirft Delmenhorst ein.

„Richtig. Russenmafia in Österreich, vorher die Geschichte um den Cyber-Killer, diesen Serienmörder und noch einiges andere. Wir haben auch über ihn berichtet."

Düllmann legt eine Mappe auf den Tisch.

„Können Sie nachlesen. Habe ich mir aus dem Archiv kommen lassen. Eine Zeit lang war dieser Kokoschansky bei uns in sämtlichen Talkshows Dauergast."

„Und wie ist Lichtenhagen an ihm gekommen? Beziehungsweise umgekehrt?"

Ballmann hat kapiert, dass für heute das Maß voll ist und er nun wieder voll auf Linie sein muss.

„Lichtenhagen hat nie hinterm Berg gehalten, dass er das alles nicht auf sich sitzen wird lassen."

Düllmann hat sich inzwischen zu den beiden gesetzt.

„Natürlich bleibt es nicht geheim, wenn er von einem Journalisten zum nächsten rennt, um seine Story an den Mann zu bringen. Irgendwo sickert immer was durch. In letzter Zeit trieb er es immer bunter, versuchte Politiker jeder Couleur auf sich aufmerksam zu machen. Ich muss nicht extra betonen, dass keiner von denen ihm auch nur im geringsten Gehör schenkte. Es ist doch logisch, dass wir den von seinem Stuhl fegen würden, bevor der auch nur einen Finger für Lichtenhagen krumm machen könnte. Das war für mich der entscheidende Zeitpunkt, jemanden auf Lichtenhagen anzusetzen. Einen Profi, der ihn nicht mehr aus den Augen ließ. Vor wenigen Wochen hielt sich Heinz Kokoschansky in einer Rehabilitationsklinik in Österreich auf. Genauer in Villach, im Bundesland Kärnten..."

„Ach ja, der wurde ja zusammengeschossen...", bemerkt Delmenhorst, der gerade in der Mappe mit den Berichten über Kokoschansky blättert.

„Lichtenhagen ist ihm nachgereist und, ohne es zu ahnen, selbstverständlich auch sein Schatten. Mein Mann versuchte auch, Lichtenhagen unter Druck zu setzen. So als ersten Schuss vor den Bug. Versteckte Drohungen, wie das eben gemacht wird. Allerdings erfolglos."

„Was hat denn Lichtenhagen in der Hand? Gar nichts! Das Verfahren ist abgeschlossen und rechtskräftig. Er ist verurteilt worden!", ereifert sich Ballmann.

„Warten Sie's ab. Von meinem Zuträger weiß ich, dass Lichtenhagen immer einen Pilotenkoffer mit sich herumschleppte. Und darin ist nichts anderes als seine gesamte Akte. Gewisse Schriftstücke stehen ihm ja zu, aber er hat sämtliche Beweise bis ins kleinste Detail..."

„Ach du Scheiße!" Ballmann stößt die Luft aus und greift sich an den Kopf. „Und woher wissen Sie das so genau, Herr Dr. Düllmann?"

„Weil der Koffer sicher verwahrt in meinem Tresor eingesperrt ist. Samt einem albernen Fotoalbum. Jugendfotos, was eben so im Lauf eines Lebens zusammenkommt. Erinnerungen. Sentimentaler Kram. Und Lichtenhagen wird sicher über eine Unzahl an Kopien von dem Material verfügen, die alle an sicheren Orten verwahrt sind."

Delmenhorsts und Ballmanns Blicke sprechen Bände.

„In Villach erwischte es Lichtenhagen selbst. Herzanfall", setzt Düllmann weiter fort. „Das war die Chance, an diesen mysteriösen Koffer heranzukommen."

„Wie kann Lichtenhagen sämtliche Unterlagen organisiert haben?", fragt Delmenhorst. Düllmann ist über so viel Naivität offensichtlich entrüstet.

„Mein Gott! Muss ich ausgerechnet in einem Medienkonzern lang und breit erklären, wie man sich Papiere beschafft?", antwortet er gereizt. „Lichtenhagen wird seine Quellen gehabt haben, die ihn versorgten. Ist auch egal. Er hat diese Unterlagen. Verstehen Sie nun, meine Herren?"

„Und was soll der Österreicher dabei ausrichten können?"

Ballmann sieht noch immer nicht recht die düsteren Wolken, die am Horizont aufziehen.

„Das kann ich Ihnen sagen."

Jetzt schenkt sich auch Düllmann ein Tasse Kaffee ein.

„Das ist genau das Metier dieses Heinz Kokoschansky. Wenn er sich für eine Story interessiert, zieht er das durch. Mit allen Konsequenzen. Er wird nicht locker lassen. Er wird weder in Deutschland noch in Österreich ein Medium finden, das ihm diese Geschichte abkauft. Warum er bei uns keine Chance haben wird, habe ich bereits gesagt. Aber auch in Österreich wird ihm jeder Chefredakteur die Türe weisen. Brauche ich doch nicht nähern zu erläutern. Dazu ist die deutsche und die österreichische Medienlandschaft zu stark ineinander verwoben und miteinander vernetzt. Ergo, bleibt nur noch eine Möglichkeit..."

Düllmann wartet die Antwort ab.

„Ein Buch..."

Ballmann und Delmenhorst sagen es beinahe gleichzeitig.

„So wird es mit höchster Wahrscheinlichkeit auch sein. Es ist zwar nicht leicht, einen mutigen Verleger für so ein Projekt zu finden, aber machbar. Nehmen wir nun an, das Buch erscheint auf dem Markt, wird ein Bestseller. Darauf werden auch unsere Konkurrenten reagieren. Immer unter Berufung auf Kokoschanskys Buch. Und dann", Düllmann legt die Handflächen auf die Tischplatte, „sehen wir alt aus. Kokoschansky weiß, wie der Medienzirkus funktioniert, und er wird diese Mechanismen für sich zu nutzen wissen. Außerdem kann er genügend Reputation vorweisen. Dann fliegen die Fetzen. Unsere Konkurrenten werden uns genüsslich filettieren. Das kommt auch unseren ausländischen Partner zu Ohren und dann, Gnade uns Gott. Auch die österreichischen Medien werden ihren Senf dazugeben, da es sich im eigenen Land doch immer gut macht, dem großen Bruder eins auszuwischen. Kokoschansky wird versuchen, die Werbewirtschaft aufzurütteln. Und er wird versuchen, die *GKVW* zu zerlegen."

Düllmanns Stimme wird merklich leiser.

„Nennen wir das Kind doch beim Namen. Wir haben unsere Werbekunden jahrelang gelinkt. Wir legen sie heute noch aufs Kreuz und ziehen sie über den Tisch. Und die *GKVW* spielt mit. Wir sind auch nicht die Einzigen, die das in dieser Weise praktizieren. Auch das wissen wir. Wenn es Kokoschansky gelingt, hier einen Aufruhr anzuzetteln, dann haben wir sehr schnell die gesamte Werbebranche gegen uns. Und somit unsere Leser beziehungsweise unsere Käufer. Das werden die uns nie verzeihen. Das ergibt einen größeren Medienskandal als die gefälschten Hitler-Tagebücher des *sterns*. Und das Unglück steht bereits vor der Tür. Seit heute sind Heinz Kokoschansky und Achim Lichtenhagen in Bremen."

Im Konferenzsaal ist es so still, dass man die berühmte Stecknadel fallen hören könnte.

„Zurzeit lasse ich herausfinden, in welchem Hotel die beiden abgestiegen sind. Das ist leicht herauszufinden", unterbricht Düllmann das Schweigen.

„Kokoschansky muss gestoppt werden", sagt Ballmann in einem Ton, der Gänsehaut aufsteigen lässt. „Warum kaufen wir ihn nicht für die *ACS-Press & Media* ein? Machen wir ihn zu unserem neuen Österreich-Korrespondenten. Spitzengehalt, Spesen nach oben offen, was immer er will. Geld spielt doch keine Rolle."

„Darauf steigt der nie ein."

Düllmann schüttelt den Kopf.

„Ach was! Jeder Mensch ist käuflich. Nur eine Frage des Preises."

„Vergessen Sie das, Ballmann. Abgesehen davon, dass er zu den wenigen gehört, wo das absolut nicht zieht, Kokoschansky hätte uns immer in der Hand. Ich bin überzeugt, dass er längst sämtliche Akten und Unterlagen kennt und über Lichtenhagens Fall ebenso gut Bescheid weiß wie dieser selbst. Wenn wir ihm jetzt ein Angebot machen, weiß er sofort, woher der Wind weht. Und angenommen, er lässt sich tatsächlich kaufen, kann er immer abstreiten, so war es nicht und wir können gar nichts tun, weil wir jederzeit erpressbar wären.

Nein, es gibt eine viel elegantere Lösung. Sie wissen doch, dass unser Konzern seit einiger Zeit in gewissen Abständen Drohbriefe erhält. Vielleicht geschrieben von Spinnern, vielleicht auch nicht? Generalbundesanwalt von Grimmelshausen und Verfassungsschutzpräsident Rüttersfeld wissen davon. Was aber Sie nicht wissen, meine Herren, und wenn von Ihnen darüber auch nur ein Sterbenswörtchen nach außen dringt, reiße ich dem Judas persönlich den Kopf ab. Und ich meine das ernst."

Düllmann blickt jedem der beiden eindringlich in die Augen.

„Außer mir und Ihnen, sowie von Grimmelshausen und Rüttersfeld, haben noch zwei Personen Kenntnis davon. Also insgesamt sieben. Die anderen zwei sind Schily und Schröder. Parallel dazu, obwohl überhaupt nicht feststeht, ob hier ein Zusammenhang zu den Drohbriefen an uns besteht, scheint in Berlin ein Terroranschlag in Planung zu sein. Die Kuppel des Reichstags soll während einer Sitzung zum Einsturz gebracht werden. Die verheerenden Auswirkungen brauche ich nicht auszumalen. Nähere Informationen gibt es derzeit nicht. Aber so wie es sich nach meinen bisherigen Informationen zurzeit darstellt, soll es sich dabei um eine Gruppierung handeln, die sozusagen die RAF wieder auferstehen lassen will. Jedenfalls gibt es erstmals einen Unterzeichner. Sehen Sie selbst."

Düllmann zieht die Kopie des letzten Drohbriefes aus einer weiteren Mappe.

JETZT GEHT'S LOS! DEUTSCHLAND BRENNT! W.S.D.V! WIR SIND DAS VOLK!

Wieder betretenes Schweigen.

„Neulich sind in Berlin in der Nacht acht Zeitungskioske abgebrannt, die alle auch unsere Produkte vertrieben haben. Auch das sagt nichts. Weder die Drohbriefe, noch die Brände, noch die Gerüchte über den geplanten Anschlag. Bis dahin könnten alle unabhängige Einzelaktionen sein. Aber es gibt noch die beiden Toten in einem ausgebrannten Bauwagen in Berlin-Dahlem. Diese Kopie", Düllmann deutet mit dem Zeigefinger auf das Blatt, „ist jener Drohbrief, der in unmittelbarer Nähe des Brandortes gefunden wurde. Inzwischen steht auch fest, dass einer der beiden Männer erstochen wurde. Mehr kann ich jetzt nicht dazu sagen. Plötzlich sieht jedoch das Gesamtbild etwas anders aus. Uns kann das im Grunde egal sein. Wir werden Lichtenhagen da hineinziehen. Wir werden ihn als den Verfasser dieser Drohbriefe an uns anprangern. Vielleicht gelingt es auch, ihm die Brände und sogar die beiden Toten anzuhängen. Wir stempeln ihn zum Terroristen. Aus dieser Nummer kommt er nie wieder raus."

„Genial!"

Ballmann macht auf gut Wetter und Düllmann weiß, was er von dieser Lobhudelei zu halten hat. Dieses Vorstandsmitglied will nur seine Felle im Trockenen haben und zittert um die eigene Haut.

„Von Grimmelshausen wird mitspielen. Dafür habe ich meine Gründe. Er wird das dementsprechende Szenario konstruieren. Und wenn er dabei ist, legt sich Rüttersfeld als sein alter Golfkamerad auch nicht quer. §129a, unser Terroristenparagraph, wird Lichtenhagen endgültig das Genick brechen.

„Und die weitere Verfahrensweise?", fragt Delmenhorst, dem langsam die Farbe aus dem Gesicht weicht, mit heiserer Stimme.

„Ich warte jetzt, welchen Schritt Kokoschansky als nächstes unternimmt", sagt Düllmann kühl. „Davon wird alles Weitere abhängen. Ich nehme an, dass er sich hier bald blicken lassen wird. Und, was er am wenigsten erwartet, wird eintreten: Wir werden ihn empfangen. Ob mit oder ohne Lichtenhagen, das ist egal. Tja, meine Herren, das war es fürs Erste."

Man schüttelt sich die Hände. Ballmann und Delmenhorst verlassen mit gesenkten Häuptern den Konferenzsaal. Jeder macht sich seine eigenen Gedanken.

Dr. Martin Düllmann geht zur Glasfront, blickt hinunter auf Bremen. Er hat noch ein Ass im Ärmel. Inzwischen weiß er, was in Kokoschanskys Leben oberste Priorität hat. Und Stoever würde bei Bedarf auch in Wien einen erstklassigen Job machen...

Die Bürger demokratischer Gesellschaften
sollten Kurse für geistige Selbstverteidigung
besuchen, um sich gegen Manipulation und
Kontrolle wehren zu können.

(Noam Chomsky)

Hilton Bremen

Heinz Kokoschansky und Achim Lichtenhagen sitzen in der Hotellobby wie auf Nadeln. Beide sind nervös. Die Spannung ist fast nicht mehr auszuhalten. Wer ist nun dieser Erasmus Vonske, dieser mysteriöse Buchhändler aus Berlin-Kreuzberg? Vor allem, was will er von Lichtenhagen, dass er sofort alles stehen und liegen lässt, um ihm nachzureisen?

Der Journalist und der ehemalige Unternehmer warten seit einigen Stunden auf getrennten Plätzen. Zum Glück verriet Luise Lichtenhagen diesem Vonske am Telefon nicht, dass ihr Mann in Begleitung ist. Daher haben die beiden Männer beschlossen, sich vorerst offiziell nicht zu kennen. Der Berliner soll nicht verunsichert und sofort mit einem Journa-listen konfrontiert werden.

Inzwischen ist es fast zweiundzwanzig Uhr. Auch um diese Zeit herrscht noch reges Treiben. Ein Kommen und Gehen der Gäste. Lachen, Sprachenwirrwarr, Geschäftigkeit und internationales Flair. Daher fällt auch der Herr im eleganten Nadelstreif nicht auf, der sich bereits seit geraumer Zeit hier aufhält, zwischendurch in die Hotelbar verschwindet, wieder auftaucht, telefoniert oder sich an seinem Aktenkoffer zu schaffen macht.

Stoever hat ganze Arbeit geleistet. Gelernt ist gelernt. Die Lederjacke blieb dieses Mal im Schrank. Zwar spannt der Anzug etwas, auch der Knoten der Krawatte ist eher schlampig gebunden. Das unterstreicht nur das Auftreten des gestressten Geschäftsreisenden. Dafür sitzt das brünette Toupet erstklassig, und auch der aufgeklebte Schnauzer ist perfekt. Und natürlich kann niemand ahnen, dass sich in seinem Aktenkoffer eine hoch technisierte Abhöranlage der neuesten Generation verbirgt.

Achim Lichtenhagen versucht zuerst, sich mit diversen Illustrierten abzulenken, aber bereits nach dem zweiten Heft gibt er auf. Er spürt, wie die Schweißflecken unter den Achseln größer werden, obwohl die Klimaanlage auf Hochtouren läuft. Er hat sein Jackett bereits abgelegt und über die Schultern gehängt, was ihm aber nur vorübergehende Linderung verschafft.

Mit einem Taschentuch wischt er zwischendurch die Schweißperlen von der Stirn und trocknet die nassen Handflächen.

Der Platz von Heinz Kokoschansky ist gut gewählt. Im hinteren Bereich, und dennoch alles im Blickfeld. Lichtenhagen und er haben vereinbart, dass der Journalist, sollte Vonske tatsächlich heute noch auftauchen, auf ein bestimmtes Zeichen von ihm dann dazustoßen wird. Diese innere Unruhe und Anspannung hinterlässt auch bei Kokoschansky seine Spuren. Um sich selbst zu beruhigen, spielt er alles noch einmal durch. Jongliert mit den Namen, die er bisher kennt, versucht Querverbindungen herzustellen. Besonders diese Stasi-Connection bereitet ihm Kopfzerbrechen. Silke Bruns, Jens Krüger. Und noch dieses Phantom mit der Lederjacke.

Lange hat Heinz Kokoschansky mit sich gerungen, ob es wohl klug wäre, Uwe Cottbus einzuweihen. Jenen deutschen Kriminalbeamten, den ihm der Wiener Drogenfahnder Klaus Mittenweger empfohlen hatte. Nach längeren Überlegungen kam der Journalist zu dem Schluss, dass es wohl am sinnvollsten ist, diesen Schritt zu tun.

Kurzerhand rief er Cottbus auf der Handynummer an, die er von Mittenweger bekam. Es ist zwar ein geflügeltes Wort in Kokoschanskys Branche – die Hälfte seines Lebens, wartet der Journalist/Redakteur vergebens – aber manchmal hilft Fortuna auch zur richtigen Zeit. Wie der Zufall so spielt, ist Cottbus in unmittelbarer Nähe. Die *IPA*[8] hält gerade eine Fachtagung in Kiel ab, die noch mehrere Tage dauert. Kokoschansky war dem deutschen Kollegen von Mittenweger bereits avisiert worden. In groben Zügen umriss der Journalist den Fall. Cottbus versicherte ihm, dass er jederzeit mit seiner Hilfe rechnen könne. Im Bedarfsfall wäre es für ihn auch kein Problem, von Kiel nach Bremen zu kommen. Und er fügte noch hinzu, obwohl er Kokoschansky nicht kenne, wüsste er, dass es in Ordnung geht, denn mit Mittenweger habe immer schon eine ausgezeichnete Zusammenarbeit bestanden. Kokoschansky erzählte Lichtenhagen bislang nichts davon. Der ist bereits jetzt schon ein Nervenbündel. Der Journalist möchte ihn nicht noch mehr strapazieren.

Warten, warten, warten. Das zehrt. Kokoschansky reißt eine neue Zigarettenpackung auf. Er will gar nicht wissen, wie viel er heute bereits geraucht hat. Doch endlich scheint Bewegung in die Sache zu kommen. Ein Page geht zu Lichtenhagen, spricht kurz mit ihm. Der folgt dem jungen Mann zur Rezeption, wo jemand, schätzungsweise an die sechzig, bereits wartet. Ungefähr in der gleichen Größe wie Lichtenhagen, schlank, kahl ge-

---

[8] IPA – International Police Association

schorener Schädel. Man merkt dem Fremden seine Unsicherheit an. Auch dass er sich in seinem leichten Sommeranzug nicht besonders wohl fühlt. Außerdem ist er seit längerer Zeit wieder frisch rasiert. Das hat einige Spuren auf seiner Gesichtshaut und am Hals hinterlassen. Sein Gepäck scheint nur aus einer großen Reisetasche zu bestehen. Er dürfte noch nicht einmal eingecheckt haben. Als Lichtenhagen vor ihm steht, überzieht ein zaghaftes Lächeln sein Gesicht.

„Sie wollten mich sprechen? Guten Abend. Ich bin Achim Lichtenhagen. Ich nehme an, dass Sie Herr Vonske sind. Erasmus Vonske", ergreift der ehemalige Unternehmer die Initiative.

„Richtig. Guten Abend." Der Buchhändler reicht Lichtenhagen die Hand. „Das bin ich. Tja, ich denke, ich muss Ihnen einiges erklären."

„Mhm, das glaube ich auch. Haben Sie schon ein Zimmer? Bleiben Sie überhaupt hier?"

„Das kann ich jetzt noch nicht sagen. Aber das eilt nicht."

„Ich habe ebenfalls Zeit", sagt Lichtenhagen freundlich. „Ich schlage vor, wir setzen uns und sprechen in Ruhe. Haben Sie einen besonderen Wunsch, wo?"

Vonske verneint.

Lichtenhagen führt Vonske an seinen alten Platz in der Lobby zurück. Keiner von ihnen merkt, wie sich Stoever, mit dem Aktenkoffer in der Hand, in ihrer Nähe herumtreibt und scheinbar interessiert die Ansichtskarten in einem Ständer betrachtet.

„Nun, schießen Sie mal los, Herr Vonske", eröffnet Lichtenhagen und bietet dem Buchhändler Platz an. „Nun wissen wir ja, mit wem wir es beide zu tun haben. Das heißt, Sie wissen, dass ich Lichtenhagen bin, aber kann ich sicher sein, dass Sie auch der sind, für den Sie sich ausgeben? Übrigens, wollen Sie was trinken?"

„Ein Bier wäre nicht schlecht."

Lichthagen winkt einer Kellnerin und ordert das Gewünschte.

„Ich kann Ihre Bedenken absolut verstehen, Herr Lichtenhagen. Ich bin auch sehr dankbar, dass Sie sich Zeit für mich nehmen. Hier bitte", er zieht seinen Reisepass aus der Innentasche seines Jacketts, „überzeugen Sie sich selbst."

Achim Lichtenhagen sieht sich das Dokument genau an, vergleicht das Foto mit seinem Gegenüber und runzelt die Stirn. Vor ihm sitzt ein Glatzkopf, auf dem Bild sind aber, zumindest im hinteren Bereich des Schädels, Haare zu erkennen. Auch der Ring im rechten Ohr fehlt dem Original.

Aus sicherer Entfernung beobachtet Heinz Kokoschansky das Geschehen mit Argusaugen. Auch Stoever ist auf seinem Horchposten. Mit dem

Rücken zu Lichtenhagen sitzt er in einem der Fauteuils, vertieft in die *Financial Times*, um den Anstrich der Seriosität zu unterstreichen, während sein Koffer neben seinem Platz steht.

„Ich weiß, warum Sie so skeptisch sind, Herr Lichtenhagen. Bis vor wenigen Stunden habe ich auch noch genau so wie auf dem Foto ausgesehen. Und so was“, dabei zerrt er an seinem Jackett, „habe ich seit Ewigkeiten nicht mehr angezogen.“

Lichtenhagen muss zugeben, dass das Gesicht seines Gesprächspartners mit jenem im Pass identisch ist.

„Bis vor wenigen Stunden hatte ich noch einen Zopf bis fast zu den Hüften. Schwer vorstellbar bei meiner Platte, ist aber die Wahrheit. Hinten hätte ich ja noch genug“, Vonske deutet auf seinen Hinterkopf, „aber vorne ist Kalahari.“ Er nimmt einen Schluck Bier, den er sichtlich genießt. „Auch einen Ohrring trug ich. Hier sehen Sie mal.“ Vonske dreht den Kopf zur Seite, sodass sich Lichtenhagen von dem Einstich in seinem Ohrläppchen überzeugen kann. „Ich musste mein Äußeres verändern, seitdem mir der verdammte Verfassungsschutz nicht mehr von der Pelle rückt und mir etwas anhängen will, mit dem ich nichts zu tun habe und auch gar nicht zu tun haben will. Verstehen Sie?“

„Bevor Sie zu erzählen beginnen, Herr Vonske, haben Sie etwas dagegen, wenn ich noch eine weitere Person zu unserem Gespräch hinzuziehe?“

Die Augen des Buchhändlers werden schmal, verengen sich zu Schlitzen.

„Vielleicht einen Bullen? Wollen sich wohl absichern? Und wenn ich dagegen bin, brechen Sie dann das Gespräch ab?“

Lichtenhagen geht nicht auf die Frage ein, sieht den Buchhändler bloß an. „Von mir aus. Ich habe nichts zu verheimlichen. Sie wollen wissen, warum ich hier bin. Und *ich*, weil ich nicht weiß, welche Rolle man Ihnen in diesem Scheißspiel zugeteilt hat.“

Lichtenhagen blickt in Kokoschanskys Richtung, fährt sich dabei durch die Haare. Das vereinbarte Zeichen. Erasmus Vonske kann nicht sehen, was sich hinter ihm tut. Der Journalist erhebt sich, geht die wenigen Schritte hinüber. Dabei muss er an Stoever vorbei, übersieht den Aktenkoffer, stolpert beinahe darüber. Er entschuldigt sich, will den Koffer wieder aufstellen, aber der Mann murmelt nur etwas von kann passieren und er mache das schon. Die Flüche und Verwünschungen, die Stoever dabei innerlich vom Stapel lässt, sind für Kokoschansky unhörbar.

„Guten Abend. Heinz Kokoschansky“, stellt sich der Journalist Vonske vor.

„Guten Abend.“ Der Buchhändler gibt ihm die Hand. „Sie sind aber kein Deutscher.“

„Bin ich nicht. Hört man wohl. Ich komme aus Österreich. Aus Wien."
„Mann, haben Sie vielleicht eine Länge!"
Das Staunen über den Zwei-Meter-Mann ist Vonskes Gesicht deutlich abzulesen.
Kokoschansky schiebt zieht sich einen Sessel heran und nimmt neben Lichtenhagen Platz. Niemand merkt, wie Stoever mit dem Fuß seinen Aktenkoffer etwas näher an das Triumvirat heranschiebt.
„Wien. Schöne Stadt", sinniert Vonske, „da war ich schon lange nicht mehr. Gibt es eigentlich das *Voom-Voom*[9] und die *Camera*[10] noch. Da war ich oft."
Kokoschansky grinst und fragt sich, warum er ausgerechnet auf diese beiden stadtbekannten Kiffer-Lokale kommt.
„Das *Voom-Voom* längst nicht mehr. Die *Camera* existiert noch immer. In der Neubaugasse."
„Genau! An die Gasse konnte ich mich nicht mehr erinnern."
„Und warum ausgerechnet diese beiden Hütten?", hakt Kokoschansky nach.
„Hat alles mit meiner Vergangenheit zu tun", winkt Vonske ab, „ziemlich lange Geschichte. Darf ich aber trotzdem wissen, wer...?"
„Ich bin Journalist und ich arbeite mit Herr Lichtenhagen seit einiger Zeit zusammen."
„Verstehe. Und Sie sind auch einer?", richtet Vonske seine Frage an Lichtenhagen.
„Nein."
Der Buchhändler trinkt wieder von seinem Bier.
„Tja, in diesem Reigen bin wohl nun ich an der Reihe. Ich erzähle Ihnen, warum ich hier bin. Ihre Frau", er richtet das Wort an Lichtenhagen, „war so freundlich und sagte mir, dass auch Sie Probleme mit der *ACS-Press & Media* haben. Die Gründe dafür interessieren mich nicht. Vielleicht sagen Sie mir diese irgendwann. Wenn nicht, auch gut. Ihre Sache. Aber wenn es gegen die geht, mache ich mit. Und ich habe gewichtige persönliche Gründe..."
Und Erasmus Vonske beginnt sein Leben auszubreiten. Offen wie ein Buch, und ehrlich. Erzählt von seiner Kindheit. Von seinem Vater, der begeisterter Anhänger des Nationalsozialismus war, bis er merkte, welcher Wahnsinn da über die Menschheit hereinbrach. Wie sein Vater geläutert

---

[9] Voom-Voom: ehemaliges Szene-Lokal
[10] Camera: einschlägiges Szene-Lokal, besonders in Kiffer-Kreisen bekannt

wurde. Und wie er auch daran zerbrach, dass die Menschheit nach einem Krieg mit diesen unvorstellbaren Auswirkungen nicht klüger werden wollte. Der kleine Erasmus, der ein Jahr vor Kriegsende in Berlin zur Welt kam, als Ergebnis einer Liebesnacht im Fronturlaub. Dessen Mutter bei der Geburt starb, der bei Verwandten unterkam und erst wieder zu seinem Vater zurückkehren konnte, als dieser aus amerikanischer Gefangenschaft heimgekehrt war. Vonske, der mit Trümmerfrauen aufwuchs und am eigenen Leibe verspüren musste, wie sinnlos Krieg ist. Damals schwor er sich, als er heranwuchs, für eine bessere Welt einzutreten und, wenn es sein muss, auch dafür zu kämpfen. Ideale, an die er auch heute noch glaubt, aber die immer mehr zu verblassen drohen. Doch einen Glauben wird man ihm nie nehmen können, den wird er sich bis zuletzt bewahren: die Kraft der Worte und die Macht der Sprache.

Ursprünglich wollte er studieren, irgendwas mit Politik, aber dafür reichte das Geld nicht. Abgeschlossene Ausbildung in dem Sinne kann er ebenfalls nicht vorweisen. Das Abitur schaffte er nicht, weil er wegen seiner Aufsässigkeit und Renitenz immer wieder von den Schulen flog. Er ist ein Gerechtigkeitsfanatiker, kann Unrecht nicht ausstehen und geht für diese Überzeugung auf die Barrikaden.

Daher musste er sich mit Gelegenheitsjobs über Wasser halten, aber er gab nicht auf zu lernen. Befasste sich mit verschiedenen Religionen, sog alles an Lesbarem, was ihm unter die Finger kam, wie ein Schwamm in sich auf. Von deutscher Literatur über politische Bücher bis zu wissenschaftlichen Abhandlungen, egal über welches Thema.

Als lange Haare in Mode kamen, zählte er zu den Ersten in Berlin, die damit herumliefen und dementsprechenden Anfeindungen ausgesetzt war. Sein Vater war längst ein gebrochener Mann, dem sein Sohn entglitten war. Dann Bundeswehr. Erstmals ein geregeltes Leben, doch genau das widerstrebte ihm.

„...und dann zeichnete sich doch noch so etwas wie ein Hoffnungsschimmer für diese verlotterte Welt ab", fährt Vonske fort. „Auf der einen Seite diese Scheiße in Vietnam, aber auch dieses neue Denken in der Jugend. Das hat mich total fasziniert. Flower Power, die Hippie-Generation. Alles wurde anders. Die Mode, freie Liebe. Sämtliche althergebrachten Werte wurden über den Haufen geworfen. Alles, was unseren Alten wertvoll war, wurde quasi über Nacht für uns wertlos. Und Drogen wurden modern. Natürlich habe ich das auch probiert. Auch hartes Zeugs, aber sehr schnell die Finger davon gelassen als ich merkte, es bekommt mir nicht. Doch gegen einen guten Joint habe ich noch nie etwas einzuwenden gehabt. Zieh mir heute noch regelmäßig 'ne Tüte rein und bin deswegen nicht durchgeknallt. Soll aber jeder halten, wie er meint.

Die Musik war anders. Die Beatles waren mir immer zu bieder. Erst nach ihrer Trennung konnte ich mit Lennon etwas anfangen. Mir lagen die Stones mehr. Das war echt ein anderes Kaliber. Und wie gerne wäre ich in Woodstock dabei gewesen. Heute noch kommen mir die Tränen, wenn ich Joe Cockers legendären Schrei in *With A Little Help From My Friends* höre..."

Erasmus Vonskes Augen bekommen einen eigentümlichen Glanz. Für sich hat er nun das Rad der Zeit zurückgedreht.

„Ich weiß, dass ich abschweife. Aber das ist wichtig, um mich zu verstehen. Ich bin ein kritischer Mensch, hinterfrage alles so weit wie möglich. Mir ist schon klar, dass man sich damit nicht immer Freunde macht. Damals gab es vielleicht eine Chance, diese Scheißwelt in richtige Bahnen zu lenken, aber keine Sau wollte auf uns hören. Alles ging weiter wie bisher. Heute weiß ich, dass sich nie etwas ändern wird. Der Mensch ist schlicht das dümmste Lebewesen, dass die Evolution jemals hervorgebracht hat."

Vonske dreht sich bedächtig eine Zigarette, zieht die überstehenden Tabakfäden heraus und legt sie in sein *Samson*-Tabakpäckchen zurück. Kokoschansky gibt ihm Feuer.

„Zuerst der Zweite Weltkrieg, dann Korea und dann Vietnam. Und heute? Zuerst Afghanistan, jetzt der Irak. Wer wird morgen angegriffen? Kennedy hätte vielleicht auch etwas bewegen können, aber den haben sie in Dallas umgenietet. Und die nach ihm? Johnson, Nixon und wie sie alle hießen... Heute ist es Bush, der von seiner Kriegstreiberlobby gegängelt wird. Nein, das führt zu nichts. Ich drifte schon wieder ab. Entschuldigung...

Ich war immer ein friedliebender Mensch, bis zum 2. Juni 1967, als der Schah von Persien in Berlin eintrudelte und fast ganz Deutschland sich im Hofknicks übte. Ausgerechnet die Pahlevi-Sippe, wo man genau wusste, wie sich dort unten der *SAVAG*[11] gebärdete. Und ich war dabei, als dem Benno Ohnesorg von den Bullen das Lebenslicht ausgeblasen wurde. Ein Unbeteiligter, einfach so. Bumm und aus.

Damals habe ich für mich beschlossen, jetzt reicht es. Jetzt will ich Revolution. Ich trieb mich immer in Studentenkreisen herum. Ich wurde von denen auch akzeptiert, obwohl ich nichts vorzuweisen hatte außer Engagement und Einsatz. Aber ich war belesen, kannte mich halbwegs aus. Das wurde von denen akzeptiert. Tja, dann landete ich mitten in der APO-Ära.

[11] SAVAG: ehemaliger persischer Geheimdienst unter Schah Reza Pahlevi

Dutschke, Langhans, Teufel und all diese Typen. Happenings und WGs, Sit-Ins... Diskussionen über jeden Scheiß... basisdemokratische Entscheidungen... politische Schulungen...

Und als die Bewegung *2. Juni* entstand, aus der später die *RAF* hervorging, war ich im Dunstkreis mit von der Partie. Zuerst gefiel mir das ja. Gebe ich zu. *Macht kaputt, was euch kaputt macht! Burn, warehouse, burn!* Und diese ganze Scheiße. Wir alle sahen im Fernsehen, was die Napalm-Bomben Uncle Sams anzurichten vermochten. Nur, Gewalt wieder mit Gewalt vergelten, das war auf Dauer nicht mein Ding. Ich habe sie alle gekannt, mit ihnen gesprochen, bin mit ihnen beim Bier zusammengesessen. Wir haben nächtelang diskutiert. Mit Andreas, Ulrike, Gudrun, Holger und alle die, die heute längst nicht mehr sind. Und was das in Deutschland bedeutet, wenn man mit Staatsfeinden auf Du und Du ist, liegt auch auf der Hand..."

Erasmus Vonske raucht hastig. Erzählt, dass es seitdem für ihn keine Ruhe mehr gibt. Die Staatsmacht ist allgegenwärtig für Leute wie ihn. Ja, er hatte Autos geknackt, Mollis gebastelt, bei der einen und anderen Demo schon mal einen Pflasterstein in Richtung der Bullen geschleudert, auch schon mal den Fahrer bei einem Banküberfall gemacht. Sich bei den Hausbesetzern in der Hamburger Hafenstraße herumgetrieben. Nichts ausgelassen.

Dafür wurde er auch verknackt und verbüßte seine Strafe. Das war vor vielen Jahren. Seitdem kam er nicht mehr mit dem Gesetz in Konflikt. Danach machte er seinen Buchladen für revolutionäre Schriften und die etwas andere Literatur auf. Nannte ihn B.R.E.M.M. Alte Reminiszenzen, und als Erinnerung. Die Behörden ließen ihn gewähren. Ein bisschen auch als Vorzeigebeispiel für Resozialisierung. Jahrelang war halbwegs Ruhe. Er fristete sein Leben, mehr schlecht als recht. Aber es genügte ihm.

Weggehen von Berlin wollte er nie. Das ist seine Stadt. Einen alten Baum entwurzelt man nicht mehr. Aber er wird es wohl müssen. Sie werden nicht locker lassen. Nachdem, was in den letzten Wochen und Tagen geschehen war. Nochmals in die Gesetzesmühlen zu geraten, das will er sich nie mehr antun.

„Dann verzieh ich mich entweder nach Goa oder hau nach Jamaika ab. Für *dreadlocks*", und dabei streicht sich Vonske über seinen kahlen Schädel, „reicht es zwar nicht mehr, aber dafür haben die Reggae und das beste *Ganja*[12]. Mir bleibt keine andere Wahl. Mit Mord habe ich nichts zu tun. Aber vorher möchte ich endlich Gewissheit haben."

---

[12] Ganja: jamaikanische Bezeichnung für Cannabis

Der Buchhändler spricht über die beiden Typen des Verfassungsschutzes, die ihn regelmäßig heimsuchen und zuletzt auch zusammenschlugen. Ihn mit geplanten Terroranschlägen in der Bundesrepublik in einen Zusammenhang bringen wollen.

„Terroranschläge? Habe ich richtig gehört?"

Heinz Kokoschansky, der bis dahin geschwiegen und nur aufmerksam zugehört hat, glaubt seinen Ohren nicht zu trauen.

„Gedulden Sie sich noch einen Moment, Herr Kokoschansky. Ich will das fertig erzählen. Als die beiden Verfassungsschutztypen das letzte Mal in meinem Laden aufkreuzten und mir eins auf die Nase gaben, fiel plötzlich Ihr Name." Vonske zeigt mit dem Finger auf Lichtenhagen. Bis zu diesem Zeitpunkt war der für mich völlig unbekannt. Und eben auch öfter die *ACS-Press & Media*. Da fiel bei mir der Groschen, denn ich habe noch eine Rechnung offen. Aber lassen Sie mich Stein für Stein das Puzzle zusammensetzen, sonst verstehen Sie das Gesamtbild nicht. Warum ich so scharf auf diesen Scheißverein bin, hat mit meinem Sohn zu tun."

Vonske senkt kurz den Kopf, aber Kokoschansky glaubt sich nicht zu täuschen, einen feuchten Schimmer in dessen Augenwinkel gesehen zu haben. Für einen Moment schweigt Vonske, richtet sich dann auf und atmet tief durch.

„Mein Sohn ist tot. Seit einigen Jahren. Er könnte noch leben, wenn es die *ACS-Press & Media* nicht gegeben hätte. Sie haben vorhin gegrinst, Herr Kokoschansky, als ich diese Wiener Lokale *Voom-Voom* und *Camera* nannte. Indirekt hängt das alles zusammen. Eine Zeit lang trieb ich mich auch in Ihrer Stadt herum, zur Zeit der *Arena*[13]-Besetzung. Da musste ich natürlich voll vorne mit dabei sein. In diesen Tagen lernte ich eine tolle Wiener Maus kennen. Man kann sich ausrechnen, was geschah. Neun Monate später kam Frank auf der Welt. Kein Wunschkind, aber mein Sohnemann. Frank deshalb, weil wir beide total auf Frank Zappa abfuhren.

Ich war damals vierundzwanzig und die Kindesmutter einundzwanzig. Gemeinsame Zukunftsaussichten beschissen. Zu dritt noch beschissener. Wenn ich mir etwas in meinem Leben vorzuwerfen habe, dann, dass ich mich ich damals auf die fieseste Weise aus der Affäre gezogen habe, die ein Mann in dieser Situation bringen kann. Ich habe sie mit dem Kind sitzen gelassen, bin wieder zurück nach Berlin. Irgendwann überfallen aber auch

---

[13] Arena: ehemaliges Schlachthofgelände im dritten Wiener Gemeindebezirk; wurde in den 70ern von österreichischen Künstlern, Schriftstellern, Liedermachern u.a. Intellektuellen besetzt und zum autonomen Kulturzentrum erklärt.

einen Typen wie mich die Gewissensbisse. Auch wenn es auch viele Jahre dauert. Und es dauerte viele Jahre.

Doch da war es längst zu spät. Fragen Sie mich heute nicht mehr, wie ich das damals geschafft habe, aber ich habe zumindest die Mutter wiedergefunden. Sie lebte noch immer in Wien. Logisch, dass die Frau nichts mehr mit mir zu tun haben wollte. Wer kann ihr das auch verdenken? Mit ihrer Vergangenheit hatte sie gebrochen. Hat irgendwann so einen Geldsack geheiratet und machte einen auf schicke Lady. Damit war alles gelaufen. Aber auch sie hatte unseren Sohn verloren. Der war nicht mehr in Österreich. Schule abgebrochen, abgehauen, herumgelungert. Tja, bei so einem Vater und so einer Mutter... Der Apfel fällt nicht weit vom Stamm."

Erasmus Vonske fällt es sichtlich schwer, über seinen Sohn zu sprechen und dabei die passenden Worte zu finden. Er schnorrt sich von Kokoschansky eine Zigarette, bevor er weiter spricht.

„Im Grunde wusste ich über meinen Sohn gar nichts. Außer ihm hatte ich niemanden mehr. Vielleicht ist es auch eine Frage des Alters, dass man mit den Jahren sentimental wird? Auch ein Bürgerschreck und Revoluzzer wie ich kann auf Dauer nicht dem Alter entfliehen und bis zur Kiste ständig den Berufsjugendlichen mimen.

Aber ich wollte ihn finden. Hatte keine Ahnung, ob er mich überhaupt sehen, mit mir sprechen wollte? Alles, was ich von Frank besaß, war ein Foto jüngeren Datums, das mir die Kindsmutter gnädig überlassen hatte, weil er sich doch ab und zu bei ihr blicken ließ, wenn er pleite war.

Ich war längst wieder zu Hause in Berlin und hatte mich bereits damit abgefunden, dass ich meinen Sohn in diesem Leben nicht mehr zu Gesicht bekommen werde, als das Schicksal unbarmherzig zuschlug. Eines Abends hockte ich vor der Glotze. In der *Tagesschau* plötzlich das Bild von Frank. Frank Ableitinger, aus Österreich stammend, verhaftet wegen Mordes an einem achtjährigen Schulmädchen in München. Vom Fahrrad heruntergerissen, in die Büsche gezerrt, vergewaltigt und erwürgt. Das war 1995. Zu diesem Zeitpunkt war Frank knapp siebenundzwanzig. Es überstieg mein Fassungsvermögen, dass Frank eines von diesen pädophilen Dreckschweinen sein sollte. Ich daher schleunigst ab nach München.

Frank beteuerte immer wieder, dass er damit nichts zu tun hatte. Doch das *„MB"*, die gesamte *ACS-Press & Media*, waren anderer Meinung. Die hatten ihn längst vorverurteilt, berichteten über seine bisherigen Straftaten, stempelten ihn zu einem asozialen Monster, hängten ihm sofort andere ungeklärte Kindesmorde an. Dann sah ich zum ersten Mal meinen Sohn in der U-Haft."

Vonske verharrt. Es muss fürchterlich in ihm arbeiten.

„Wissen Sie, meine Herren, dieses Treffen war alles andere als schön. Er überschüttete mich mit Vorwürfen. Nie hast du dich um mich geschert! Jetzt brauche ich dich auch nicht! Geh zum Teufel! Und so weiter. Ich konnte es ihm nicht übel nehmen. Doch dann brach er zusammen. Erzählte, wie er sich mit kleinen Gaunereien durchgeschlagen hatte. Mal erwischt wurde, in den Bau wanderte. Dann ging manches wieder gut. Auf und ab. Sein bisheriges Leben war eine einzige Fieberkurve. Irgendwie verschlug es ihn nach München. Zum Zeitpunkt des Mordes hielt er sich in der Nähe des Tatortes in Bogenhausen auf. Da er einen Tipp bekommen hatte, wollte er dort einen Bruch in einer dieser Promivillen auskundschaften und vorbereiten. Zeugen haben ihn dabei gesehen. Damit war er, trotz seiner Beteuerungen, geliefert.

Ich schrieb an das *„MB"*, sie sollten endlich mit dieser verleumderischen Berichterstattung aufhören und dass mein Sohn unschuldig sei. Ich versuchte mit dem Chefredakteur zu sprechen. Vergeblich. Ich kam persönlich in die Redaktion und flog hinaus. Keine Chance. Selbst die ermittelnden Bullen sprachen bereits davon, dass Frank mit hoher Wahrscheinlichkeit nicht als Täter in Frage käme, aber dem *„MB"* war das schnurz. Frank war der Täter. Basta. Dann wurde er mangels Beweisen aus der U-Haft entlassen. Aber das *„MB"* schrieb ungerührt weiter. Kindesmörder wieder auf freiem Fuß... Ich versuchte ihm zu helfen, aber was ich in den Jahren davor versäumt hatte, konnte ich in drei Wochen nicht wieder gutmachen. Frank verbat sich jeden weiteren Kontakt mit mir. Doch die Hetzkampagne des *„MB"* hielt er nicht durch. In einem Abbruchhaus wurde er schließlich mit aufgeschnittenen Pulsadern gefunden. Ironie des Schicksals: Drei Tage nach seinem Tod stellte sich ein Nachbar der Familie der Polizei, gestand, dieses kleine Mädchen umgebracht zu haben. Das war aber dem *„MB"* dann nur noch einen Dreizeiler wert, denn der Scheißkerl hatte eine mächtige und einflussreiche Verwandtschaft. Obwohl bereits mehrfach aufgefallen war, dass er mit kleinen Mädchen rummachte, wurde er kurzerhand für krank erklärt und verschwand für einige Jahre in einer Anstalt. Heute soll er wieder völlig unbehelligt in der Nähe von München leben. Wer über einflussreiche Gönner verfügt und wo Geld keine Rolle spielt, der darf sich alles erlauben.

Jetzt werden Sie meine Wut und meinen Hass verstehen. Die *ACS-Press & Media* hat meinen Sohn in den Tod geschrieben. Ich hatte keine Möglichkeit, mich dagegen zu wehren. Die hätten mich medienmäßig ebenso fertig gemacht wie Frank. Ich, der Ex-Knacki, der immer wieder im Umfeld der RAF auftauchte... brauche ich noch mehr zu sagen?"

Erasmus Vonske ist fertig. Nicht nur mit seiner Lebensgeschichte. Auch körperlich. Auf Kokoschanskys und Lichtenhagens Mienen spiegelt sich Vonskes Schicksal wieder. Das Leben kann oft grausame Spielchen mit jemandem treiben, findet der Journalist, gibt das aber nicht preis, weil es in dieser Situation zu sehr nach Binsenweisheit klingen würde. Aber er glaubt diesem Buchhändler. Wort für Wort. Das war einfach zu ehrlich. Da war nichts gespielt oder gut einstudiert. Das war nur echt.

„Danke."

„Wofür?", fragt der Buchhändler Kokoschansky.

„Für Ihre Offenheit."

„Sie glauben mir also? Beide?"

Nicken.

„Ich musste so ausführlich sein. Aber das Puzzle ist noch nicht fertig."

„Einen Moment, Herr Vonske," sagt Kokoschansky und deutet mit dem Finger an den Lippen, ruhig zu sein. „Hat jetzt nichts mit Ihnen zu tun. Erklärung folgt später", flüstert er plötzlich und zu Lichtenhagen, ebenfalls im Flüsterton: „Kommen Sie mal mit."

Beide, Vonske und Lichtenhagen, wissen überhaupt nicht, was nun los ist.

„Kommen Sie schon", drängt Kokoschansky Lichtenhagen, noch immer flüsternd. „Und leise..."

Vonske deutet er, sitzen zu bleiben. Der Journalist zieht Lichtenhagen am Ärmel ein paar Meter zur Seite. Stoever merkt nicht, was hinter seinem Rücken, außer Hörweite, vorgeht.

„Was ist los?", fragt Lichtenhagen ziemlich aus der Fassung.

„Ist Ihnen nichts aufgefallen? Immerhin sitzen wir ja schon längere Zeit hier."

„Nein. Gar nichts."

„Der Typ am Nachbartisch... nicht hinsehen... über dessen Aktenkoffer ich vorhin gestolpert bin, sitzt die ganze Zeit über unbeweglich und in seine Zeitung vertieft da. Und jetzt ist es nach Mitternacht. Und ich sage Ihnen noch etwas, ich bilde mir ein, dass er bereits hier herumschlich, während wir auf Vonske warteten. Das gefällt mir nicht. Ich habe dafür einen sechsten Sinn. Sie gehen jetzt mit Vonske auf Ihr Zimmer. Wenn Sie wollen, können Sie ihm ja Ihre Geschichte erzählen. Das ist Ihre Angelegenheit. Da mische ich mich nicht ein. Ich bleibe hier und schaue mir an, wie der Typ mit seinem Koffer darauf reagiert."

„Was haben Sie vor?"

„Weiß ich noch nicht. Vielleicht ist alles auch nur Einbildung und wird ein Flop."

„Werden wir observiert?“

Kokoschansky rümpft die Nase.

„Möglich...“

„Wie wollen Sie das herausbekommen?“

Der ehemalige Unternehmer kann sein Unbehagen nur schwer verbergen.

„Jetzt machen Sie sich nicht gleich ins Hemd, Herr Lichtenhagen. Wir werden es gleich erleben. In Ihr Zimmer wird er Ihnen kaum folgen. Machen Sie sich keine Gedanken. Ich mach das schon. Kommen Sie. Und noch was: Vorsicht ist die Mutter der Porzellankiste. Untersuchen Sie Ihr Zimmer, so gut es geht, nach Wanzen. Sollten Sie mit Ihrer Frau telefonieren, nur übers Handy und draußen im Flur. Klar? Mit Vonske unterhalten Sie sich nur im Flüsterton, drehen Sie den Fernseher auf. Rufen Sie mich in der nächsten Zeit nicht an. Klar? Wird schon schief gehen?“

„Mensch! Langsam wird mir übel. Und essen sollte ich auch endlich was.“

Er hat recht, denkt Kokoschansky. Doch Vonskes Ausführungen ließen ihn seinen knurrenden Magen vergessen.

„Lassen Sie sich was aufs Zimmer bringen.“

Er kehrt mit Lichtenhagen zurück.

„Also, dann wollen wir mal“, sagt Kokoschansky so laut, dass es Stoever hören muss. „Das war's dann. Man sieht sich.“

Lichtenhagen gibt dem Buchhändler einen Wink. Vonske schnappt sich seine Reisetasche und geht mit ihm in Richtung der Lifte, während Kokoschansky in der Nähe Stoevers bleibt und ihn nicht aus den Augen lässt, ohne in dessen Gesichtsfeld zu treten. Minute um Minute vergeht. Stoever zeigt keinerlei Reaktion. Unbeweglich sitzt er da, stiert in seine *Financial Times*. Nur ab und zu blättert er um.

Kokoschansky beginnt bereits an seiner Vermutung zu zweifeln und redet sich ein, dass er selbst schon Gespenster sähe, da geht plötzlich ein Ruck durch Stoever. Er faltet die Zeitung zusammen, legt sie auf den Tisch vor sich, steht auf, nimmt seinen Aktenkoffer und dreht sich um. Für einen Lidschlag treffen sich seine und Kokoschanskys Blicke. Den Gelangweilten spielend erhebt sich auch der Journalist, gähnt, strafft seine verspannten Glieder und beobachtet Stoever weiter. Der scheint etwas zu suchen. Unschlüssig steht er in der Lobby, während Kokoschansky jetzt lässig in sein Blickfeld tritt, um dann langsam Richtung Hotelbar zu schlendern. In der Bar sucht sich der Journalist den dunkel-sten Winkel, von wo er trotzdem den Eingang im Auge behalten kann, ohne selbst gesehen zu werden. Es braucht keine Minute und auch Stoever kommt, schaut sich kurz um und verschwindet wieder.

Na dann, auf zum fröhlichen Katz- und Mausspiel, denkt Kokoschansky und verlässt die Bar ebenfalls wieder. In der Lobby steht Stoever und spricht leise in sein Handy. Jetzt provoziert Kokoschansky. Sieht immer in dessen Richtung, spöttisch grinsend, umkreist ihn in einem größeren Bogen wie der Löwe den Dompteur in der Manege. Stoever lässt sich nichts anmerken, aber Kokoschansky fühlt, dass er ihn damit nervös macht, denn immer, wenn sich ihre Blicke zu kreuzen drohen, dreht der sich, scheinbar achtlos, weg. Endlich ist das Telefonat beendet. Stoever geht zu den Liften, drückt den Abwärtsknopf.

Abwärtsknopf bedeutet die hoteleigene Tiefgarage, kombiniert Kokoschansky. Lass uns alleine in der Kabine sein! Keiner fährt jetzt mit dem Scheißlift irgendwo hin! Bitte! Die Kabine öffnet sich. Stoever steigt ein. Im letzten Moment, bevor sich die Schubtüre schließt, huscht Kokoschansky hinein. Mit einem leichten Ruck setzt sich die Kabine in Bewegung. Stoever steht mit dem Rücken zur hinteren Wand, Kokoschansky seitlich neben ihm. Aus dem Augenwinkel sieht der Journalist, wie sich auf Stoevers Stirn winzige Schweißperlen gebildet haben. Auch er lässt mit unbewegter Miene Kokoschansky nicht für den Bruchteil einer Sekunde aus den Augen.

Einen Moment lang erwägt Kokoschansky, die Halt-Taste zu betätigen. Nein, das muss anders ablaufen. Was ist, wenn er bewaffnet ist? Obwohl er dem Journalisten nur bis zum Brustbein reicht, wirkt der Typ ziemlich durchtrainiert und er selbst fühlt sich noch immer nicht hundertprozentig fit.

Die Schubtüre der Liftkabine öffnet sich. Kokoschansky steigt zuerst aus, geht leicht zur Seite, lässt Stoever den Vortritt, der gemächlichen Schrittes an ihm vorbeigeht. Kokoschansky bückt sich, richtet zum Schein sein Schuhband und bemerkt auch, wie Stoever kurz den Kopf dreht und nach hinten schaut.

Die Garage ist hell erleuchtet. Über ihm, im Liftbereich, eine Überwachungskamera. Weiter hinten links eine weitere. Der Typ ist aber nach rechts. Kokoschansky hört auf dessen Schritte, die in der menschenleeren Garage auf dem Betonboden einen gewissen Hall erzeugen. Er bleibt in gebückter Haltung, hält sich immer rechts, schleicht zwischen den geparkten Autos weiter, verflucht dabei seinen Zigarettenkonsum, weil ihm langsam die Puste ausgeht, hofft, von keiner weiteren Überwachungskamera erfasst zu werden und sich die Security aufzuhalsen. Manchmal verstummen die Schritte für Augenblicke. Ein untrügliches Zeichen dafür, dass Stoever natürlich weiß, dass er hier unten nicht allein ist. Der Journalist ist froh, dass er seine Sportschuhe anhat, deren Sohlen kein Geräusch verursachen.

er seine Sportschuhe anhat, deren Sohlen kein Geräusch verursachen. Plötzlich hört er das Knacken einer elektronischen Türverriegelung. Er kniet sich hin, blickt unter den Autos hindurch. Bingo! Zwei Autos weiter sieht er Stoevers Füße.

Blitzschnell richtet er sich auf, läuft um die beiden Autos herum, die ihn noch von Stoever trennen, sieht den schwarzen BMW Z4 mit der geöffneten Heckklappe, fühlt die stechenden Schmerzen in seinen Beinen, beißt die Zähne zusammen, kommt keuchend bei seinem Ziel an, sieht einen trotz allem überraschten Stoever, der gerade den Aktenkoffer in den Kofferraum legen will.

Nur jetzt keine Überwachungskamera!

„Warten Sie!“, sagt Kokoschansky nach Atem ringend.

„Was wollen Sie?“, knurrt Stoever ohne ihn anzusehen und will sich aufrichten. Doch das Überraschungsmoment ist auf Kokoschanskys Seite.

Es ist ein verdammt hohes Risiko. Kann so oder so ausgehen. Bist du verrückt, Koko? Hast mit viel Glück keine Prozesse wegen deiner letzten Eskapaden angehängt bekommen!... Scheiß drauf!... Nur jetzt keine Überwachungskamera! Keinen Securitymann! Keinen Hotelgast! Nichts und niemanden! In ein paar Minuten ist alles erledigt!

Blitzschnell drückt Kokoschansky die Heckklappe herunter, genau in der entscheidenden Sekunde, als sich Stoever wieder aufrichten und seine Arme aus dem Kofferraum ziehen will. Der Heckklappe zwickt ihm beide Unterarme fast bis zu den Ellenbogen ein. Stoever schreit kurz auf, knickt in den Knien ein.

„Sind Sie wahnsinnig geworden! Das kommt Sie teuer zu stehen, Mann!“, stöhnt Stoever. Ohne Zweifel. Unverkennbar sächsische Aussprache. Das hört auch ein Österreicher aus den unterschiedlichen deutschen Idiomen heraus. Lederjacke, schießt es Kokoschansky durch den Kopf.

„Ich bin vom Verfassungsschutz! Ich bin Exekutivbeamter! Ich buchte Sie ein!“

„Und ich bin Inspektor Colombo. Habe nur heute endlich einmal meinen Mantel in die Reinigung gegeben. Und das Zigarrerauchen habe ich mir auch abgewöhnt“, sagt Kokoschansky ungerührt, obwohl sein Herz rast und ihm die Knie vor Angst schlottern. „Ich will wissen, wer Sie sind und warum Sie hinter uns her sind. Sie wissen, was ich meine.“

„Sie Idiot! Sagte ich doch bereits, ich bin vom Verfassungsschutz. Mann, Sie brechen mir die Arme!“

„Das ist auch meine volle Absicht, wenn Sie nicht sofort auspacken.“

Mit aller Kraft drückt Kokoschansky die Klappe noch fester zu. Über Stoevers Gesicht fließt der Schweiß inzwischen in Strömen.

„Ich kann mich auch mit Schwung auf das Heck setzen und dann sind Ihre Arme endgültig hinüber. Wollen Sie das? Sie gestatten?“

Kokoschansky langt unter das Jackett Stoevers. Tatsächlich, seine Intuition hat ihn nicht betrogen. Der Mann ist bewaffnet. Aus dem Schulterholster fischt der Journalist einen Revolver. Stoever ist ihm jetzt völlig ausgeliefert. Ein kurzer Rundumblick. Noch sind sie alleine. Kurzerhand drückt er ihm den Lauf in den Nacken, spannt den Hahn des Revolvers, während er gleichzeitig mit seiner Hand den Druck auf die Heckklappe verstärkt. Stoever ist längst in die Knie gegangen.

„Hör zu. Ich will deinen Aktenkoffer.“

„Ein mieser, dreckiger Räuber“, lacht Stoever gequält auf.

„Ich will nur hineinsehen. Und dann dein Handy.“

„Wozu?“

„Weil ich meines verloren habe. Weißt du, was ich glaube?“

„Ist doch mir scheißegal. Du bist schon im Knast.“

Kokoschansky überhört die Drohung, macht stur weiter.

„Ich denke, dass du ein ehemaliges Stasi-Schwein bist. Was sagt dir Villach?“

„Was soll denn das sein?“

Stoever ist trotz seiner misslichen Lage nicht aus der Fassung zu bringen.

„Schwarzer Pilotenkoffer mit einem Fotoalbum“, macht Kokoschansky unbeirrt weiter.

„Mann, du hast doch nicht alle Tassen im Schrank. Leck mich doch!“

„Und wer ich bin, weißt du natürlich auch nicht.“

„Wie auch?“

„Gut. Dann machen wir es anders. Ich lasse dich jetzt aufstehen. Aber ganz vorsichtig. Mach keinen Fehler. Ich lege dich nicht um. Vorher muss ich noch einiges von dir wissen. Aber wenn du Scheiße baust, blase ich dir deine Eier weg. Du räumst deine Taschen leer, wirfst den Krempel in den Kofferraum. Anschließend legt du dich da zwischen deinem und dem anderen Kübel flach auf den Boden. Auf den Bauch, Gesicht nach unten, Arme in den Nacken, Füße zu mir. Und denk an deine Eier. Kapiert?“

„Bist du ein Kollege? Was soll dann das ganze Theater?“

Stoever ist bestens geschult. Außer, dass er schwitzt, als käme er gerade aus der Sauna, ist ihm nichts anzumerken.

„Showtime is over, Freundchen. Du weißt genau, wer ich bin. Wirst du tun, was ich will?“

Stoever knirscht nur mit den Zähnen.

„Brauchst du deine Unterarme nicht mehr?“, zischt Kokoschansky und erhöht nochmals den Druck auf die Heckklappe.

„Ja, doch!“, ächzt der.

„Na also, geht doch.“

Kokoschansky nimmt vorsichtig seine Hand vom Heck, tritt zwei Schritte zurück, die Waffe weiterhin richtet auf Stoever gerichtet.

„Steh jetzt auf. Langsam, ganz langsam.“

Stoever ist machtlos. Er sieht es Kokoschanskys Gesicht an, dass dem nun alles egal ist. Unberechenbar und uneinschätzbar. Daher ist es besser, seine Forderungen zu erfüllen. Langsam steht er daher auf, reibt dabei seine gequetschten Unterarme. Jetzt heißt es Zeit gewinnen.

„Das ist dir doch klar, dass ich dich anzeigen werde“, sagt Stoever in ruhigem Ton.

„Tu das.“

„Und dann wirst du verhaftet. Und das, was du bisher geliefert hast, reicht für einige Jahre. Zuerst hier. Dann wirst du abgeschoben und zu Hause wanderst du nochmals hinter Gitter.“

„So, so.“ Ruhig bleiben, Koko. Der will dich nur kirre machen. Der ist einst darauf trainiert worden. „Und woher weißt du, dass ich Ausländer bin? Ich spreche doch Hochdeutsch.“

„Mann, das hört man doch! Du bist Österreicher.“

„Ach, das hört man? Warum nicht Schweizer oder aus Liechtenstein? Vielleicht Luxemburg?“

Kokoschansky merkt am Zucken von Stoevers Mundwinkeln, dass der genau weiß, dass er sich nun unabsichtlich selbst ein Bein gestellt hat.

Mach hin, du Arsch! Jeden Moment kann jemand auftauchen. Von einer Überwachungskamera können sie nicht erfasst worden sein. Dann wären Polizei oder die hauseigene Security längst hier. Oder die Security pennt? Zumindest beruhigt Kokoschansky, dass er im näheren Umkreis keine Kamera sehen kann.

„Ich will jetzt nicht weiter mit dir debattieren. Mach hin. Taschen leeren und den Scheiß in den Kofferraum werfen. Langsam in die Taschen fassen.“

Stück für Stück fällt in den Kofferraum.

„Komisch. Als Beamter des Verfassungsschutzes führst du keine Handschellen mit?“

Stoever durchbohrt Kokoschansky mit seinen Blicken.

„Autoschlüssel nicht vergessen“, mahnt Kokoschansky. „Wirf sie zu mir rüber.“

Stoever bleibt keine Wahl. Kokoschansky fängt die Schlüssel geschickt mit einer Hand auf.

„Alles?“

„Alles", antwortet Stoever und überlegt fieberhaft, wie er sich doch noch aus diesem Schlamassel befreien könnte.

„Jackett ausziehen und rein damit."

Mit hasserfüllten Augen erfüllt Stoever auch diese Forderung. Nur noch das leere Schulterholster über dem Hemd. Er fühlt sich nackt und gedemütigt bis auf die Knochen.

„Und jetzt lass deine Hosen runter."

„Was soll ich?"

Stoever starrt Kokoschansky wie ein Lebewesen von einem anderen Stern an.

„Hosen runter."

Kokoschanskys Tonfall duldet keinen Widerspruch.

„Meinst du das ernst?"

„Siehst du mich lachen?"

Zeit schinden. Die letzte Möglichkeit.

„Warum?"

„Weil du mit Hosen um die Knöchel Probleme beim eventuellen Weglaufen haben wirst. Außerdem kann ich dann besser deine Eier treffen. Und mich interessiert der neueste Trend bei Herrenunterhosen in Bremen. Zufrieden, Stasi-Mann?"

Stoevers Gesicht ist zu einer Maske erstarrt. Er nestelt an seinem Gürtel, öffnet die Hose, lässt sie zu Boden gleiten.

„Hat dir wohl jemand geschenkt, der dich nicht leiden kann", grinst Kokoschansky, als er die blauen Boxershorts mit den kleinen, aufgedruckten rosa Elefanten sieht.

„Du bist bereits tot. Merkst du das nicht?"

„Das hat sicher noch Zeit. Sieh an, was haben wir denn da?"

Kokoschansky deutet mit dem Revolverlauf auf die rechte Wade.

„Ist doch gut, wenn man sich regelmäßig Krimis anguckt oder liest. Gibt es das doch wirklich."

Um Stoevers Wade ist ein weiteres Holster geschnallt, darin steckt ein kleiner Colt Marke Smith & Wesson. Das war die letzte Chance...

„Vorsichtig mit zwei Fingern am Griff herausziehen und ab damit in den Kofferraum. Und denk dabei an deine Eier."

Stoever führt auch diesen Befehl zähneknirschend aus.

„Deckel zu."

Stoever drückt die Heckklappe zu. Langsam wird Kokoschansky ruhiger. Jetzt muss der Kerl nur noch am Boden liegen. Da bemerkt er eine Winzigkeit in Stoevers Gesicht.

„Verschränk die Arme im Nacken und sieh mich genau an."

Langsam geht Kokoschansky einen Schritt auf ihn zu. Pech für Stoever. Kokoschansky ist ein Fernsehmann, hat dadurch auch ein wenig Einblick in die Maskenbildnerei. Mit dem Schnauzer stimmt etwas nicht. Das eine Ende scheint sich durch den Schweiß gelöst zu haben. Es hängt so merkwürdig herunter. Der Journalist geht wieder einen Schritt zurück.

„Komm, zieh mal an deinem Schnauzer."

„Was?"

„Hast mich schon verstanden, Lederjacke. Oder soll ich dir die Maskerade selbst herunterreißen?"

Toupet und Schnauzbart fallen zu Boden. Es ist Lederjacke, genau wie ihn Lichtenhagen beschrieben hat, als der ihn in Villach unter Druck zu setzen versuchte.

„Umdrehen. Und jetzt geh endlich zwischen die zwei Autos. Leg dich hin. Du weißt doch noch. Auf den Bauch, Gesicht nach unten, Arme in den Nacken, Füße zeigen zu mir. Und nicht mehr rühren."

Schwerfällig geht Stoever in die Knie, legt sich lang. Jetzt kann Kokoschansky endlich tief durchatmen. Den Revolver lässt er griffbereit in seiner Jeansjacke verschwinden. Dann richtet er kurz einen Blick nach oben, sagt im Geiste danke, und zieht sein Handy aus der Brusttasche seines Hemdes, ruft Lichtenhagen an.

„Kommen Sie in die Tiefgarage. Beide. Sofort."

„Wer soll kommen?", fragt Stoever mit Grabesstimme.

„Kannst du dir das nicht zusammenreimen?"

Nach wenigen Minuten treffen Achim Lichtenhagen und Erasmus Vonske in der Tiefgarage ein, blicken sich suchend um. Die beiden beschleunigen ihre Schritte, als sie Kokoschansky winken sehen.

„Was ist los? Herr...?", fragt Lichtenhagen atemlos.

„Scht...", deutet Kokoschansky.

Von ihrer Stelle aus können Lichtenhagen und Vonske den liegenden Stoever nicht sehen.

„Ist das Zimmer verwanzt?", flüstert Kokoschansky Lichtenhagen ins Ohr.

„Ich glaube nicht. Aber..."

Kokoschansky wehrt ab.

„Aufstehen, Stasi-Mann." Er tippt ihn mit dem Fuß an. „Und es hat sich nichts geändert. Ganz langsam..."

Kokoschansky zieht wieder den Revolver aus der Jeansjacke, richtet die Waffe auf Stoever.

„Mann, ich raff das alles nicht mehr!" Vonske greift sich an den Kopf. „Bin ich im falschen Film?"

Abwechselnd wandern seine Augen zwischen Kokoschansky, Lichtenhagen, Stoever und dem Revolver hin und her, bevor er Lichtenhagen anspricht und auf Kokoschansky zeigt.

„Echt? Und das ist wirklich ein...?"

„Schnauze!", bellt ihn Kokoschansky an. „Das will ich von dem selbst wissen, wer ich bin." Und zu Lichtenhagen. „Ist das der Scheißkerl aus Villach?... Lederjacke?"

Achim Lichtenhagen kann nur nicken. Er zittert wie Espenlaub. Doch Lederjacke alias Stoever scheint über die Begegnung keineswegs verwundert zu sein. Er hat sein Gesicht unter Kontrolle.

„Keine Namen von uns, Leute. Noch nicht", ordnet Kokoschansky an. Er wirft Vonske die Autoschlüssel zu. „Öffnen Sie den Kofferraum der Karre. Da, der schwarze BMW. Zuerst machen Sie den Aktenkoffer auf. Der interessiert mich im Moment am meisten."

Vonske reißt sich zusammen, obwohl auch ihm die Hände zittern. Dann sieht er das am Boden liegende Toupet und den falschen Schnauzer.

„Ey, was ist das denn?"

„Das gehört zu diesem Typen, der uns vorhin in der Lobby stundenlang nicht von der Seite gewichen ist", antwortet Kokoschansky.

„Ah, der Wichtige, der sich die ganze Zeit hinter der *Financial Times* verkrochen hat. Klar doch! Der hat ja eine richtige Schlägervisage!"

„Genau. Wie wichtig er tatsächlich ist, wird sich erst herausstellen", kommt postwendend von Kokoschansky.

Heckklappe auf, Aktenkoffer auf. Der Buchhändler stößt einen Pfiff aus.

„Mann, Mann, Mann!"

„Ist es das, was ich vermute?", fragt ihn Kokoschansky über die Schulter, ohne Stoever aus den Augen zu lassen, während Lichtenhagen wie ein Häufchen Elend hinter dem Journalisten steht und augenblicklich nicht zu wissen scheint, ob er wach ist oder in einem bösen Traum.

„Na, was denken Sie wohl?"

Vonske hat sich inzwischen wieder gefangen.

„Schätze, ein bisschen Hightech vom Feinsten", sagt Kokoschansky.

„Die Tausend-Euro-Frage ist richtig beantwortet."

„Das will ich selbst sehen. Können Sie damit umgehen?"

Kokoschansky deutet auf den Revolver.

„Denke schon", grinst Vonske.

„Dann übernehmen Sie mal."

Kokoschansky übergibt die Waffe an den Buchhändler.

„Oh! Eine Ruger SP101 Kaliber .38 Special. Eher selten. Und du", sagt Vonske zu Stoever, „machst es wie bisher. Nämlich gar nichts, und wenn..."

Plötzlich biegt ein Wagen mit quietschenden Reifen um die Ecke. Kokoschansky zuckt zusammen. Auch Lichtenhagen schluckt. Erstmals grinst Stoever breit über das ganze Gesicht. Nur Vonske bleibt entspannt. Blitzschnell lässt er den Revolver unter seinem Jackett verschwinden.

„...wenn du auch nur einen Mucks machst", sagt Vonske betont freundlich und leise zu Stoever, „knall ich dir trotzdem ein Riesenloch in deine Wampe."

Das unbekannte Fahrzeug wird ein paar Reihen weiter hinten eingeparkt. Kokoschansky drückt die Heckklappe des BMWs zu. Aus den geöffneten Seitenscheiben des parkenden Wagens sind das dröhnende Gelächter eines Mannes und das Gekicher einer jüngeren Frau zu hören. Doch das Pärchen scheint keine Anstalten zu machen auszusteigen. Dann ist eine Weile gar nichts mehr zu hören.

„Scheiße, was ist los?", knurrt Vonske. „Bläst die ihm jetzt einen?"

„Ich knall mal ein bisschen mit der Türe", sagt Kokoschansky.

„Gute Idee", stimmt der Buchhändler zu.

Kokoschansky öffnet die Fahrertüre bis zum Anschlag und schlägt sie anschließend mit aller Kraft zu. Die gewünschte Wirkung wird damit erzielt. Tatsächlich steigt das Pärchen etwas ramponiert aus und blickt ziemlich sauer hinüber zu den Störenfrieden.

„Guten Abend", grüßt Kokoschansky freundlich.

Selbiges kommt unwirsch zurück, bevor das Pärchen mit eiligen Schritten und eingezogenen Köpfen in der Liftkabine verschwindet.

Achim Lichtenhagen atmet tief durch.

„Und was passiert jetzt weiter?", fragt er noch immer fassungslos.

„Stoever heißt du also", sagt Kokoschansky, der die Heckklappe wieder geöffnet hat und nun dessen Ausweis näher überprüft. „Holger Stoever. Wenn's wahr ist. Und es ist tatsächlich ein Dienstausweis des Verfassungsschutzes."

„Sag ich doch!", lacht Stoever triumphierend.

„Weißt du, wie scheißegal mir das ist?", erwidert Kokoschansky. „Außerdem, Ausweise kann man fälschen. Ich habe einiges gegen dich in der Hand, was mein Vorgehen rechtfertigt."

„Was denn?", höhnt Stoever. „Ihr drei seid alle am Arsch. Und dieser Lichtenhagen da sowieso." Kaum hat er den Namen ausgesprochen, da beißt er sich auf die Unterlippe. Das war ein weiterer entscheidender Fehler.

„Sehr blöd von dir, dass wir das alle drei gehört haben", sagt Kokoschansky gelassen. „Du wirst mit uns reden. Alle deine Karten auf den Tisch legen."

„Einen Scheißdreck werde ich. Du legst mich nicht um. Du nicht, Kokoschansky." Er beginnt plötzlich wie irre zu lachen. „Heinz Kokoschansky! Der superschlaue Journalist aus Wien! Ihr drei habt ab sofort solche Probleme, dass ihr euch wünschen werdet, mir nie begegnet zu sein!"

„Hör endlich auf mit diesem verdammten Lachen!", schreit ihn Vonske an. „Ich hab keine Hemmungen, so ein Arschloch wie dich umzulegen!"

Abrupt stoppt Stoever sein dreckiges, hysterisches Lachen. Nicht aus Angst vor Vonskes Drohung. Jetzt zieht er sein As aus dem Ärmel. Seine kleinen Schweinsaugen verengen sich.

„Lichtenhagen", sagt er, während seine raue Stimme dabei ganz leise wird, „erinnerst du dich noch, was ich gesagt habe? Du hast doch Familie", er wird noch leiser und schneidender. „Auch im kleinen, unscheinbaren Repelen kann deiner Alten jederzeit etwas zustoßen. Auch dein Sohn hat doch Familie. Du bist doch bereits Opa... Und du, Kokoschansky, wirst doch demnächst Papa. Stimmt doch? Willst du deine heiß geliebte Sonja mit dem ungeborenen..."

Weiter kommt Stoever nicht mehr. Mit einem fürchterlichen Wutschrei, der nichts Menschliches mehr an sich hat, stürzt sich Kokoschansky auf Stoever, rennt dabei Vonske und Lichtenhagen beinahe über den Haufen. Drischt, schlägt und tritt wie von Sinnen auf Stoever ein, der mit diesem Angriff absolut nicht gerechnet hat. Blut spritzt aus seinen aufgeplatzten Lippen und strömt aus der gebrochenen Nase. Stoever versucht, seine lädierten Arme schützend vor das Gesicht zu halten, aber gegen den Ansturm des riesigen Kokoschansky ist er chancenlos. Außerdem behindern ihn seine Hosen um die Knöchel. Gnadenlos rammt ihm der Journalist die Fäuste in den Bauch, setzt abwechselnd mit den Knien nach. Stoevers Rippen brechen. Sein Gesicht ist nur noch eine blutige Masse.

Gerade als Kokoschansky Stoever wieder hochzerren und dessen Kopf in die Motorhaube rammen will, wirft sich der schmächtige Buchhändler dazwischen. Brüllt Kokoschansky an, aufzuhören! Der ist völlig außer sich und weggetreten. Wie von Sinnen und total in Rage. In einem Blutrausch. Vonske schlägt ihm ins Gesicht. Ohrfeigt ihn. Ohne Wirkung. Jetzt bleibt Vonske nur noch ein brachiales Mittel. Er hält Kokoschansky den Revolver an die Schläfe.

„Hör auf! Hör endlich auf! Oder ich drück ab!"

Als Kokoschansky das kalte Metall der Revolvermündung spürt, kommt er langsam wieder zur Besinnung. Stoever stürzt wie ein nasser Sack zu Boden und rührt sich nicht mehr. Kokoschansky lehnt keuchend an der Wand, blickt an sich hinunter, ist durch Stoever selbst blutbespritzt, sieht auf seine aufgeschlagenen Fingerknöchel. Rutscht langsam an der Wand zu Boden, wo er einfach sitzen bleibt.

„Ist er tot? Habe ich ihn…?"

Vonske beugt sich zu dem bewusstlosen Stoever hinunter, fühlt seinen Puls, legt zwei Finger an dessen Halsschlagader.

„Der wird schon wieder. Der hat einen Eisenschädel. Und was ist mir dir?", wendet er sich wieder Kokoschansky zu, der seinen Kopf mit beiden Händen festhält. „Geht's wieder? Mann, du kannst vielleicht ausrasten!"

Der Journalist sitzt mit geschlossenen Augen auf dem Boden. Er weiß nicht, ob vor Scham vor dem, was er gerade angerichtet hat, oder aus dem blanken Entsetzen, haarscharf an einer Katastrophe vorbei geschrammt zu sein – er ekelt sich vor sich selbst.

Lichtenhagen starrt Kokoschansky an wie einen Geist. Der hebt langsam seinen Kopf.

„Danke", sagt Kokoschansky, kaum hörbar.

„Wofür?", fragt Vonske.

„Dass du mich vor einem Totschlag bewahrt hast. Wie kann man nur so die Kontrolle über sich verlieren? Ich hätte nie für möglich gehalten, dass man so durchdrehen kann. Ausgerechnet mir muss das passieren."

Kokoschansky sucht nach seinen Zigaretten. Aber er ist unfähig, sich selbst eine anzuzünden. Vonske kommt ihm zu Hilfe. Kokoschansky lässt die brennende Zigarette im Mundwinkel hängen.

„Ist schon o.k. Ich bin zwar längst nicht mehr für Gewalt, aber ich verstehe dich. Du hast wenigstens jemanden, der auf dich wartet und für den sich diese Scheiße da lohnt…" Vonske blickt auf den noch immer nicht zu Bewusstsein gekommenen Stoever. „Und was ich bisher mitbekommen habe, hat der seine Tracht Prügel längst verdient. Mit dem habe ich kein Mitleid. Dem gebührt so was."

„Hättest du abgedrückt?"

„Was glaubst du?"

Kokoschansky zuckt mit den Achseln. Vonske grinst nur, streckt dem Journalisten die Hand entgegen, hilft ihm wieder auf die Beine.

„Lass gut sein, Alter. Ich bin Erasmus. Aber kein Mensch nennt mich so. Und wenn du es jemals wagen solltest, dann drück ich wirklich ab. Mich kennt man nur als Bremm. Du weißt warum…"

„Danke. Ich bin Heinz. Hast was gut bei mir."

Lichtenhagen lehnt am BMW, schaut auf den gekrümmt am Boden liegenden Stoever.

„Ich will nicht noch einmal ins Gefängnis. Da gehe ich ein. Das halte ich nicht aus."

„Keiner von uns dreien geht in den Bau“, versucht ihn Vonske zu beruhigen, legt ihm die Hand auf die Schulter.

„Da kommen wir doch nie mehr raus.“

Lichtenhagen ist mit seinen Nerven total am Ende.

„Doch. Und ich sage euch, was wir tun“, übernimmt der Buchhändler das Kommando. „Wir hauen ab. Jetzt auf der Stelle.“

„Wir können den da doch nicht verrecken lassen. Da mache ich nicht mit. Das kann ich nicht.“

Lichtenhagen schüttelt entschieden den Kopf. Auch Kokoschansky ist bereits wieder so weit klar im Kopf, um die Vorgänge wahrnehmen zu können. Er will etwas sagen, aber Vonske hebt beschwichtigend die Hände.

„Das habe ich auch nicht vor. Zuerst bringen wir diesen Stoever oder wer er wirklich ist zurück ins Leben. Ihr Job, Herr Lichtenhagen“, teilt ihn der Buchhändler ein. „Sie gehen jetzt rasch rauf ins Zimmer, plündern die Minibar. Mineralwasser, egal was. Das schütten wir ihm drüber. Heinz kann jetzt nicht rauf, so wie er aussieht mit dem Blut überall. Machen Sie schon!“

Lichtenhagen setzt sich in Bewegung, froh darüber, endlich von diesem Ort weg zu kommen. Wenn auch nur für ein paar Minuten.

„Hey!“, ruft ihm Vonske nach. „Bringen Sie für Heinz ein frisches T-Shirt oder Hemd mit!“

Lichtenhagen hebt die Hand zum Zeichen, dass er verstanden hat. Als die Liftkabine hochfährt, beugt sich Kokoschansky über Stoever.

„Und wenn ich ihn wirklich erschlagen habe? Was dann?“

„Hast du nicht. Der ist nur ein bisschen im Nirwana. Vielleicht ist er auch schon wieder zurück und stellt sich nur tot, um nichts zu verpassen. Gefährlich wird er uns jedenfalls momentan in diesem Zustand nicht.“

„Was hast du wirklich vor?“

„Wir laden ihn in seine Karre und ich fahre damit zum nächsten Krankenhaus. Dort lege ich ihn denen vor die Türe“, sagt Vonske.

„Das wird auffliegen.“

„Und wenn schon? Glaubst du, ich mach so was zum ersten Mal? Früher, als ich mich noch mit Drogen zugedröhnt habe, kam das jede Woche einmal vor, dass ich einem Kumpel auf diese Art Hilfe verschafft habe, wenn er zu viel erwischte. Und der da“, sagt der Buchhändler, „der hält die Schnauze. Ich habe es schon mitbekommen. Der hat genug auf dem Kerbholz. Und das ist bestimmt erst der Anfang. Lichtenhagen hat mir vorhin oben im Zimmer genügend erzählt, damit ich weiß, worum es in groben Zügen geht. Wir müssen nur schnell abhauen, denn irgendwann wird die Security sicher auch hier ihre Runden drehen.“

Achim Lichtenhagen kommt atemlos zurück. Unter dem Arm geklemmt trägt er ein Hemd von sich, in dem drei Mineralwasserflaschen eingewickelt sind.

„Hier, mehr habe ich nicht gefunden. Das ist alles an Wasser. Sonst nur Schnaps, Cola und das übliche Zeug."

„Das wird schon reichen"; sagt Vonske.

„Da." Lichtenhagen gibt Kokoschansky das frische Hemd. „Aber ich fürchte, es wird Ihnen kaum passen."

„Danke. Vorderhand wird es genügen." Mit einem Seitenblick auf Stoever, meint Kokoschansky: „Sollten wir ihn nicht mit dem, was in der Autoapotheke ist, zumindest notdürftig verarzten?"

„Das sieht wilder aus, als es tatsächlich ist. Er hat zwar genug abgekriegt, aber... mach dir keine Sorgen. Außerdem drängt die Zeit." Dann fragt der Buchhändler Lichtenhagen, wo der Flaschenöffner ist."

„Ach! Den habe ich in der Aufregung vergessen!"

„Macht nichts."

Vonske geht zu einem Betonpfeiler, schlägt an der scharfen Kante kurzerhand die Flaschenhälse ab. Eben will er die erste Flasche über Stoevers zerschundenem Gesicht ausleeren, als ihn Kokoschansky stoppt.

„Warte. Muss ja keiner im Krankenhaus sehen." Mit einer paar schnellen Griffen nimmt er Stoever Schulter- und Beinholster ab.

Das Mineralwasser zeigt bereits nach der zweiten entleerten Flasche Wirkung. Stoever stöhnt leise.

„Na bitte", stellt Vonske zufrieden fest. „Kein Grund zur Panik. Und einmal geht's noch."

Fast genussvoll schüttet er ihm den Inhalt der dritten Flasche über den Kopf. Stoever hustet, spuckt Blut und etliche Zähne aus. Rund um ihn herum mischt sich Wasser mit seinem Blut. Im Zeitlupentempo stützt er sich mit den Händen am Boden ab, während er gleichzeitig versucht, seinen Oberkörper hochzustemmen. Seine Lippen versuchen Worte zu formen, aber nichts ist zu hören. Die Augen sind blutunterlaufen. Ein tiefes Cut ist über seiner rechten Braue, während das linke Auge völlig geschlossen ist.

„Mann, hast du einen mörderischen Punch", sagt Vonske leise zu Kokoschansky, und eine gewisse Anerkennung ist nicht zu überhören. „Dich möchte ich nicht zum Feind haben. Hast du Mike Tyson als Sparringpartner gehabt?"

Kokoschansky saugt die Luft in vollen Zügen ein, fühlt sich, zumindest für den Augenblick, von einer schweren Last befreit. Keiner von den dreien ist müde. An Schlaf ist in dieser ereignisreichen Nacht nicht mehr zu denken. Stoever sieht mit dem einen Auge Kokoschansky durchdringend an.

„Kokoschansky“, haucht er.

„Was willst du?“

„Eines Tages“, man sieht ihm deutlich an, wie ihm jedes Wort höllische Schmerzen bereiten muss, „und dieser Tag ist nicht mehr so fern, rechne ich mit dir deswegen ab. Zuerst rotte ich deine Familie aus. Und zuletzt bringe ich dich um. Ganz langsam. Ich kann das. Ich habe das gelernt.“

Und dabei spuckt er dem Journalisten ein Gemisch aus Speichel und Blut vor die Füße.

Vonske legt seine Hand auf Kokoschanskys Arm, doch der dreht sich nur weg.

„Hast du noch immer nicht genug?“, fragt Vonske Stoever. „Jedenfalls sind wir nicht solche Arschlöcher wie du eines bist. Du kommst jetzt in ein Krankenhaus. Dort kannst du von mir aus krepieren.“

Dann wendet sich der Buchhändler an Lichtenhagen.

„Sieh mal nach“, sagt er und vergisst auf jede Förmlichkeit, „ob im Kofferraum irgendwo ein Abschleppseil liegt. Ganz traue ich unserem Freund noch immer nicht.“

Während Lichtenhagen sucht und herumkramt, wäscht sich Kokoschansky mit einem letzten Rest aus einer Mineralwasserflasche notdürftig seine Hände, trocknet sich an seinem blutbefleckten T-Shirt ab. Auch die Jeansjacke hat einige Spritzer abbekommen. Auf dem dunklen Stoff fällt das aber nicht weiter auf.

„Hier ist eines.“

Lichtenhagen gibt Vonske das Seil. Wenig zimperlich fesselt der Buchhändler Stoever, während Kokoschansky in Lichtenhagens neues Hemd schlüpft.

„Helft mir mal“, sagt Vonske, „damit wir den Dicken da ins Auto kriegen.“

Mit vereinten Kräften stellen sie Stoever auf die Beine und schieben ihn dann auf den Beifahrersitz. Inzwischen ist der wieder voll bei Sinnen. Flucht, stöhnt, droht und schimpft abwechselnd.“

„Brav sein“, ermahnt ihn Vonske, hebt Kokoschanskys T-Shirt und die beiden Holster auf, wirft alles auf die Rückbank. „Das werde ich wohl unterwegs verlieren. Habt ihr ein Auto dabei?“

„Klar. Da hinten. Einen Leihwagen“.

Kokoschansky deutet in die Richtung, wo der Honda Civic steht.

„Okay. Ich verschwinde jetzt. Dann sind wir ihn los. Wollte schon immer mal mit so einer Bonzenkarosse herumkurven. Ihr beide fahrt hoch, holt eure Sachen, checkt aus und dann nichts wie weg. Vergesst meine Reisetasche nicht“.

Vonske scheint an der Situation längst Gefallen gefunden zu haben. Kokoschansky nimmt Stoevers Aktenkoffer mit der Abhöreinrichtung und dessen persönliche Sachen aus dem Kofferraum.

„Wohin fahren wir eigentlich?", fragt Lichtenhagen.

„Wir suchen uns ein neues Hotel", antwortet Kokoschansky.

„Ja, noch was." Vonske kratzt sich am Kopf und setzt leiser fort. „Keiner von uns war jemals hier. Ist doch klar. Ihr ruft mich an, sobald ihr was Passendes gefunden habt. Macht's gut!"

Der Buchhändler startet, lässt kurz den Motor aufheulen, setzt zurück und braust mit quietschenden Reifen Richtung Ausgang. Schweigend gehen Lichtenhagen und Kokoschansky zum Lift.

Keine Sekunde zu spät. Kaum dass sie eingestiegen sind, kommen mit dem zweiten Lift zwei Männer des hoteleigenen Sicherheitsdienstes herunter und beginnen mit ihrem Kontrollgang. Die Kabine setzt sich in Bewegung. Kokoschansky und Lichtenhagen werfen sich einen bedeutungsvollen Blick zu.

Es ist bereits nach drei Uhr morgens, als die beiden ihre Zimmer erreichen. Als Kokoschansky das Bett sieht, überfällt ihn mit einem Mal doch eine bleischwere Müdigkeit, und am liebsten würde er sich nur noch langlegen, an nichts mehr denken, Sonja an seiner Seite spüren und dann selig mit ihr einschlummern.

Die Zeit drängt. Je eher sie von hier verschwinden, desto besser. Trotzdem nimmt er sich die Zeit, sich ein bisschen näher mit Stoevers Aktenkoffer zu befassen. Abhörtechnik vom Feinsten. Ein professioneller, kleiner und leistungsstarker DAT-Rekorder, verbunden mit einem hochwertigen und empfindlichen Richtmikro. An einem Seitenteil des Koffers eine kleine Aussparung, kaum wahrnehmbar, wovon sich der Mikrokopf kaum mehr als ein paar Millimeter abhebt. Ton in Ton mit dem Leder des Koffers. Kokoschansky hat genug gesehen. Er verschließt ihn wieder. Stoevers persönliche Sachen und die beiden Revolver legt er in seinen Trolly, obwohl er einen Moment darüber nachdenkt, sich eine der Waffen in den Hosenbund zu stecken. Aber nein, es ist bereits genug passiert.

Der Journalist betrachtet seine zerschrammten Knöchel. Erst jetzt spürt er das Ziehen in seinen gerade erst verheilten Beinen. Auch die Hände schmerzen. Er erhofft sich Linderung von einer schnellen Dusche.

Als das lauwarme Wasser über seinen Körper fließt, sieht er wieder Stoevers zerstörtes Gesicht vor sich. Sein Werk. Er schämt sich zutiefst dafür, was er heute Nacht getan hat. Es will ihm einfach nicht in seinen Kopf, dass er zu einer solchen Tat fähig war.

Selbst in jungen Jahren war er niemals in eine Schlägerei verwickelt. Sein Leben lang musste er sich nicht herumprügeln, geschweige denn jemand anderen so zurichten. Immer reichte seine imposante Körpergröße aus, wenn eine Situation zu eskalieren drohte, und der Gegner überlegte zweimal, ob er es wagen sollte.

Kokoschansky dreht das Wasser ab, steigt aus der Kabine, trocknet sich ab, kleidet sich an. Dieses Bild von Stoever wird noch sehr lange in seinem Kopf bleiben. Dabei verflucht er sich selbst, dass er sich mit Lichtenhagen eingelassen hat, schiebt auch ein klein wenig Schuld auf Sonja, weil sie es letztendlich war, die gewollt hat, dass er ihm hilft. Gedanklich entschuldigt sich Kokoschansky aber sofort bei ihr. Sie hat ihn deshalb nie gedrängt. Es war seine alleinige Entscheidung. Dafür bekommt er wieder einmal die Rechnung präsentiert.

Er schnappt sein Gepäck, überblickt nochmals das Zimmer, ob er nichts vergessen oder übersehen hat und geht hinaus. Fast gleichzeitig trifft er mit Lichtenhagen auf dem Flur zusammen, der das Nebenzimmer belegt hatte.

„Alles klar?", fragt Lichtenhagen.

Ein kurzes Nicken muss momentan als Antwort reichen.

In einem großen Hotel wie diesem ist es nichts Ungewöhnliches, wenn mitten in der Nacht plötzlich Gäste abreisen. Daher ist das Auschecken und die Bezahlung reine Formsache. Niemand nimmt daran Anstoß, obwohl das Treiben in der Lobby zu dieser nachtschlafenden Stunde merklich nachgelassen hat.

Kokoschansky und Lichtenhagen fahren in die Tiefgarage. Zum Glück merken sie nicht, dass die beiden Securitymänner bereits wieder hoch gefahren sind, zur Rezeption gehen und nach dem Hotelmanager verlangen, dem sie mitteilen werden, dass sie am Boden der Garage gerade sehr eindeutige und frische Blutspuren entdeckt haben...

„Wohin soll ich fahren?", fragt Lichtenhagen.

„Keine Ahnung. Nur weit weg. So weit wie möglich weg von diesem Hotel."

Kokoschansky ist ziemlich muffig. Viel zu sehr beschäftigt ihn seine schändliche Tat. Was ist, wenn Stoever innere Verletzungen davongetragen hat? Er ihn am Ende zum Krüppel geschlagen hat?

Lichtenhagen sieht Kokoschansky von der Seite an, wie der zusammengekauert da sitzt, starr geradeaus blickt und sich am liebsten in sich selbst verkriechen würde, während sie planlos durch die Gegend kurven.

„Mach dir jetzt nicht zu viele Vorwürfe, Heinz", versucht Lichtenhagen die passenden Worte zu finden. „Ich habe dich da hineingeritten und zusammen werden wir das auch ausbaden. Ich finde, du hast richtig gehandelt. Wenn auch etwas überzogen. Doch immerhin hat dieser Mann deine Familie bedroht. Und das nicht nur einmal. Ebenso wie meine..."

„Und wenn er abkratzt?"

„Das glaube ich nicht. So schnell stirbt es sich nicht. Eine Zeit lang ist er aus dem Verkehr gezogen. Das ist alles. Und auch gut so. Diese Prügel wird er sein Leben lang nicht mehr vergessen. Auch das ist in Ordnung. Und wie ich den einschätze, hat der bereits genug ausgeteilt und selbst einstecken müssen. Also, mach dir nicht weiterhin solche Gewissensbisse."

„Das ist sehr nett von dir, Achim, dass du mich trösten willst. Aber nur ich, und niemand anderer hat das verbrochen."

„Wie heißt es doch? Wer frei von Schuld ist, der werfe den ersten Stein... oder so ähnlich?"

Nach längerer Zeit kann Kokoschansky wieder etwas lächeln.

„Wo sind wir hier eigentlich? Ich ziehe meine Runden und weiß nicht im geringsten, wo ich tatsächlich bin."

Lichtenhagen versucht sich zu konzentrieren.

Zu dieser Zeit ist kaum Verkehr. Ab und zu begegnen sie einer Polizeistreife. Dann zieht Kokoschansky unwillkürlich den Kopf ein.

„Fahr mal langsamer, Achim. Da ist ein Schild... Bahnhofsplatz..."

„Da vorne. Der Kasten sieht doch wie ein Hotel aus. Dann versuchen wir doch unser Glück."

„Eigentlich will ich nur noch schlafen", gähnt Kokoschansky, „doch, wenn wir wirklich ein Zimmer hier kriegen, sollten wir unsere Frauen anrufen. Egal, ob spät oder nicht."

Lichtenhagen sieht ihn verständnislos an.

„Warum?"

„Schon vergessen, was Stoever gesagt hat?"

„Nein. Bestimmt nicht."

„Eben. Und darum glaube ich, dass es das Beste ist, dass sie auf schnellstem Wege zu uns stoßen. Dann haben wir sie hier. Außerdem sind wir dann zu fünft. Du, Vonske, ich und die beiden. Was immer noch auf uns zukommen mag, es wird nicht leicht sein für jene, die etwas gegen uns im Schilde führen. Wenn jemand allein ist und von nichts weiß, haben die leichtes Spiel." Kokoschansky presst die Hände an die Schläfen. „Ich weiß überhaupt nicht mehr, was ich denken soll. Was ist wahr, was falsch? Ich bin fix und fertig. Ausgebrannt."

„Das heißt, du wirst es Sonja sagen."

„Sicher."

„Findest du das klug?"

„Ich habe schon einmal eine Ehe in den Sand gesetzt, weil ich einmal zu viel gelogen habe. Außerdem, was hätte ich sonst für einen Grund, dass sie zu mir kommt. Ich hoffe nur, dass sie das nicht zu sehr aufregt und deshalb unser Baby Schaden nimmt."

„Sonja ist eine starke Frau, Heinz. Du hast Recht. Sie soll mit Luise zu uns kommen."

Lichtenhagen parkt das Leihauto vor dem Hotel *„Zur Post"* ein.

„Und dein Sohn? Der hat doch auch schon Familie", sagt Kokoschansky, während er aussteigt.

„Ja, aber der ist weit weg vom Schuss. Der hat eine Amerikanerin geheiratet und lebt in San Francisco. Hab ich dir das nicht erzählt?"

Kokoschansky verneint und meint nur, dass er ihn auf jeden Fall warnen soll.

Zwei Doppelzimmer zu buchen ist in diesem Hotel kein Problem. Für Vonske lässt Kokoschansky ein Einzelzimmer reservieren. Nachdem die Formalitäten erledigt sind, ruft der Journalist Vonske an und teilt ihm mit, wo er sie findet.

„Alles in Ordnung?", fragt Lichtenhagen besorgt.

„Alles glatt gegangen. In der nächsten halben Stunde ist er hier."

„Mit Stoevers Auto?"

„Mit einem Taxi..."

„Und das Auto?"

„Keine Ahnung. Aber er wird es uns bestimmt erzählen. Komm, gehen wir. Ich will diesen Scheißtag so schnell als möglich vergessen..."

Es ist sicherer, zu wenig als
zu viel zu wissen.

(Samuel Butler)

Hilton Bremen, Tiefgarage

Die uniformierten Polizeibeamten, eine Frau und ein Mann, stehen mit den beiden Securitymännern des Hotels in der Tiefgarage und betrachten eingehend die langsam eintrocknenden, aber noch immer frischen Blutflecken auf dem Betonboden.

„Danke, dass Sie so schnell gekommen sind. Ich bin der Hotelmanager. Mein Name ist Nils Hohlbein. Normalerweise versuchen wir, so etwas Delikates intern zu regeln. Aber in diesem Fall fand ich es klüger, Sie zu informieren, bevor womöglich ein Gast auf die Idee kommt. Das Ganze ist sowieso mehr als peinlich für unser..."

„Polizeiobermeister Hagen Junkers und meine Polizeimeisterin Ulli Högener", unterbricht der Ranghöhere und stellt gleichzeitig sich und seine Kollegin vor.

„Die beiden Herren hier..."

„Danke", unterbricht Junkers den Manager. „Die Herren der Security haben das bereits erledigt."

Der Manager, ein hagerer Mann in den Vierzigern, tupft sich mit einem blütenweißen Taschentuch den Schweiß von der Stirn.

„Es ist mir sehr unangenehm, als mir vorhin meine beiden Mitarbeiter von dem da", und dabei zeigt er angewidert auf die Blutspuren, „Meldung erstatteten. Sie müssen wissen, für ein Haus unserer Größenordnung und mit internationalen Gästen kann das sehr hinderlich werden. Ich möchte Sie daher um äußerste Diskretion ersuchen."

„So weit es möglich ist, sicherlich", bremst Polizeimeisterin Högener den Redeschwall des Managers ein. „Aber da ist noch etwas. Schauen mal da her."

Sie führt den Manager zu den drei zerbrochenen Mineralwasserflaschen.

„Ihre Mitarbeiter haben uns bereits versichert, dass das Flaschen aus dem Haus sind."

Der Manager bückt sich, sieht sich die Scherben näher an.

„Ja, das ist richtig. Wir führen diese Marke in unserem Haus. Sie sind in den Minibars unserer Zimmer zu finden."

„Fällt Ihnen dabei nichts auf?", fragt Högener.

Der Manager zieht die Mundwinkel nach unten, schüttelt den Kopf.

„Die Flaschen haben alle noch die Originalverschlüsse, aber die Hälse sind abgeschlagen worden."

„Ja, richtig! Jetzt wo Sie es sagen!"

Der Manager will einen der abgebrochenen Flaschenhälse aufheben, sich selbst überzeugen, aber Junkers fällt ihm in den Arm.

„Nichts anfassen. Was halten Sie davon?"

„Ich weiß es wirklich nicht", stammelt der Manager verstört.

„Runter gefallen sind diese Flaschen nicht. Sonst wären sie einfach zerbrochen. Sind sie aber nicht", erklärt Junkers. „Hier sind eindeutig nur die Hälse abgeschlagen worden. Und das macht man nur, wenn die abgebrochenen Flaschen als Waffen in einer Auseinandersetzung verwendet werden sollen."

Der Polizeiobermeister geht in die Hocke.

„So weit ich das jetzt hier so beurteilen kann, dürften keine Blutspuren darauf vorhanden sein."

„Oh mein Gott!"

Der Manager schlägt sich die Hand vor den Mund.

„Haben Sie eine Ahnung, ob irgendeiner Ihrer Gäste verletzt ist? Oder hat sich jemand an der Rezeption oder bei einem Ihrer Leute gemeldet, dass er verletzt ist?", setzt der Polizeibeamte seine Befragung fort. Der Manager verneint.

„Nachdem ich von diesen Blutflecken Kenntnis erhielt", berichtet der Manager aufgeregt weiter, „haben wir uns natürlich diskret umgesehen, ob jemand Schaden erlitten hat. Selbstverständlich nur bei jenen Gästen, die sich noch in der Lobby, im Restaurant oder in der Bar aufgehalten haben. Der Großteil unserer Gäste schläft ja bereits. Nichts dergleichen. Aber dann hat mir vorhin einer meiner Mitarbeiter in der Rezeption doch etwas Merkwürdiges erzählt."

„Ist diese Person noch im Haus?"

„Ja, sicher. Herr Löwers ist noch im Dienst."

„Dann soll er mal kommen", sagt Junkers. „Wir können hier nicht weg, bevor die Kripo hier ist. Aber vorher will ich mit Herr Löwers reden."

„Kriminalpolizei? Wenn das unsere Gäste spitzkriegen!"

Die beiden Polizeibeamten werfen sich einen Blick zu, der Bände spricht. Langsam geht ihnen dieser Zappelphilipp auf die Nerven.

„Also, was ist jetzt, Herr Hohlbein?", setzt Junkers fort, „mit Reden allein kommen wir nicht weiter. Herr Löwers wird gebraucht. Seien Sie doch froh, dass das quasi im Morgengrauen passiert ist und nicht mitten im schönsten Betrieb."

„Sie haben ja Recht. Aber ich kann doch jetzt nicht die Rezeption unbeaufsichtigt lassen! Wie stellen Sie sich das vor? Immerhin sind wir unserem Ruf..."

„Herrgott noch mal! Für Ihren Herrn Löwers werden Sie doch eine kurzfristige Vertretung finden!", fällt ihm die Polizeimeisterin ziemlich ungehalten ins Wort. „Sie können vielleicht umständlich sein! Meinetwegen stellen Sie ein Stubenmädchen oder einen Hausdiener hinter die Theke!"

Gottergeben fügt sich der Manager in sein Schicksal...

Wer darauf besteht, alle Faktoren zu
überblicken, bevor er sich entscheidet,
wird sich nie entscheiden.

(Henri-Frédéric Arniel)

Der Gast ist König. Wie es sich für ein erstklassiges Hotel geziemt, hat die Küche auch noch zu so später Stunde immer etwas Handfestes zu bieten. Kokoschansky, Lichtenhagen und Vonske sitzen im Zimmer des Journalisten und stopfen sich einen Sandwich nach dem anderen hinein.

„Ich glaube, der Stoever war richtiggehend froh, dass er endlich ins Krankenhaus gekommen ist", schildert der Buchhändler mit vollem Mund.

„Und wie ist das abgelaufen?", fragt Lichtenhagen, während er eine weitere Flasche Bier öffnet.

„Ganz einfach. Kaum war ich aus der Garage draußen, bin ich bis zur nächsten Telefonzelle gefahren und habe mir im Telefonbuch unter Krankenhaus eines herausgesucht. Dann habe ich von meinem Handy aus dort angerufen und mir sagen lassen, wie ich am schnellsten hinkomme. Bin dann also hingedüst, hab geguckt, wo die Notaufnahme ist, Licht aus am Auto, den Stoever von seinem Abschleppseil befreit, nochmals geguckt, ob keine Polizeistreife oder Krankenwagen herumgurkt, Beifahrertüre auf, ihm einen Schubs gegeben. Auf eine Prellung und einen blauen Fleck mehr ist es auch nicht mehr angekommen. Türe zu, ein paar Mal auf die Hupe gedrückt und dann mit Vollgas in die Nacht. Jetzt hat das Zentralkrankenhaus Bremen Ost einen neuen Patienten."

„Bist ja ein ganz Ausgeschlafener, Bremm", sagt Lichtenhagen und prostet dem Buchhändler zu.

„Nicht weniger als der da", antwortet Vonske alias Bremm und stößt Kokoschansky mit dem Ellbogen an.

„Und wo ist Stoevers Auto jetzt?", fragt Kokoschansky.

„Mhm, zuerst bin ich noch ein bisschen herumgefahren. Irgendwie ist plötzlich der Kapitalist in mir ausgebrochen. Wann donnere ich jemals wieder mit einem BMW Z4 durch die Nacht? Nie wieder. Also ein bisschen den Kapitalismus auskosten. Natürlich habe immer darauf geachtet, ob mir nicht doch noch irgendein Aas folgt. Aber da war nur ich, mutterseelenallein und ringsum pechschwarze Nacht. Und plötzlich war ich an einer besonders einsamen Stelle an der Weser. Hab ich mir noch gedacht, schauste mal nach, was da noch so in dem Auto zu finden ist. War aber nichts Großartiges dabei. Wie ich so die Karre durchsuche, muss ich unabsichtlich irgendwo an einen Hebel gekommen sein. Und da ist mir doch tatsächlich der schöne schwarze BMW in die gute alte Weser geplumpst. Ehrlich, mir hat das Herz geblutet, als ich untätig zusehen musste, wie der Bolide langsam in den gurgelnden Fluten versank. Dann hab ich mir aber gedacht, kein Nachteil ohne Vorteil. Wenn sie irgendwann irgendwo die Kiste herausfischen, werden sie sich schwer tun, darauf Fingerabdrücke zu finden. Besonders unsere..." und dabei grinst Vonske von einem Ohr zum anderen, während er sich einen weiteren Sandwich herbeiholt.

Kokoschansky fällt rücklings auf das Bett, beginnt dröhnend zu lachen. Es dauert nicht lange bis auch Lichtenhagen und Vonske mit einstimmen.

„Scheiße!", sagt Vonske noch immer lachend und ist dabei bemüht, dass ihm die Krümel nicht aus dem Mund fallen. „Hätte ich ja beinahe vergessen." Von irgendwoher zaubert er plötzlich eine Plastiktüte hervor. „Da hab ich was. Einen Haufen DVDs und CD-ROMs. Alle unbeschriftet und ohne Cover. Heinz, du hast doch einen Laptop. Wirf mal das Ding an. Nur mal kurz reingucken, was da drauf ist. Und dann ab in die Falle. Das sag ich euch. Jetzt geht's erst richtig los. Wenn wir der *ACS-Press & Media* und dem Düllmann mit seiner Brut den Arsch aufreißen wollen, müssen wir fit wie ein Turnschuh sein."

„Koko...", sagt Kokoschansky lächelnd zu Vonske. „Ist wie bei dir. Keiner sagt Heinz zu mir. Alle nennen mich Koko."

„Okay... Koko", sagt Vonske, „dann steck mal so ein Silberscheibchen in deinen Wunderkasten."

Vonske und Lichtenhagen haben sich links und rechts von Kokoschansky gesetzt, der noch ein paar Tasten drücken muss, bis sich die erste Datei auf dem Bildschirm öffnet.

„Das gibt's doch nicht!", sagt Lichtenhagen mit krächzender Stimme.

„Los, weiter. Das nächste Bild", drängt Vonske und kann nicht glauben, was er zu Gesicht bekommt.

„Was ist das nur für eine verdammte Scheiße?"

Kokoschansky sitzt fassungslos vor dem Bildschirm...

Es macht keinen Sinn, präzise zu sein,
wenn man überhaupt nicht weiß,
wovon man spricht.

(John von Neumann)

Hilton Bremen, Tiefgarage
Zur gleichen Zeit

Kurt Löwers ist ein adretter, junger Mann mit perfekten Manieren. Selbst um diese Zeit noch immer wie aus dem Ei gepellt und keine Spur von Müdigkeit. Höflich, bereitwillig und zuvorkommend beantwortet er mit fester Stimme die Fragen der Polizeibeamten.

„Natürlich bekommt man im Laufe der Jahre in meinem Beruf ein geschultes Auge und entwickelt Menschenkenntnis", sagt der Rezeptionist, „und heute, oder besser...", dabei blickt er auf seine Armbanduhr, „...gestern war an und unter unseren Gästen nichts Auffälliges zu bemerken. Oder sagen wir mal so – gestern, am späteren Nachmittag, sind mir zwei Herren aufgefallen, die ohne Voranmeldung zwei Einzelzimmer gebucht haben und ein drittes, ebenfalls ohne Voranmeldung, reservieren ließen. Für einen dritten Herrn, der noch nachkommen wird. Ein normaler Vorgang im Hotelgewerbe. Ich habe mir das aber deshalb so gemerkt, weil einer der beiden Männer wahrlich ein Riese war. Gut und gerne zwei Meter groß. Und Österreicher. Das erkannte ich sofort an seinem Akzent. Für uns Norddeutsche ist ein großer Mensch nicht unbedingt etwas Außergewöhnliches, aber für einen Österreicher? Ich verbringe meinen Winterurlaub immer in Österreich. Ski fahren. Meist in Tirol oder Vorarlberg. Dort ist mir noch nie jemand mit so einer stattlichen Körpergröße begegnet, und darum ist mir dieser Gast im Gedächtnis haften geblieben. Ja..."

„Könnten Sie bitte etwas konkreter werden?", drängt Polizeiobermeister Hagen Junkers. Er hatte heute nicht vor, schon wieder Überstunden zu schieben. Ebenso wenig wie seine Kollegin. Endlich eine Schicht mal wieder normal beenden können. Aber das wird wohl nur beim Wunsch bleiben, wenn das so weiter geht.

„Pardon, natürlich", entschuldigt sich Löwers, „aber ich hatte Recht. Dieser Gast war Österreicher. Aus Wien. Der andere Deutscher. Beide sehr nett. Nichts Auffälliges oder Unangenehmes. Sie verstehen, was ich meine. Ihre Namen und Adressen habe ich zwar jetzt nicht im Kopf, aber ich kann jederzeit in den Anmeldungen nachgucken, wenn Sie es wünschen. Soll ich...?"

„Später. Das hat noch Zeit. Aber warum sprechen von diesen beiden Gästen in der Vergangenheit? Sind die nicht mehr hier?", hakt die Polizeimeisterin Ulli Högener nach.

„Das will ich Ihnen gerade berichten. Die beiden Herren bezogen ihre Zimmer, hielten sich aber nur kurz oben auf und kamen dann wieder in die Lobby herunter. Zwischenzeitlich bezog noch ein anderer Herr, dem ich vorerst überhaupt keine Bedeutung zugemessen hatte, Quartier bei uns. Unter uns, einer von der unangenehmeren Sorte. Aber das gehört dazu. Gäste kann man sich nicht aussuchen."

Junkers tippt mit der Fußspitze auf den Boden, aber Löwers lässt sich nicht beirren.

„Tja, von meinem Platz aus konnte ich sehr gut den großen Österreicher und seinen Begleiter sehen. Die beiden Männer unterhielten sich angeregt und schienen auf den Dritten zu warten. Irgendwann trennten sie sich und nahmen jeweils verschiedene Plätze in der Lobby ein. Dann kam auch dieser andere Mann wieder von seinem Zimmer herunter. Er trug einen Aktenkoffer bei sich. Nichts Teures, kein bestimmtes Label. Keine Markenware. Eher sehr billig. Doch diesen Koffer führte er die ganze Zeit mit sich, und ich glaube mich nicht zu irren, dass er immer wieder ein Auge auf den Österreicher und dessen Begleiter warf. Es verging noch einige Zeit", Löwers denkt kurz nach, um nichts Falsches zu sagen, „dann erschien sozusagen der vierte Mann, der von dem Österreicher und dem Deutschen bereits erwartet wurde. Diesen Namen habe ich mir gemerkt, weil besonders der Vorname so selten ist... Erasmus Vonske... und nach seiner Aussprache bestimmt ein waschechter Berliner..."

Högener schreibt eifrig mit, während ihr Kollege mit vor der Brust verschränkten Armen dem jungen Mann inzwischen interessiert zuhört. Auch Löwers Chef, der Hotelmanager, und die beiden Securitymänner, sind ganz Ohr. Die drei Männer stehen in einem Halbkreis hinter dem Rezeptionisten.

„Ja... und dieser Vonske wollte mit... Moment... jetzt hab ich's! Er wollte mit einem Herrn Lichtenhagen sprechen. Jetzt ist es mir wieder eingefallen. Sein Vorname...", er schüttelt bedauernd den Kopf, „aber ich kann nachsehen. Der Nachname des Österreichers begann mit Ku... oder Ko... Wie auch immer.

Zuerst sprachen Lichtenhagen und Vonske allein, später aber gesellte sich der Österreicher ebenfalls dazu. Was mir zuerst gar nicht auffiel, sondern erst viel später, dass auch dieser Mann mit dem Aktenkoffer in unmittelbarer Nähe der drei saß und immer nur in einer Zeitung las, nämlich in der *Financial Times*. Sehr leicht an dem rosa Papier zu erkennen. Vielleicht unbedeutend, aber doch sonderbar, weil kein Mensch über Stunden in der gleichen Zeitung liest, sage ich mal. Doch das steht mir nicht zu.

Es war schon sehr spät – die genaue Zeit kann ich Ihnen beim besten Willen nicht mehr sagen – da trennten sich die drei. Lichtenhagen und Vonske fuhren hoch. Ich nehme an, dass das dritte, dieses reservierte, Einzelzimmer für diesen Berliner bestimmt war, der es jedoch nicht in Anspruch nahm. Ich habe mich auch nicht weiter darum gekümmert."

Kurt Löwers legt die Handflächen aneinander, führt die Fingerspitzen zum Mund.

„Ja, wie war das noch?... Genau... Der Österreicher blieb in der Lobby und ich konnte mich des Eindrucks nicht erwehren, dass sich der Aktenkoffer-Mann und er gegenseitig bespitzelten und beobachteten. Ja, ich würde sogar so weit gehen zu sagen, dass sie sich richtiggehend verfolgten. Ich war dann durch die Wünsche anderer Gäste abgelenkt und habe alle vier eine Zeit lang nicht mehr zu Gesicht bekommen.

Nun, so lange ist das noch gar nicht her, da kamen plötzlich dieser Österreicher und Lichtenhagen mit ihrem Gepäck an die Rezeption und checkten aus. Jetzt weiß ich auch, wie er heißt ... Kokoschansky... Heinz Kokoschansky. Es wäre etwas dazwischengekommen, sie müssten leider abreisen. Der Österreicher, dieser Herr Kokoschansky, bezahlte die Rechnungen für alle drei Zimmer mit *VISA*, wobei ich ihm das dritte, nicht benützte, billiger verrechnete, was er auch dankend annahm. Diesen Aktenkoffer-Mann habe ich gar nicht mehr gesehen... Einen Augenblick... Auch diesen Namen habe ich jetzt parat. Louis Küfferle... und er wies sich mit einem Schweizer Pass aus... sagte, er käme aus Solothurn... Doch da war etwas, was mich, abgesehen von seinem zumindest für mich unangenehmen Erscheinungsbild irritierte... geben Sie mir noch ein paar Sekunden... ja natürlich! Er sprach sächsischen Dialekt. Und ein Schweizer Pass? Dieser Erasmus Vonske ist ebenfalls nicht mehr aufgetaucht. Tja, mehr fällt mir im Moment beim besten Willen nicht mehr ein..."

„Aber mir", schaltet sich nun einer der beiden Securitymänner ein. „Mein Kollege und ich haben unsere regelmäßige Tour durch das Haus und die Anlage vorhin um eine Viertelstunde früher begonnen, und zwar aus dem einen Grund, weil mich ein Pärchen angesprochen hatte. Gäste unseres Hauses. Sie waren von einem Empfang in der Stadt ins Hotel zurückgekehrt, und als sie in die Garage fuhren, dachten sie zuerst, dass sie alleine wären. Erst als eine Autotüre zugeschlagen wurde, wurden sie auf drei Männer aufmerksam, die bei einem Auto standen. Einer von den dreien war so ein extrem baumlanger Kerl. Dem Pärchen sind die drei irgendwie suspekt vorgekommen. Als sie mich in der Lobby sahen, haben sie mir das umgehend mitgeteilt. Darum machten mein Kollege und ich unsere Runde früher als sonst. Und haben das Blut entdeckt. Auch das Material unserer Überwachungskameras gibt nichts her. Diese Parkplätze und der gesamte Bereich liegen in einem toten Winkel, der nicht erfasst werden kann."

Polizeiobermeister Hagen Junkers weiß längst, dass wieder einmal Überstunden angesagt sind. Doch es ist ihm egal, weil ihn diese mysteriöse Geschichte jetzt gepackt hat.

„Und was war das für ein Auto?", fragt der Polizist den Sicherheitsmann.

„Ein schwarzer BMW Z4. Darauf schwört der Gast jeden Eid, weil er selbst so einen besitzt."

Polizeimeisterin Ulli Högener nimmt ihren Kollegen beiseite, redet leise auf ihn ein.

„Erinnerst du dich, Hagen, wie wir zu diesem Einsatz gefahren sind? Da hörten wir doch über Funk im Streifenwagen mit, dass vor der Notaufnahme des ZKH Bremen Ost ein verletzter Mann wahrscheinlich aus einem Auto geworfen wurde. Ob es da einen Zusammenhang gibt?"

Junkers brummt nur Unverständliches und verlangt von seiner Kollegin die Funke. Dann geht er ein paar Meter weiter und spricht leise in das Handsprechfunkgerät. Nach dem Funkkontakt zwinkert er Högener nur zu. Beide kehren wieder zu den gespannt wartenden Männern zurück.

„Ja, Herr Löwers, Sie und auch die anderen haben uns sehr geholfen. Halten Sie sich, besonders Sie Herr Löwers und Sie", und dabei meint er den einen Securitymann, „bis auf weiteres zu unserer Verfügung. In einigen Minuten wird die Kripo hier sein und alles Weitere übernehmen."

„Mein Gott, wie dumm von mir!", platzt Löwers plötzlich heraus. „Ein wichtiges Detail hätte ich in dieser Hektik beinahe übersehen. Als Kokoschansky und sein Begleiter abreisten, da trug Lichtenhagen einen Aktenkoffer. Den hatte er vorher nicht dabei, als er ankam. Und auch nicht Kokoschansky. Das weiß ich ganz genau. Und ich bin mir ganz sicher, dass es sich dabei um den Koffer von diesem Küfferle handelte... Ja... Sehen Sie, langsam kehrt die Erinnerung zurück. Auch an das, was einem vorher unwesentlich erschien. Dieser Österreicher hatte, als er den Beleg für *VISA* quittierte und die Rechnung unterschrieb, an beiden Händen völlig zerschürfte Fingerknöchel. Diese Wunden hatte er vorher auch nicht..."

Ohne das Salz der Niederlage
sind Siege ungenießbar.

(Peter Tille)

Holger Stoever alias Louis Küfferle hat endlich Ruhe und Zeit zum Nachdenken gefunden. Nämlich darüber, wie er am schnellsten aus diesem Krankenhaus abhauen kann. Es dauerte keine zwei Minuten, bis sie ihn vor der Notaufnahme des ZKH Bremen Ost aufgelesen hatten. Zwar sind seine Verletzungen schwer, aber in keinem Fall lebensgefährlich. Außer einem gebrochenen Nasenbein keine weiteren Knochenbrüche, abgesehen von zwei oder drei angeknacksten Rippen. Etliche schwere Prellungen, eine Unzahl blauer Flecke. Das Cut über dem rechten Auge musste mit fünf Stichen genäht werden. Dazu kommen noch eine mittelschwere Gehirnerschütterung und einige ausgeschlagene Zähne. Für ein neues Gebiss hat gefälligst Düllmann zu sorgen. Schließlich ist das alles auf seinem Mist gewachsen.

Nach der Mineralwasserdusche in der Garage war er wieder voll bei Bewusstsein. Den behandelnden Ärzten und der Polizeistreife, die vom Krankenhaus verständigt worden war, spielte er den Verwirrten vor, der sich an nichts mehr erinnern könne und log, dass sich die Balken bogen. Er wäre in einer Kneipe am Hafen unschuldig in einen Streit geraten. Daraufhin hätten ihn mehrere Männer zusammengeschlagen und auch noch ausgeraubt. So viel bekam er noch mit, bevor er bewusstlos wurde. Aufgewacht wäre er erst wieder hier vor dem Krankenhaus. Blutend auf dem Asphalt liegend. Filmriss.

Da er auch keine Ausweispapiere bei sich trug, konnte er zu Fragen nach seiner Person stereotyp antworten, er habe keine Ahnung, wer er sei und führte diesen Gedächtnisverlust auf die wuchtigen Schläge gegen seinen Kopf zurück. Er spielte den Mann ohne Gedächtnis so überzeugend, dass auch die Ärzte zu der Ansicht kamen, dass er das Erinnerungsvermögen vorübergehend verloren habe, wie es bei zusammen-geschlagenen Personen immer wieder vorkommt. Dann ließen sie ihn zufrieden. Auch die beiden Polizisten fuhren wieder weg.

Nun liegt er mit dick bandagiertem Kopf und einem Verband um den Körper zugepflastert auf dem Rücken und macht sich schwere Vorwürfe, dass er sich so tölpelhaft benommen hatte. Wie ein Anfänger ist er diesem Kokoschansky in die Falle getappt. Er hatte ihn unterschätzt.

Das durfte ihm, einem ehemaligen führenden Stasi-Offizier nicht passieren. Er, der eine erstklassige Ausbildung in Moskau beim KGB absolviert, der das dreckige Geschäft der Geheimdienste von der Pike auf gelernt hatte, benahm sich wie seinerzeit einer seiner schlechtesten Schüler. Lässt sich plump überfallen und zusammenschlagen. Dieser Kokoschansky hatte ihn mit seinen eigenen Waffen geschlagen. Obendrein wurden ihm noch seine Abhöranlage, seine Knarren, sein Handy und sein Auto abgenommen. Er hatte sich zu sicher gefühlt. Das Auto bereitet ihm die größten Sorgen.

Er konnte zwar nur immer wieder einzelne Wortfetzen aufschnappen, als sie in der Garage zusammen tuschelten, aber ihm ist klar, dass sie es verschwinden lassen und nicht so blöd sind, damit herumzukutschieren. Scheiß auf das Auto. Viel wichtiger ist die Frage, ob sie es vorher durchsucht haben? Warum hat er das Zeug nicht woanders deponiert? Nein, er war zu sorglos, hat es mit sich geführt. Ein paar seiner gefälschten Pässe und Ausweise. Das lässt sich alles verschmerzen. Nicht aber die DVDs und CD-ROMs mit dem Kinderpornomaterial. Wie kann er jemals beweisen, dass er damit nichts zu tun hat? Dass er nur organisiert und vermittelt, damit gewisse perverse Dreckschweine zu ihrer Befriedigung kommen. Nichts weiter. Auf einer CD-ROM ist zwar seine Art von Lebensversicherung drauf, aber das nützt ihm jetzt, in dieser Zwangslage, auch herzlich wenig. Nur er weiß, wie diese Daten zu lesen sind. Nicht einmal verschlüsselt hat er sie! Wie kann man nur so unvorsichtig sein! Und sie werden die Abkürzungen nicht zu deuten wissen. Wie auch?

Er ist überzeugt, dass die DVDs und CD-ROMs längst im Besitz dieses Kokoschanskys und seiner beiden Kumpane sind, sofern sie nicht vergessen haben, sein Auto zu durchsuchen. Wenn doch, dann hat er seinen besten Trumpf leichtfertig verspielt und steht mit leeren Händen da.

Sollte es so weit kommen, dass man ihm das anhängen will, dann wird er singen. Dafür hält er seinen Kopf nicht hin. Dann wird er sie alle mit in den Abgrund reißen. Bei Düllmann angefangen... Doch der ist so oder so dran. Im Adressbuch seines Handys und auf der Anrufliste, die er nie gelöscht hat, finden sich sämtliche Nummern der Personen, mit denen er regelmäßig in Kontakt steht. Das wird auch von Grimmelshausen und Rüttersfeld erhebliche Probleme bereiten. Viel wichtiger wäre jetzt, wenn Krüger greifbar wäre. Oder Silke. Seit Wochen scheint die verschollen. Er muss hier schleunigst raus. Kokoschansky und Lichtenhagen müssen weg. Und wenn die nicht zuerst, dann eben vorher deren Weiber...

Stoever alias Küfferle glaubt, vor seiner Tür leise Stimmen zu vernehmen. Er versucht, seinen verbundenen Kopf zu heben. Der augenblicklich fürchterlich stechende Schmerz in seinem Hinterkopf lässt das nicht zu und zwingt ihn sofort wieder in sein Kissen. Diese Scheißschmerzmittel sind einen Dreck wert. Auch das Schlafpulver wirkt nicht. Nur ein paar Stunden schlafen. Mehr nicht. In dieser Zeit wird nicht viel passieren, und dann ist er weg.

Polizeiobermeister Hagen Junkers und Polizeimeisterin Ulli Högener stehen vor dem Krankenzimmer und sprechen mit dem Dienst habenden Arzt.

„Ihre Kollegen haben doch bereits alles schon aufgenommen", sagt der Arzt.

„Stimmt schon", antwortet Junkers, „wir haben uns auch mit unseren Kollegen darüber unterhalten. Nur konnten die noch nicht wissen, als sie hier waren, was wir inzwischen herausbekommen haben. Ist der Mann ansprechbar?"

„Natürlich. Er hat die typischen Verletzungen einer sehr brutalen Schlägerei davongetragen. Vorübergehend dürfte er auch sein Gedächtnis verloren haben. Er weiß nicht, wer er ist. Kann sich im Grunde an nichts erinnern. Trotzdem sollten Sie den Mann in seinem derzeitigen Zustand nicht zu sehr belasten. Ich gebe Ihnen fünf Minuten."

„Mehr brauchen wir nicht", sagt Junkers.

„Danke, Doktor", bedankt sich Högener und wirft ihrem Kollegen einen bedeutungsvollen Blick zu.

Junkers drückt sacht die Klinke, öffnet die Tür.

„Guten Abend oder besser, guten Morgen", grüßt Junkers mit leiser Stimme, während Högener das Licht im Zimmer aufdreht.

„Hören Sie mich? Können Sie mich verstehen?... Herr Küfferle?"

Er spricht den Namen betont laut aus.

Stoever alias Küfferle schlägt die Augen auf, erschrickt für einen Moment, als er die Uniformen sieht, hat sich aber trotz seiner Schmerzen sofort wieder im Griff.

„Was wollen Sie denn schon wieder? Ich habe Ihnen doch bereits alles gesagt", sagt er stöhnend und spielt auf weggetreten.

„Ja, unseren Kollegen. Wir sind jetzt andere. Wie geht es Ihnen, Herr Küfferle?"

Junkers lässt nicht locker.

„Sie sind doch Louis Küfferle. Aus Solothurn in der Schweiz. Oder nicht? Auf diesen Namen haben Sie ein Einzelzimmer im *Hilton Bremen* gebucht", setzt Högener das Frage- und Antwortspiel fort.

„Ich bin zusammengeschlagen worden. Mehr weiß ich nicht."

„Geben Sie doch auf, Herr Küfferle. Im Hotel ist Ihr merkwürdiges Verhalten aufgefallen. Wer sind Sie wirklich?"

„Ich habe Schmerzen."

„Das tut mir leid, aber ich kann das auch nicht ändern", sagt Junkers eher mitleidslos als teilnahmsvoll, „aber wie erklären Sie uns, dass Sie als Louis Küfferle mit Schweizer Pass so hervorragend den sächsischen Dialekt beherrschen?"

„Ich weiß nicht, wer ich bin..."

Noch ein paar Mal geht dieses Geplänkel hin und her, aber aus Stoever alias Küfferle ist nichts Vernünftiges herauszubekommen. Schließlich sind Junkers und Högener gezwungen, aufzugeben. Mit dem Versprechen wiederzukommen verlassen sie das Krankenzimmer.

Es gibt nur ein Problem, das schwieriger ist,
als Freunde zu gewinnen: sie wieder loszuwerden.

(Mark Twain)

Ettlingen, unweit von Karlsruhe

Das private Domizil des Generalbundesanwalts Dr. Lutz von Grimmelshausen liegt auf einer Anhöhe etwas außerhalb von Ettlingen, einem beschaulichen Städtchen unweit von Karlsruhe. Von außen nicht einsehbar und gänzlich abgeschottet.

Nach den neuesten Sicherheitsstandards ausgewählt, als von Grimmelshausen diese brisante Position antrat. Dazu Bodyguards und gepanzerte Limousinen.

Aufgrund seines Amtes nimmt der Generalbundesanwalt einen der obersten Ränge auf der Liste der am meisten gefährdeten Personen in der Bundesrepublik ein. Immerhin fiel einer seiner Vorgänger, Siegfried Buback, einem terroristischen Attentat zum Opfer. Zu diesem illustren Kreis, die mit besonderen Privilegien ausgestattet sind, zählt auch Verfassungsschutzpräsident Henning Rüttersfeld.

Bislang waren die beiden Studienfreunde nur Gegner auf dem Golfplatz. Zusammen schafften sie ihre atemberaubenden Karrieren. Sie bildeten schon immer eine Seilschaft. In allen politischen Lagern gelten sie, nach den nächsten Bundestagswahlen, als ernstzunehmende Spitzenkandidaten für hohe Regierungsämter.

Jeder weiß vom anderen zu viel. Langsam wird dieses gegenseitige Wissen voneinander zu einer schweren Belastungsprobe für ihre jahrzehntelange Freundschaft. Obwohl es noch keiner von den beiden offen ausgesprochen hat, liegt es in der Luft.

Wer nun an diesem Sonntag die beiden Männer in den besten Jahren so einträchtig auf der Terrasse der Villa von Grimmelshausens sitzen sieht, kann sich schwer vorstellen, dass beide seit geraumer Zeit krampfhaft überlegen, wie einer den anderen auf elegante Weise abservieren kann.

„Lutz, ich beschwöre dich nochmals eindringlich, du musst jetzt endlich §129a zur Anwendung bringen. Dann haben wir beide freie Hand. Damit sind wir alle Probleme auf einen Schlag los. Achim Lichtenhagen und Erasmus Vonske werden öffentlich als die Gründer einer Art neuer RAF dargestellt. Beide sind den Gerichten einschlägig bekannt. Das zeigt immer Wirkung in der Öffentlichkeit."

Verfassungsschutzpräsident Henning Rüttersfeld hat sich etwas über den Gartentisch vorgebeugt. Die Köpfe der beiden Männer sind nur wenige Zentimeter voneinander entfernt.

„Und diese Rotznase von Kai Oldenburg", Rüttersfelds Stimme wird eindringlicher, „werden wir auch finden und in den Knast stecken. Mensch, Lutz! Ich verstehe dich nicht! Lichtenhagen, Vonske und Oldenburg werden als die führenden Köpfe dieser neuen terroristischen Vereinigung *W.S.D.V. – WIR SIND DAS VOLK!* angeprangert. Somit erklären sich für die Leute auch die Drohbriefe an die *ACS-Press & Media*, die in Flammen aufgegangenen Zeitungskioske. Und allem voran der geplante Anschlag auf den Reichstag samt Einsturz der Kuppel. Was glaubst du, wie das die Leute nach dem 11. September aufnehmen werden? Diese Typen sind für alle Zeiten erledigt und kommen nie wieder aus dem Bau.

Düllmann wird seine Leute anweisen, die Artikel im *„MB"* in entsprechender Weise zu schreiben, und wir haben alle was davon. Wir sind die Helden der Nation, weil wir den Staat rechtzeitig vor drohendem Unheil bewahren konnten und punkten zusätzlich bei unseren politischen Freunden. Und für diesen Österreicher, diesen Kokoschansky, werden wir ebenfalls etwas konstruieren. Mit mehrjährigem Einreiseverbot in die Bundesrepublik belegen, Abschiebung. Vielleicht kommt es deswegen auch zu einer außenministeriellen Krise zwischen uns und denen? Wir schießen nur aus dem Hinterhalt, die Köpfe halten andere für uns hin.

Lutz, jetzt kenne ich dich so viele Jahre. Wir haben so viel gemeinsam durchgezogen und uns dabei gegenseitig gedeckt. Warum du jetzt nicht mitziehen willst, kann ich einfach nicht verstehen."

Generalbundesanwalt Dr. Lutz von Grimmelshausen zieht bedächtig an seiner Pfeife, scheinbar unbeeindruckt von den Argumenten, die auf ihn niederprasseln. Er schweigt, sieht gedankenverloren zwei bunten Schmetterlingen nach, die sich ständig umkreisend langsam von der Terrasse wegfliegen. Am liebsten würde er sich ihnen anschließen.

„Du stellst dir das zu einfach vor, Henning. Achim Lichtenhagen ist nichts weiter als ein armer Mensch, der von der *ACS-Press & Media* und somit von Düllmann auf geradezu schändliche Weise für einen Betrug benutzt wurde. Als es für sie zu heikel wurde, haben sie Lichtenhagen über die Klinge springen lassen. Inzwischen kenne ich dessen Akte mehr als genau und weiß, welches Lumpenstück da über die Bühne ging. Wäre sein Name in letzter Zeit nicht immer wieder mit diesen Vorfällen aufs Tapet gebracht worden, ich wüsste nicht einmal, dass er existiert."

„Wirst du plötzlich weich und sentimental?" Rüttersfeld ist nahe daran, seine Beherrschung zu verlieren. „Umso besser! Zwei Fliegen mit einer Klappe! Lichtenhagen wird kaltgestellt und gleichzeitig hast du Düllmann wegen des Betrugs an der Angel hängen. Abgesehen davon, was kümmern uns die Geschäfte der *ACS*?"

„Darf ich weiter?", fragt von Grimmelshausen noch immer völlig unbeeindruckt.

Rüttersfeld lässt sich zu einer nonchalanten Handbewegung herab.

„Ich habe auch mit dem damaligen zuständigen Richter am Amtsgericht Bochum gesprochen, der Lichtenhagen fertig gemacht hat. Ist seit einem Jahr in Pension, von der er allerdings nicht mehr viel haben wird. Lungenkrebs im Endstadium. Seine Ärzte geben ihm nur noch wenige Wochen."

„Ja, und?"

Von Grimmelshausen überhört den zynischen Einwand.

„Ich habe mich mit diesem Mann getroffen. Da er nichts mehr zu verlieren hat, gestand er mir, dass er dieses Verfahren gegen Lichtenhagen nur deswegen in eine für die *ACS-Press & Media* genehme Richtung gedreht hat, weil er von denen mit einer sehr hohen Summe bestochen worden war."

„Düllmann?"

„Das sagte er mir nicht. Doch wer sonst? Natürlich hätte ich diesen Mann auf der Stelle hochgehen lassen können. Nur was hätte das gebracht? Er ist ein Todgeweihter. Und gegen Düllmann kann ich nichts ausrichten, weil nicht er, sondern ich an seinem Haken hänge. Und du weißt warum?"

Von Grimmelshausen sieht zu Boden. Daher kann er auch nicht das triumphierende Lächeln sehen, das Rüttersfeld für einige Augenblicke an den Tag legt.

„Ich weiß, die Geschichte mit deinem Neffen. Damals in München, Bogenhausen. Der Sexualmord an dem kleinen Mädchen. Wofür ein anderer einige Zeit als Mörder herhalten musste, bis sich herausstellte, dass es doch dein Neffe war, der so gerne an kleinen Mädchen herumfummelte. Das Dumme daran war, dass unsere Kripo doch nicht so schlecht ist, wie sie des Öfteren gemacht wird. Alles sprach gegen deinen Neffen. Aber du hast ihn letztendlich doch herauspauken können."

Von Grimmelshausens Gesicht zeigt erstmals Wirkung. Sein Gesicht wird fahler und fahler. Jetzt gibt ihm nur noch seine längst erkaltete Pfeife Halt. Auf diesen Moment hat Henning Rüttersfeld seit langer Zeit gewartet. Endlich den Freund, der ihm längst für seine eigenen Interessen zum Klotz am Bein geworden ist, loszuwerden.

„Du hast vorhin diesen kranken Richter ins Spiel gebracht, der gekauft wurde. Hast du das nicht ebenfalls gemacht? Und zwar für deinen Neffen. Nicht, weil er dir so ans Herz gewachsen war, sondern wegen der Familienehre. Du hast eine unbefleckte Familie gebraucht, damit du Karriere machen kannst. Hast du nicht versucht, das Verfahren gegen deinen Neffen niederschlagen zu lassen? Und zwar mit allen Mitteln? Als dir das nicht gelungen ist, weil sich dir einer der ermittelnden Kripo-Beamten in den Weg gestellt hat, der vor dir nicht in die Knie ging, hast du dich dann an dem nicht schadlos gehalten? Indem du ihm seine weitere Laufbahn vermasselt hast? Stimmt doch. Korrigiere mich, wenn ich etwas Falsches sagen sollte. Teilweise habe ich dir dabei sogar noch geholfen, weil du mich damals angelogen hast. Erst viel später hast du eingestanden, wie es wirklich war. Erinnerst du dich?

Gegenüber den Medien konntest du dich behaupten. Nie wurde der Name deines Neffen in den Medien, nachdem es daran nichts mehr zu rütteln gab, dass er der Mörder war, voll ausgesprochen oder geschrieben. Du hast persönlich für die absolute Informationssperre gesorgt. Und die Eltern des ermordeten Mädchens so unter Druck setzen lassen, dass sie am Ende gar nicht mehr anders konnten, als zu allem Ja und Amen sagen. Nur Düllmann war so clever herauszufinden, dass der Neffe des Generalbundesanwaltes die Kleine um die Ecke gebracht hatte. Somit bist du erledigt. Das wirst du nicht mehr los. Das weißt du auch.

Denn somit konnten Düllmann und die *ACS-Press & Media* nach Gutdünken schalten und walten. Für das deutsche Gesetz tabu, weil der Generalbundesanwalt höchstpersönlich sein schützendes Händchen darüber hält. Pech, dass dieser Frank...", der Verfassungsschutzpräsident denkt kurz nach, macht dann eine wegwerfende Handbewegung, „Frank... ach was... irgendwie... der Sohn dieses Vonskes war. Das Leben bietet ab und zu solche Kuriositäten. Düllmann machte weiter. Frank ist der Mörder. Düllmann wäre schön blöd gewesen, wenn er diese wunderbare Connection zu dir zerstört hätte. Bloß um die Wahrheit zu berichten. Allerdings konnte natürlich keiner damit rechnen, dass plötzlich dieser Lichtenhagen Amok zu laufen beginnt. Was diese gesamte leidige Angelegenheit noch erschwert ist die Tatsache, dass sich einer meiner Männer bei Vonske kürzlich verplapperte und ihm gegenüber Lichtenhagen nannte. Niemand konnte ahnen, dass dieser verrückte Buchhändler kurzerhand seinen Laden dichtmacht, weil er seine Chance gekommen sieht, jetzt endlich mit der *ACS-Press & Media* wegen seines Sohnes abzurechnen. Und nach Lichtenhagen sucht."

„Warum erfahre ich das alles erst jetzt? Was ist mit Stoever?"

„Moment. Ich bin gleich fertig. Du hörst jetzt *mir* zu. Hast du eben Stoever genannt? Der arbeitet nicht mehr für dich."

„Was?"

Von Grimmelshausen fährt von seinem Stuhl hoch wie von einer Tarantel gestochen.

„Stoever ist seit einiger Zeit mein alleiniger V-Mann. Ich hatte ihm ein Angebot gemacht, das er nicht abschlagen konnte. Und wie wir beide wissen, interessiert den nur die Kohle. Abgesehen davon hielt ich es immer für eine Schnapsidee, dass wir ein und denselben V-Mann benutzen. Aber ich habe es dir zuliebe getan. Auch um zu sehen, ob das funktionieren kann. Jetzt klappt es nicht mehr. Ich muss meine eigenen Interessen wahren und die tendieren, wie du weißt, in die Politik. Deine zwar auch, aber doch nicht so intensiv, wie ich ursprünglich dachte."

Auch Rüttersfeld ist nun ebenfalls aufgestanden, steht Auge in Auge dem Generalbundesanwalt gegenüber. Seine Stimme wird leise und drohend.

„Und vergiss nie, lieber Lutz, falls du jetzt an etwas Bestimmtes denken solltest – fällt einer von uns beiden, kippt automatisch der andere mit. Wir sind wie siamesische Zwillinge, jedoch untrennbar, weil wir bestimmte lebenswichtige Organe gemeinsam haben. Ab sofort übernehme ich das Ruder und schaffe uns Lichtenhagen & Co. für immer vom Hals. Du wirst nichts unternehmen. Nur alles absegnen. Ich hoffe, ich habe mich klar ausgedrückt.

Mensch, Lutz!", Rüttersfelds Ton wird freundlich und verbindlich, „Wegen dieser verdammten Geschichte werden wir doch nicht unsere Freundschaft, ach, was sage ich, unsere Blutsbrüderschaft riskieren! Wir sind doch beide aus dem gleichen Holz geschnitzt. Du kannst doch ebenso ein Schweinehund sein wie ich, wenn es erforderlich ist. Nur die Ellbogen bringen dich an die Macht! Und wir haben zusammen vier... Es ist nur noch ein kurzes Stück Weg, das uns vom Olymp trennt... Wenn ich jetzt die Biege mache, wirst du in dein Büro fahren und alle nötigen Schritte veranlassen, dass §129a sofort wirksam wird. Und in weniger als achtundvierzig Stunden sind Lichtenhagen, Vonske, Oldenburg samt ihren Helfern und Helfershelfern für immer in die deutsche Kriminalgeschichte eingegangen. Dann ist alles wieder im Lot. Ich bin zufrieden, du, Düllmann. Alle kehren wir wieder in den grauen Alltag zurück und werden noch dazu national und international als die Retter gefeiert. Haben wir doch diesen Staat durch gemeinsames und besonnenes Vorgehen sowie durch unsere freundschaftliche Kooperation vor einem neuerlichen *heißen Herbst* bewahrt.

Und noch etwas, von Freund zu Freund. Eine Männerfreundschaft wie die unsrige muss auch schon mal etwas härtere Worte verkraften können... Und nächste Woche verbessern wir endlich dein Handicap..."

Dabei legt der Verfassungsschutzpräsident dem Generalbundesanwalt jovial die Hand auf die Schulter, der diese Geste aber wie einen Todeskuss empfindet.

Wenn du eine hilfreiche Hand brauchst,
suche sie am Ende deines Armes.

(Orientalische Weisheit)

Der Kripo-Beamte aus München hat Wort gehalten. Uwe Cottbus ist von Kiel nach Bremen gekommen, wie er es Kokoschansky für den Notfall versprochen hatte. Dafür verzichtet er auch auf die Schlussveranstaltung der *IPA*-Tagung.

Zuerst war Vonske auf Kokoschansky mehr als sauer, als der ihm und Lichtenhagen am Vormittag sagte, was Sache ist. Dass nämlich nun, hoffentlich, ein Bulle mitmischen würde. Lichtenhagen reagierte begeistert, heilfroh, dass die Geschichte endlich eine Art von behördlichem Schutz bekam.

Nach und nach lenkte auch der Buchhändler ein, meinte nur, Bullen würden für ihn immer ein rotes Tuch bleiben. Aber man könne ja auch mal eine Ausnahme machen, wenn es der guten Sache dienlich sei. Restlos überzeugt war er schließlich, als sie erfuhren, dass ihnen trotz aller

Vorsichtsmaßnahmen in der Hotelgarage ein folgenschwerer Fehler unterlaufen war.

Seit Stunden sitzen sie nun im Hotel „Zur Post“ im Zimmer des Journalisten und tagen: Kokoschansky, Vonske, Lichtenhagen, Cottbus. Das Gesprächsklima mit dem Kriminalbeamten ist ausgezeichnet. Kein sturer Bürokrat, nur ausschließlich nach den Buchstaben des Gesetzes agierend und strikt nach Vorschrift, sondern einer, der auch bereit ist, über den Tellerrand zu gucken und Vorgesetzte zwar akzeptiert, sie gleichzeitig aber auch als notwendiges Übel betrachtet.

Klaus Mittenweger, der Wiener Drogenfahnder, hatte Kokoschansky einen ausgezeichneten Mann empfohlen.

Nachdem der Kripo-Mann ausführlich unterrichtet wurde und sich mit der heiklen und explosiven Materie vertraut gemacht hat, berichtete Kokoschansky über seinen Ausraster in der Garage und auf welche Weise sie sich ihres Schatten entledigten. Ohne Umschweife und ohne etwas beschönigen zu wollen.

„Dass die Fingerabdrücke von Ihnen, Herr Vonske, und auch von Ihnen, Herr Lichtenhagen, auf den Mineralwasserflaschen sind, ist bedauerlich, weil ja Sie beide aufgrund Ihrer Vergangenheit längst erkennungsdienstlich erfasst sind. Nur ein Klick mit der Maus und schon spuckt der PC sämtliche Daten aus. Das Krankenhaus wird sicher die Polizei verständigt haben. Dazu sind sie verpflichtet. Dann läuft der Apparat an.

Was das *Hilton* wegen der Blutspuren in der Garage unternimmt, ist schwer zu sagen. Im Regelfall zittern die alle um ihren guten Ruf. Eine winzige Chance besteht noch, dass es einfach übersehen wurde. Aber so, wie Sie den Angriff auf diesen Mann schilderten, haben sie dort eine ziemliche Sauerei verursacht.“

Kokoschansky kann nur zustimmend nicken.

„Eben. Es ist nun einmal passiert und jetzt müssen wir schauen, wie dieses Problem zu lösen ist“, setzt der eher kleine, vom gesamten Erscheinungsbild her unscheinbar wirkende Kripo-Mann fort, „daher werden sich diese Spuren kaum verheimlichen lassen. Auch einem Gast können diese längst aufgefallen sein. So etwas verschwindet nicht spurlos. Ich glaube, dass die Kripo längst ermittelt. Ich halte es für durchaus möglich, dass Sie und Sie“, dabei sieht er direkt zu Vonske und Lichtenhagen, „aufgrund der vorhandenen Fingerabdrücke bereits zur Fahndung ausgeschrieben sind. Das Blut in der Garage, der in der Nacht vor dem Krankenhaus abgelegte, verletzte unbekannte Mann – dazu braucht es nicht viel, um eins und eins zusammenzuzählen.“

„Können Sie das nicht checken?“, fragt Vonske, den diese Umstände im Gegensatz zu Lichtenhagen überhaupt nicht zu beunruhigen scheinen.

„Wie denn? Ich als Münchner habe doch in Bremen kaum Kompetenz. Außerdem, wie sollte ich das meinen Kollegen glaubhaft verkaufen, wenn ich plötzlich zu ermitteln versuche. Ein Bayer will den Preußen ins Handwerk puschen! Das haben die gar nicht gern. Die würden mich voll anrennen lassen.“

„Sie klingen aber gar nicht nach Bayer“, stellt der Buchhändler fest.

„Bin ich auch nicht. Ich komme aus Hessen. Ist aber eine andere Geschichte. Jetzt nicht relevant. Im Grunde sitze ich durch Sie bereits selbst fest in der Tinte, weil ich von der Schlägerei weiß und nichts unternehme. Eigentlich müsste ich Sie, Herr Kokoschansky, als Haupttäter und alle anderen im Raum wegen Mittäterschaft sofort festnehmen. Dazu kommt noch Freiheitsberaubung. Ein gerissener Staatsanwalt kann durchaus eine Entführung daraus stricken.

Weiter schwere Körperverletzung, gewaltsamer Raub, unterlassene Hilfeleistung, unerlaubter Waffenbesitz und noch einiges mehr. Quer durch das Strafgesetz. Ziemlich viel auf einmal. Finden Sie nicht, Herr Kokoschansky? Noch dazu als Ausländer. EU-Bürger hin, EU-Bürger her.

Doch in Anbetracht der Gesamtlage“, und dabei beginnt er verschmitzt lächelnd seine Brille mit einem Taschentuch zu putzen, „kann ich mich überhaupt nicht daran erinnern, jemals davon gehört zu haben.“

„Ach ja“, grinst auch Vonske, „jetzt ist es mir wieder eingefallen, wie das mit den Mineralwasserflaschen tatsächlich war! Ich wollte mit Achim wegfahren und, was sehe ich. Meine total verdreckte Windschutzscheibe! Da komme ich doch keine hundert Meter weit! Schon hätte ich ein Problem mit einem Bullen, wenn er zufällig meine Kreise stört. Hab darauf aber keinen Bock. Ich also zu Achim: Hey, Alter, düs mal wieder hoch, organisier was zum Waschen...“

„Hätte das nicht auch einer vom Hotelpersonal für Sie erledigen können?“

Cottbus kann sich nur schwer das Lachen verkneifen.

„I wo! Mann, wo denkste hin! Das mach ich lieber selbst. Schließlich geht es ja um meine Sicherheit und um die der anderen Verkehrsteilnehmer. Und dann hält doch der Schnösel, der das nur halbherzig macht, glatt die Hand auf und will ein fettes Trinkgeld auf der Kralle sehen. Nicht mit mir! Also, Achim hoch! Bring das Mineralwasser mit aus der Minibar! Ist zwar sauteuer, aber was soll's. Cola oder so kann ich mir ja nun schwer über die Scheibe schütten. Und den Zahnputzbecher mit Leitungswasser füllen, genügt nicht.“ Vonske bietet eine reiche Leistung, die jedem professionellen

Komiker alle Ehre macht. „Na gut, jetzt ist er da mit seinen drei Flaschen, aber der Dussel hat doch glatt den Öffner vergessen. Ich hab auch nix dabei. Gut, hätte mir was vom Werkzeug aus dem Auto holen können. Ist aber ein Leihwagen. Keine Ahnung, was die so mitliefern. Außerdem bin ich von Natur aus faul. Wenn's einfacher geht? Schickt sich zwar nicht in einem Nobelhotel, aber da war's auch schon passiert. Krach bumm an den Pfeiler und ich hatte wieder eine astrein blitzblanke Scheibe. Ja, ich erinnere mich. Da waren so Flecken neben meiner Karre. Aber auf Blut wär ich doch nie gekommen!"

„Warum sind Sie nicht Schauspieler geworden?", fragt Cottbus lachend.

„Weil ich mich für die Rolle des Revolutionärs entschieden habe. Hat aber nur für einen Laiendarsteller gereicht", antwortet Vonske schlagfertig.

„Gut. Das wäre also geklärt", stellt Cottbus fest. „Bleiben noch seine zerschundenen Hände."

„Ach, Kokoschansky, dieser Dödel!", läuft der Buchhändler wieder zur Höchstform auf. „Das kommt davon, wenn man so ein Lulatsch ist. Quatscht mir die Hucke voll und stolpert dabei über seine eigenen Latschen. Kein Wunder bei diesen Geigenkästen an den Füßen!", und zeigt dabei belustigt auf Kokoschansky Schuhe, „Ich will ihn noch abfangen, aber chancenlos, ich als schmächtiges Männchen gegen diesen Schrank! Schrammt mir der Tollpatsch doch glatt voll über den Asphalt..."

Vonske sieht sich auffordernd in der Runde, meint plötzlich mit stoischem Gesicht und knochentrocken.

„Hat wer bessere Vorschläge?"

Der Kripo-Mann ergreift wieder die Initiative.

„So viel zum heiteren Teil der Veranstaltung... Bei diesen Versionen müssen Sie aber auch bleiben. Ich weiß von nichts. Von dem Mann im Krankenhaus ist nichts zu befürchten, nach dem, was ich hier alles so sehe. Seine Packen gefälschter Papiere, die Dienstausweise, die Abhöranlage. Selbst, wenn es sich dabei tatsächlich um einen Verfassungsschützer oder einen V-Mann handelt, glaube ich trotzdem nicht, dass er redet. Der verweigert sämtliche Angaben zu seiner Person oder lässt sich einen anderen Trick einfallen. Und er wird trachten, egal, was er nun tatsächlich abbekommen hat, schleunigst aus dem Krankenhaus zu verduften. Das bekomme ich ja alles noch auf die Reihe. Es ist durchaus vorstellbar, dass er ein ehemaliger Stasi-Angehöriger war. Aber was es mit den Kinderpornos auf sich hat, da muss ich passen. Selten so etwas Perverses und Dreckiges gesehen. Diese Bilder stammen doch alle aus dem ehemaligen Ostblock. Erkennt man an der Machart und teilweise sind ja die Angaben auch in Kyrillisch. Kann wer von Ihnen Russisch?"

Alle drei verneinen. Plötzlich wird Cottbus sehr geheimnisvoll und spricht Kokoschansky direkt an.

„Ich war auch nicht ganz untätig. Sehr interessant ist die Liste mit den Telefonnummern und den Nummern aus dem Adressbuch von Stoevers Handy. Nennen wir ihn eben weiterhin so, bis wir wissen, wer er wirklich ist. Haben Sie die Liste vom Hotel aus gefaxt?"

„Ja, sicher."

Cottbus verzieht das Gesicht.

„Mhm, Faxbestätigung?"

„Schwimmt in winzige Stückchen zerfetzt längst im Klo."

Cottbus Miene erhellt sich wieder. Man versteht sich.

„Und wie viel hat es Sie gekostet, dass Ihr Fax hier im Hotel niemals abgeschickt wurde?"

„Fünfzig Euro."

„Dann bin ich beruhigt. Mann, was seid ihr drei nur für eine komische Truppe!"

„Hey Koko, irgendwie glaube ich immer noch nicht so recht, dass du wirklich ein Journalist bist", stichelt Vonske.

Cottbus zieht ein A4-Blatt aus einer Mappe.

„Die Liste ist sehr aufschlussreich. Ich habe ein paar meiner Verbindungen genutzt und voilà... Jetzt passen Sie einmal auf. Es waren ein paar gesperrte Nummern dabei. Das heißt, Nummern von dienstlichen Handys und Festnetzanschlüssen. Beispielsweise von einem Dr. Martin..."

„...Düllmann", vervollständigt Lichtenhagen den Namen ohne groß nachzudenken.

„Volltreffer. Und durch Sie weiß ich inzwischen auch, wer das ist. Ich kann aber auch mit den Nummern des Generalbundesanwaltes Dr. Lutz von Grimmelshausen aufwarten, was mir besondere Freude bereitet, da ich mit diesem Herrn noch einiges zu klären habe. Darum übersehe ich so ziemlich alles, was Sie drei inzwischen angestellt haben. Aber das hat nichts mit Ihrer Geschichte zu tun. Oder wie wäre es mit unserem Verfassungsschutzpräsidenten Henning Rüttersfeld? Auch dabei. Dann hätten wir noch einen Jens Krüger. Das ist doch der Mann, der Ihnen in Österreich begegnet ist, Herr Lichtenhagen, nicht wahr? Wie hieß doch gleich der Ort?"

„Villach..."

Lichtenhagen bringt den Namen kaum heraus.

„Tja, und dann ist auch noch eine Frau darunter..."

Lichtenhagen hält sich gebannt die Hände vor den Mund. Eine innere Stimme sagt ihm, dass seine Vermutung stimmt.

„Silke Bruns."

„Mein Gott, was ist da bloß los? Ich bin bald reif für die Klapse.“ Lichtenhagen ist den Tränen nahe. „Wie wird das bloß enden? Das ist doch ein Teufelskreis, der nicht mehr zu durchbrechen ist.“

Kokoschansky gibt Vonske ein verstecktes Zeichen und der kapiert sofort. Inzwischen wissen alle, dass Lichtenhagens Herz nicht unbedingt das Beste ist.

„Komm, Achim, wir verziehen uns. Bisschen frische Luft schnappen. Endlich raus aus dieser Räucherhöhle. Sollen die beiden eine Zeit lang alleine weiterpalavern.

In der Tat ist die Luft in Kokoschanskys Zimmer längst zum Schneiden. Der Buchhändler nimmt Lichtenhagen am Arm.

„Warten Sie mal“, sagt Cottbus, „gehen Sie besser in eins von Ihren Zimmern. Nicht nach unten oder draußen. Der Teufel schläft nicht. Ist zwar auch nicht optimal, aber besser, Sie werden derzeit von niemandem gesehen. Und rufen Sie sofort an, wenn etwas nicht stimmt.“

„Klar, doch“, sagt Vonske, öffnet die Türe, blickt kurz links und rechts in den Flur hinaus. „Die Luft ist rein. Achim, komm.“

Der Kripo-Beamte wartet, bis die beiden den Raum verlassen haben.

„Wann kommen Ihre und seine Frau?“

„Heute in der Nacht. Frau Lichtenhagen kommt etwas eher als meine. Beide mit dem Zug.“

„Das ist gut“, Cottbus schabt über sein Kinn, „unauffälliger als ein Flugzeug. Das ist eine gute Entscheidung von Ihnen gewesen, Herr Kokoschansky, Ihre Frauen in bei sich zu haben. Da geht etwas ganz Großes hoch. Lichtenhagen wird zu seiner Bombe kommen. Längstens in achtundvierzig Stunden ist alles vorbei. Wirtschaftskriminalität ist zwar nicht mein Ressort, aber so viel verstehe auch ich davon, dass die *ACS-Press & Media* der Drahtzieher ist und irgendwelche Leute unter Druck setzt. Sie werden sehen, Herr Kokoschansky, da werden plötzlich alte Seilschaften ans Tageslicht kommen. Warum verfügt eine miese Ratte wie dieser Stoever über Telefonnummern, die in diesem Riesenland wirklich nur einer Hand voll Leuten bekannt sind, und die obendrein auch noch ständig gewechselt werden. Und der Typ ist immer auf dem neuesten Stand. Weiß ich inzwischen alles durch meine Verbindungen.“

Cottbus geht zur Minibar und holt sich eine Dose Cola. Er reißt den Verschluss ab und trinkt in schnellen Zügen. Anschließend zündet er sich eine Zigarette an und setzt sich wieder.

„Vielleicht wissen die bereits mehr über uns, als wir ahnen? Vielleicht stehe ich auch schon auf der Abschussliste? Fällt Ihnen nichts auf?“

„Nichts, das ich im Moment sagen könnte...“

Kokoschansky hebt abwehrend die Hände.

„Nichts wird über den mysteriösen, unbekannten Mann berichtet, der verletzt im Krankenhaus liegt. Nirgendwo eine Zeile. Kein einziges Fernsehbild. Nicht einmal von den Privaten. Also wurde Nachrichtensperre verhängt. Und zwar von einem sehr hohen Tier. Ich wollte es vorhin vor den beiden anderen nicht sagen. Darum ist es ganz gut, dass die für eine Weile weg sind. Vonske wird Ihnen wahrscheinlich erzählt haben, was mit seinem Sohn passiert ist. Ich weiß es auch, weil ich der Beamte bin, der sich damals für seinen Jungen stark gemacht hat. Ich war in dem Mordfall der leitende Beamte der Ermittlungen. Ich sagte vorhin, ich bin Hesse. Durch private Umstände hat es mich nach München verschlagen, und dort bin ich hängen geblieben. So viel dazu."

Cottbus trinkt den letzten Rest aus der Dose und wirft sie mit einem gezielten Wurf in den Papierkorb.

„Ich wusste, dass alles für Frank sprach. Dafür aber alles gegen ein anderen jungen Mann, der jedoch einen sehr einflussreichen und mächtigen Verwandten hat. Zuerst versuchte dieser Jemand, mich zu ködern. Von schnelleren Beförderungen bis hin zu Bestechungsversuchen. Ich ließ mich darauf nicht ein und bekam prompt die Rechnung dafür. Ich wurde von den Ermittlungen abgezogen. Seitdem trete ich auf der Stelle. Darf mich nur mit Kleinkriminalität befassen, weil dieser mächtige Jemand etwas dagegen hat, dass ich mich mit schweren und interessanten Fällen befasse. Tue ich aber. Allerdings im Verborgenen. Als Beobachter. Daher kenne ich mich ganz gut aus, was so in diesem Staat abgeht. Und dieser Mann, dem ich damals gehörig in die Suppe gespuckt habe, ist Generalbundesanwalt Dr. Lutz von Grimmelshausen. Der Name wird Ihnen bestimmt ein Begriff sein. Vonske weiß bis heute nicht, dass ich es war, der sich für seinen Jungen eingesetzt hat. Dabei soll es auch bleiben. Bringt ihm Frank auch nicht wieder zurück. Mir ist auch bekannt, wie massiv sich damals das *„MB"* auf Frank eingeschossen hatte und das Sperrfeuer auch dann nicht einstellte, als der Fall im Grunde bereits geklärt war. Heute bin ich überzeugt davon, dass das alles von langer Hand vorbereitet war, bewusst lanciert und gesteuert wurde. Doch die Zusammenhänge konnte ich bis heute nicht knacken und blieben mir ein Rätsel. Darum passt es mir ausgezeichnet in den Kram, dass Sie mir über den Weg gelaufen sind."

Eine ehrliche Haut, denkt Kokoschansky, und einer von vielen, die etwas bewegen könnten, wenn man ihnen eine Chance gäbe. Aber das entspricht nicht den Interessen der Oberen und daher wird sich auch nie Entscheidendes ändern.

„Woran denken Sie?", fragt Cottbus.

„Nichts von Belang...“, flunkert Kokoschansky.

„Vielleicht bietet sich jetzt, im Zusammenhang mit Lichtenhagen, für mich endlich die Möglichkeit, diesen Generalbundesanwalt etwas näher unter die Lupe zu nehmen. Wenn das der Fall sein sollte, werde ich wahrscheinlich anschließend meinen Dienst quittieren müssen. Und wenn schon. Können Sie sich vorstellen, wie frustrierend es ist, jahrelang nur Fahrraddiebe jagen zu dürfen und Ladendiebstähle aufzuklären? Habe ich Ihr Wort, was Vonske betrifft?“

„Logisch.“

„Und über Lichtenhagens Geschichte wollen Sie ein Buch schreiben? Egal, wie es ausgeht?“

„Egal, wie es ausgeht...“, wiederholt Kokoschansky.

„Mutig. Sehr mutig...“, sinniert der Kripo-Beamte, „und ein Verleger steht auch schon ante portas?“

„Auch das ist bereits unter Fach und Dach.“

Warum will er das alles so genau wissen? Kokoschansky weiß im Augenblick nicht, was er davon halten soll?

„Ich weiß jetzt, was Sie denken, Herr Kokoschansky. Warum will er das so haarklein wissen. Stimmt doch?“

„Durchschaut“, schmunzelt der Journalist.

„Kann ich Ihnen erklären. Die wahre Bombe wird Ihr Buch werden, wenn es erschienen ist. Egal, wie wir jetzt weitermachen, was immer in der nächsten Zeit hochgeht, auffliegt, welche Personen darin verwickelt sind – es wird mit allen Mitteln versucht werden, es unter den Teppich zu kehren. Sie werden sehen. Doch da erzähle ich Ihnen nichts Unbekanntes. Unser gemeinsamer Bekannter Mittenweger in Wien hat mir einiges über Sie und Ihre Arbeit erzählt... Dieses Buch muss ein Hammer werden. Das müssen Sie denen um die Ohren schlagen, bis die Buchstaben einzeln von den Seiten purzeln. Ich denke, es wird noch so manches an Unvorhergesehenem geschehen...“

Cottbus ist ziemlich nachdenklich geworden.

„Woran denken Sie konkret?“

„Ich denke in erster Linie mal an Sie und Ihre Freunde. Es ist durchaus vorstellbar, dass etwas konstruiert wird, das wiederum längst von ganz oben geplant ist. Eine Art Notfallplan für den Ernstfall, den Tag X. Dieses Etwas soll Sie blockieren, Sie behindern, und mit Ihnen Ihre Verbündeten, Ihre Informanten. Ihr kleines, aber feines Netzwerk lahm legen. Mit zwei Optionen: Entweder Sie geben von sich aus auf, weil Sie eingesehen haben, dass die anderen am längeren Hebel sitzen. Oder Sie machen weiter, dann wird man zu härteren Mitteln greifen.“

„Drohungen, Einschüchterungsversuche."

„Ist doch bereits geschehen. Gegen Lichtenhagens Familie und gegen Ihre. Sie als Journalist wissen, was alles machbar ist, was Außenstehende überhaupt nicht für möglich halten. Weil sie eingeigelt in ihren Puppenheimen sitzen und davon gar nichts wissen wollen. Und gehen sie raus, dann nur mit Scheuklappen, und was zählt ist Fun, Fun und nochmals Fun. Eine Spaßgesellschaft, die man in Zielgruppen einteilt, damit sie leichter zu manipulieren ist.

Man kann Beweise fälschen, getürkte und gekaufte Zeugen auffahren lassen, Meineide schwören und so weiter und so fort. Ich komme immer wieder auf diese Telefonnummern zurück, die dieser Stoever kennt und, wie wir gesehen haben, auch sehr häufig benutzt."

„Jene vom Generalbundesanwalt und vom Verfassungspräsidenten."

„Ja. Warum hat er ausgerechnet diese? Warum der Aufwand mit der Abhöranlage? Es muss ein Auftraggeber existieren. Wer? Und wo? Dazu der Haufen Kinderpornos. Es passt, und passt auch wieder nicht. In Deutschland ist allgemein bekannt, dass von Grimmelshausen und Rüttersfeld seit Jugendtagen dicke Freunde sind. Aufgrund ihrer Positionen müssen sie eng zusammenarbeiten, auch wenn sie nicht befreundet wären. Das ist nicht der Punkt. Herauszufinden ist, was verbindet sie noch, außerhalb ihrer Büros? Ist Ihnen aufgefallen, wie Lichtenhagen in die Knie gegangen ist, als der Name Silke Bruns gefallen ist?"

„Weil das einmal seine Freundin war."

„Ach du Scheiße! Jetzt auch noch die Beziehungskiste! Weiß seine Frau davon?"

„Ist ausgeräumt. Das haben die beiden schon lange untereinander geklärt. Bleibt aber ebenso unter uns."

„Sicher. Warum hat er mich nicht ausführlicher über diese Dame informiert? Er hat dieses Thema nur mit ein paar kurzen Sätzen gestreift. Wissen Sie mehr?"

„Ja. Es ist ihm heute noch peinlich und ich glaube, dass er sich für diesen Fehltritt noch immer schämt. Diese Bruns war eine ehemalige Stasi-Nutte, die man anscheinend auf Lichtenhagen angesetzt hatte. Und irgendwie gehörte auch dieser Jens Krüger dazu."

„Über den hat er sich ja viel mehr ausgelassen. Na ja. Wie auch immer", schweift Cottbus ab. „Wir sollten einen entscheidenden Schritt setzen. Ist riskant und kann voll in die Hose gehen. Die Frage ist, ob es uns das wert ist. Heute ist Sonntag. Daher ist die Chance sehr groß, dass diese Person zu Hause ist. Ich meine damit Dr. Martin Düllmann, den Obermacker der *ACS-Press & Media*. Wenn er nicht da ist, heißt es eben warten. Oder wenn er auf Geschäftsreise oder sonst wo ist, dann müssen wir kurzfristig verschieben. Sie müssen es schaffen, zu ihm nach Hause zu kommen. Mit oder ohne Lichtenhagen. Mit ihm zusammen wäre natürlich optimal. Ob Lichtenhagen diese Aufregung durchsteht? Das Gespräch wird aufgezeichnet. Ist ja alles bereits hier." Dabei klopft der Kripo-Beamte beinahe zärtlich auf Stoevers Aktenkoffer.

„Düllmann wird mich doch gar nicht empfangen. Im Büro unter Umständen. Aber auch nicht sofort. Und zu Hause? Nehmen wir an, ja, dann fliege ich spätestens nach der zweiten Frage in hohem Bogen raus. Gleichzeitig mit Lichtenhagen."

„Ich vermisse Ihr Draufgängertum, Herr Kokoschansky. Das ist ein Überraschungsangriff. Damit rechnet der nie. Seine Reporter und Journalisten vom *„MB"* machen doch täglich das Gleiche. Nur eben bei anderen. Sie müssen nur alle Register Ihres Könnens ziehen. Sie kennen die Machenschaften, die zwischen der *ACS-Press & Media* und Lichtenhagen gelaufen sind. Jetzt versetzen Sie sich in Düllmanns Lage. Schöner Sonntagnachmittag, prachtvolles Wetter, ausspannen, mit den Kindern spielen, bisschen Zeit für die eigene Frau nehmen. Plötzlich klingelt es an der Tür. Man wird Sie fragen, wer Sie sind und was Sie wollen. Sie stellen sich vor. Sie nennen nur Ihren Namen, woher Sie kommen. Das Hausmädchen, wer auch immer, wird es melden. Düllmann wird kaum selbst zur Türe kommen. Das Hausmädchen fragt, was Sie wollen? Sie sagen ihr den Grund. Es gehe um den Betrug, bei dem sein Konzern Lichtenhagen in die Bredouille gebracht hat. Jetzt läuten bei Düllmann sämtliche Alarmglocken. Scheiße! Wieso weiß der das? Ein österreichischer Journalist? Kein deutscher Standeskollege würde es wagen, ihn danach zu fragen, weil er sich sofort am nächsten Tag in das Heer der Arbeitslosen einreihen könnte. Doch dem Österreicher kann er nichts anhaben. So weit reicht sein Einfluss auch wieder nicht. Wenn ihm dieser Österreicher die lange Nase drehen will, muss ihm das auch recht sein. Natürlich setzt dieser Kokoschansky noch einen drauf. Sollte er nicht mit Ihnen reden, dann sind Sie gezwungen, in Ihrem Artikel zu schreiben, dass Herr Dr. Düllmann jeden Kommentar verweigert. Kommt gar nicht gut in der Öffentlichkeit. Macht man doch so in Ihrem Job, oder?"

Kokoschansky grinst und sieht ihn nur mit unschuldigem Blick an.

„Da wird Ihnen bestimmt etwas einfallen", spielt Cottbus das Szenario weiter, „und ich wette, dass es Sesam öffne dich heißt. Zweiter Überraschungscoup. Sie haben Lichtenhagen bereits mitgebracht. Und dann sind Sie gefordert. Aber wie das ablaufen muss, wissen Sie besser als ich. So, ich hole mir jetzt Zigaretten. In der Zwischenzeit können Sie es sich überlegen.

Oder es fällt Ihnen was Besseres ein. Ach ja, Stoevers Waffen nehme ich gleich mit."

„Was haben Sie damit vor?"

„Na, was wohl? Verschwinden lassen. Keine Beweise. Für die Fische in der Weser. Als Spielzeug. Und während Sie nachdenken, packen Sie zusammen. Wir verduften. Ist sicherer. Wenn ich jetzt runtergehe, sage ich das Gleiche auch Lichtenhagen und Vonske."

Das leuchtet Kokoschansky ein.

„Und wohin?"

Cottbus lächelt hintergründig.

„Sie glauben doch nicht, dass ich von vorgestern bin? Ich sichere mich auch ab. Nachdem ich halbwegs Bescheid wusste, habe ich einen Freund eingeweiht. Einen Kollegen aus Kiel, der auch bei der IPA-Tagung ist. Der passt wiederum auf mich auf, wenn es ernst werden sollte und hält draußen gewissermaßen seine Augen und Ohren offen. Und da mein lieber Kollege ein weitaus sparsamerer Mensch ist als ich, konnte er sich mit seinen Spargroschen ein schmuckes Wochenendhäuschen etwas außerhalb von Kiel leisten. An der See, sehr schön gelegen und abgeschieden. Mein Freund stellt es uns allen zur Verfügung. Dort werden wir uns alle heute noch verkriechen. Vorher, aber das müssen Sie entscheiden, können wir noch Düllmann besuchen. Anschließend holen wir Ihre Frauen ab und dann ab durch die Mitte. Sie haben ein Auto, ich auch. Passt doch wunderbar. Noch Fragen?"

„Wo werden Sie sein, sollte ich Düllmann wirklich besuchen?"

„In gebührender Entfernung, aber nah genug, um im Ernstfall eingreifen zu können. Ist Ihre Entscheidung also bereits gefallen?"

„Ja."

Cottbus steht auf, steckt die beiden Revolver ein.

„Danke", sagt Kokoschansky leise. „Wenn Sie eine Frau wären, würde ich Sie jetzt küssen."

„Geben Sie lieber bei passender Gelegenheit einen aus. Das ziehe ich vor."

Mit dem Geist ist es wie mit dem Magen:
Man sollte ihm nur Dinge zumuten, die
er verdauen kann.

(Winston Churchill)

Ein Wäldchen in Berlin-Dahlem
Zur gleichen Zeit

„Komm, da hinten! Da ist eine gute Stelle."

Der größere der beiden Jungen nimmt seinen jüngeren Bruder an der Hand. Zusammen laufen sie zu den beiden Bäumen, die dort auf der Lichtung stehen.

„Gib mir den Ball!"

„Nein! Jetzt hab ich ihn!

Der jüngere der Steppkes beginnt zu maulen.

„Immer du!"

„Dafür stehst du heute im Tor und bist Olli Kahn", bietet der große Bruder an.

„Das ist doof!"

„Und warum ist das doof?"

„Weil du dann schon wieder Michael Ballack bist. Immer du! Ich will auch mal."

Der Kleine schnappt sich den Ball und beginnt herumzukicken.

„Wo is eigentlich Papa?", fragt der Ältere.

„Weiß nicht. Glaub, da hinten."

„Papa soll auch mitspielen."

„Papa kann doch nicht richtig Fußball spielen", meint der Kleine.

„Dann ist er eben Klinsmann."

„Wer is'n das?"

„Mann, du bist vielleicht bekloppt! Der Trainer", verkündet der Bruder stolz, nimmt dem Kleinen im Vorbeilaufen den Ball ab, dribbelt herum und schießt. Der Ball saust in hohem Bogen ins Buschwerk. Der Ältere rennt hin.

„Ich hab was gefunden!"

„Was?"

„Weiß nicht. Fragen wir Papa. Papa!... Papa!"

Ein Mann um die dreißig in Freizeitkleidung schlendert herbei.

„Na, ihr zwei Racker. Was gibt's denn?"

„Papa, Carsten hat was gefunden!“

Der ältere Sohn kommt mit einem verschmutzten Stück Papier zurück.

„Zeig mal her“, sagt der Vater und nimmt es ihm ab.

Er beginnt zu lesen, und mit jeder Zeile wird er etwas bleicher, was auch seinen Jungs nicht verborgen bleibt.

„Is was, Papa?“, sorgt sich der Kleine und klammert sich um dessen Beine.

„Wartet mal. Ich bin gleich zurück. Und rührt euch nicht von der Stelle. Carsten, du passt auf deinen Bruder auf.“

Der Vater verschwindet in den Büschen und Bäumen.

„Ich hab Angst“, sagt der Kleine und hält sich an der Hand seines Bruders fest.

Nach ein paar Minuten kehrt der Vater wieder zurück. Kreidebleich.

„Kommt. Wir gehen. Das ist nichts für euch. Ich muss die Polizei anrufen.“

Die schlimmste Art von Ungerechtigkeit
ist die vorgespielte Gerechtigkeit.

(Platon)

Zentralkrankenhaus Bremen Ost
Zur gleichen Zeit

Polizeiobermeister Hagen Junkers und seine Kollegin, Polizeimeisterin Ulli Högener, stehen am Fußende des Krankenbetts.

„Bitte, Doktor“, fordert der Polizist den Arzt auf, der daraufhin das Laken bis zum Brustbein des leblosen Körpers herunterzieht.

Der Mann ist tot. Der Mund mit den blauen, verschwollenen Lippen leicht geöffnet. Die Leiche Stoevers alias Küfferle ist, so weit man das aufgrund der Lage äußerlich diagnostizieren kann, unversehrt. Der Kopfverband ist intakt, nur die Bandage um den Körper ist aufgeschnitten, da im Brustbereich rechteckige, weiße Pads angebracht worden sind. Ein Zeichen dafür, das man ihn mit dem Defibrillator ins Leben zurückzuholen versuchte.

„Danke. Das reicht“, sagt Junkers.

Der Arzt bedeckt den Verstorbenen wieder.

„Wann ist das passiert?"

„Die Dienst habende Schwester, die das Abendbrot verteilte, hat ihn vor einer halben Stunde zuletzt lebend gesehen. Das Essen ist, wie Sie sehen können, unberührt."

Der Arzt nimmt nochmals Stoevers Krankenakte zur Hand.

„Ich verstehe das nicht. Seine Verletzungen waren alles andere als lebensgefährlich. Gesamtzustand stabil. Eine robuste Natur. Wir haben ihn bei der Erstversorgung selbstverständlich eingehend untersucht. Keinerlei organische Schäden. Der Mann war kerngesund. Als die Schwester die Tabletts wieder einsammelte, fand sie ihn tot vor. Sämtliche Wiederbelebungsmaßnahmen erwiesen sich als zwecklos. Die genaue Todesursache kann sicher erst bei der Obduktion festgestellt werden. Das ist alles sehr mysteriös und rätselhaft. Kennt man inzwischen seine Identität?"

„Die wüssten wir auch gerne", sagt Polizeimeisterin Ulli Högener, „Sie halten uns weiter auf dem Laufenden, Doktor."

„Das wird nicht mehr notwendig sein."

Der Arzt und die beiden Polizeibeamten drehen sich um. Keiner hat die beiden Männer bemerkt, die lautlos eingetreten sind.

„Guten Abend. Mein Name ist Schrötter, Verfassungsschutz." Er weist auf den zweiten Mann. „Mein Kollege Zabel."

Beide wedeln gleichzeitig mit ihren Dienstausweisen.

„Danke, Kollegen", ergreift wieder Schrötter das Wort und wendet sich an seine uniformierten Kollegen. „Für euch ist das hier erledigt. Wir kümmern uns um alles Weitere. Danke."

„Ja was ist denn da eigentlich los?"

Polizeiobermeister Hagen Junkers ist nicht bereit, sofort das Feld zu räumen. Nur wegen zweier sichtlich aufgeblasener und präpotenter Typen des Verfassungsschutzes, die sich plötzlich hier wichtig machen wollen.

„Wir sind nicht befugt, nähere Auskünfte zu erteilen", weist Zabel den Polizisten brüsk zurecht, „behindern Sie daher nicht unsere weiteren Ermittlungen. Oder Sie handeln sich Schwierigkeiten ein."

Ein kurzer Blick zwischen Junkers und Högener. Man hat verstanden. Überstunden in rauen Mengen reichen. Warum sich noch zusätzliche Probleme einhandeln? Sie setzen ihre Kappen auf, murmeln etwas wie Wiedersehen und gehen. Nur der Arzt bliebt zurück.

„Darf ich fragen, worum es hier eigentlich geht?"

„Dürfen Sie nicht, Doktor", sagt Schrötter freundlich. Trotzdem im Kasernenhofton. „Staatsgeheimnis. Ich weise nochmals ausdrücklich auf Ihre ärztliche Schweigepflicht hin. Sie dürfen auch über sämtliche weiteren Vorgänge nicht sprechen. Seine Krankenakte", und dabei deutet er mit dem Kopf Richtung Leiche, „bleibt bis auf weiteres unter Verschluss. Der Tod dieses Mannes ist von oberster Stelle zur geheimen Verschlusssache erklärt worden. Veranlassen Sie alles Weitere und halten Sie sich an unsere Instruktionen. Das wäre es für den Augenblick. Jetzt lassen Sie mich und meinen Kollegen allein."

Mit gleichmütigem Gesichtsausdruck nimmt der Mediziner die Geheimniskrämerei zur Kenntnis.

Schrötter und Zabel überzeugen sich, ob die Türe auch geschlossen ist.

„Gut", sagt Schrötter. „Dann wäre das vorerst über die Bühne gegangen. Jetzt haben wir freie Hand. Wir fahren zum Hotel *Zur Post.*"

Wie langsam doch die Zeit vergeht
und wie schnell ist nichts getan.

(Joachim Panten)

Heinz Kokoschansky öffnet auf das vereinbarte Klopfzeichen. Ein atemloser Uwe Cottbus drängt herein. Lichtenhagen, Vonske und der Journalist sind abmarschbereit. Kokoschansky hatte die beiden anderen inzwischen über das weitere Vorgehen instruiert.

„Sehr gut", stellt Cottbus zufrieden fest, als er sieht, dass alles für die Abreise fertig ist. Langsam kommt er auch wieder zu Atem. „Wir dürfen keine Zeit mehr verlieren. Wir müssen sofort weg."

„Was ist los?", fragt Lichtenhagen.

„Ich habe mich noch ein bisschen in der Lobby umgesehen. Da hängen seit einiger Zeit zwei Typen herum, die mir ganz und gar nicht gefallen. Dunkle Anzüge..."

„...mit *Ray-Ban*-Sonnenbrillen", schießt Vonske munter ins Blitzblaue drauf los.

„Woher wissen Sie das?"

Diesmal ist die Verblüffung auf Cottbus' Seite.

„Nur so ne Ahnung. Und dann weiß ich auch, wer die Galgenvögel sind. Meine besonderen Freunde vom Verfassungsschutz. Die mich in letzter Zeit regelmäßig in meinem Laden besucht haben und mir die Fresse polierten. Ich glaube, Schrötter und Zabel heißen die. Die treten immer als das doppelte Lottchen auf. Vielleicht kann der eine lesen und der andere schreiben... spielen James Bond. Ich glaube, die gehen auch mit ihren Sonnenbrillen schlafen. Wenn's stimmt, gilt es wirklich, rasch die Mücke zu machen."

„Wie auch immer. Raus hier", bestimmt Cottbus. „Zimmer sind bezahlt?"

„Schon geschehen", antwortet Kokoschansky.

„Ausgezeichnet. Nicht dass zum Sündenregister auch noch Zechprellerei hinzukommt", bemerkt Cottbus mit einem gewissen Schmunzeln. „Langsam glaube ich zu erkennen, wie der Hase läuft."

„Und in welche Richtung rennt er?", fragt Lichtenhagen.

„Später, Herr Lichtenhagen", lässt sich Cottbus auf keine weitere Diskussion ein. „Sie und Herr Vonske fahren mit dem Leihwagen, Herr Kokoschansky mit mir."

Erasmus Vonske winkt ab.

„Achim fährt auch mit euch mit. Ich sehe mir vorher die beiden an. Ich will auf Nummer sicher gehen."

„Bremm, bist du verrückt?"

Kokoschansky ist entschieden dagegen.

„Ach Mann, ich seh doch jetzt ganz anders aus. Keine langen Haare mehr, kein Käppi. Die haben mich doch noch nie in Kapitalistenklamotten gesehen. Außerdem weiß ich, wie man so was macht. Man hat schließlich eine Vergangenheit. Nichts gegen Sie, Herr Cottbus, aber Bullen wittere ich zehn Kilometer gegen den Wind."

Cottbus seufzt.

„Ich kann es Ihnen nicht verbieten. Sicher ist es besser, wenn wir wissen, woran wir sind. Aber passen Sie bloß auf sich, Herr Vonske."

„Mach ich. Und ruft mich an, damit ich weiß, wo ihr steckt."

„Noch was", fällt Cottbus ein, „habt ihr Wertkartenhandys."

„Na sicher", grinst Kokoschansky, weil er genau weiß, worauf der Kripo-Beamte hinaus will. „Und zwar alle drei. Ich weiß, dass man Wertkartenhandys nicht orten kann. Bremm ebenso, und für Achim habe ich längst eines besorgt."

„Profis", sagt Cottbus nur. „Wir hauen durch die Hotelgarage ab."

Unbehelligt erreichen sie ihre Autos, werfen das Gepäck hinein. Vonske bleibt zurück. Nachdem sie weg sind, fährt er nochmals in die Lobby hoch, sucht nach seinen beiden Lieblingen. Und er braucht dafür nicht lange. Eindeutig Schrötter und Zabel. Der Buchhändler hat genug gesehen. Noch auf dem Retourweg ruft er Kokoschansky an.

„Bingo“, lautet seine knappe Botschaft. Dann will der Buchhändler noch wissen, wohin er eigentlich nachkommen soll?

„Vegesack?... Nie gehört, aber ich werde es schon finden... Ah, dort wo dieses Segelschulschiff liegt... der Windjammer wird ja nicht zu übersehen sein. Alles klar! Bis gleich!“

Zur gleichen Zeit, als Erasmus Vonske aus der Garage fährt und sich in den fließenden Verkehr einreiht, verlassen Schrötter und Zabel siegessicher die Rezeption. Zabel nimmt den Lift in die Tiefgarage, Schrötter in die vierte Etage. Dabei halten sie ihre Hände verdächtig nahe an ihren Dienstpistolen...

„War das Vonske?“, fragt Cottbus.

„Ja. Und sein Verdacht hat sich bestätigt. Es sind die Verfassungsschützer.“

„Dann werden wir es bald sehr lustig haben“, sagt Cottbus leise, während er um die Ecke biegt. Lichtenhagen im Fond des Autos schaut schweigend zum Fenster hinaus und hat das zum Glück nicht mitbekommen.

„Wir haben noch knapp drei Stunden“, meint Kokoschansky skeptisch, „bis die Züge mit unseren Frauen ankommen. Das wird ziemlich knapp.“

„Ich weiß“, antwortet der Kripo-Mann, „daher werden wir auch umdisponieren. Haben Sie ein aktuelles Foto von Ihren Frauen dabei?“ Beide bejahen. „Dann geben Sie die Vonske. Er wird die Damen abholen und sofort zum Häuschen meines Freundes fahren. Wie er dorthin gelangt, sage ich ihm, wenn wir wieder zusammentreffen. Damit sind die drei erstmal aus der Gefahrenzone...“, Cottbus macht eine Pause, bevor er weiterspricht. „Wir werden unseren Plan ein bisschen verfeinern.“ Dabei kann er ein Schmunzeln nicht unterdrücken. „Wir werden Herrn Düllmann einen nächtlichen Besuch abstatten. Ihn ein bisschen aus den Federn jagen.“

Die Idee gefällt Heinz Kokoschansky sehr, aber er findet auch einen Haken dabei.

„Wenn er nicht zu Hause ist? Nur seine Familie? Dann ist er vorgewarnt.“

„Das Risiko müssen wir eingehen. Wer wagt, gewinnt.“

Stimmt. Jetzt zählt nur noch rasches Handeln.

„Das ist eine gute Stelle“, meint Kokoschansky. „Halten Sie doch mal an, Herr Cottbus.“

„Warum?“

„Pinkelpause.“

Die beiden finden den Zeitpunkt für seinen Einwand genau richtig. Mit voller Blase wird eine Fahrt ins Ungewisse noch unerträglicher.

„Sie haben vorhin angeschnitten, dass Sie nun glauben zu wissen, wie der Hase laufen könnte, Herr Cottbus", sagt Kokoschansky.

„Hm, sagen wir so, ich könnte es mir vorstellen", antwortet der Kripo-Mann. „Schon mal was von unserem §129a gehört?"

„Ja. Der Terroristenparagraph. Grob mit dem *Patriot Act* der Bush-Adminstration vergleichbar, der nach dem 11. September ins Leben gerufen wurde. George Orwell lässt grüßen."

„Kommt ungefähr hin", setzt Cottbus fort, „bei uns läuft das folgendermaßen ab: Sobald in diesem Land Verdachtsmomente auftauchen oder Verdächtige bekannt sind, die mit terroristischen Aktivitäten zu haben könnten, setzt in der Bundesrepublik eine eigene Art von Gerichtsbarkeit ein. In der Praxis heißt das, der Generalbundesanwalt und seine Behörde, die Bundesanwaltschaft, sind ermächtigt, die Ermittlungen alleine weiterzuführen. Im Bedarfsfall kann das BKA eingebunden werden, muss aber nicht. Der herkömmliche Instanzenweg", Cottbus sieht kurz zur Seite, um die Orientierung nicht zu verlieren, „wird somit ausgeschaltet, weil es dafür eigene, so genannte Staatsschutzsenate an den Oberlandesgerichten gibt. So viel zum offiziellen Teil. In Wahrheit ist es ein Gummiparagraph, der nach Gutdünken ausgelegt und angewendet werden kann. Wer zum falschen Zeitpunkt, am falschen Ort mit der falschen Person spricht, zählt bereits zum engen Kreis der Verdächtigen. Erkennen Sie, worauf ich hinaus will, Herr Kokoschansky?"

Der Journalist wirft seine Zigarettenkippe aus dem geöffneten Seitenfenster und schnaubt hörbar.

„Wir sind alle zur falschen Zeit am falschen Ort mit den falschen Personen. Nach allem, was Vonske erzählt hat. Drohbriefe an die *ACS-Press & Media*, abgefackelte Zeitungskioske, und als Krönung dieser angebliche, wahnwitzige Plan eines Anschlags auf den Bundestag inklusive Einsturz der Kuppel... Wir haben verdammt schlechte Karten."

„Das erklärt auch die beiden Verfassungsschützer im Hotel", schaltet sich jetzt Lichtenhagen ein.

„Zum Beispiel", fährt Cottbus fort, „weiß der Verfassungsschutz längst, was sich in der Garage im *Hilton* abgespielt hat, wo Stoever liegt und wer er tatsächlich ist."

„Moment", schaltet sich wieder Lichtenhagen ein, „ich denke nur mal laut. Dieser von Grimmelshausen, der Generalbundesanwalt, und der andere..."

„Rüttersfeld", hilft Cottbus aus.

„Danke. Generalbundesanwalt und Verfassungsschutzpräsident müssen logischerweise kooperieren. Abgesehen davon sind sie ja dicke Freunde. Das ist auch in der Öffentlichkeit kein Geheimnis. Zwischen von Grimmelshausen und Düllmann gibt es ebenfalls eine enge Verbindung, und zwar durch den Selbstmord von Vonskes Sohn. Ja, genau das ist es!"

„Achim hat das Rätsel gelöst", sagt Kokoschansky anerkennend, „alle Achtung. Klingt kompliziert, ist aber im Grunde sehr einfach. Man denkt immer zu verschroben. Der gerade Weg führt zum Ziel. Und Sie, Herr Cottbus, geben uns zu verstehen, dass auf uns – Achim, Bremm und mich – Paragraph 129a angewendet werden könnte."

„Nicht im Konjunktiv. Ich glaube, das ist bereits angeleiert worden."

„Somit sind wir bereits in der Fahndung", sagt Lichtenhagen. Er ist wie verwandelt. In den letzten Stunden wirkte er mehr als einmal ängstlich. Nun ist er ruhig, ausgeglichen. Völlig relaxed, und analysiert ihre gegenwärtige Lage streng logisch.

„In der verdeckten Fahndung mit Sicherheit. Das heißt, es wird nichts in den Medien erwähnt", gibt Cottbus dem ehemaligen Unternehmer Recht.

„Informationssperre", bringt es Kokoschansky auf den Punkt. Cottbus bestätigt seine Annahme mit einem Kopfnicken. „Im Grunde so einfach und gleichzeitig genial. Sämtliche Probleme mit einem Schlag gelöst. Achim wird zum Terroristen gestempelt, weil er sich mit Bremm abgibt. Bremms Vergangenheit ist hinlänglich bekannt. Passt hervorragend in dieses Raster. Und ich bin wegen der Schlägerei dran. Außerdem stehe ich mit beiden in Verbindung... Nur Sie sind aus dem Schneider."

„Fragt sich bloß wie lange noch", sagt der Kripo-Beamte mit einem Seitenblick zu dem Journalisten.

„Der große Gewinner ist Düllmann. Bremm und ich werden aus dem Verkehr gezogen, weil man uns terroristischer Aktivitäten und Verbrechen bezichtigt. Somit fällt auch das geplante Aufdecken des Betruges der *ACS-Press & Media* an mir und der Werbebranche ins Wasser. Bisher hat mir keiner Glauben schenken wollen, jetzt erst recht nicht. Es kann für die Öffentlichkeit gar nichts anderes als ein versuchter Racheakt sein, ein verzweifeltes Reinwaschen meiner Person. Das nimmt mir dann niemand mehr ab. Und Koko ebenso wenig. Können wir das zulassen? Sollen sämtliche Mühen vergeblich gewesen sein? Was meinst du, Koko?"

Heinz Kokoschansky dreht sich von seinem Beifahrersitz aus zu ihm um, sieht ihm für ein paar Sekunden fest in die Augen.

„Unter vier Augen habe ich dir einmal gesagt, ich sage auch B, und in Villach habe ich dir versprochen, dass ich dir dein Fotoalbum wieder beschaffe."

Achim Lichtenhagen sinkt erleichtert in die Polsterung der Rückbank zurück.

„Leute", mischt sich Cottbus nun wieder ein, „letzteres habe ich zwar nicht ganz verstanden, aber es macht nichts. Versteht mich nicht falsch. Der Fehler liegt bei Vonske. Ich mag diesen Typ, obwohl ich nicht mit allem einverstanden bin, was er in seinem Leben gemacht hat. Aber ich akzeptiere es. Ich bin auch nicht sein Richter. Außerdem, niemand kann sich sein Schicksal aussuchen. Auf seine Art ist er schwer in Ordnung. Aber hätten diese beiden Hohlköpfe vom Verfassungsschutz nicht Ihren Namen, Herr Lichtenhagen, bei Vonske ins Spiel gebracht, hätte er bis heute gar nicht gewusst, dass Sie existieren. Durch seine Suche nach Ihnen, was ja sein gutes Recht ist, wurden plötzlich zwei völlig voneinander unabhängige Geschichten zu einem Fall vermischt, in deren Zentrum Sie, unser Freund Buchhändler und Sie, Herr Kokoschansky, stehen. Eingekreist von Rüttersfeld, von Grimmelshausen und Düllmann. Ich bin mir auch längst sicher, dass Vonske weiß, was er da im guten Glauben ausgelöst hat, ohne an die Konsequenzen zu denken. Clever und gerissen ist er ja genug. Oder ist wer anderer Ansicht?"

Persönlichkeit ist, was übrig bleibt, wenn man
Ämter, Orden und Titel von einer Person
abzieht.

(Wolfgang Herbst)

Es bröckelt. Zuerst brechen einzelne Fassadenstücke heraus und fallen zu Boden. Am Ende stürzt das Lügengebäude in sich zusammen und begräbt alle, die am Aufbau beteiligt waren. Seit Stunden sitzt Generalbundesanwalt Dr. Lutz von Grimmelshausen in seinem Büro. Er hat die dicken Vorhänge vor die schusssicheren Scheiben gezogen. Nur seine Schreibtischlampe brennt und der Tabak in seinem Pfeifenkopf glimmt. Diesen Sonntag wird er sein Leben lang nicht mehr vergessen. Nachdem sich Verfassungsschutzpräsident Henning Rüttersfeld verabschiedet hatte, fuhr von Grimmelshausen sofort nach Karlsruhe. Nichts Ungewöhnliches für seine Familie. Es wäre nicht der erste und hoffentlich nicht der letzte Sonntag, wenn er das auf die momentane Situation bezieht, den er im Büro verbringen muss.

Dann hat er die entscheidenden Schritte unternommen und §129a zur Anwendung gebracht. Nun läuft die Maschinerie und ist nicht mehr zu stoppen. Wenn die Medien jemals davon Wind bekommen, ist er geliefert. Dann ist seine geplante künftige politische Karriere vernichtet. Aber auch Rüttersfeld wird dafür einstehen müssen.

Der erste Rückschlag liegt vor ihm auf dem Schreibtisch. In Faxform, von seinem Freund, dem Verfassungsschutzpräsidenten, dem er seit ihren letzten privaten Gespräch nicht mehr traut. Müsste von Grimmelshausen mit Rüttersfeld in die Wüste, würde er die Wasserflasche nicht unbeaufsichtigt lassen...

Das Fax ist eine Art Abschiedsbrief. Die Worte hastig mit Kugelschreiber hingeschmiert.

Ich, Kai Oldenburg aus Paderborn, zweiundzwanzig Jahre alt, scheide aus diesem Leben, weil ich ein Doppelmörder bin. Zuerst dachte ich, ich könnte es verkraften. Doch es geht nicht. Ich hatte es mir leichter vorgestellt. Warum ich dieses beschissene Leben, das ich in wenigen Minuten endlich hinter mir lassen kann, gewählt habe, tut nichts mehr zur Sache. Auch meine persönlichen Lebensumstände interessieren nicht mehr. Ich habe nur noch einige Punkte klarzustellen:

1. *Ich habe Oskar Pohlebach erstochen. Die Tat geschah in einem Bauwagen, der in einem Waldstück in Berlin-Dahlem steht. Mit dabei war auch Brause. Seinen tatsächlichen Namen kenne ich nicht. Es ist nur ein Spitzname. Er war an dieser Tat nicht beteiligt. Anschließend habe ich Brause gezwungen, den Bauwagen mit Pohlebachs Leiche in Brand zu stecken. Brause war ziemlich fertig und daher hatte ich Angst, dass er mich verpfeift. Darum schlug ich ihn mit einem Stein nieder und warf ihn in die Flammen.*
2. *Noch in der Nacht zündete ich in Berlin an unterschiedlichen Orten acht Kioske an. Es gab keine Helfer!*
3. *Ich bin der Verfasser sämtlicher Drohbriefe an die „ACS-Press & Media".*
4. *Die Pläne für eine Neugründung der RAF sind alleine von mir und auch nur in meinem Kopf. Warum bleibt mein Geheimnis und das nehme ich mit ins Grab. Ebenso wie die Pläne für einen Anschlag auf das ACS-Hauptgebäude in Bremen und die auf das Bundestagsge-*

bäude in Berlin. Diese Pläne sind über ein erstes Andenken nie hinausgekommen. Das lief alles nur in meinem Kopf ab. Es stimmt, dass ich dafür Leute gewinnen wollte, aber niemanden fand. Daher wandte ich mich an Erasmus Vonske, denn ich kannte. Woher ist uninteressant. Ich fragte ihn, ob er mitmachen wolle.

5. *Ich halte ausdrücklich fest, Vonske hat mir von Beginn im Guten zugeredet und abgeraten. Er war niemals darin verwickelt!!! Er hat immer an mein Gewissen appelliert und mir gesagt, ich solle die Finger davon lassen. Heute weiß ich, dass Vonske Recht hatte. Darum begleiche ich meine Rechnung auf meine Weise.*
Es heißt, Verbrecher zieht es immer wieder an den Ort ihrer Tat zurück. Darum habe ich auch diese Stelle gewählt.
Gewalt ist sinnlos.

Kai Oldenburg

Zwei Jungen spielten Fußball. Als einer von ihnen den Abschiedsbrief fand, holte er seinen Vater, der mit ihnen unterwegs war. Der fand Oldenburg. Aufgehängt mit dem Gürtel seiner Jeans an einem Ast. Unweit des Brandplatzes...

Das erste Stück der Fassade ist somit herausgebrochen.

Wenige Minuten, nachdem das Fax beim Generalbundesanwalt eingetroffen war, rief ihn Rüttersfeld auf der abhörsicheren Leitung an und meinte, dass der Freitod Oldenburgs eine vortreffliche Fügung wäre. Sämtliche Ermittlungen mit dem Doppel- und späteren Selbstmord sind geheime Verschlusssache. Der zugleich belastende und für Vonske entlastende Abschiedsbrief wäre bereits durch den Reißwolf gegangen. Ebenso sämtliche Ermittlungsergebnisse. Somit sind Vonske und Lichtenhagen noch tiefer in den Sumpf geraten. Es wäre nun ein Leichtes, ihnen drei Morde anzulasten. Und zum Abschluss meinte Rüttersfeld und betonte, dass er das nur der Form halber sage, dass er von Grimmelshausen selbstverständlich erwarte, dass der dieses Fax ebenfalls dem Reißwolf zum Fraß vorwirft.

Doch diesen Gefallen erweist von Grimmelshausen seinem alten Studienfreund und Golfkameraden nicht. Er verschließt das belastende Papier in seinem Tresor...

Und noch ein weiterer Teil der Fassade ist zu Boden gefallen. Vor nicht ganz dreißig Minuten erhielt der Generalbundesanwalt einen weiteren Anruf. Richter Füssler, der am Amtsgericht Bochum tätig war und

Lichtenhagen damals verurteilt hatte, ist heute, in den frühen Morgenstunden, an den Folgen seines schweren Krebsleidens verstorben...

Es ist absolut sinnlos, die Frauen verstehen
zu wollen, wo doch ihr größter Reiz in der
Unergründlichkeit liegt.

(Alfred Hitchcock)

Erasmus Vonske wartet auf dem Bahnsteig im Hauptbahnhof von Bremen. Mehrmals hat er sich die Gesichter auf den Fotos der beiden Frauen angesehen und eingeprägt. In diesem Zug müsste Luise Lichtenhagen sein. Sonja Zenner, Kokoschanskys zukünftige Frau, wird erst in einer Stunde eintreffen.

Bald zweiundzwanzig Uhr. Was würde der Buchhändler jetzt darum geben, ein paar Züge von einem fetten Joint mit erstklassigem Gras machen zu können? Geht jetzt aber nicht. Jetzt heißt es durchhalten. Er würgt den letzten Rest des Kebabs hinunter, das er vorhin in einer Döner-Bude gekauft hat, und wischt seine fettigen Finger ab.

Luise Lichtenhagen steigt aus. Vonske erkennt die Dame in dem modischen Kostüm, die einen kleinen Trolly hinter sich herzieht, sofort. Für einen Moment bleibt sie stehen, richtet den Riemen ihrer Handtasche, die auf ihrer rechten Schulter hängt, und legt sich den leichten Mantel über den Arm.

„Entschuldigung, sind Sie Frau Lichtenhagen? Frau Luise Lichtenhagen?"

„Ja?"

Der Buchhändler merkt sofort, wie sie trotz des dezenten Rouges auf ihren Wangen die Farbe wechselt und in ihren Augen sich Angst widerspiegelt.

„Guten Abend", lächelt er, „ich bin Erasmus Vonske. Ich habe Sie vor einigen Tagen angerufen."

„Tatsächlich?"

Der Buchhändler spürt ihr Misstrauen nahezu körperlich.

„Wollen Sie meinen Ausweis sehen? Ich bin es wirklich."

„Ich dachte, Achim und Herr Kokoschansky holen mich ab? Und wo ist Frau Zenner? Wie geht es meinem Mann? Und Herrn Kokoschansky?"

„Frau Zenner wird erst in einer Stunde ankommen. Die beiden Männer sind o.k.", antwortet Vonske und fragt galant, „Darf ich Ihnen das abnehmen?", und nimmt gleichzeitig ihr Gepäck. „Wir bleiben im Bahnhof. Darf ich Sie inzwischen zu einem Kaffee einladen?"

„Ist wirklich alles in Ordnung?"

„Das will ich Ihnen ja alles gleich erzählen. Bitte, vertrauen Sie mir."

An dem Tag, an dem du denkst,
du kannst nicht mehr besser werden,
spielst du ständig denselben Song.

(David Bowie)

„Okay, Achim, das habe ich verstanden", Kokoschanskys Kopf dröhnt. „Wir beide müssen perfekt vorbereitet sein. Falls wir heute zu Düllmann vordringen, darf uns nicht der kleinste Fehler unterlaufen."

Heinz Kokoschansky fühlt sich wie ein Schauspieler mit enormen Textlücken vor der Premiere. Nur geht es bei dieser Aufführung um Kopf und Kragen.

Der Kripo-Beamte Uwe Cottbus sitzt hinter dem Lenkrad, hat die Arme vor der Brust verschränkt und hört gespannt zu. Das Auto ist am Stadtrand Bremens geparkt. Abseits in einem Industrieviertel, wo nachts um diese Zeit, noch dazu an einem Sonntag, nichts los ist. Die Scheinwerfer sind abgedreht. Reine Sicherheitsmaßnahme. Vonske hat angerufen und mitgeteilt, dass Lichtenhagens Frau gerade eingetroffen ist. Nachdem Luise kurz mit ihrem Mann telefoniert hatte, war sie beruhigt. Natürlich erzählte er seiner Frau kein Sterbenswörtchen von dem, was sie heute Nacht noch zu tun gedachten.

Auch Kokoschansky hat kurz mit Sonja im Zug gesprochen und ihr gesagt, dass sie von einem fremden Mann namens Vonske auf dem Bahnsteig abgeholt werde. Das gehe in Ordnung und Weiteres würde er ihr später erzählen.

Jetzt kann sich der Journalist endlich voll konzentrieren.

„Komm, Achim, präparier mich. Wie war das noch mit dieser GKVW?"

„Dann lies mal das", sagt Lichtenhagen, kramt in seinen Unterlagen im Fond des Wagens und reicht ihm ein Papier vor. Kokoschansky schaltet die Innenbeleuchtung ein und überfliegt murmelnd die Zeilen.

„GKVW... Gemeinschaft für Kontrolle der Verbreitung von Werbeträgern e.V... gegründet 1949 als Unterorganisation des Zentralverbandes Werbung Deutschlands [ZWD]... Sitz in Bonn...

Als neutrale Kontrolleinrichtung verfolgt die GKVW laut Satzung den Zweck, zur Förderung der Wahrheit und Klarheit der Werbung, und damit zur Sicherung eines echten Leistungswettbewerbes vergleichbare und objektiv ermittelte Unterlagen über die Verbreitung von Werbeträgern zu beschaffen und bereitzustellen... Ursprünglich als Einrichtung zur Auflagenkontrolle von Printmedien geschaffen, wurde der Tätigkeitsbereich der GKVW im Laufe der Jahrzehnte auf weitere Medien ausgedehnt...

„Habe ich kapiert", sagt Kokoschansky und gibt das Schriftstück wieder zurück.

„Lies dir diesen Brief durch, den ich 1998 an die GKVW geschrieben habe. Antwort null. Die entscheidenden Passagen habe ich dir gelb markiert."

Kokoschansky liest weiter.

„...schon seit langer Zeit denke ich darüber nach, wie die quartalsmäßig von Ihnen genannten Auflagenzahlen aufgrund von Angaben verschiedener Verlage zustande kommen... Meine Anfrage hat einen realen Hintergrund. Ich als ehemaliger Geschäftsführer der „Europe Promotion" wurde 1997 vor der 12. Strafkammer des Landgerichts Bochum wegen Beihilfe zur Steuerhinterziehung zu einer mehrjährigen Gefängnisstrafe verurteilt... wegen Umsätzen, die ich mit meiner Firma für die „ACS-Press & Media" getätigt hatte... Die über zehn Jahre lang sehr enge Geschäftsbeziehung gipfelte ab einem bestimmten Zeitraum darin, dass eine gemeinsame Methode gesucht und gefunden wurde, der GKVW passende Auflagen und Verkaufszahlen zu präsentieren... Die durch Sie ermittelten Daten sind ein wichtiger Teil in der Preisfindung der werbetreibenden Wirtschaft und den Werbeagenturen... Bereits wenige Prozentpunkte, nicht richtig dargestellt, wirken sich für das Produkt eines Medienkonzerns in enormem Maße aus. Wenige Prozentpunkte bewirken in diesen Größenordnungen Millionen D-Mark an Einbußen oder Einnahmen, die sich für die Werbewirtschaft ent- oder belastend auswirken. Um nun wieder auf meine Situation hinzuweisen: Wie kamen die Auflage- und Verkaufszahlen, die von der GKVW in den Jahren 1989-1995 für die „ACS-Press & Media", im nämlichen Fall für deren Produkt ‚Schau&Hör', erstellt wurden, tatsächlich zustande? Mir

steht anerkanntes und jederzeit belegbares Datenmaterial zur Verfügung, aus dem eindeutig hervorgeht, dass die Umsatzzahlen manipuliert wurden und dass diese Zahlen von der GKVW dann an die Werbewirtschaft weitergegeben beziehungsweise publiziert wurden...“

„Das wird einigen sauer hochkommen“, bemerkt Cottbus und sieht auf die Uhr. „Knapp vor Mitternacht. Wollen wir starten?“

„Noch eine letzte Zigarette. Steht ja jedem Delinquenten zu“.

„Deinen Galgenhumor hätte ich auch gerne“, bemerkt Lichtenhagen.

„Im Wilden Westen nannte man das Showdown...“, setzt der Kripo-Beamte nach.

„Die Rollenverteilung ist klar“, wird nun Kokoschansky wieder ernst. „Ich bin der Angreifer, konfrontiere Düllmann mit den Tatsachen. Du, Achim, betonierst ihn mit den Fakten, Zahlen. Du hast alles im Kopf?“

„Sicher.“

„Die Abhöranlage funktioniert. Eine Kassette mit jeweils sechzig Minuten auf jeder Seite ist eingelegt“, sagt Cottbus. „Das wird wohl ausreichend sein. Ich habe euch eine meiner Musikkassetten mitgegeben. Meine Tochter wird mich zwar erwürgen, wenn ihr geliebter Hip-Hop überspielt wird...“

„Du nimmst Stoevers Koffer“, bestimmt Kokoschansky, „ich nehme nur die Kopien der Scheinrechnungen mit. Fahren wir.“

Vom Industriegelände sind es vielleicht noch fünf Kilometer bis zu Düllmanns Villa. Das Trio hatte noch bei Tageslicht die Lage ausgekundschaftet. Eine Villengegend mit weitläufigen Grundstücken. Nirgendwo Security. Vielleicht private Wachdienste, aber das war auf die Schnelle nicht zu eruieren.

Der Haupteingang zu Düllmanns protziger Behausung wird von zwei Videokameras überwacht. Er steht nicht auf der Liste der gefährdeten Persönlichkeiten in Deutschland. Daher auch kein staatlicher Personenschutz. Allenfalls private Sicherheitsleute. Dafür sahen sie zwei Dobermänner auf dem Areal herumstreunen, die nicht besonders besucherfreundlich wirkten. Das Grundstück ist von außen, bis auf die Einfahrt, nicht einsehbar. Umgeben von einer dichten, weit über drei Meter hohen Hecke. Davor ein stabiler Eisenzaun mit eng gesetzten Stäben, deren obere Spitzen nach außen gebogen sind, sodass ein Eindringling chancenlos ist, weil er sich sofort schwer verletzen würde.

Cottbus dreht die Scheinwerfer aus, rollt langsam in die menschenleere Straße.

„So. Ab jetzt seid Ihr auf euch allein gestellt“, sagt er leise. „Die letzten Meter müsst Ihr zu Fuß gehen. Ich bin in der Nähe. Ich habe mir bereits ein Plätzchen ausgeguckt. Und ich melde mich alle zehn Minuten auf Ihrem Handy, Herr Kokoschansky. Wie ausgemacht: Sobald es klingelt und alles in Ordnung ist, unterdrücken Sie den Anruf. Nur, wenn es eng wird, melden Sie sich...“

Wenn ich noch dazu komme, denkt der Journalist. Es ist aber nicht der geeignete Moment, das laut auszusprechen...

„Viel Glück.“

Cottbus streckt den Daumen in die Höhe.

Leise steigen Kokoschansky und Lichtenhagen aus, wechseln die Straßenseite. Cottbus rollt im Schritttempo an ihnen vorbei, biegt ab und lässt sich von der Nacht verschlucken.

„Hoffentlich geht jetzt niemand mit seinem Hund Gassi“, flüstert Lichtenhagen.

„Ja, hoffen wir's. Aber wir sind gleich da.

Kokoschansky hält den Griff von Stoevers Koffers fest umklammert. Das Aufnahmegerät läuft bereits. Nur jetzt nicht mehr unnötig Zeit vergeuden.

„Alles klar bei dir, Achim? Wir sind hier.“

Lichtenhagen nickt.

„Du hältst dich ein paar Schritte abseits. Die Kameras sollen dich nicht gleich erfassen.“

Kokoschansky holt tief Luft und sieht, dass beim Klingelknopf in Kopfhöhe ein weiteres Videoauge montiert ist. Er geht ganz nahe heran. In diesem Moment ist er für seine überdurchschnittliche Körpergröße mehr als dankbar. Wer immer jetzt vor einem Bildschirm sitzt, er wird nichts weiter als sein Brustbein sehen. Noch ein tiefer Atemzug und dann drückt er auf den Knopf.

Die Dobermänner schleichen hinter dem Gitter herum. Gut trainiert. Sie bellen nicht. Sie knurren bloß Furcht erregend und fletschen die Zähne. Die sind auf den Mann trainiert. Auf den Pfeilern, an denen links und rechts das schwere schmiedeeiserne Eingangstor hängt, sind zwei Lampen angebracht, die mildes Licht verbreiten. Auch an der Haustüre der Villa brennt ein Leuchter. Mehr Lichtquellen sind nicht vorhanden.

„Ja? Wer ist da?“, meldet sich eine männliche Stimme über die Gegensprechanlage.

„Guten Abend? Ist Herr Dr. Düllmann zu sprechen?“

Pause.

Dann etwas schärfer.

„Sind Sie wahnsinnig? Um diese Zeit?“

„Ist Dr. Düllmann zu sprechen?“

„Wer sind Sie? Halten Sie Ihr Gesicht so, dass die Kamera Sie sehen kann.“

„Es ist wirklich wichtig.“

„Ist Dr. Düllmann zu Hause?“

„Nein, verdammt noch mal!“

Lichtenhagen, der alles mithört, zupft Kokoschansky am Ärmel als Zeichen der Bestätigung, dass es der Hausherr persönlich ist.

„Ich weiß, dass Sie es selbst sind, Herr Dr. Düllmann.“

Kokoschanskys Nervosität ist verschwunden. Es ist wieder wie in alten Zeiten.

„Wenn Sie nicht augenblicklich verschwinden, rufe ich die Polizei!“

„Das würde ich an Ihrer Stelle unterlassen.“

„Nennen Sie mir endlich Ihren Namen!“

„Kokoschansky...“

Pause.

Die Sekunden ziehen sich elend lang.

„Wiederholen Sie nochmals Ihren Namen.“

„Ko-ko-schans-ky... Heinz Kokoschansky. Herr Dr. Düllmann, Sie wissen längst, wer ich bin.“

Und damit habe ich nicht einmal unrecht, denkt der Journalist.

Pause.

Plötzlich geht in der ersten Etage der Villa ein Licht an. Ein Vorhang wird leicht zur Seite gezogen. Eine Gestalt lässt sich kurz am Fenster blicken, um sofort wieder abzutauchen. Die Dobermänner lassen die beiden ungebetenen Besucher nicht aus den Augen. Kokoschansky bleibt auf seinem Posten. Die Kamera soll ihn ins Bild bekommen. Das kommt noch früh genug. Er zuckt zusammen. Wie von Geisterhand wird das Haus in helles Licht getaucht. Die Hunde springen geifernd und voller Wut am Gittertor hoch.

Endlich öffnet sich die Eingangstüre. Ein Mann tritt heraus. Er trägt eine Leinenhose und darüber einen Sweater. An den Füßen Slipper ohne Strümpfe. Er dürfte bereits im Bett gewesen sein, sich nur rasch etwas übergezogen haben, da er etwas unordentlich wirkt. Auch sein Haar ist zerzaust. Er eilt die Stufen herab, überquert den kleinen Platz mit dem zierlichen Springbrunnen im Zentrum, der leise vor sich plätschert. Seine Schritte knirschen auf dem feinen Kies.

„Sagen Sie, sind Sie übergeschnappt? Um diese Zeit? Ich sagte doch bereits, Herr Dr. Düllmann ist nicht zu Hause.“

„Lassen Sie doch das Versteckspiel, Herr Dr. Düllmann. Das Internet kann manchmal auch ein Fluch sein. Auf der Website der *ACS-Press & Media* prangt Ihr Konterfei."

Nur das Gittertor trennt die beiden Männer noch. Die Dobermänner drehen sich im Reigen um die Beine ihres Herrn.

„Platz, Harras! Platz, Bandido!"

Die Hunde trollen sich auf die Wiese, legen sich ins Gras und bleiben sprungbereit.

Wie treffend die Namen, denkt Kokoschansky.

„Gut, überrumpelt", lenkt Düllmann ein, aber um keine Spur freundlicher. Ans Internet hatte er wahrlich nicht gedacht. „Machen Sie's kurz. Was wollen Sie? Noch habe ich die Polizei nicht gerufen, aber das kann ich sofort ändern. Ich habe mein Handy dabei."

„Lichtenhagen", sagt Kokoschansky knapp und er sieht, wie sich Düllmann sichtlich verkrampft.

„Ja und, weiter?"

Düllmanns Stimme klingt belegt. Er räuspert sich.

„Wollen wir das wirklich über den Gartenzaun besprechen?"

„Verschwinden Sie..."

„Gern", sagt Kokoschansky ruhig. „Ich nehme an, dass Sie längst über mich Bescheid wissen. Ich fahre anschließend zum Flughafen, fliege nach Wien und noch heute Abend erscheint in einem der renommiertesten österreichischen Nachrichtenmagazine mein Artikel über die *ACS-Press & Media* und Sie. Über Ihren jahrelangen Betrug. Vorrangig an der deutschen Werbewirtschaft durch manipulierte Verkaufs- und Auflagenzahlen in Zusammenarbeit mit der GKVW. Mein Chefredakteur hat den Platz im Magazin extra für mich freigehalten. Es wird unser Aufmacher mit Ihrem Konterfei auf dem Titelblatt.

Kokoschansky blufft, was das Zeug hält und Düllmann frisst es. Zusehends wird er nervöser.

„Auch werde ich über Ihre Verbindungen zum Generalbundesanwalt und zum Verfassungsschutzpräsidenten berichten. Insbesondere über jene mit Dr. Lutz von Grimmelshausen. Sie kennen doch die Geschichte mit Frank Ableitinger. Der durch die *ACS-Press & Media* in den Selbstmord getriebene Sohn des Berliner Buchhändlers Erasmus Vonske. Vonske hat mich mit allen Details versorgt. Sie erinnern sich bestimmt, Herr Dr. Düllmann. Ja, und natürlich", Kokoschansky gibt Lichtenhagen ein verstecktes Zeichen, „steht mir Herr Lichtenhagen mit seinem gesamten Material zur Verfügung."

Als Achim Lichtenhagen vortritt, ist das der K.-o.-Schlag für Düllmann. Bisher hatte er die Hände trotzig in den Hosentaschen vergraben. Jetzt, wo ihm Lichtenhagen leibhaftig gegenübersteht, dazwischen nur ein Gittertor als letzte Bastion, zeigt er vollends Wirkung. Er umklammert die Gitterstäbe so fest, dass die Knöchel an seinen Händen weiß werden.

„Guten Abend, Herr Dr. Düllmann. Lange nicht mehr gesehen...“

„Damit kommt ihr nie durch...“, krächzt Düllmann mit gesenktem Haupt.

„Lassen Sie uns rein? Ja oder nein? Oder soll Ihre honorige Nachbarschaft mitbekommen, wer Sie wirklich sind? Ich kann auch lauter sprechen.“

Kokoschansky brennt. Das alte Feuer, die alte Leidenschaft ist endlich wieder zurückgekehrt. Nichts schmerzt mehr. Weder die Beine noch ein dröhnender Kopf.

„Ist alles in Ordnung, Herr Dr. Düllmann?“, tönt es von der gegenüberliegenden Straßenseite herüber. Ein besorgter Nachbar...

„Ja, danke! Alles bestens! Aber in meinem Geschäft ist nie Ruhe!“

Düllmann gelingt es nur schwer, Haltung zu bewahren. Dann geht er ein paar Schritte seitwärts, drückt an einem verborgenen Knopf im Pfeiler.

„Folgen Sie mir...“

Das Tor öffnet sich. Kokoschansky und Lichtenhagen treten ein. Sofort springen die Dobermänner auf. Ein kurzes Handzeichen und die Hunde parieren. Düllmann stapft voran, ohne sich umzusehen.

Von außen ist die Villa das totale Understatement. Sie wirkt protzig, aber drinnen fallen einem die Augen aus dem Kopf. Trotzdem ein erlesener Geschmack. Hollywood könnte es nicht besser inszenieren. Geschwungene Freitreppe, in die erste Etage führend. Blumenarrangements, Stoffe, Tapeten, alles von Feinsten, Ton in Ton aufeinander abgestimmt. Luxus pur.

„Wenn Sie sich satt gesehen haben, folgen Sie mir in mein Arbeitszimmer“, knurrt Düllmann sarkastisch.

„Bitte.“

Er weist den ungebetenen Besuchern zwei Plätze auf einer Couch zu, während er sich an seinen Schreibtisch setzt.

„Sie haben unverschämtes Glück, Herr Kokoschansky.“

Lichtenhagen würdigt er keines Blickes.

„Wirklich unverschämtes Glück. Vorher wussten Sie, dass meine Familie über das Wochenende verreist ist und erst morgen Abend zurückkehren wird?“

„Recherche“, kontert Kokoschansky geistesgegenwärtig, obwohl er ihm am liebsten sagen würde, einen Scheißdreck wusste ich. „Das tägliche Brot in diesem Beruf. Das wissen Sie doch selbst am besten.“

„Sie bilden sich doch nicht ein, dass Sie gegen mich antreten können, Kokoschansky. Sie haben doch keine Chance. Das ist die Oberliga. Begreifen Sie das nicht?“

„Warum haben Sie dann noch immer nicht die Polizei gerufen?“

Wir haben diesen Kerl alle unterschätzt... Düllmann schlägt mit der Faust auf seinen Schreibtisch.

„Das werde ich auch tun. Aber ganz anders, als Sie sich das vorstellen, Kokoschansky.“

Die Spannung in dem riesigen Raum ist mit den Händen greifbar. Plötzlich klingelt Kokoschanskys Handy.

„Kleine Vorsichtsmaßnahme“, sagt Kokoschansky mit Dackelblick. „Und, ein erster Entwurf meines Artikels ist bereits in Wien in der Redaktion...“

Das darf doch alles nicht wahr sein! Wie konnten wir diesen Scheißkerl nur so unterschätzen! Blufft er nur oder weiß er wirklich Bescheid?

„Warum haben Sie mich nicht zu einer christlichen Zeit in meinem Büro aufgesucht?“

„Hätten Sie mich... uns... jemals empfangen?“

„Vielleicht...“

Düllmann gewinnt langsam seine Fassung wieder.

„Wissen Sie, dass mir Ihr Auftreten im Grunde mächtig imponiert“, schwenkt er plötzlich um, „ich bin ja einiges gewohnt. Doch das ist tatsächlich die absolute Krönung. So einen Mann könnte ich gut gebrauchen. Deutschland ist doch ein herrliches Land. Und Bremen eine tolle Stadt. Im Leben sollte man öfters umziehen. Zur Perspektivenerweiterung. Oder Sie werden mein neuer Österreich-Korrespondent? Na, wie wäre das? Die *ACS* zahlt Spitzengehälter für Topleute.“

„Stecken Sie sich Ihr Angebot in den Arsch“, sagt Kokoschansky unverblümt.

Düllmann übergeht die Respektlosigkeit. Dann wieder die harte Tour.

„Für wen schreiben Sie? Profil, Format oder NEWS? Nicht mehr TV-Journalist? Ein Anruf von mir bei den Herausgebern und nicht ein einziges Komma wird erscheinen. Das ist Ihnen doch klar.“

„Warum haben Sie Herr Lichtenhagen fertig gemacht.“

„Jetzt müssen Sie mit mir reden, Herr Dr. Düllmann“, fährt Lichtenhagen Düllmann im aggressiven Ton an, „Jetzt können Sie mir nicht mehr entweichen. Jahrelang haben Sie jedes Gespräch verweigert. Alle meine Briefe unbeantwortet gelassen. Sich am Telefon verleugnen lassen!

Warum wurde ich zweimal in einem Gerichtssaal verhaftet? Wussten Sie – natürlich wissen Sie das – dass meine Familie für mich zweimal Kaution in sechsstelligen DM-Beträgen hinterlegen musste, um mich wieder freizubekommen. Mühsam zusammengekratzt, geliehen bei Verwandten und Bekannten! Und Sie haben keinen Finger für mich gerührt! Tatenlos zugesehen, wie ich trotzdem für ein paar Jahre ins Kittchen wanderte! Sie haben mir diese Zeit gestohlen! Als Dank, weil ich für Sie jahrelang die Drecksarbeit geleistet habe? Für Ihre manipulierten Zahlen!"

Kokoschansky zieht die Kopien aus seiner Jacke. Perfekt eingespielt. Ohne Probe.

„Verteilen von drei Millionen Exemplaren aller Produkte Ihres Hauses zwecks Abo-Werbung in der DDR, vom 10.5.1990 355.680,–DM", zitiert Kokoschansky, „oder 635.550,–DM für Begleitwerbung der ‚Schau&Hör', ...98.610,–DM, ...34.500,–DM, ...124.000,–DM, ...112.860,–DM, ...111.720,–DM, ...256.500,–DM, ...420.000,–DM. Nur ein Bruchteil all dieser Scheinrechnungen. Die Summen werden Ihnen sicher noch bekannt sein. Oder sind diese Beträge in diesem hehren Tempel hier oder in Ihren Medienolymp nur Peanuts?

Verteilungen, die in diesem Ausmaß nie stattgefunden haben. Getürkte Zahlen, die Sie an die GKVW weitergegeben haben und womit Sie künstlich die Werbepreise gepuscht haben. Bei uns in Österreich nennt man das schweren gewerblichen Betrug. Die Gegenrechnungen fingiert für nie stattgefundene Kontrolltätigkeiten... Können Sie behalten", Kokoschansky wirft den Packen einfach in die Luft, „die Originale sind an einem sicheren Ort und Kopien des gesamten Materials Ihrer Machenschaften längst in Wien, Herr Dr. Düllmann."

Der oberste Boss der *ACS-Press & Media* mimt weiter den Unbeeindruckten, obwohl er am liebsten in die linke Schreibtischlade greifen und seine Pistole herausnehmen würde, um die beiden über den Haufen zu knallen. Wieder klingelt Kokoschanskys Handy. Düllmann ignoriert es.

„Sie sind doch sehr gut gefahren, Herr Lichtenhagen", richtet Düllmann das Wort direkt an ihn, „Sie haben die vielen Jahre über einen tollen Schnitt gemacht. Habe ich nicht einen erheblichen Beitrag zu Ihrem damaligen Lebensstandard geleistet? Warum haben Sie nicht nein gesagt? Weil Sie etwas zu gierig waren. Natürlich hätte jeder diese Chance, die wir Ihnen damals angeboten hatten, ergriffen. War auch zu verlockend. Und Sie wussten auch, dass Sie bei einem eventuellen Nein Ihrerseits mit Ihrer *„Europe Promotion"* die längste Zeit für uns gearbeitet hätten. Und warum wir Sie fallen gelassen haben, wollen Sie wissen? Sie wurden uns zu mächtig. Ganz einfach. Zu eigenständig. Zu groß. Haben sich und Ihre Firma etwas zu wichtig genommen. Das mögen wir nicht. Wir sind selbst wichtig. Wir dulden niemanden, der sich unseren Zielen, ob bewusst oder unbewusst, in den Weg stellt. Daher haben wir Sie abservieren müssen. Dass wir unser kleines gemeinsames Geschäft nicht an die große Glocke hängen konnten, lag wohl auf der Hand."

Erstmals steht nun Düllmann auf, kommt hinter seinem Schreibtisch hervor.

„Ich kann mir mit der *ACS* selbst die Justiz kaufen. Geld spielt keine Rolle. Es ist wie bei einem Schachspiel. Ich bin der bessere Spieler. Meine Figuren sind besser platziert. Und Sie, meine Herren, sind längst schachmatt. Es gibt da so eine Novelle von einem Österreicher... Stefan Zweig... die Schachnovelle... meiner Meinung nach eines der besten Werke der deutschsprachigen Literatur... und eines meiner Lieblingsbücher... Schach, das königliche Spiel... ich beherrsche es exzellent."

Düllmann bleibt vor Kokoschansky stehen.

„Wissen Sie, was in einer deutschen JVA abgeht? Santa Fu beispielsweise, Geldern? Haben Sie schon mal Lichtenhagen über seine Erfahrungen im Bau befragt? Sie nehmen doch nicht an, dass Sie, meine Herren, mein Haus jemals wieder ungeschoren verlassen werden. Keine Angst! Ich lege Sie nicht um, und ich lasse Sie nicht umlegen. Es gibt einen viel subtileren und effizienteren Weg..."

„§129a...", sagt Kokoschansky.

„Sie sind wirklich brillant..."

Läuft es also tatsächlich darauf hinaus. Scheiße, jetzt wird es verdammt knapp.

„Und wenn Ihr Handy, Herr Kokoschansky, noch hundertmal klingelt, als Zeichen, dass hier drin alles in Ordnung ist – sinnlos. Da hilft Ihnen auch keine Armee oder wer immer da draußen auf Sie beide ein Auge wirft. Gegen diesen Paragraphen gibt es kein Gegenmittel. Jammerschade, dass Sie sich nicht kaufen ließen, Herr Kokoschansky. Sie hätten ausgezeichnet in mein Team gepasst. Ach ja, beinahe hätte ich es vergessen. Ich möchte Ihnen etwas zurückgeben, Herr Lichtenhagen."

Düllmann geht zu einem Schrank.

„Ich möchte Ihnen etwas zurückgeben, was mir nicht gehört. Verzeihen Sie, dass ich es mir vorübergehend als Leihgabe besorgen ließ."

Lichtenhagen traut seinen Augen nicht.

Sein schwarzer Pilotenkoffer!

„Es ist alles vorhanden. Wirklich sehr interessant, was Sie da alles zusammengetragen haben. Und ich werde auch herausbekommen, woher. Bisher fehlte mir die Zeit dafür. Sie werden verstehen, gewisse Dinge sind zu Hause besser aufgehoben als im Büro. Auch das Fotoalbum mit Ihren persönlichen Erinnerungen ist selbstverständlich drin.

Ich nehme an, dass es Ihnen bei guter Führung in der Haft wieder ausgehändigt wird. Tja, meine Herren, ich denke, Sie haben mir nun genug Schlaf geraubt. Ich werde jetzt die Polizei verständigen. Natürlich können Sie auch flüchten. Ich werde Sie nicht daran hindern. Aber ich möchte Sie warnen. Meine Hunde sind auf den Mann trainiert und haben gegen ein spätes Abendbrot noch nie etwas einzuwenden gehabt."

Dr. Martin Düllmann findet, nun wäre das Schlimmste für ihn überstanden. Jetzt befindet er sich auf der Siegerstraße. Arrogant und hochnäsig sitzt er ihnen gegenüber. Das spöttische Lächeln in seinem Gesicht wirkt wie gemeißelt.

„Natürlich wusste ich, dass Sie kommen, Herr Kokoschansky. Nur eben nicht heute. Überrumpelungstaktik. Immer dem Gegner um einen Schritt voraus. Leider übersehen Sie, dass ich immer zwei voraus bin...

Trotzdem, aus tiefstem Herzen, meine Hochachtung vor Ihrer Dreistigkeit. Wenn man Sie so sieht, meine Herren, würde man nie annehmen, dass man den Mördern von drei Menschen gegenübersitzt. Eine derartige Brutalität hätte ich Ihnen niemals zugetraut, Herr Kokoschansky. Traurig, dass das ungeborene Kind niemals seinen Vater kennen lernen wird... Alles Weitere im Zusammenhang mit Ihren terroristischen Aktivitäten werden Sie vom Staatsanwalt erfahren..."

Ruf an! Cottbus, verdammt noch mal, ruf an!

Kokoschanskys Hände umklammern Stoevers Koffer, der auf seinem Schoß liegt. Durchhalten! Greif endlich nach deinem Scheißhandy, Cottbus! Das kann es nicht gewesen sein! Es muss noch einen Ausweg geben! Lichtenhagen ist ebenfalls versucht, sich keine Blöße zu geben. Nicht diesem Düllmann zeigen, dass er den letzten, spielentscheidenden Zug doch noch schaffte!

„Gut, meine Herren. Sie werden wohl eingestehen, dass ich der unangefochtene Gewinner dieser Partie bin. Übrigens, was schleppen Sie da die ganze Zeit in diesem Koffer mit sich herum, Herr Kokoschansky? Oder ist das nur eine Attrappe, weil sich darin ein Tonbandgerät befindet? Alles nur zum Schein?"

Düllmann lacht als Einziger über seinen plumpen Scherz und verstummt sofort, als er die Stimme hinter seinem Rücken hört.

„Nicht immer muss der Schein trügen, Martin..."

Auch Lichtenhagen erschrickt, krümmt sich zusammen. Ein imaginärer Peitschenschlag hat ihn soeben getroffen. Eine Fata Morgana? Ein Gespenst? Die Farbe weicht aus seinem Gesicht. Diese Frau ist nur ein paar Meter von ihm entfernt, steht im Türrahmen. Diese Stimme! Ihre Stimme!... Auch Düllmann ist über diese Überraschung nicht sonderlich erfreut, und es ist seinem Gesicht unmissverständlich abzulesen.

„Silke", fast flüstert Lichtenhagen diesen Namen, „Silke... du?"

Ihr Blick schleudert ihm abgrundtiefe Verachtung entgegen. Da ist nichts mehr, was einmal war. Nur Gleichgültigkeit, Bedauern und Hass. Ihre Augen funkeln triumphierend über den gelungenen Auftritt. Perfektes Timing. Der fast an die Knöchel reichende Morgenmantel aus feinster Seide und mit japanischen Motiven bestickt, lässt auch nach den vielen Jahren noch immer ihre anmutigen Kurven erahnen.

„Mein Gott, Lichtenhagen!", reißt Düllmann wieder das Steuer herum, „Alte Liebe rostet nicht, oder was? Was ist denn los? Silke hat mir längst alles mit Ihnen gebeichtet und ich habe es im Rundordner unter Jugendsünden abgelegt. Das alte Bäumchen-wechsel-dich-Spiel. Nichts weiter."

Düllmann dreht sich ein wenig in ihre Richtung, zeigt ein charmantes Lächeln.

„Liebes, warum bist du nicht im Bett?... Das ist eine Angelegenheit unter uns drei Männern... Nicht böse sein, aber wirklich nichts für dich... Geh wieder nach oben. Es dauert nicht mehr lange. Ich komme gleich nach..."

„Es interessiert mich sehr, weil es mich betrifft", sagt Silke Bruns, Achim Lichtenhagens Freundin aus gemeinsamen Tagen in Leipzig und Dresden. Nun setzt auch sie zu einem Lächeln an, lässt ihre strahlend weißen Zähne aufblitzen.

„Schatz, was ist denn los? Du bist jetzt wirklich sehr sonderbar", Düllmanns Zuversicht ist schlecht gespielt, „und wie sagtest du vorhin?... Ach ja!... Nicht immer muss der Schein trügen..."

„Der Koffer...", sagt Silke Bruns ruhig.

„Koffer?... Der Koffer von ihm da", und Düllmann zeigt dabei Richtung Kokoschansky.

Dem Journalisten läuft es heiß und kalt zugleich über den Rücken. Es droht eine Eskalation. Nichts ist mehr vorhersehbar, berechenbar und kontrollierbar.

„Was ist mit diesem schäbigen Ding?"

Düllmann ist sichtlich ungehalten.

„Der Koffer ist nur Schein...", Silke Bruns verändert ihre Position nicht, bleibt nur stehen. Wie eine sprechende Statue. Leicht angelehnt, die Hände vorm Busen verschränkt. „Die beiden haben dich aufs Kreuz gelegt. Doch das interessiert mich nicht mehr. Ich kenne diesen Koffer..."

„Jetzt sag endlich, was es mit diesem verdammten Koffer auf sich hat!"

Düllmann stützt sich auf die Armlehnen des Fauteuils, bereit, jeden Moment vor Wut hochzuspringen.

„Er gehörte Stoever..."

„Gehörte...?"

Kokoschanskys feinen Ohren entgeht nichts.

„Schweigen Sie!", faucht ihn Silke Bruns an.

„Woher kennst du diesen Namen, Silke?"

Düllmanns Gesicht verzieht sich zu einer von Zorn erfüllten roten Fratze. Im dem Moment, wo er sie beinahe anspringen will, hält sie plötzlich eine Pistole in ihrer zarten, feingliedrigen Hand. Blitzschnell aus den Falten ihres Morgenmantels hervorgezaubert.

„Sitzen bleiben. Alle drei."

Dem Klang ihrer Stimme nach meint sie es ernst. Todernst.

„Warum tust du mir das an?", wimmert Düllmann. „Und das ausgerechnet vor denen..."

„Weil mir diese unvorhergesehene Konfrontation in meine Pläne passt", sagt Silke Honecke ungerührt.

„Was hast du vor?"

Düllmann versteht in diesem Moment überhaupt nichts mehr.

„Ich brauche dich nicht mehr, Martin." Diese Frau kann kälter als ein Eisblock sein. „Ich überlege nur, ob ich den beiden nicht helfen soll, dich ans Messer zu liefern. Aber wahrscheinlich hat Achim etwas dagegen."

„Stasi-Nutte... verkommene, miese Stasi-Nutte", beschimpft sie Lichtenhagen.

„Damit wären die Fronten geklärt. Auch gut. Dann wird dieses Problem eben anders gelöst."

„Wie meinen Sie das?"

Kokoschansky weiß genau, wie sie es meint, ohne noch Hintergründe erkennen zu können, aber er will es aus ihrem Mund hören.

„Ihr werdet euch auf dem Friedhof wieder treffen..."

Diese Frau kennt keine Gefühle, keine Emotionen. Perfekte Schulung und Ausbildung.

„Herr Lichtenhagen", Düllmanns Stimme klingt versöhnlich, auf der Suche nach Verbrüderung gegen die lauernde Gefahr in seinem Arbeitszimmer, die eine Waffe in der Hand hält. „Sie haben gerade ein sehr hässliches Wort ausgesprochen..."

„Ah!", Lichtenhagen begreift sofort, „der große allmächtige und allwissende Düllmann weiß auf einmal nicht weiter!"

Die Stunde der Abrechnung. Was gibt es noch groß zu verlieren?

„Sie war eine Stasi-Nutte. So wie Sie mich geleimt hat, kleben auch Sie an Ihrer Leimspindel."

„Weiter, Achim", Silke Bruns ist sichtlich amüsiert, „raus mit deinem Hass! Aber bleib sitzen und mach keine falsche Bewegung. Sonst bist du sofort tot."

„Stasi?", Düllmann schüttelt verständnislos den Kopf, „ich ließ jeden durchleuchten. Auch dieses Miststück. Es hätte eine Akte bei der Gauck-Behörde geben müssen. Wieder so ein schwachsinniges Hirngespinst von Ihnen, Lichtenhagen. Mir ist das alles zu blöd. Ich gehe schlafen. Und du", er sieht Silke scharf an, „wirst jetzt diese Scheißpistole endlich weglegen oder du beziehst die Prügel deines Lebens. Wir beide sprechen uns noch."

Er macht Anstalten aufzustehen. Der Hall des Knalls wirkt sich in dem riesigen Haus wie eine Explosion aus. Das Projektil fährt haarscharf vor Düllmanns Füßen in den dicken Perser und hinterlässt ein hässliches, schwarz umrandetes Loch in dem guten Stück. Düllmann starrt auf seine Füße, fasst es nicht, dass sie tatsächlich auf ihn geschossen hat.

„Keiner geht hier raus. Das nächste Mal ziele ich höher. Achim hat Recht. Es gab ein Dossier über mich. Ich war *IM Venusfalle*. Als ich bei der *ACS-Press & Media* anheuerte, konnte ich dafür sorgen, dass meine Akte verschwand. Nicht nur du verfügst über erstklassige Beziehungen. Da ich mich nicht unbedingt als unattraktiv bezeichne, habe ich mit Männern kein Problem. Einer, der mir den Hof machte, arbeitete in der gerade im Aufbau begriffenen Gauck-Behörde. Natürlich war mir klar, wenn ich für die *ACS-Press & Media* arbeiten wollte, dass ihr mich unter die Lupe nehmt. Ich schenkte diesem Gauck-Mitarbeiter eine Nacht mit mir. Am nächsten Tag war meine Akte weg. Leider erwartete er mehr von mir, stellte mir lange Zeit erfolglos nach. Seine Rache war meine Akte, denn die wanderte nun wieder retour in die Gauck-Behörde. Ich kümmerte mich nicht mehr darum. Nachdem die Beziehung mit ihm", und dabei wirft sie einen geringschätzigen Blick auf Lichtenhagen, „in die Brüche gegangen war, wollte er es wissen. Und tatsächlich, meine Akte war wieder da. Siehe da, mich gab es tatsächlich wieder, denn er rief mich an und beschimpfte mich. Und auch dieser Gauck-Mensch existierte noch. So kam ich dahinter, was der hinter meinem Rücken getrieben hatte."

Silke Bruns spricht ruhig und gelassen. Nur ihren Augen sieht man an, dass sie ständig auf der Hut ist.

„Tja, nachdem ich wusste, dass mich dieser Gauck-Mann verarscht hatte, erteilte ich ihm eine Lektion. Sein Autounfall war tödlich. Wenn du es nicht wissen solltest, Achim, *IM Maulwurf*...“

„Jens Krüger...“, lautet Lichtenhagens dürre Antwort.

„Schön, dann brauche ich das nicht näher zu erklären. Bleibt nur noch der Dritte in unserem Bunde, und das wird dich besonders interessieren, Martin... *IM Venusfalle*, *IM Maulwurf* und Stoever – Holger Stoever – wir waren ein tolles Gespann.“

„Stoever? Du hast mit Stoever zusammengearbeitet? Das war mein Mann!“

Düllmann will wieder aufspringen, besinnt sich aber noch rechtzeitig, als sein Blick auf das Loch im Teppich fällt.

Kokoschansky meint, gehört zu haben, dass im Garten die Hunde aufjaulten.

„Weil ich ihn dir indirekt ins Nest gesetzt hatte, mein Lieber“. Silke Bruns macht es sichtlich Spaß, Düllmann zu demütigen. „Krüger, Stoever und ich kannten uns bereits seit vielen Jahren. Krüger und ich lernten uns bei den Jungen Pionieren kennen. Stoever stieß erst später zu uns. Er war der Älteste. Nacheinander wurden wir von der Stasi angeworben. Und“, erstmals zeigt sie einen Anflug von Emotion, „es hat verdammt Spaß gemacht, euch Großkotze aus dem Westen auszuspionieren. Ich verdiente damit gutes Geld. Sowohl im Osten wie im Westen. Und als Draufgabe kam ich noch zu meiner persönlichen Befriedigung. Nicht schlecht! Nach dem Mauerfall mussten wir uns neue Betätigungsfelder suchen. Industrie- und Wirtschaftsspionage, New Economy. Es gab genug zu tun. Stoever gelang sogar der Spagat, als V-Mann gleichzeitig für die Bundesanwaltschaft und den Verfassungsschutz zu arbeiten.“

„Und ich Idiot dachte, er arbeitet ausschließlich für mich“, greift sich Düllmann an den Kopf.

„Niemand hatte Stoever exklusiv. Doch er wurde zunehmend ein Problem. Seine Geldgier kannte keine Grenzen mehr. Er erledigte jeden Job. Und er hatte ein persönliches Problem. Sein Hang war zu groß zu viel zu kleinen Mädchen. Wahrscheinlich machte er auch daraus ein Geschäft und belieferte alle, die es mit kleinen Mädchen treiben oder sich mit Kinderpornos aufgeilen wollen. Schließlich konnte er auch noch Krüger auf seine Seite ziehen. Das hätte im Ernstfall für mich eng werden können. Das Problem Krüger löste sich von selbst. Er bekam Schwierigkeiten mit Kosovo-Albanern auf St. Pauli, und die sind nicht zimperlich. Um Stoever kümmerte ich mich selbst. Auch das ist gegessen...“

„Was bist du nur für ein Monster?“

Düllmann ist zu einem einzigen Häufchen Elend geworden.

„Halt's Maul, Schlappschwanz." Silke Bruns ist gnadenlos. „Alles ist bereits in die Wege geleitet. Du warst für mich nur auf Zeit wichtig. Jetzt ist die Sanduhr ausgelaufen, Martin. Du denkst, du bist so schlau und allen überlegen. Aber es gibt immer einen, der noch schlauer und überlegener ist. Morgen früh wirst du offiziell als Vorstand der *ACS-Press & Media* zurücktreten. Aus gesundheitlichen Gründen wirst du dich überraschend ins Privatleben zurückziehen. Selbstverständlich mit einer mehr als fürstlichen Abfindung und allem, was noch dazu gehört. Ballmann wird an deine Stelle treten, mit Delmenhorst als Stellvertreter. Du bist in letzter Zeit viel zu eigenmächtig geworden, lieber Martin. Diese beiden sind weitaus willfährigere Werkzeuge. Du störst unsere Kreise."

Cottbus, wo steckst du? Ruf endlich an! Oder ist dein Akku leer?

Kokoschansky und Lichtenhagen sitzen unbeweglich, wie zu Salzsäulen erstarrt. Nur in ihren Köpfen kreisen die Gedanken.

„Du bist wahnsinnig geworden. Übergeschnappt. Du hast den Verstand verloren. Du bist reif für die Klapsmühle" murmelt Düllmann in einer Leier vor sich hin.

„Ich hatte die Wahl zwischen von Grimmelshausen und Rüttersfeld.", Silke Bruns redet wie beim Smalltalk auf einer Party. „Henning machte das Rennen. Er ist dynamischer, attraktiver, lebt in Scheidung. Habe beide Herren ausprobiert. Kein Vergleich. Ich denke, dass ich in absehbarer Zeit ehrbare Gattin eines künftigen Innenministers werde. Martin, spätestens morgen hätte ich dir reinen Wein eingeschenkt. Doch durch das überraschende Auftauchen dieser beiden Herren muss ich rasch entscheiden und neu disponieren. Ist aber kein Problem. Die Mühe, Herr Kokoschansky, dieses Gespräch mit Stoevers Abhör- und Aufnahmeanlage mitzuschneiden, war leider vergeblich. In wenigen Minuten sind auch die Probleme Kokoschansky und Lichtenhagen für immer vom Tisch."

Endlich läutet das verdammte Handy.

Silke Bruns ist für einen Moment unaufmerksam. Genau jenes Quäntchen Zeit, das für einen Arm ausreicht, um aus dem Nichts aufzutauchen und ihr von hinten die Waffe aus der Hand zu schlagen. Ihr Aufschrei wird sofort durch einen mächtigen Schlag in ihre Rippen abrupt beendet. Sie schleudert gegen den Schreibtisch, wo sie benommen liegen bleibt.

„Bin schon hier."

Breitbeinig, wie der Held in einem B-Western, steht Uwe Cottbus mit seiner Dienstwaffe in der Hand im Arbeitszimmer.

„Ich hörte einen Schuss und da... du beweg dich nicht“, herrscht er Düllmann an, der, längst willenlos, alles mit sich geschehen lässt. „Kommt rüber.“

Lichtenhagen schnappt seinen Pilotenkoffer, Kokoschansky den Koffer von Stoever, während Cottbus sich bückt und Bruns' Waffe in den Hosenbund schiebt.

„Wie sind Sie...?“, flüstert Kokoschansky.

„Später...“, antwortet Cottbus.

„Einen Moment“, sagt Lichtenhagen und stellt seinen Pilotenkoffer ab.

Dr. Martin Düllmann sackt in seinem Sessel wie ein nasser Sack in sich zusammen. In diesem einzigen Schlag hat Achim Lichtenhagen alle Kraft konzentriert, zu der er fähig war.

„Diese Gelegenheit werde ich nie wieder haben“, stellt Lichtenhagen sichtlich zufrieden fest und knetet dabei seine Hand, fügt hinzu: „Erst jetzt habe ich deine Reaktion in der Tiefgarage richtig verstanden, Koko...“

Er hebt wieder seinen Pilotenkoffer hoch, sagt dabei zu Cottbus.

„Wie war das möglich, dass Sie...?“

„Später.“

Nachdem Düllmann außer Gefecht gesetzt ist, senkt auch der Kripo-Mann seine Waffe.

Niemand merkt, wie Silke Bruns sich Millimeter für Millimeter am Schreibtisch entlang zieht. Zu ihrem Ziel, der linken oberen Schreibtischlade. Das leise Geräusch, wenn Holz auf Holz schabt, ist kaum zu hören. Doch Kokoschanskys Nerven sind zum Zerreißen gespannt und seine Sinne geschärft wie noch nie. Er sieht nur noch eine Bewegung aus dem Augenwinkel.

„Aufpassen!“

Mit ungläubig aufgerissenen Augen und einem kleinen Loch in der Stirn kippt Silke Bruns nach hinten. Ihre Hand rutscht aus der Lade, in der Düllmanns Pistole liegt.

„Tut mir leid, Herr Lichtenhagen“, sagt Cottbus. „Es ging nicht...“

„Sie hat es nicht anders verdient“, murmelt Lichtenhagen.

„Herr Kokoschansky, nehmen Sie die Kassette heraus. Ich übernehme sie einstweilen. Den anderen Plunder lassen wir hier. Es kann immer noch etwas geschehen. Noch ist es nicht ausgestanden. Und einen Bullen werden sie kaum filzen.“

„Okay. Ich hab verstanden.“

Er gibt Cottbus die Kassette.

„Und er?“

Kokoschansky zeigt auf Düllmann.

„Was ist mit ihm?“
„Der ist erledigt.“
„Wie, erledigt?“
Kokoschansky weiß nicht, was Cottbus meint.
„Sobald er wieder bei Bewusstsein ist, wird er wissen, was er zu tun hat. Wir werden es erleben.“
„Was? Wir lassen diesen Verbrecher hier zurück? Dann war alles wirklich umsonst!“ Lichtenhagen ist außer sich. „Das ist unmöglich!“
„Es gibt den Mitschnitt. Es gibt Ihr gesamtes Material. Glaubt mir, es erledigt sich von selbst.“
Kokoschansky blickt zu Lichtenhagen, dann zu Cottbus und wieder zu Lichtenhagen. Man sollte es verhindern, aber es würde nichts ändern...
„Gehen wir... bevor es zu spät ist.“
Er geht voran, gefolgt von Cottbus. Lichtenhagen bleibt etwas zurück, dreht sich nochmals um. Düllmann interessiert ihn in diesem Augenblick nicht. Er sieht nur zum Schreibtisch, unter dem Silkes Beine hervorlugen und eine Blutlache mehr und mehr an Raum gewinnt.
Als sie durch die Empfangshalle ins Freie treten, sitzt Erasmus Vonske auf den Stufen, raucht genüsslich eine Zigarette und grinst sie an.
„Du hier?“
Kokoschansky weiß nicht, wie ihm geschieht.
„Solltest du nicht auf unsere...“, fragt er Vonske vorwurfsvoll.
Der Buchhändler hebt abwehrend die Hände.
„Alles paletti! Bevor ihr mir den Arsch aufreißt, euren Mädels geht's blendend und sie sind in Sicherheit. Gar nicht weit von hier.“
„Was?“
Gleichzeitig kommt das Fragewort aus beiden Mündern. Cottbus hält sich im Hintergrund und lächelt still vor sich hin.
„Auftragsgemäß habe ich beide Damen abgeholt. Erzählt, wie die Kacke am Dampfen ist. Ehrlich, Achim. Kannst du deiner Frau einen Wunsch abschlagen? Oder du deiner Sonja?... Eben... Und wie soll ich das tun? Ich armes Würstchen? Sie wollten in eurer Nähe sein. Also, ich ruf Cottbus an... tja... und da sind wir nun mal... könnt auf eure Mädels stolz sein...“
Der Kripo-Beamte drängt zum Aufbruch.
„Und wie seid ihr da reingekommen?“, lässt Kokoschansky nicht locker.
„Als es drinnen geknallt hat, sind unser Kripo-Freund und ich schleunigst her. Zum Glück gibt es schlampige Nachbarn, die genau passende Leitern herumstehen haben.“
Jetzt erst sieht Kokoschansky Vonskes blutige Hände.

„Scheißzaun. Sind aber nur ein paar Kratzer“, erzählt Vonske weiter, „die Köter waren nicht ohne. Aber unser Mann von der Kripo denkt an alles. Trägt auch etwas Verbotenes bei sich. Nicht verraten. Einen Schalldämpfer. Plop, plop... Da drüben irgendwo liegen die Viecher.“

„Aber mir eine Moralpredigt halten“, sagt Kokoschansky in Richtung Cottbus lächelnd.

„Lass gut sein, Koko...“

Das Quartett passiert eben das Gartentor, als es von der gegenüberliegenden Straße herüber tönt.

„Was is’n los da drüben? Beim Dr. Düllmann?“

„Danke für die Leiter, Herr Nachbar!“, ruft Vonske zurück.

Sie trotten die Straße hinunter. Schweigend. Jeder für sich in seine Gedanken vertieft. Plötzlich zerreißt ein neuerlicher ohrenbetäubender Knall die Nachtruhe. Wieder kam der Schuss aus Düllmanns Villa.

„Jetzt weißt du, was ich gemeint habe“, sagt Cottbus zu Kokoschansky.

„Noch weit?“, fragt Kokoschansky.

„Da vorne um die Ecke. Und dann ist dort ein abgeschiedenes Gässchen.“

Weg! Nichts wie weg. Sonja schnappen und auf schnellstem Weg nach Wien zurück. Kokoschansky hat genug gesehen und erlebt. Jetzt reicht es wirklich. Und endgültig. Mein Gott, dieses verdammte IKEA-Regal habe ich auch noch nicht zusammengebaut, fällt ihm dabei ein...

Niemandem von den Vieren sind die beiden Schatten aufgefallen. Sie sind da. Einfach da. Wie aus dem Boden gewachsen.

„Game over“, sagt einer der Schatten.

Im fahlen Licht einer Straßenlaterne sehen sie zwei Männer, die sich ihnen in den Weg stellen. Pistolen im Anschlag.

Vonske reagiert sofort.

„Ey! Ihr zwei Arschlöcher habt uns noch gefehlt! Geht das nicht in eure verdammten verfassungsgeschützten Eierköpfe, dass es vorbei ist?“

„Bremm! Mach keinen Scheiß!“, brüllt Kokoschansky.

„Hör auf ihn, Vonske! Bleib stehen! Ich leg dich um!“, schreit Zabel.

Erasmus Vonske streckt beide Arme weit von sich, geht unbeirrt weiter.

„Los, Hurensohn! Schieß doch einen unbewaffneten Mann über den Haufen!“

„Wer ist er?“, kommt es von Schrötter zurück und meint damit Cottbus.

„Ein guter Bulle“, gibt Vonske ihm die Antwort, „nicht so einer wie ihr zwei durchgeknallten Idioten!“

„Auch schon bessere Witze von dir gehört, Vonske“.

Zabels Stimme klingt heiser und aufgeregt.

„Macht, was sie sagen. Die sind unberechenbar“, flüstert Cottbus.

Kokoschansky hebt langsam die Hände. Lichtenhagen stellt vorsichtig seinen Pilotenkoffer ab.

„Was machst du da, Lichtenhagen?“

Schrötter steht in Verteidigungsstellung da. Breitbeinig, leicht in den Knien eingeknickt, die Waffe mit beiden Händen haltend. Abwechselnd auf Kokoschansky, Lichtenhagen und Cottbus zielend.

Plötzlich schlägt Vonske noch immer mit weit von sich gestreckten Armen Schlangenlinien ein. Bringt damit Schrötter und Zabel völlig aus dem Konzept.

„Bleib endlich stehen!

„Gib auf!“

Plop... die schallgedämpfte Waffe ist kaum hörbar. Schlagartig stoppt Vonske in seiner Bewegung, dreht leicht ein, die Knie brechen ihm weg. Kokoschansky stürmt, wie am Spieß brüllend, herbei. Fast gleichzeitig stürzen sie zu Boden.

Cottbus nutzt in dem Chaos seine Chance. Recht seine Dienstwaffe, links die Pistole Silke Bruns' in Händen, entwaffnet er Schrötter und Zabel, zwingt sie, sich flach mit gespreizten Beinen und verschränkten Armen im Nacken auf den Bauch zu legen.

„Verdammt! Bremm stirbt! Helft ihm doch!“, schreit Kokoschansky, während er am Boden kniet und den sterbenden Buchhändler in seinen Armen hält.

„Warum unternimmt denn keiner was?“

Die Kugel ist ihm in die Brust gedrungen und im Rücken wieder ausgetreten. Blut strömt aus dem Einschuss. Kokoschansky spürt, wie Vonskes Blut durch seine Jeans dringt.

„Lass mal....“, Vonske versucht seinen Kopf zu heben, aber es gelingt ihm nicht. Ein Blutschwall quillt aus seinem Mund.

„Ist gut... Koko...“

Seine Stimme droht zu brechen. Es fällt ihm immer schwerer, sich zu artikulieren. Kokoschansky beugt seinen Kopf ganz nah zu ihm hinunter.

„Scheiße... Mann... tut was weh...“

„Halt durch, Bremm. Gleich kommt Hilfe. Du wirst wieder.“

Sowohl Kokoschansky als auch Bremm wissen, dass es eine Lüge ist.

„Ne... das war's...“

„Sprich jetzt nicht... gleich kommt ein Arzt.“

Vonske hustet. Immer mehr Blut fließt aus seinem Mund.

„Lass mal gut sein... Es freut mich tierisch... gleich werde ich einen von diesen Scheißkerlen in der Hölle wiedertreffen... endlich... den Richtigen... erwischt... Koko... mach... noch einen... Gefallen... für... mich..."

„Jeden", flüstert Kokoschansky mit tränenerstickter Stimme.

Jeder Atemzug muss Vonske höllische Schmerzen bereiten.

„Ich will... dass... ich... bei Frank begraben werde... Versprich's....

„Ja."

„Du... musst... weitermachen... Koko... okay?"

„Okay."

„War... eine tolle... Zeit... mit euch... einmal erwischt es..."

Ein letztes Aufbäumen, ein letzter Blutschwall, ein letztes Zucken, das den Körper erfasst. Dann kehrt Stille ein. Ein Lebenslicht ist erloschen. Kokoschansky gleitet mit einer Hand sanft über sein Gesicht, schließt ihm die gebrochenen Augen. Er hört nicht, was Cottbus schreit. Er hält nur den leblosen Körper eines Freundes in den Armen. Er hört nicht die Polizeisirenen, die aus der Ferne tönend, immer stärker anschwellen. Und er sieht auch nicht den blauen Lichtstreifen, der intensiver wird.

„Haut ab!", schreit Cottbus zu Kokoschansky und Lichtenhagen hinüber, der nun auch neben der Leiche kniet, Seite an Seite mit dem Journalisten, und fest Vonskes Hand drückt.

Cottbus bewacht Schrötter und Zabel. Entschlossen, sofort abzudrücken, wenn auch nur einer wagt, den kleinen Finger zu krümmen.

„Haut endlich ab! Worauf wartet ihr noch! Gleich wimmelt es hier von Blaulichtern!"

Kokoschansky und Lichtenhagen heben kurz ihre Köpfe, schütteln sie beinahe synchron.

Die Sirenen werden lauter und lauter. Die Nacht wird heller durch den blauen Lichtstreifen, der sich in ein blaues Band verwandelt hat, das näher und näher rückt. Und aus dem Dunkel der Nacht kommen zwei Frauen, Hand in Hand, langsam näher und stellen sich stumm hinter ihre Männer...

- Am nächsten Morgen ist die Titelseite des *„MB"* mit einem breiten Trauerrand umrahmt. Die Schlagzeile, in großen Lettern, lautet: Wir trauern um Dr. Martin Düllmann. Darunter ein großformatiges Foto von ihm. Deutschland liest seinen Nachruf.

  „Die *ACS-Press & Media* beklagt einen schweren Verlust. Dr. Martin Düllmann weilt nicht mehr unter uns. Deutschlands Medienlandschaft verliert einen seiner besten, kompetentesten und

objektivsten Journalisten, der auch als Geschäftsmann und Konzernleiter weit über die Landesgrenzen hinaus bekannt und beliebt war. Politiker aller Parteien sind erschüttert. Dr. Martin Düllmann galt stets als fairer Partner über sämtliche Parteigrenzen hinaus.
Dr. Martin Düllmann war eine menschliche Größe mit ungeheurer Charakterstärke. Seit längerer Zeit wusste er von seiner heimtückischen, unheilbaren Krankheit. Um sich, seiner Familie und seinen Kollegen das zu erwartende lange Siechtum und Martyrium zu ersparen, wählte Dr. Martin Düllmann gestern Nacht den Freitod.
Sein schweres Erbe tritt Jürgen Ballmann an, an seiner Seite Konstantin Delmenhorst.
Martin, wir werden dich nie vergessen."

- Die nächtliche bewaffnete Auseinandersetzung im Bremer Villenviertel wird im *„MB"* als Unterweltfehde zweier ausländischer, verfeindeter Banden abgehandelt. Täter unbekannt...

- Silke Bruns wird mit keiner Silbe erwähnt. Silke Bruns hat nie existiert. Ihre Spuren werden für immer getilgt.

- Schrötter und Zabel werden mit sofortiger Wirkung vom Dienst suspendiert. Ihnen drohen Disziplinar- und Gerichtsverfahren wegen eigenmächtigen Handelns, ungerechtfertigten Waffengebrauchs unter Verwendung eines verbotenen Schalldämpfers. Experten rechnen für beide mit mehrjährigen Haftstrafen. Der Fall wird zur geheimen Verschlusssache und dringt nie ans Licht der Öffentlichkeit.

- Holger Stoevers alias Küfferles Leiche wird nie gefunden. Geheime Verschlusssache.

- Kai Oldenburg ist der Mörder von Oskar Pohlebach und Robert „Brause" Möhlner. Doppelmord und Selbstmord in der Drogenszene...

- Generalbundesanwalt Dr. Lutz von Grimmelshausen und Verfassungsschutzpräsident Hennig Rüttersfeld treten vermehrt zusammen in der Öffentlichkeit auf. Sie gelten als ein Herz und eine Seele. Im deutschen Kabarett und in Comedy-Shows werden sie nur noch die „Paragraphenzwillinge“ genannt. Beide Männer gelten öffentlich als Garanten für höchste politische Ämter. Ein weiteres Kriterium für die wieder erstarkte Freundschaft und ihre Beständigkeit bildet die Tatsache, dass das Fax mit Kai Oldenburgs Abschiedsbrief sicher verwahrt im Tresor liegt. Während einer Golfpartie teilte es der Verfassungspräsident seinem Freund in launigen Worten mit.

- Uwe Cottbus wurde sowohl zum Generalbundesanwalt als auch zum Verfassungsschutzpräsidenten zitiert und zu absolutem Stillschweigen über diesen Fall verdonnert. Dafür wurde er befördert und an eine Dienststelle seiner Wahl versetzt. Offiziell akzeptierte er den Kuhhandel. Inoffiziell macht er weiter wie bisher, indem er seine Nase überall dort hineinsteckt, wo es ihn interessiert... Silke Bruns’ Pistole ist spurlos verschwunden.

- Erasmus Vonskes letzter Wunsch ging in Erfüllung. Er wurde im Grab seines Sohnes bestattet. Heinz Kokoschansky organisierte sein Begräbnis. Was aus seinem Buchladen wurde, ist unbekannt.

- Fischer zogen zufällig zwei Waffen aus dem Wasser der Weser. Aus beiden waren die Seriennummern professionell herausgefeilt worden.

- Ein Rechtsanwalt in Stuttgart ist jedes Mal traurig, wenn er einen schwarzen BMW Z4 vorbeifahren sieht. Seiner liegt noch immer irgendwo auf dem Grund der Weser. Das Auto war ihm vor mehr als einem Jahr vor seiner Kanzlei gestohlen worden.

- Achim Lichtenhagen wurde zu einem Gespräch mit von Grimmelshausen und Rüttersfeld gebeten. Nicht vorgeladen. Bedingung: Er müsse alleine kommen. Es endete bereits nach fünf Minuten. Lichtenhagen wurden mehrere Millionen Euro geboten als Entschädigung für sein Stillschweigen, die er brüsk zurückwies. „Solch einen Fehler macht man nur einmal im Leben“, waren seine Worte, worauf ihm die beiden Herren mitteilten, es gäbe noch immer Mittel und Wege, ihn auch jetzt noch zur Räson zu bringen.

Die *ACS-Press & Media* verweigert bis heute jegliche Kontaktaufnahme mit Achim Lichtenhagen.

- Auch Heinz Kokoschansky bekam das Vergnügen, mit beiden Herren zu sprechen. Doch er wurde vorher durchsucht, ob er nicht versteckt am Körper ein Aufnahmegerät trug. Man legte ihm nahe, alles zu vergessen. Selbstverständlich würden ihm sämtliche Spesen und Auslagen ersetzt. Man werde auch keine rechtlichen Schritte gegen ihn einleiten, weil alles niemals stattgefunden hat. Und sollte Kokoschansky es sich doch noch anders überlegen, könnte das unter Umständen zu massiven Störungen in den diplomatischen Beziehungen zwischen Deutschland und Österreich führen. Schon in Sinne der EU und der langen Freundschaft zwischen den beiden Staaten solle er sein mögliches Vorhaben, was immer er zu tun gedenke, nochmals gründlich überschlafen. Einen einzigen Kompromiss musste Kokoschansky dennoch eingehen. Wenn er wolle, dass Erasmus Vonske ein offizielles Begräbnis erhält, müsse er sich damit einverstanden erklären, dass der Buchhändler Opfer eines Raubüberfalls in seinem Laden wurde. Wenn nicht, könne der letzte Wunsch Vonskes nicht erfüllt werden und seine Leiche wird verschwinden.
  Kokoschansky gab nur sein mündliches Einverständnis und dachte dabei immer an eine CD-ROM, die zu Stoevers Kinderpornos gehört. Dateien über Kunden, die alle nur mit Kürzeln verzeichnet sind. Sehr oft ist in den Listen LvG zu finden... Wissen ist Macht.

- Der deutsche Bundeskanzler und sein Innenminister haben bis dato nicht erfahren, was sich hinter den Kulissen abgespielt hat.

Wer sich selbst treu bleiben will,
kann nicht immer anderen treu
bleiben.

(Christian Morgenstern)

EPILOG

Wien, im Herbst 2004

In den letzten Wochen und Monaten kam Heinz Kokoschansky kaum aus seinem Arbeitszimmer heraus. Schreiben, schreiben und nochmals schreiben. Gleichsam angekettet an den PC. Ein wahrer Marathon vom Morgen bis zum Anbruch des nächsten Tages. Wachgehalten von Unmengen an Kaffee und unzähligen Zigaretten. Aufgemuntert und liebevoll betreut, zugleich angespornt und vorangetrieben von Sonja.

Zwei Tage nach der Rückkehr aus Deutschland fand Kokoschansky ein kleines Päckchen ohne Absender in seinem Briefkasten. Beigelegt ein Kärtchen: Zieh's durch! U.C.

Der unscheinbare Inhalt wird für den alles entscheidenden Schachzug in diesem mörderischen Spiel sorgen. Heinz Kokoschanskys Schachzug. Sein Läufer wird das Pferd, den Springer, endgültig vom Brett fegen. Schachmatt. Der König ist allein. Niemand schützt ihn mehr.

Heute ist sein großer Tag. Kokoschanskys Verleger hat mit seinen Leuten alle Hebel der Promotionsmaschinerie in Gang gesetzt. Bereits im Vorfeld waren die Anfragen der Presse kaum noch zu bewältigen. Doch niemand erfuhr Konkretes. Gerüchte und Mutmaßungen schwirrten in der Medienszene herum wie Schnaken an einem schwülen Sommertag. In manchen Chefredaktionen und Herausgeberbüros werden bereits geheime Konferenzen hinter verschlossenen Türen abgehalten. Man ahnt, was einigen Medien demnächst droht. Es ist das große Zittern vor einer Bombe, die Achim Lichtenhagen einst ausgetüftelt hat und jetzt von Kokoschansky gezündet wird.

Die Bombe wird am Tag der Präsentation von Heinz Kokoschanskys erstem Roman „Springer gegen Läufer“ platzen, lautete stereotyp die Auskunft des Verlages gegenüber der Presse.

Der Ansturm in der riesigen Buchhandlung nahe der Wiener Innenstadt ist enorm. Bis auf den letzten Platz gefüllt. Freunde, Bekannte, Familie, Weggefährten, Kollegen. Kamerateams drängen sich um die besten Plätze. Fotografen schießen pausenlos ihre Fotos.

Der frisch gebackene Autor Heinz Kokoschansky hat soeben seine Lesung beendet. Tosender Applaus setzt ein. Blitzlichter zucken. Fernsehkameras sind auf ihn gerichtet. Mikrofone werden ihm entgegengestreckt. Fragen stürmen auf ihn ein. Ein unglaubliches Spektakel.

„Einen Augenblick, bitte! Meine Damen und Herren!"

Nur mit Mühe erreicht Heinz Kokoschansky ein Mikrofon.

„Viele von Ihnen werden nun denken, dieser Heinz Kokoschansky hat eine blühende Phantasie. Ich werde Ihnen jetzt die entscheidende Schachfigur präsentieren...", er greift in sein Jackett und zieht eine Tonbandkassette heraus, „ich weiß, dass eine Ähnlichkeit mit einer Schachfigur nicht vorhanden ist. Dennoch ist es eine."

Kokoschansky gibt das Band dem Tontechniker, der es in einen Rekorder einlegt.

Atemlose Spannung. Alles lauscht aufmerksam, als über Lautsprecher die Stimme von Dr. Martin Düllmann, dem toten Konzernchef der *ACS-Press & Media*, zu hören ist. Niemand niest, niemand räuspert sich, keiner putzt sich die Nase oder flüstert. Nur das Klicken der Verschlüsse der Fotoapparate und das Surren der Kameras ist zu hören. Und die Stimmen von Düllmann, Lichtenhagen, Silke Bruns und Kokoschansky.

Auch nachdem Kokoschansky dem Techniker das Zeichen gab, das Band zu stoppen, bleibt die Stille. Dann ergreift der Autor wieder das Wort.

„Meine Damen und Herren. Sie haben soeben im Originalton die Konfrontation im Hause Düllmann gehört, die tragisch endete. Völlig identisch mit den Passagen, die ich vorhin während meiner Lesung vorgetragen habe. Das ist der Beweis. Und somit kann auch eine simple Tonbandkassette zur Schachfigur werden."

„Kokoschanskys Schachzug...", flüstert eine stolze Sonja an seiner Seite.

„Was nun Fiktion und Wahrheit ist, bleibt dem geschätzten Leser überlassen, Ihrer Vorstellungskraft und Ihrer Phantasie. Tatsache ist, Achim Lichtenhagen ist real. Achim Lichtenhagen lebt. Mitten unter uns. Irgendwo in Deutschland. Unter einem anderen Namen.

Tatsache ist, dass dieser Medienkonzern existiert. Aus verständlichen Gründen sind Namen und Orte geändert worden.

Tatsache ist, dass dieser gigantische Betrug stattgefunden hat. Oder sollte ich besser formulieren, findet vielleicht immer noch statt?

Tatsache ist, das Beweismaterial existiert. Achim Lichtenhagen stellte seine gesamten Unterlagen dem Verlag exklusiv zur Verfügung. Originalzitate und Originaldokumente finden sich in meinem Buch.

Ich habe dieses Buch einem Mann gewidmet. Vielleicht ungewöhnlich, dass ein Autor sein Buch einem Buchhändler widmet. Dieser Mann geriet in einen Strudel nicht mehr kontrollierbarer Ereignisse und bezahlte am Ende dafür mit seinem Leben. Darum diese Widmung. Erasmus Vonske hat Achim Lichtenhagen und mir das Leben gerettet..."

Mitten im allgemeinen Trubel, während des Signierens seiner Bücher drängt sich ein Mann zu Heinz Kokoschansky durch und wartet ab, bis der Wirbel sich ein wenig legt.

„Danke, Koko..."

Der deutsche Akzent ist nicht zu verkennen.

„Wofür?"

„Zum Beispiel für mein Fotoalbum..."

Er drückt dem Autor noch rasch die Hand, bevor er wieder in der Menge abtaucht.

„Na, du? Hast du jetzt ein bisschen Zeit für eine werdende Mutter?"

Sonja schmiegt sich an Heinz Kokoschansky.

„Da hast du einiges losgetreten", sagt sie und etwas leiser, „ich bin verdammt stolz auf dich."

Ein überaus zufriedener Verleger gesellt sich zu dem Paar.

„Na, ihr beiden? Die Rechnung ist doch aufgegangen. Und welches Thema nehmen wir uns für Ihr nächstes Buch vor, Herr Kokoschansky?"

Heinz Kokoschansky denkt einen Augenblick nach, um sich dann verlegen an der Nase zu kratzen.

„Hm... Vielleicht Babypause?"

Jetzt erst ist Sonja richtig glücklich...

Am Puls der Zeit !
Unglaublich gut recherchiert.
Günther Zäuner
hat ein Meisterwerk
abgeliefert.

ISBN 3-936099-14-6

Täglich werden Abermillionen Mails über die Datenhighways gejagt.
Millionen Menschen nutzen das Web für die Suche nach einem Blind Date, einem One-Night-Stand, einer diskreten Affaire oder sehnen sich nach Partnerschaft, die ein Leben lang halten soll.
Irgendwo im Dschungel der Bytes, Mega- und Gigabytes lauert ein Irrer, sucht sucht sich per Mausklick seine Opfer aus und schlägt erbarmungslos zu.
Ausgerechnet in Wien, in einer der sichersten Hauptstädte der Welt, treibt der Cyber-Killer sein Unwesen.
Der Journalist Kokoschansky bekommt Wind von der unheimlichen Mordserie. Zusammen mit seinem Freund Ainetter, einem Kriminalbeamten, wollen sie den Serienmörder zur Strecke bringen. Zusehends wird Kokoschansky von einem Strudel nicht vorhersehbarer Ereignisse mitgerissen und hilft ungewollt dem Mörder.
Ein Thriller der Sonderklasse, der permanent Gänsehaut verursacht und einschlägige Foren und Chatrooms im World Wide Web in einem neuen Licht erscheinen lässt.
Neben fast unerträglicher Spannung gelingt es dem Autor tiefe Einblicke in die Psyche eines Mörders zu gewähren.
Schonungslos deckt er Probleme der Exekutive in Österreich auf und rechnet gleichzeitig mit verkrusteten Zuständen in der Alpenrepublik ab.
Eine fesselnde Mixtur von der ersten bis zur letzten Seite.
Authentisch und schonungslos, filmreif, wie alle Kokoschanskys.
Einfach nur Spannung pur.

Ein unbequemer Zeitgenosse, dieser Kokoschansky. Kein Respekt vor der Obrigkeit. Da kommt einer daher und deckt Fakten auf. Unverschämtheit !

ISBN 3-936099-19-7

Nach einem Jahr Arbeit als Journalist in München kehrt Kokoschansky wieder nach Wien in seine Heimastadt zurück! Mit seinem langjährigen Freund, dem Kriminalbeamten Robert Ainetter, versuchte Koko vor Jahren in Wien einen Frauenmörder zu überführen, der seine Opfer im Internet ansprach und nach dem ersten Treffen ermordete. Auch er geriet in Verdacht und andere Ereignisse zwangen ihn, Wien zu verlassen. Ainetter kann Koko bereits beim ersten Treffen in alte Ermittlungsverfahren einbinden. Doch der plötzliche Tod des Freundes und ein dubioser Selbstmord eines Bankiers von vor 6 Jahren überzeugen ihn, die »alten Fälle« wieder aufzunehmen! Der unerwartete Tod eines russischen Mafiabosses aus Georgien und die hohe Überweisung als Schweigegeld seiner Hausbank beunruhigen Koko sehr!

Kokoschansky findet sich in einem undurchdringlichen Filz wieder. Ein Netzwerk, in dem österreichische Banken eine maßgebliche Rolle spielen. Politiker, die gewisse Machenschaften decken oder selbst darin verstrickt sind. Und dieses Räderwerk wird von einer Macht gesteuert, der mit staatlichen Mitteln nicht mehr in den Griff zu bekommen ist. Dazu ist deren Einfluss zu übermächtig und vor allem deren unbegrenzte finanziellen Ressourcen. Die Wende kommt langsam: Die Mitarbeiterin eines Politikers wird ermordet. Lebensgefährliche Anschläge auf ihn und Sonja sollen ihn zum Aufgeben zwingen. Die Banken spielen eine bestimmende Rolle in der Politik des Alpenstaates zusammen mit der allgegenwärtigen »Russenmafia«.

Dieser spannende Krimi hat nichts gemein mit dem sonstigen Bild der Wiener Kaffehausmentalität. Ganz sicher nicht gemütlich.
Packend!